H. K. ANGER

Herbst in der Bretagne

H. K. ANGER

Herbst in der Bretagne

KRIMINALROMAN

GMEINER

Immer informiert

Spannung pur – mit unserem Newsletter informieren wir Sie regelmäßig über Wissenswertes aus unserer Bücherwelt.

Gefällt mir!

Facebook: @Gmeiner.Verlag
Instagram: @gmeinerverlag
Twitter: @GmeinerVerlag

MIX
Papier | Fördert gute Waldnutzung
FSC® C014496

Besuchen Sie uns im Internet:
www.gmeiner-verlag.de

Im Ehnried 5, 88605 Meßkirch
Telefon 07575/2095-0
info@gmeiner-verlag.de

1. Auflage 2023

Lektorat: Christine Braun
Herstellung: Mirjam Hecht
Umschlaggestaltung: U.O.R.G. Lutz Eberle, Stuttgart
unter Verwendung eines Fotos von: © Thomas Bormans / unsplash
Druck: GGP Media GmbH, Pößneck
Printed in Germany
ISBN 978-3-8392-0356-9

Personen und Handlung sind frei erfunden.
Ähnlichkeiten mit lebenden oder toten Personen
sind rein zufällig und nicht beabsichtigt.

1. KAPITEL

»Du bist aber früh dran. Ich habe noch gar nicht mit dir gerechnet.« Sophie eilte auf Filip Rosec zu, ihre rechte Hand und stellvertretender Küchenchef des kleinen, gemütlichen Bistros, und nahm ihm eine der drei großen braunen Papiertüten ab. Darin befanden sich jeweils zehn perfekt gebräunte Baguettes. Sophie konnte nicht widerstehen und steckte die Nase kurz in eine der Tüten. »Mmh, wie das duftet. Herrlich! So knackig und aromatisch bekommen das nur die LeGalls hin. Sie sind wahre Künstler in der Backstube.«

»Sie backen das beste Brot in der Bretagne«, stimmte Filip zu.

»Was verschafft mir das Vergnügen, dich Stunden vor deinem offiziellen Schichtbeginn zu sehen? Mauserst du dich etwa zu einem frühen Vogel?«

»Mais non. Mich hat ein Bagger aus dem Bett geschmissen«, beklagte sich Filip. »An der Kreuzung vor meiner Wohnung haben sie die Straßendecke aufgerissen und ein großes Loch gebuddelt. Wahrscheinlich sind ein paar Leitungen marode, wir hatten in den letzten Wochen öfter Probleme mit dem Strom. Die Arbeiter haben gemeint, das kann länger dauern.«

»Prima! Dann kann ich also davon ausgehen, dass du in den kommenden Tagen immer so zeitig hier auftauchen wirst?«, fragte Sophie mit einem verschmitzten Lächeln.

»Nein, ich besorge mir heute nach Feierabend Ohrstöpsel.«

»Die helfen gegen Baggerlärm nicht.«

»Die LeGalls haben übrigens eine neue Angestellte im Verkaufsraum«, wechselte Filip abrupt das Thema und legte die Tüten auf der Arbeitsplatte ab.

»Ach?« Sophie schaute ihn interessiert an. »Und? Hat sie das Potenzial, Ronans Herzschmerz zu lindern? Seitdem Mikaela die Konditorausbildung in Douarnenez begonnen hat, läuft er ständig mit geknickten Ohren herum. Ist nur ein Schatten seiner selbst. Und sein legendärer Appetit ist auch nicht mehr das, was er mal war.« Sophie verspürte echtes Mitleid mit dem jungen Polizisten, der sich so sehr in die Bäckerstochter verliebt hatte, dass er sogar eine Beförderung und eine damit einhergehende Versetzung nach Saint-Brieuc abgelehnt hatte.

»Tja, la maladie d'amour kann heftiger als eine Grippe sein. Dagegen ist auch unser kluger Doktor Jean-Luc Bonnet machtlos.« Filip schlüpfte aus der Jacke und hängte sie an die Garderobe neben der Tür. »Wo steckt der eigentlich? Normalerweise steht er auf der Matte, sobald du die Küche aufschließt. Ich habe ihn gestern schon vermisst. Da hat er hier weder seinen Morgenkaffee getrunken noch etwas gegessen.«

»Hat er nicht gesagt, dass er Besuch bekommt? Aus Paris?«

»Damenbesuch?«

»Keine Ahnung.« Sophie klemmte die Hände in die Gesäßtaschen ihrer Jeans, um der Versuchung zu widerstehen, die Spitze eines der Baguettes abzubrechen und in den Mund zu stecken. »Aber sag schon: Wie ist sie denn so, diese neue Verkäuferin?«

»Eh bien, sie ist halt nicht Mikaela. Sie ist deutlich kleiner und nicht so üppig bestückt.«

»Bestückt?« Sophie zog fragend eine Augenbraue in die Höhe.

Filip führte die Hände mit gespreizten Fingern vor den Brustkorb und machte eine halbkreisförmige Bewegung. »Ich würde mal sagen, sie ist eher ein Schmaltier.«

»Ich glaube nicht, dass Ronan nur an Äußerlichkeiten interessiert ist«, wandte Sophie ein. »Bis auf die eine Situation, die ihr fast zum Verhängnis geworden ist, hat sich Mikaela immer als ein blitzgescheites Mädchen erwiesen. Ich vermisse sie hier im Bistro, und unseren Gästen fehlt sie auch.«

»Mir ebenso.« Filip nickte. »Doch ich kann ihre Entscheidung nachvollziehen.«

»Der Schrecken, nur knapp einer Vergewaltigung oder Schlimmerem entkommen zu sein, sitzt ihr bestimmt noch in den Knochen. Da ist es gut, dass sie für eine Weile alles hinter sich lässt und sich in einer fremden Umgebung mit neuen Herausforderungen ablenkt. Ich bin mir sicher, dass sie eine Spitzenkonditorin wird. Und wer weiß, vielleicht kommt sie nach der Ausbildung zurück nach Erquy, um die Bäckerei ihrer Eltern zu übernehmen.«

»Ich fürchte, bis dahin ist Ronan vor Liebeskummer verhungert.«

»Ach was, ich lass mir was einfallen, ich werde ihn schon aufpäppeln.« Sophie blieb zuversichtlich. »Er ist doch mein bester Testesser. Apropos.« Sie wies mit der Hand auf zwei Schüsselchen. »Möchtest du probieren? Meine beiden neuesten Kreationen.«

»Was ist das Grüne?« Filip wirkte misstrauisch. »Eine Art Kräuterbutter? Und das andere ist was mit Kürbis, oder?«

»Richtig. Das Orangefarbene ist Kürbishummus mit Dulseflocken. Und in der Butter steckt nicht nur Petersilie, sondern ganz viel Meeressalat.«

»Meeressalat?« Filip zog eine Grimasse. »Willst du etwa sagen, dass du an den Strand gegangen bist und das grüne Algenzeug aufgeklaubt hast? Mais non, damit kannst du mir gestohlen bleiben, das bekomme ich nicht runter. Jamais.« Er machte einen Schritt rückwärts.

Sophie lachte. »Feigling.«

»Ich bin doch nicht lebensmüde!«

»Bei uns in Deutschland gibt es ein Sprichwort: Was der Bauer nicht kennt, isst er nicht.«

»Kluger Bauer.«

»Nein, im Gegenteil, er ist ein Dummkopf«, widersprach Sophie. »Denn er weiß nicht, was ihm entgeht. Glaub mir, die beiden Tartinades sind total lecker. Und als Brotaufstriche zum Apéro oder als Vorspeise eine echte Geschmackssensation.« Sie holte ein Baguette aus der Tüte, schnitt ein paar Scheiben davon ab und verteilte üppig vom Belag darauf. »Vas-y, koste mal!«

Filip zögerte einen Augenblick, dann griff er mit spitzen Fingern nach einer der Brotscheiben, die mit Kürbishummus bestrichen war. Er biss ein winziges Stück ab, kaute und schluckte. Sein Gesichtsausdruck hellte sich auf. »Mais oui, du hast recht, das schmeckt vraiment très bien.«

»Sag ich doch.« Sophie stemmte triumphierend die Hände in die Hüften. »Den Kürbishummus werden wir als Vorspeise auf Blinis servieren. Oder besser als Dip zu hausgemachten Buchweizenchips?« Sie runzelte nachdenklich die Stirn.

»Von mir aus beides«, murmelte Filip und langte nach einer weiteren Baguettescheibe, auf der Sophie Algenbutter verteilt hatte. Er führte sie kurz zur Nase. »Riecht kaum nach Meer. Ich habe gedacht, dieses Algengedöns würde stinken wie vergammelter Fisch.«

»Ich gebe doch keine ungenießbaren Zutaten in beste Biobutter«, empörte sich Sophie. »Der Algenmix, den ich verwendet habe, besteht aus Dulse-, Nori- und Meeressalatflocken. Die werden in etwas Weißwein aufgekocht und abgekühlt mit frischer Petersilie unter die Butter gerührt. Recht einfach in der Zubereitung, aber sehr schmackhaft.«

»Hast du die Algen selbst gesammelt und getrocknet?«

»Glaubst du allen Ernstes, dass ich dafür Zeit habe?«

»Nein«, musste Filip eingestehen.

»Ich habe dir doch vor ein paar Wochen von dieser Algenfischerin erzählt, die ich auf dem Wochenmarkt kennengelernt habe.«

»Kann sein.« Filip war anzusehen, dass er keinen blassen Schimmer hatte, wovon Sophie sprach.

»Sie fährt allein mit ihrem Boot raus, um Algen zu ernten, und hat jetzt auf ihrem Betriebsgelände im Hafen von Dahouët einen kleinen Shop eröffnet. Samstags teilt sie sich mit einer Frau, die Honig und Cidre verkauft, einen Stand auf dem Marché, hinten bei der Markthalle.«

»Und von der hast du die Algen für die Aufstriche gekauft?«

»Ja, aber das ist noch nicht alles.« In Sophies Augen hatte sich ein Funkeln breitgemacht. »Wir wollen eine Kooperation eingehen. Denn wir glauben beide, dass maritime Algen das Superfood der Zukunft sind. Sie sind bio, schnell nachwachsend, nachhaltig, gesund und in der Küche extrem vielseitig einsetzbar.«

Filip ließ die Brotscheibe sinken, bevor er hineinbiss. »Willst du im Bistro aufhören?«

»Mais non«, beruhigte ihn Sophie. »Das eine schließt das andere ja nicht aus. Aenor wird sich um die Ernte und die Verarbeitung der Algen kümmern, diesbezüglich fehlen mir die Kenntnisse. Ich werde die Rezepte für Algenaufstriche beisteuern. Die produzieren wir dann für den Verkauf in größeren Mengen und füllen sie in Gläser oder Dosen ab. Das ist für uns beide eine Win-win-Situation. Außerdem ist mir Aenor sympathisch. Ich bin übrigens«, Sophie schaute auf die im Herd integrierte digitale Zeitanzeige, »in zwei Stunden mit ihr verabredet. Wir wollen die Aufstriche gemeinsam verkosten und die Etiketten entwerfen.«

»Das heißt, du bist dann weg und kommst heute nicht mehr ins Bistro?«

»Heute ist Dienstag. Da habe ich seit Ende August immer ab elf frei«, rief ihm Sophie ins Gedächtnis. »Aber keine Sorge. Ich habe das meiste für das Mittagsmenü vorbereitet, es steht alles im Kühlschrank. Und Madame Rozar wird dich unterstützen, wir haben uns gestern Abend abgesprochen.«

»Ich arbeite lieber mit dir«, maulte Filip. »Mit dir und Mikaela.«

»Du wirst dich wie wir alle an die neuen Gegebenheiten gewöhnen müssen.«

Filip stöhnte theatralisch auf. »Auch wenn ich mich jetzt wie Ronan anhöre: Ich hasse Veränderungen.«

»Veränderungen sind das Salz des Lebens«, behauptete Sophie und griff nach einer Baguettescheibe. »Komm, du machst uns jetzt einen schönen Café au Lait«, sagte sie kauend, »und wir gehen alles durch, was anfallen könnte. Viel wird im Bistro heute eh nicht los sein, das schaffst du locker ohne mich.«

»Ich kann das Lachen von Madame Rozar nicht ausstehen, das hört sich für mich wie Ziegenmeckern an. Und diese komischen Gesundheitsschuhe, die sie an den Füßen trägt, quietschen beim Gehen.« Filip sah geknickt aus.

»Seit wann bist du so eine Mimose?« Sophie schüttelte verärgert den Kopf. »Madame Rozar ist freundlich, zuverlässig und kommt gut mit den Gästen klar. Außerdem kann sie sich auch am Herd und in der Küche nützlich machen. Was willst du denn mehr? Du weißt, wie schwer es heutzutage ist, Personal für die Gastronomie zu bekommen.«

Filip band sich eine Schürze um, nahm ein Stück Fleisch aus dem Kühlschrank, legte es auf ein Holzbrett und drosch mit dem Fleischklopfer darauf ein.

»Lass das arme Steak leben«, meinte Sophie spöttisch.

»Woher das Mitleid?« Filip hielt kurz inne. »Ich dachte, du magst kein Fleisch.«

»Stimmt. Aber ich mag auch nicht, wenn man ein hilfloses Lebensmittel zu Mus schlägt«, konterte Sophie und nahm ihm den Klopfer aus der Hand. »Los, nun mach uns endlich einen Kaffee!«

2. KAPITEL

Meistens fuhr Sophie, wenn sie zum Hafen von Dahouët wollte, auf kleinen, sich an die Küste schmiegenden Straßen entlang und genoss dabei den spektakulären Ausblick auf die sichelförmigen Buchten der Strände von Caroual und Saint-Pabu. Heute hatte ihr die Tank-App jedoch angezeigt, dass der Diesel beim Supermarkt in Pléneuf-Val-André am günstigsten war, sodass sie den Weg über die Bundesstraße D 786 wählte. Sie schaltete das Radio ein und trällerte mit mehr Begeisterung als Können die Hits auf ihrem Lieblingssender Radio Nostalgie mit. Nach dem Tanken sah sie beim Blumengeschäft vor dem Supermarkt einen Strauß Gerbera, die dieselbe Farbe wie ihr Kürbishummus hatten. Aus einem Impuls heraus kaufte sie die Blumen für Aenor, die sich gewiss darüber freuen würde.

Gut gelaunt setzte Sophie ihren Weg fort. Nach wenigen Minuten erreichte sie den kleinen See, der vom aufgestauten Wasser des Flüsschens Flora gespeist wurde. Im Sommer konnte man hier am Miniaturhafen bunte Elektrobötchen mieten und über den See schippern, was ein Heidenspaß für Groß und Klein war. Heute lagen alle Boote vor Anker, nur ein paar Möwen dümpelten auf der Wasseroberfläche. Sophie überquerte die Brücke am Stauwehr und folgte der Rue des Salines, die am Jachthafen entlangführte. Hinter dem Jachtclub hielt sie sich links, bis sie den Kai erreichte, wo sich Aenors Geschäftsräume befanden.

Sophie stellte ihr Auto am Kaiende ab, griff nach den Gerbera und den Kunststoffdöschen mit den Aufstrichen und stieg aus. Zu ihrer Verwunderung fand sie die Tür des Ladengeschäfts mit Sicht auf die Flora und den gegenüberliegenden Quai des Terre Neuvas verschlossen vor. Da sie die Hände nicht frei hatte, pochte sie mit dem Ellenbogen gegen die Glastür, doch niemand öffnete ihr. Sie wandte sich vom Shopeingang ab und lief hinüber zur Lagerhalle im Hinterhof.

»Aenor?«, rief sie durch die offen stehende zweiflügelige Tür. Da sie keine Antwort erhielt, trat sie ein und betätigte den Lichtschalter. Als die an der Decke montierten LED-Röhren den Raum erhellten, sah sie, dass auf den lang gezogenen Tischen aus Edelstahl dunkelbraune Kunststoffkörbe standen. Die Algen darin waren schon leicht verwelkt und rochen streng. Komisch, dachte Sophie. Aenor war eigentlich stets darauf bedacht, ihre Ernte direkt nach dem Anlanden im Hafen zu verarbeiten. Die Wakame-Algen und die Meeresspaghetti in den Körben waren zum Verzehr sicherlich nicht mehr geeignet.

Sophie legte den Blumenstrauß und die Döschen mit den Aufstrichen auf einem der Tische ab und eilte zur Tür, die zu dem Raum führte, in dem die Tröge zum Waschen der Algen, die Abtropfsiebe, die Trockenöfen, die Zerkleinerungsmaschinen und weitere zur Verarbeitung benötigte Gerätschaften standen. Sie drückte die Türklinke hinunter, aber die Tür war ebenfalls verriegelt.

»Aenor? Wo bist du denn?«, rief sie noch mal. Ihre Stimme klang hohl und inzwischen auch besorgt. Das gibt es doch nicht, dachte sie. Hatte Aenor ihren Termin vergessen? Oder war ihr etwas Wichtigeres dazwischengekommen? Warum hatte sie dann nicht abgesagt? Sophie zog ihr Handy aus der Jackentasche und wählte Aenors Nummer. Das Freizeichen erklang ein paarmal, und eine Computerstimme verkündete, dass der Teilnehmer derzeit nicht erreichbar sei.

»So langsam finde ich das nicht mehr lustig«, murmelte Sophie. Mit einem Schulterzucken sammelte sie die Blumen und die Dosen wieder ein und stiefelte zurück zum Auto. Ihre gute Laune war verpufft. Da kam ihr eine Idee: Vielleicht hatte Aenor Probleme mit ihrem Boot und hatte sich deshalb verspätet. Die junge Algenfischerin hatte sich schon öfters darüber beklagt, dass der Motor zu Aussetzern neigte. Auch das Getriebe hake ab und an. War Aenor etwa noch draußen in der Bucht? Oder an der Anlegestelle, wo sie versuchte, ein defektes Ausrüstungsteil zu reparieren?

Sophie kniff die Augen zusammen, um besser zu sehen. Am gegenüberliegenden Kai lag die La Pauline vor Anker, eine historische Schaluppe mit roten Segeln, auf der Ausflugsfahrten für Touristen angeboten wurden. Aenors kleines, dunkelgrün gestrichenes Boot mit dem typischen flachen Boden war etwa 30 Meter davor festgemacht. Sophie konnte auf dem Deck niemanden erkennen, sie vermutete, dass sich Aenor in der Kajüte oder im Maschinenraum aufhielt.

Sie stieg in ihr Auto, ließ den Motor an und fuhr zurück in Richtung Wehr, hinter dem sie diesmal nach links abbog. Anders als im Sommer wirkten die Parkplätze jetzt, Ende September, entlang des Quai des Terre Neuvas so gut wie verwaist. Heute fand kein Markt statt, und nur wenige Touristen waren unterwegs. Außerdem hatte Nieselregen eingesetzt, der nicht zum Draußenflanieren einlud. Sophie bugsierte den Kombi ihrer Chefin Dafne Riwal, den sie während deren Aufenthalt in Kalifornien benutzen durfte, in eine Parklücke und eilte zu der Stelle, wo die Korrigan, Aenors Boot, vor Anker lag. Die Flut hatte Wasser ins Hafenbecken gespült, sodass die Decks der dort vertäuten Boote sich auf gleicher Höhe mit der Asphaltdecke des Kais befanden. Sophie suchte das Boot mit den Augen ab, doch von Aenor fehlte jede Spur.

»Mist«, fluchte sie leise. Der Tag verlief überhaupt nicht so, wie sie es sich vorgestellt hatte. Aenors Vorschlag, gemeinsam eine kleine Produktion von Algenspezialitäten ins Leben zu rufen, hatte ihr viel bedeutet. Sie liebte zwar das Bistro und die Bistroküche und war dankbar, dass Dafne ihr in einer Situation, in der für sie in Deutschland alles den Bach runtergegangen war, mit dem Angebot, das Bistro zu leiten, eine Zukunftsperspektive geboten hatte. Doch sie verspürte ebenso den Wunsch, nebenbei etwas Eigenes auf die Beine zu stellen. Auch wenn es nur ein paar Gläschen Tartinade aux algues, eingelegte Meeresbohnen oder Gewürzmischungen waren, die auf dem Etikett ihren Namen trugen. Im Geheimen spielte sie mit dem Gedanken, ein Kochbuch zu dem Thema zu schreiben. Aber ohne Aenor, die die Hauptzutaten und einen Produktionsraum für Sophies kulinarische Kreationen beitrug, wären ihre Pläne hinfällig.

»Aenor?«, versuchte sie es ein weiteres Mal. Wieder vergeblich.

»Ich habe sie heute auch noch nicht gesehen«, sagte eine männliche Stimme hinter ihr.

Sophie drehte sich um und erblickte einen alten Mann mit marineblauer Schiffermütze, einer Caban-Jacke in derselben Farbe und einer dunklen Baumwollhose, die um seine mageren Beine schlotterte.

»Wir waren verabredet«, sagte Sophie. »Bei ihr im Laden. Weil sie dort nicht war, bin ich zum Hafen gekommen.«

»Hier ist sie auch nicht«, stellte der Mann fest.

»Nein. Dann werde ich mich wohl wieder auf den Rückweg machen.« Sophie trat von der Kaikante zurück.

»Ist schon komisch«, sagte der Mann. »Die Ladung, die sie an Bord hat, sollte eigentlich gar nicht mehr hier sein.«

»Wie meinen Sie das?«

»Die Algen da«, er wies mit dem Finger auf das Deck, »das sind Grünalgen, Ulva armoricana.«

»Die sind aber an vielen Stellen nicht grün«, widersprach Sophie. »Eher bräunlich.«

»Sie haben die Farbe verändert, weil sie verrotten. Haben Sie den Geruch nicht bemerkt?«

Sophie schritt wieder näher an das Boot heran, beugte sich vor und schnupperte. »Uh, Sie haben recht. Es riecht nach faulen Eiern.«

»Das ist der Schwefelwasserstoff, der entweicht.«

»Sie kennen sich aus?« Sophie musterte den alten Mann. Sein Gesicht war gebräunt und ledrig, als ob es ständig Wind und Wetter ausgesetzt gewesen wäre. Mit der rechten Hand stützte er sich auf den Knauf eines Gehstocks. Die Hand war zwar von Altersflecken übersät, doch sie wirkte kräftig. Seine Schultern waren etwas gebeugt, die braunen Augen jedoch hellwach.

»Sehen Sie da hinten den Kutter mit der blauen Kajüte und der roten Relingumrandung?«

»Oui.«

»Das ist die Noz Deiz, mein ehemaliges Boot.«

»Nacht und Tag. Ein schöner Name.«

»Eh bien, es ist nicht nur ein Name, für mich war es die Realität. Ich habe über 40 Jahre lang oft mehr als 24 Stunden auf meinem Kutter verbracht. Wenn die Fangzonen weit draußen lagen, war ich manchmal drei, vier Tage am Stück unterwegs. Und dabei hatte ich es nicht nur mit Fischen, Muscheln und Hummern, sondern auch mit Algen zu tun. Den guten wie den schlechten. Vor allem die Grünalgen haben sich in letzter Zeit in den Buchten zu einer wahren Plage entwickelt.«

»Inwiefern?«

»Es werden ständig mehr. Inzwischen müssen sie an einigen Stränden fast täglich mit Traktoren zusammengeschoben und anschließend auf der Deponie in Lantic entsorgt werden.«

»Und was hat Aenor damit zu tun?«, wunderte sich Sophie. »Ihr Geschäft sind doch die essbaren Algen.«

»Sie hilft manchmal, die vermaledeiten Grünalgen abzutransportieren. Mit ihrem flachen Boot kommt sie direkt auf den Strand herauf. Das Abfahren der Algen spült Geld in die Kasse, auch wenn es keine sonderlich angenehme Arbeit ist.«

»Aber Aenor kann mit ihrem Boot doch nicht zur Deponie schippern, die liegt sicherlich landeinwärts.«

»Oui, oui, das wollte ich ja eben sagen.« Der Fischer nickte heftig mit dem Kopf, wodurch ihm die Mütze in die Stirn rutschte. Er schob sie mit einer geübten Handbewegung zurück. »Normalerweise läuft es so ab, dass einer von den LeDruff-Brüdern hier im Hafen mit Schlepper und Anhänger bereitsteht, um die Ladung abzuholen. Da die Landwirtschaft nicht mehr so viel wie früher abwirft, verdienen sich die Jungs auf diese Weise ein paar Euros dazu. Ich verstehe nicht, warum sie noch nicht hier waren.«

»Wann haben Sie Aenor denn das letzte Mal gesehen?«

Der alte Fischer musste nicht lange überlegen. »Gestern Morgen, kurz nach Sonnenaufgang. Da hatte sie sich zum Ausfahren bereit gemacht. Ich bin immer früh am Hafen, das steckt mir im Blut, ich kann nicht anders.«

»Ich habe gegen elf mit ihr telefoniert«, erinnerte sich Sophie. »Da haben wir für heute einen Termin ausgemacht. Wir wollten uns vor einer halben Stunde treffen.«

»Das passt nicht zu Aenor«, murmelte der Fischer.

»Glauben Sie, dass Ihr etwas zugestoßen ist?« In Sophies Magen machte sich plötzlich ein mulmiges Gefühl breit.

»Wenn sie einen Unfall auf See gehabt hätte, würde ihr Boot nicht hier vor Anker liegen«, erwiderte der Fischer.

»Da haben Sie recht.« Sophie nickte. »Vielleicht hat sie sich nach dem Anlegen mit jemandem getroffen und die Zeit vergessen.«

»Ich kenne sie seit anderthalb Jahren. Sie kommt regelmäßig zu mir, wenn sie einen Rat braucht. Die Algenfischerei ist nicht ihr ursprünglicher Beruf, sie musste viel Neues lernen. Ich kann nur sagen, dass ich Aenor stets als sehr zuverlässig erlebt habe. Und als überpünktlich«, betonte der Fischer. »Wenn sie, aus welchem Grund auch immer, einen unserer Termine nicht wahrnehmen konnte, hat sie frühzeitig abgesagt.«

»Ihr Handy scheint ausgeschaltet zu sein.«

»Das ist nicht gut.« Der Fischer klang jetzt ebenfalls besorgt.

Sophie fasste einen Entschluss. »Es bringt nichts, weiter im Regen rumzustehen und zu spekulieren. Ich schaue mich auf dem Boot um. Könnte doch sein, dass sie gestürzt ist und bewusstlos in der Kajüte oder im Laderaum liegt. Und dringend Hilfe benötigt.«

»Wenn meine Beine zehn Jahre jünger wären, wäre ich längst an Bord«, sagte der Fischer mit einem resignierten Seufzen.

»Ich komme allein klar.« Sophie ging an die Kaikante und schob das rechte Bein über die Reling. Für ein paar Sekunden überfiel sie die Angst, dass das Boot sich durch die Strömung genau in dem Moment ein Stückchen seitwärts vom Kai wegbewegen und sie in den Spalt zwischen der Kaimauer und dem Bootsrumpf fallen würde. Mit einer ruckartigen Bewegung zog sie das linke Bein nach und spürte wieder Boden unter den Füßen. Auch wenn der leicht schwankte.

»Ça va?«, rief der Fischer.

»Ja, alles okay. Doch es riecht wirklich nicht gut hier.«

»Beugen Sie den Kopf nicht zu weit zu den Algen runter.«

»Nein, ich sehe mir mal die Kajüte an.« Vorsichtig bahnte sich Sophie einen Weg zwischen dicken Tauen, gelben und blauen Kunststoffwannen, leuchtend roten Bojen und anderen maritimen Utensilien, die Aenor bei ihrer Arbeit täglich benötigte. Die Tür zur kleinen, weiß gestrichenen Kajüte war einen Spaltbreit geöffnet. Sophie zog sie auf, trat über die niedrige Schwelle und blickte um sich. Auf dem Armaturenbrett oberhalb des Steuerrades lagen Seekarten und ein paar ausgedruckte DIN-A4-Blätter, die zum Teil Wasserspuren aufwiesen. Neben dem Schalthebel stand eine Emailletasse. Der Kaffee darin war kalt. Eiskalt.

»Aenor?«, versuchte sie es erneut, der Form halber. In der winzigen Kajüte gab es keinen Platz, wo die Algenfischerin sich hätte verstecken können.

Sophie ging wieder nach draußen.

»Nichts?«, rief der Fischer.

»Non, rien. Ich checke kurz die andere Seite.« Mit gebührendem Respekt tastete sie sich um den mit einem Stahlhaken versehenen Kopf des mechanischen Gelenk-Greifarms herum, der ausgestreckt vom Heck bis fast zur Kajüte reichte. Der Geruch nach faulen Eiern wurde intensiver. Sophie zog ihren bunten Strickschal, den sie um den Hals geschlungen hatte, vor Mund und Nase. Wie hält Aenor das nur aus, wunderte sie sich. Das ist kein einfacher Job. Sie ließ ihren Blick über die Algen schweifen, von denen einige wie braun-grüne Girlanden an der Reling baumelten. Von Aenor fehlte weiterhin jede Spur.

Sophie wollte schon umkehren, da bemerkte sie die Spitze eines schwarzen Gummistiefels, der aus dem Algenberg herausragte. Sie stutzte. Hatte Aenor einen Schuh verloren? Das beklemmende Gefühl, das sie auf dem Kai schon verspürt hatte, steigerte sich zu echter Furcht. Was, wenn es sich nicht um einen abgestreiften und achtlos an Deck liegen gelassenen Stiefel handelte? Wenn der Stiefel noch an einem Fuß steckte? An Aenors Fuß? Sophie wusste, dass ihr nur eine Möglichkeit blieb, das herauszufinden.

Sie beugte sich hinunter und begann, mit den bloßen Händen die Algen wegzuschaufeln. Zuerst legte sie die Beine frei, dann den Oberkörper und zum Schluss das Gesicht. Aenors leblose Augen starrten in den wolkenverhangenen Himmel.

Sophie wurde von einem Würgereiz geschüttelt. In ihrem Kopf machte sich ein seltsames Brummen breit, das Boot schwankte zunehmend, als ob aus dem Nichts ein Sturm aufgekommen wäre.

Eine Hand packte sie hart an der Schulter. »Sie müssen hier weg!«

Wie in Zeitlupe drehte sich Sophie um und erblickte den alten Fischer, der ebenfalls an Bord gekommen war. »Aber Aenor … Ich kann sie nicht so liegen lassen.«

»Aenor kann niemand mehr helfen. Doch wir müssen runter vom Boot. Sofort!«

Er rüttelte so lang an ihrem Jackenärmel, bis Sophie sich widerwillig abwandte und zurück in Richtung Kajüte schlurfte. Ihre Knie fühlten sich wie Wackelpudding an, und ihre Augen tränten.

»Schaffen Sie es über die Reling?«, fragte der Fischer.

Sophie nickte stumm.

Als sie sicher auf dem Kai stand, hielt sie kurz inne, um sich zu sammeln. Dann reichte sie dem Fischer eine Hand und unterstützte ihn, bis er ebenfalls an Land geklettert war.

Der alte Mann blieb eine Weile mit gebeugtem Oberkörper stehen und schnappte keuchend nach Luft. Als er wieder zu Atem gekommen war, wandte er sich an Sophie. »Sie haben ein Handy dabei, oder? Rufen Sie die Polizei an.«

3. KAPITEL

Eine Stunde später saß Sophie wie ein Häufchen Elend im zum mobilen Büro ausgebauten Einsatzwagen des Polizeireviers von Saint-Brieuc. Eine mitfühlende Beamtin hatte ihr eine wärmende Decke um die Schultern gelegt und reichte ihr einen Becher heißen Tee.

»Den habe ich aus dem La Voile für Sie kommen lassen. Das Bistro hat zum Glück schon auf. Trinken Sie, das wird Ihnen guttun.«

Sophies Hände zitterten, doch sie schaffte es, etwas von der heißen, süßen Flüssigkeit in den Mund zu bekommen und runterzuschlucken. Der Zucker zeigte innerhalb kürzester Zeit Wirkung. Sie fühlte sich in der Lage, wieder einen einigermaßen klaren Gedanken zu fassen.

»Was ist mit dem Fischer? Der alte Mann steht bestimmt unter Schock. Er sollte nicht im Regen warten müssen.«

»Ein Kollege hat ihn nach Hause gefahren und unterhält sich dort mit ihm.«

Sophie nippte am Tee und versuchte so, den sich anbahnenden Weinanfall zu unterdrücken. Sie konnte das grauenhafte Bild von Aenors zum Himmel aufgerissenen, leblosen Augen und ihres verzerrten Gesichtes nicht abschütteln. Einen derartigen Ausgang ihrer Suche hatte sie nicht erwartet. Sie räusperte sich, weil sich ihr Hals trotz des heißen Tees wie zugeschnürt anfühlte. Dann richtete sie das Wort an die Beamtin: »Hat jemand von Ihren Kollegen versucht, Aenor wiederzubeleben? Vielleicht hätte sie noch eine Chance gehabt. Ich konnte nichts tun, der alte Mann hat mich weggezogen. Ich weiß nicht, wie lange sie schon«, Sophie hielt zwei, drei Sekunden inne, weil es ihr schwerfiel, den Satz zu beenden, »so dalag.«

»Ich glaube nicht, dass Sie oder jemand anders Madame Le Tammiers noch hätten helfen können«, sagte die Beamtin leise.

»Was ist nur geschehen? Ist sie auf den nassen Planken ausgerutscht? Oder hat der Gelenkarm sie am Kopf erwischt und sie ist ohnmächtig geworden? Aber warum war sie dann mit diesen stinkenden Algen bedeckt?«

Die Schiebetür des Einsatzwagens wurde geöffnet und ein Mann trat ein. Er schüttelte sich kurz wie ein nasser Hund, fischte ein Papiertaschentuch aus der Jackentasche, nahm die runde Nickelbrille ab und rieb die Gläser trocken.

»Quel temps de chien, was für ein Sauwetter«, murmelte er.

Der Nieselregen hatte im Laufe der letzten halben Stunde an Intensität deutlich zugenommen, wahre Sturzbäche prasselten inzwischen vom Himmel. Harte Windböen rüttelten alle paar Minuten am Einsatzwagen.

Der Kommissar nahm schnell Platz, strich sich das nasse Haar aus der Stirn, setzte die Brille wieder auf und stutzte. »Bonjour Madame. Wir kennen uns, nicht wahr?«

Sophie hatte Commissaire Kerilis sofort erkannt. »Ja. Sie waren bei uns im Bistro. In Erquy, im ›Chez Leon‹, das jetzt ›Chez Sophie‹ heißt.«

»Mais oui! Die Sache mit den Jakobsmuscheln! Tragischer Fall. Ich hoffe, das hat Sie keine Kunden gekostet.«

»Ein paar schon. Wir konnten jedoch andere dazugewinnen. Das Bistro hat sich inzwischen ziemlich verändert, und unsere Speisekarte auch«, sagte Sophie mit Stolz in der Stimme. Der Gedanke an ihre geliebte Küche half ihr, den grässlichen Fund für kurze Zeit zwar nicht zu vergessen, aber besser zu ertragen.

»Mais oui, Sie haben sich zu einem Paradies für alle, die der fleischlosen Kost zugetan sind, entwickelt. Meine Nichte studiert in Rennes und war an den Wochenenden schon ein paarmal mit Freunden bei Ihnen. Sie schwärmt von Ihrer Küche. Obwohl mir, ehrlich gesagt, ein ordentliches Entrecôte lieber ist.«

»Auch das können Sie bei uns bekommen«, versicherte ihm Sophie.

»Ich werde es mir merken.« Commissaire Kerilis zog einen Notizblock und einen Kugelschreiber aus der Tasche und legte beides auf den kleinen Tisch, an dem sie sich gegenübersaßen.

»Soll ich draußen weiterhelfen?«, fragte die Beamtin den Commissaire.

Kerilis überlegte kurz. »Ja, Sie könnten mit einer Kollegin oder einem Kollegen von Haus zu Haus gehen und fragen, ob jemand etwas gesehen hat. Und gegebenenfalls die Adressen notieren, damit wir die Zeugen aufs Kommissariat bitten können.«

Die Beamtin zog die Kapuze ihrer Jacke über den Kopf. »Au revoir«, verabschiedete sie sich von Sophie.

Kerilis schlug den Block auf und zückte den Stift. »Nun zu Ihnen. Man hat mir bereits gesagt, dass Sie mit der Verstorbenen«, er konsultierte kurz seine Notizen, »mit Aenor Le Tammiers, verabredet waren.«

»Ja, wir haben gestern telefoniert und vereinbart, uns heute bei Aenor im Laden zu treffen.«

»Wirkte sie bei Ihrem letzten Gespräch nervös oder angespannt auf Sie? Hat Madame Le Tammiers sich in irgendeiner Weise besorgt geäußert?«

Sophie musste nicht lange nachdenken. »Mais non, pas du tout. Aber vielleicht täusche ich mich, wir kannten uns erst seit wenigen Wochen.«

»Sie waren also keine engen Freundinnen?«

»Wir wollten Geschäftspartnerinnen werden.«

»Aha, was wollten Sie denn gemeinsam auf die Beine stellen?«

»Ein kleines Feinschmeckersortiment an Algenprodukten. Tartinades, Confits, Pesto, Senf, Gewürzmischungen, Nudeln.«

Kerilis zog eine Grimasse, als ob er in eine Zitrone gebissen hätte. »Das schmeckt?«

»Bien sûr! Heute wollten wir besprechen, wie wir mit meinen Rezepten in die Produktion gehen könnten. Daraus wird jetzt wohl nichts mehr.« Sophie schniefte aus Enttäuschung und auch, weil sie plötzlich wieder Aenors totenbleiches Antlitz vor Augen hatte.

»Es tut mir leid«, sagte der Kommissar.

Sophie fuhr verstohlen mit dem Handrücken unter der Nase entlang. »Haben Sie schon eine Ahnung, woran sie gestorben ist?«

»Nein, dafür ist es zu früh. Außerdem dürfte ich es Ihnen zu diesem Zeitpunkt nicht sagen, wir haben die Ermittlungen ja erst aufgenommen.«

»Ich weiß, aber es beschäftigt mich. Ich habe sie schließlich gefunden.«

»Ich werde Sie benachrichtigen, sobald mir das möglich ist«, versprach Kerilis. »Ich denke, fürs Erste haben wir alles geklärt. Ich werde mich in den nächsten Tagen mit weiteren Fragen bei Ihnen melden.«

»Sie können mich entweder im Bistro oder auf dem Handy erreichen.«

Der Kommissar schrieb die Nummern, die Sophie ihm diktierte, auf den Block. »Bon. Ich werde nun bei den Kollegen von der Spurensicherung fragen, was sie bis jetzt herausgefunden haben. Ich befürchte allerdings, dass bei der Sintflut da draußen alle brauchbaren Spuren weggeflossen sind.«

Sophie konnte dem Kommissar ansehen, dass er keine große Lust hatte, den dank der Standheizung warmen und trockenen Wagen zu verlassen. Sie nahm die Decke ab, faltete sie zusammen und legte sie auf den Sitz neben sich.

»Ich fühle mich irgendwie verantwortlich«, gestand sie. »Vielleicht wäre das nicht passiert, wenn wir uns heute nicht verabredet hätten. Dann wäre Aenor womöglich länger mit ihrem Boot draußen geblieben und jetzt nicht tot.«

»Mais non, was sagen Sie denn da? Sie sind mit Sicherheit nicht schuld an Madame Le Tammiers' Tod«, widersprach der Kommissar heftig. »Nach dem aktuellen Stand unserer Ermittlungen wissen wir nicht, was genau vorgefallen ist. Wir müssen abwarten, was die Pathologie feststellt. Aber Sie, Sie müssen sich weiß Gott keine Vorwürfe machen.«

»Das ist leichter gesagt als getan.« Sophie erhob sich. »Dann fahre ich jetzt wohl ins Bistro nach Erquy zurück.«

»Konzentrieren Sie sich auf Ihre Gäste und Ihre Rezepte, und wir kümmern uns um Madame Le Tammiers.«

Der Kommissar öffnete die Schiebetür, und sie traten beide in den Regen hinaus.

»Au revoir«, verabschiedete sich Sophie und rannte mit eingezogenem Kopf zu ihrem Auto.

Auf der Rückfahrt grübelte sie, warum der Vormittag, der so vielversprechend begonnen hatte, so tragisch hatte enden müssen. Aenor hatte im Sommer erst ihren 35. Geburtstag gefeiert, hatte ihre ganze Zukunft vor sich gehabt. Sie hätte sich verlieben, eine kleine Schar an Kindern bekommen, ihre Firma weiter ausbauen und ein erfülltes langes Leben führen können. Stattdessen lag sie kalt und starr inmitten eines Haufens stinkender Algen.

Mit der linken Hand hielt Sophie das Lenkrad umklammert, während sie sich mit der rechten die Tränen von den Wangen wischte.

*

Kurz vor Erquy hatte sie sich wieder einigermaßen gefangen und kam zu dem Entschluss, nicht gleich mit den schrecklichen Neuigkeiten herauszuplatzen. Sie betrat das Bistro, als der letzte Gast bei Madame Rozar seine Rechnung beglich, grüßte mit einem angedeuteten Kopfnicken und eilte in die Küche. Am Holztisch vor der Fensterbank saß ein inoffizieller, aber sehr geschätzter Gast: Doktor Bonnet. Sophie hängte ihre feuchte Jacke und den Schal an die Garderobe und musterte den Freund kritisch.

»Du siehst nicht gut aus, Jean-Luc. Und wir haben dich in den letzten Tagen vermisst. Bist du etwa krank?«

Doktor Bonnet seufzte. »Nein, nur müde, so fürchterlich müde.«

Sophie zog einen zweiten Stuhl unter dem Tisch hervor und ließ sich darauffallen. »Warum? Du bist doch in Rente, hast deine Praxis seit fast einem Jahr aufgegeben.«

»Ja, mein Alltag ist ohne die Sorge um meine Patienten und den lästigen Verwaltungskram deutlich entspannter geworden. Aber ich habe eine Verantwortung übernommen, der ich mich nicht gewachsen fühle.«

»Hast du Stress, weil du dieses bedeutende Fest Ende Oktober für die Goursez Breizh vorbereiten musst? Dieses Halloween auf Bretonisch?«

»Du meinst Samain, den Übergang zu den dunklen Monaten und das Gedenken an die Toten. Es stimmt, die Feierlichkeiten machen viel Arbeit, schließlich werden sie über eine Woche dauern«, erklärte Doktor Bonnet, der nicht nur Allgemeinmediziner im Ruhestand, sondern auch Druide und Vorsitzender der regionalen Bardenvereinigung war. »Aber das ist es nicht.«

»Was dann?«

»Mein Besuch aus Paris.«

Richtig, daran hatte Sophie vor lauter Aufregung nicht mehr gedacht.

Filip war kurz zum Rauchen draußen gewesen und kam nun in die Küche zurück. Er hatte Doktor Bonnets letzte Worte wohl gehört und sagte: »Ich hoffe, sie ist hübsch.« Seine dunkelbraunen Locken waren feucht, obwohl er unter dem Dachvorsprung Unterschlupf gesucht hatte. »Kochen scheint sie jedenfalls gut zu können, du hast in den letzten Tagen unser Mittagsmenü verschmäht.«

»Schön wär's«, erwiderte Doktor Bonnet wehmütig. »Mein Besuch ist männlich. Es handelt sich um den Sohn einer Freundin aus Paris.«

»Was will er um diese Jahreszeit in der Bretagne?«, wunderte sich Sophie.

Madame Rozar stellte ihr Tablett auf dem Tresen ab und schaute mit ihren kleinen blassgrauen Augen kampfeslustig in die Runde. »Was heißt denn ›um diese Jahreszeit‹? Hier bei uns in der Bretagne ist es zu jeder Jahreszeit wunderbar. Einfach fantastique!«

»Mais oui. Besonders heute.« Filip wies mit dem Kinn zum Fenster, das vom Regen beschlagen war.

»Das Jüngelchen wird sich ein bisschen die frische Luft um die Kiemen wehen lassen wollen«, sagte Madame Rozar und legte ihre Schürze ab.

»Das Jüngelchen ist 45«, erwiderte Doktor Bonnet trocken.

»Eh bien, dann ist er wenigstens aus dem Alter raus, in dem du ihm eine Gutenachtgeschichte vorlesen musst.« Filip grinste.

»Nein, es ist eher andersherum. Er liest mir zwar nichts vor, erzählt aber gerne Geschichten. Robert, so heißt mein Besuch, redet gern über sich selbst und neigt zu endlosen Diskussionen. Meistens sitzen wir die halbe Nacht am Kamin oder in der Küche.«

»Tja, er stammt aus Paris und ist damit eben redseliger als ein Bretone«, meinte Filip.

»Robert durchlebt gegenwärtig eine Sinnkrise und versucht, mit sich ins Reine zu kommen.«

»Mais oui, das ist die crise de la quarantaine«, meldete sich Madame Rozar mit lauter Stimme zu Wort. »Wenn man die 40 überschritten hat, spielen die Hormone auch bei den Männern verrückt. Das war bei meinem Brieg, Gott hab ihn selig, genauso. Mit 43 hatte er plötzlich den Spleen, partout in den Süden, in die Nähe von Uzès, zu ziehen. ›Nur über meine Leiche‹, habe ich dazu gesagt.« Madame Rozar streckte sich und schien für einen Moment weit über ihre 1,58 Meter hinauszuwachsen. Dann ließ sie die Schultern wieder sinken und schrumpfte auf ihr Normalmaß. »Keine acht Monate später haben wir ihn auf dem Friedhof von Fréhel zu Grabe getragen. Doch daran war nicht die Hormonumstellung, sondern ein Reifenplatzer auf der N 12 kurz vor Lamballe schuld. Eh bien, c'est la vie. Wir sind alle in Gottes Hand.«

»Was habe ich ein Glück, dass ich als Einziger hier im Raum noch etliche Jahre von der großen Krise entfernt bin.« Filip wirkte sichtlich erleichtert.

»Bei Nikotinabhängigen kommt das Hormonchaos früher«, konterte Madame Rozar.

»Uh, erinnert mich bloß nicht an Rauchen«, sagte Doktor Bonnet niedergeschlagen. »Robert stopft sich eine übel riechende Kräutermischung in seine Pfeife. Die soll angeblich gesund sein und die Hirnleistung steigern, doch ich bekomme Kopfschmerzen davon.«

»Mon Dieu, kein Wunder, dass du angeschlagen wirkst. Wie lange musst du denn noch durchhalten? Wann fährt dieses Pariser Weichei wieder nach Hause?«, wollte Filip wissen.

»Wenn es ihm besser geht«, murmelte Doktor Bonnet und seufzte.

Madame Rozar kam ein paar Schritte auf Sophie zu, die in Schweigen verfallen war und vor sich hin stierte. Sie musterte sie mit einem Stirnrunzeln. »Ma chère, Sie sehen heute auch nicht wie das blühende Leben aus, wenn ich das mal so feststellen darf.«

»Ja, du bist ziemlich blass um die Nase«, stimmte Filip der neuen Kollegin zu. »Was machst du eigentlich hier? Ich dachte, du hast frei und willst den ganzen Tag bei deiner Bekannten bleiben.«

Sophie konnte nun die Tränen nicht mehr zurückhalten. »Ach, es ist etwas Schreckliches geschehen, ich kann es selbst kaum fassen!«

Doktor Bonnet wirkte auf einen Schlag wach. »Mon Dieu, hattest du einen Unfall? Oder warst an einem beteiligt?«

»Nein, mir geht es einigermaßen gut. Aber Aenor Le Tammiers, meine zukünftige Geschäftspartnerin, sie …« Sophie verstummte, und schlug die Hände vors Gesicht.

Doktor Bonnet rieb ihr mitfühlend über den Rücken. Eine Weile sagte niemand etwas. Alle warteten, bis Sophie sich etwas beruhigt hatte.

»Tut mir leid«, schniefte sie schließlich.

»Das muss es nicht«, versicherte ihr Doktor Bonnet und reichte ihr ein Taschentuch.

»Aenor … Ich kann es einfach nicht fassen«, sagte sie, nachdem sie sich die Nase geputzt hatte.

»Meinen Sie etwa die nette junge Algenfischerin vom Wochenmarkt?«, fragte Madame Rozar. »Sie hat mich erst vorletzten Samstag überredet, ein Beutelchen von ihrem Sel de Guérande aux algues mitzunehmen. Ich gebe zu, dass ich anfänglich skeptisch war, so neumodisches Zeug ist nicht unbedingt meins. Aber auf Baguette mit Butter oder auf Gurkenscheiben schmeckt es köstlich, très délicat.«

Sophie schluckte mehrmals, um den Kloß im Hals loszuwerden, und war dankbar für Madame Rozars Redefluss. So blieb ihr etwas Zeit, um sich zu sammeln, bevor sie das

Schreckliche aussprach. »Aenor wird nie mehr etwas verkaufen oder nach Algen fischen«, sagte sie mit rauer Stimme. »Ich habe sie tot auf ihrem Boot gefunden.«

»Mais non! Der Herrgott sei ihrer Seele gnädig.« Madame Rozar bekreuzigte sich.

Betretenes Schweigen machte sich breit. Filip ging zu einem der Oberschränke und holte vier Gläser hervor. Die stellte er zusammen mit einer Flasche Lambig auf den Tisch. »Ich wollte eigentlich Kaffee kochen, aber ich glaube, der ist jetzt eher angebracht.« Er goss großzügig vom Apfelbranntwein ein.

»Merci, das kann ich jetzt gut gebrauchen. Mon Dieu, ich bekomme die grässlichen Bilder nicht aus dem Kopf.« Sie erzählte, wie sie Aenor zuerst vergeblich gesucht und dann unter dem Algenberg entdeckt hatte.

»Quelle horreur! Wir furchtbar! Die arme Madame Le Tammiers.« Madame Rozar leerte ihr Glas in einem Zug.

Doktor Bonnet ließ die amberfarbene Flüssigkeit in seinem Glas kreisen, trank aber entgegen seinen sonstigen Gewohnheiten nicht. »Hast du eine Ahnung, wie sie gestorben ist?«, wollte er von Sophie wissen.

»Ich weiß es nicht, ich hatte in dem Moment keine Zeit, sie genauer anzuschauen. Ein alter Fischer, der sich ebenfalls um Aenor sorgte, hat mich gezwungen, das Boot auf der Stelle zu verlassen. Er meinte, die Algen seien gefährlich.«

»Was waren das für Algen?«

»Keine von den Sorten, die Aenor für ihre Lebensmittelproduktion erntet. Das waren Grünalgen, die sie von einem der weiter entfernten Strände mit ihrem Boot abtransportiert hat.«

»Sie hat bei der Reinigung der Strände mitgeholfen?«

»Ja, das tat sie wohl öfter, wie mir der Fischer erzählte.«

»Wie war der Zustand dieser Algen? Waren sie frisch oder

schon vermodert?« Doktor Bonnet schien seine Müdigkeit überwunden zu haben, war inzwischen ganz bei der Sache.

»Ein Teil der Ladung war quietschgrün, ein anderer eher bräunlich. Die haben auch sehr unangenehm gerochen. Wegen des Schwefelwasserstoffs, meinte der alte Fischer.«

»Mais oui. Erst vor Kurzem hat in der Zeitung gestanden, dass erneut ein paar Strände auf unbestimmte Zeit gesperrt sind«, rief Madame Rozar aufgeregt. »Einige sind es wohl schon seit Anfang Juli. Da hat es angefangen, dass die Algen wieder einmal überhandnehmen.«

»Wo kommen die plötzlich alle her?«, fragte Filip mit einem Stirnrunzeln.

Madame Rozar gab ihm einen Klaps auf den Oberarm. »Na, aus dem Wasser. Was denken Sie denn? Dass die Marsmännchen sie vom Himmel haben fallen lassen?«

»Haha.« Filip war anzusehen, dass seine Sympathiewerte für die neue Servicekraft endgültig in den Keller gerauscht waren.

»Das Problem sind nicht die Algen an sich, sondern dass sie sich in den letzten Jahren explosionsartig vermehren«, stellte Doktor Bonnet richtig.

Madame Rozar griff zur Flasche und schenkte allen außer Doktor Bonnet nach. »Also ich sage Ihnen: Diese Algen, das können ganz gemeine Killer sein.«

»Sie lesen zu viele Klatsch- und Tratschblätter.« Filip verdrehte die Augen zur Decke.

»Ich lese jeden Morgen die Ouest-France«, empörte sich Madame Rozar.

Sophie warf ihr einen versöhnlichen Blick zu. »Jetzt, wo Sie es sagen … Ich meine auch gelesen zu haben, dass Tiere an einem der Strände zu Schaden gekommen sind.«

»Oui, oui.« Madame Rozar nickte so heftig mit dem Kopf, dass ihre Kurzhaarfrisur in Unordnung geriet. »Eine Rotte

Wildschweine. Und später noch drei oder vier Hunde. Pauvres bêtes.«

»Ist das wahr?«, wandte sich Filip an Doktor Bonnet.

»Leider ja«, antwortete er. »Aber nicht nur das. Auch einen Jogger, der seinem Hund zu Hilfe eilen wollte, hat es erwischt. Sehr tragisch war das. Der Tod des Joggers hat wochenlang in der Lokalpresse Schlagzeilen gemacht.«

»Davon habe ich nichts mitgekriegt. Ihr wollt mich auf den Arm nehmen, oder?« Filip schaute unsicher in die Runde.

»Nein«, beteuerte Doktor Bonnet. »Ab einem gewissen Stadium strömen die Grünalgen beim Verrotten giftigen Schwefelwasserstoff aus. Man merkt es am Geruch.«

»Eh bien, an manchen Stellen roch es auf dem Boot wirklich ekelhaft«, erinnerte sich Sophie. »Und nachdem ich die Algen mit den Händen weggeschaufelt hatte, war mir schon ein bisschen komisch: Mir brannten die Augen, mir war schwindelig und ich musste husten. Doch ich dachte, das käme von der Anstrengung oder dem Schrecken.«

»Das sind die ersten typischen Anzeichen einer Schwefelwasserstoffvergiftung«, konstatierte Doktor Bonnet.

»Mag ja sein. Aber davon stirbt man doch nicht so schnell«, sagte Filip, der nach wie vor nicht überzeugt klang.

»Auch hier muss ich dir widersprechen. Ab einer gewissen Konzentration ist Schwefelwasserstoff innerhalb von wenigen Sekunden tödlich«, klärte Doktor Bonnet ihn auf. »Deshalb trifft es bei Unfällen mit diesem Toxin oft den in Not Geratenen und den Helfer. Zwei bis drei Atemzüge reichen mitunter aus, dass man bewusstlos zusammenbricht.«

Sophie wurde noch blasser. »Dann hat der alte Fischer mir das Leben gerettet?«

»Das kann ich nicht beurteilen«, sagte Doktor Bonnet. »Doch es war auf jeden Fall nicht verkehrt, dass er dich sofort von den Algen weggelotst hat.«

»Ich habe mich schon gewundert, warum die von der Spurensicherung Masken trugen.«

»Atemschutzmasken«, präzisierte Doktor Bonnet. »Sie sind auf Nummer sicher gegangen.«

Sophie sah den Arzt über den Rand ihres Glases fragend an. »Wenn dieser Schwefelwasserstoff so gefährlich ist – könnte es dann sein, dass Aenor dadurch zu Tode gekommen ist?«

»Das wird die toxikologische Untersuchung klären«, antwortete Doktor Bonnet. »Je nachdem, wie viel Gift die Algen ausgeströmt haben und wie viel sie davon eingeatmet hat.«

»Mon Dieu, was für eine schreckliche Art zu sterben!« Madame Rozar streckte die Hand nochmals in Richtung der Lambig-Flasche aus.

Filip schob sein Glas demonstrativ zur Seite und sagte: »Also war es ein Unfall? Ein tragischer Arbeitsunfall?«

»Könnte sein, aber ich glaube es nicht.« Sophie blieb skeptisch.

»Vielleicht wusste sie nicht, dass diese Grünalgen tödlich sein können. Oder sie hat die Gefahr unterschätzt«, meinte Filip.

»Das kann ich mir nicht vorstellen«, widersprach Sophie. »Der Fischer hat mir erzählt, dass Aenor öfter beim Abtransport half. Sie hätte sich also auskennen müssen, hätte wissen müssen, ab wann es mit den vermodernden Grünalgen brenzlig wird. Außerdem waren maritime Algen ihr Metier.«

»Weißt du, was mit der Algenladung, die sie an Bord hatte, geschehen sollte?«, fragte Doktor Bonnet.

»Es sollte jemand mit einem Traktor kommen und sie abholen. Die an den Stränden zusammengeschobenen Algen werden in der Deponie in Lantic vernichtet.«

»Und dieser Jemand kam nicht? Warum?«

»Das weiß ich nicht«, musste Sophie eingestehen. »Eigentlich weiß ich gar nichts – außer, dass Aenor nicht mehr am

Leben ist. Und ich frage mich, wieso«, fügte sie nach einer kurzen Pause hinzu.

»Es kann nur ein Unglücksfall gewesen sein«, beharrte Filip. »Oder hast du Blut gesehen? War sie verletzt?«

»Mir ist nichts aufgefallen.«

»Also nichts, was darauf hinweist, dass ihr jemand Gewalt angetan hat. Ich glaube, es ist so abgelaufen: Sie hat, aus welchen Gründen auch immer, zu viel Dämpfe von diesem giftigen Grünzeug eingeatmet und ist, wie Jean-Luc eben erklärt hat, auf der Stelle bewusstlos geworden. Dadurch war sie nicht mehr in der Lage, wegzulaufen oder um Hilfe zu rufen. Ich hoffe nur, dass es schnell gegangen ist, dass sie nicht leiden musste.«

»Die arme Kleine.« Madame Rozar schniefte.

»Eh bien, wenn ich jetzt so darüber nachdenke …« Sophie zögerte kurz, bevor sie weiterredete. »Für mich spricht viel dafür, dass Aenor an einer Schwefelwasserstoffvergiftung gestorben ist. Sie lag ja mitten in dem Teil der Algen, bei denen der Verrottungsprozess weit fortgeschritten war.«

»Oui.« Doktor Bonnet nickte zustimmend.

»Was ich jedoch nicht verstehe – warum lag sie nicht auf den Algen, sondern fast vollständig unter ihnen begraben? Bei aller Fantasie, sie hat sich doch bestimmt nicht selbst darin eingegraben.«

»Nein«, gab ihr Doktor Bonnet recht. »Das weist eindeutig darauf hin, dass eine zweite Person im Spiel war.«

»Verstehe ich das richtig? Ihr geht allen Ernstes davon aus, dass sie ermordet wurde?« Filip wirkte geschockt.

»Ich halte es zumindest nicht für ausgeschlossen«, sagte Doktor Bonnet düster.

Sophie schlug mit der flachen Hand auf den Tisch. »Ich hatte gleich das Gefühl, dass an der Sache etwas faul war. Im wahrsten Sinn des Wortes. Und ich habe Kommissar Kerilis angemerkt, dass er ebenfalls nicht an einen Unfall glaubte. Sonst wäre er da nicht mit dem ganz großen Besteck aufgeschlagen. Als ich gefahren bin, waren seine Leute dabei, jeden Millimeter auf dem Boot zu untersuchen, jede Nische, jeden Winkel. Sogar die Algen wurden von oben nach unten gekehrt. Ich möchte fast mein bestes und sündhaft teures Küchenmesser darauf verwetten: Aenor wurde Opfer einer Gewalttat.«

»Aber wer tut so etwas?« Madame Rozar stand die Empörung ins runde, vom Lambig gerötete Gesicht geschrieben.

Sophie leerte ihr Glas in einem Zug. »Genau das werde ich herausfinden.«

4. KAPITEL

»Sag mal, hast du Lust auf Crêpes?«, fragte Sophie ihre Freundin Yuna Kerloc am Telefon.

»Bist du dabei, ein neues Rezept auszuprobieren? Dann biete ich mich gern als selbstlose Vorkosterin an«, antwortete Yuna. »Deinen Far breton reißen uns die Gäste beinahe aus den Händen. Der Pflaumenkuchen ist schon morgens der Renner. Die Leute kommen zu uns in die ›La Chaloupe‹, statt in die Bäckerei zu gehen. Eh bien, ich beklage mich nicht darüber.« Yuna lachte. Sie betrieb mit ihrem Vater Thierry eine Bar Tabac nahe der Chapelle Notre-Dame des Marins.

»Tut mir leid, ich muss dich enttäuschen. Ich möchte dich ins P'Tit Breizh einladen«, sagte Sophie.

»Die Crêperie von Treveur Le Tammiers in der Rue du Port?«

»Genau die.«

»Was willst du ausgerechnet da?« Yuna klang verwundert. »Das ist eine üble Touristenfalle. Die kann mit dem ›Chez Sophie‹ nicht mithalten. Ich weiß von einer Serviererin, die auch mal bei uns ausgeholfen hat, dass Treveur die Crêpes und Galettes im Großmarkt kauft und als hausgemacht ausgibt. Das Eis ist Billigware aus dem Discounter in Saint-Alban, das er mit Sahne und ein paar Zuckerstreuseln aufhübscht und teuer an seine nichts ahnenden Gäste verscherbelt. Deshalb hat er besonders gern Kundschaft aus dem Ausland: Holländer, Deutsche, Briten, Belgier und so. Die beschweren sich seltener, wenn sie über den Tisch gezogen werden.«

»Die Crêpes sind eher ein Vorwand«, gestand Sophie. »Es geht mir nicht ums Essen.«

»Worum dann? Und warum willst du dein gutes Geld in einem grottenschlechten Restaurant ausgeben?«

»Sitzt du gerade?«

»Ja, ich bin im Büro«, antwortete Yuna zögerlich. »Was ist los? Du hörst dich so geheimnisvoll an.«

»Kennst du Treveurs Frau?«

»Aenor? Ja, ich habe sie mal auf einer Veranstaltung zum Schutz maritimer Ökosysteme in Saint-Suliac kennengelernt. Aber soviel ich weiß, ist sie von Treveur geschieden.«

»Ich war vorgestern mit Aenor verabredet.« Sophie spürte, wie sich erneut ein Kloß in ihrem Hals breitmachte. Sie räusperte sich, um ihn loszuwerden. »Weil sie weder im Laden noch in ihren Produktionsräumen war, bin ich zum Ankerplatz ihres Bootes gefahren. Dort habe ich sie entdeckt. Sie muss schon ein paar Stunden tot gewesen sein.«

Am anderen Ende der Leitung blieb es eine ganze Weile still. »Aenor ist die Tote aus dem Port de Dahouët?« Yuna war geschockt. »Ich habe heute den Artikel in der La Gazette des Caps gesehen. Der war von Nicolaz Hénaff, dessen Stil ich nicht ausstehen kann. Deshalb habe ich nicht mehr als die Überschrift gelesen.«

»Leider besteht kein Zweifel.«

»War es ein Unfall?«

»Das halte ich eher für ausgeschlossen.«

Sophie hörte, wie Yuna scharf die Luft einzog.

»Willst du damit sagen, dass sie ermordet wurde?«

»Ich habe keine Beweise. Und die Polizei hat zur Todesursache bis jetzt nichts rausgelassen. Aber ja, ich bin mir sicher, dass Aenor keines natürlichen Todes gestorben ist. Doktor Bonnet ist übrigens auch der Meinung.«

»Mais non! Sag bloß nicht, ihr habt euer Wer-ist-der-Mörder-Ratespiel wieder aufgenommen. Du erinnerst dich, was im Frühjahr geschehen ist? Da hat dich deine Jagd nach dem Mörder von Arthur Tangi fast das Leben gekostet.«

»Wie könnte ich das vergessen? Ich habe seitdem sogar bei einem simplen Strandspaziergang ein mulmiges Gefühl.«

»Dann lass es.«

»Was? Das Spazierengehen?«

»Nein, das ist gut für die Seele und die Figur«, konterte Yuna. »Ich meinte: Lass es, deine vorwitzige Nase in Dinge zu stecken, die dich nichts angehen.«

»Aenors Tod geht mich was an«, protestierte Sophie. »Sie war meine zukünftige Geschäftspartnerin, und ich habe sie gefunden. Da muss ich mich doch kümmern.«

»Nein, das ist Angelegenheit der Polizei.«

Sophie schwieg, was auch eine Antwort war.

»Eh bien.« Yuna gab einen lang gezogenen Seufzer von sich. »Gehe ich recht in der Annahme, dass ich dich nicht daran hindern kann, das zu tun, was du nicht tun solltest? Dass dein sturer Dickkopf sich wieder durchsetzen wird?«

»Gib dir keine Mühe, ich kann nicht anders. Es wäre mir allerdings eine große Hilfe, wenn ich dich für mein ›Rateteam‹, wie du es nennst, gewinnen könnte.«

»Bon Dieu de bon Dieu«, brummte Yuna. »In was für eine saublöde Situation bringst du mich da wieder?«

»Komm, gib dir einen Ruck. Du hast mir doch auch beim Fall Tangi geholfen. Doktor Bonnet, Dafne, Filip, Ronan und du, wir waren eine tolle Équipe. Du musst fürs Erste ja nichts anderes tun, als mich ins P'Tit Breizh zu begleiten.«

»Bon, d'accord«, willigte Yuna ein. »Weil du meine Freundin bist. Und weil ich sonst viel zu viel Schiss hätte, dass dir was passiert«, fügte sie in einem Nachgedanken hinzu.

»Mille mercis.« Sophie fiel ein Stein vom Herzen. »Du hast ein Essen bei mir gut. Vorspeise, Hauptspeise, Dessert mit allem Pipapo. Ich lade dich zu mir ein, wenn der neue Herd geliefert wurde. Der von deiner Oma war ja höchstens noch als Abstellfläche zu gebrauchen.« Sophie war vor ein paar Wochen in das Häuschen von Yunas verstorbener Großmutter gezogen.

»Sei vorgewarnt. Ich werde dir alle Haare vom Kopf fressen und deinen gesamten Alkoholvorrat plündern.«

»Ich glaube nicht, dass du Ronans Nimmersatt-Appetit toppen kannst.«

»Ich werde mir Mühe geben. Und vorher drei Tage lang nur von Mineralwasser leben.«

»Ich nehme die Herausforderung an«, versprach Sophie grinsend. Dann wurde sie wieder ernst. »Wollen wir uns um vier vor dem P'Tit Breizh treffen? Oder soll ich dich von zu Hause abholen?«

»Nein, ich werde vorher bei unserem neuen Boot vorbeischauen. Ich komme direkt von dort zu Treveurs Crêperie.«

»Wie du meinst. Sag mal: Kennst du ihn eigentlich näher?«

»Wen? Treveur?«

»Ja. Du scheinst einiges über sein Lokal zu wissen.«

»›Näher kennen‹ wäre zu viel gesagt. Wir waren auf derselben Schule, aber Treveur ist drei Jahre älter als ich.«

»Wie war er damals?«

Yuna überlegte ein paar Sekunden. »Eh bien, ich glaube, er war kein guter Schüler, hat sich eher durchgemogelt. Doch in einem war er perfekt: Wenn es knapp auf knirsch stand, konnte er mit einer Charmeoffensive die Lehrer um den kleinen Finger wickeln.«

»Insbesondere die Lehrerinnen?«

»Ja klar. Und auch sonst lagen ihm die Mädels zu Füßen. Treveur sah verdammt gut aus, tut es immer noch. Du wirst nachher kapieren, was ich meine.«

»Und da hat er sich ausgerechnet für Aenor entschieden?«, wunderte sich Sophie. »Versteh mich nicht falsch, ich habe sie wirklich gern gemocht, ich fand sie vom ersten Augenblick an sympathisch. Sie war hilfsbereit, hatte Humor und gehörte zu den wenigen Menschen, die herzhaft über sich selbst lachen können. Und sie war bereit, hart zu arbeiten, alles zu geben. Aber eine Schönheit im klassischen Sinn war sie nicht.«

»Mais non, dafür war sie zu klein und ein bisschen zu kompakt gebaut. Doch sie hatte ein großes Herz und hat sich für Treveurs Restaurant anfangs echt krummgelegt.«

»Warum hat sie damit aufgehört? Und warum sind die beiden inzwischen geschieden?«

»Keine Ahnung. So vertraut war ich mit Aenor nicht.«

»Ich leider auch nicht. Wir haben hauptsächlich über unsere Arbeit, über Algen und Rezepte geredet. Schade eigentlich, sie war eine interessante Frau. Und wer weiß? Vielleicht wäre es anders gekommen, wenn ich mehr über sie gewusst hätte.«

»Du konntest ja nicht ahnen, was geschehen würde.«

»Da hast du wohl recht.« Sophie versuchte, das Gefühl von Beklemmung abzuschütteln. Wenn sie herausfinden wollte, was sich vorgestern am Hafen abgespielt hatte, musste sie einen klaren Kopf bewahren, ihre zum Überschäumen neigenden Emotionen in Schach halten. Sie konzentrierte sich erneut auf das Gespräch mit Yuna. »Gab es wegen der Scheidung keine Gerüchte hier im Ort? Du bist in deiner Bar doch nah dran am hiesigen Buschfunk.«

»Im Allgemeinen schon, aber diesbezüglich habe ich nichts Konkretes mitbekommen. Ich könnte mir allerdings vorstellen, dass Aenor die Reißleine gezogen hat. Treveur neigt trotz seines Charmes, den er vermutlich auf Knopfdruck aktivieren kann, zum Jähzorn. Auf dem Schulhof gab es schnell Rangeleien, wenn ihm etwas nicht passte. Da ist er wie eine Rakete hochgegangen.«

»Mon Dieu. Hat er Aenor geschlagen?«

»Davon weiß ich nichts.«

»Ach herrje, es ist zum Mäusemelken«, schimpfte Sophie. »Ich habe mich schon ein bisschen umgehört, aber vergeblich. Ich habe nicht den Hauch einer Ahnung, wer für Aenors Tod verantwortlich sein könnte. Und ob dieser Treveur in irgendeiner Weise in die Sache verwickelt ist.«

»Vielleicht bekommen wir ja nachher was aus ihm heraus. Wenn wir ihn zu zweit löchern und uns geschickt anstellen, redet er womöglich mehr, als er will.«

»Ha, ertappt!«, rief Sophie triumphierend. »Da spricht die Hobbyermittlerin. Gib es zu, du bist angefixt.«

»Quatsch«, widersprach Yuna heftig. »Ich bin eine Fischerin, die in der Bar Tabac ihres Vaters aushilft und darauf wartet, dass ihr neues Boot endlich fertig wird. Ich habe lediglich auf deine Fragen geantwortet und dir beim Kombinieren geholfen.«

»Oui, oui, ich habe verstanden. Die ganze Angelegenheit interessiert dich nicht die Bohne«, erwiderte Sophie mit einem breiten Grinsen. »Wir treffen uns dann um vier.«

»Bon, d'accord. Aber bis dahin gehe ich nicht mehr ans Telefon«, grummelte Yuna. »Ich muss für mein Kapitänspatent pauken.«

*

Sophie war extra früh losgefahren, um sich vor ihrem Treffen mit Yuna Treveurs Restaurant von außen anzuschauen. Sie parkte auf dem großen Parkplatz hinter dem Boulodrome am Boulevard de la Mer und ging in Richtung Hafen.

Die Crêperie war nicht zu übersehen: Eine pinke Markise mit dem in blauen, geschwungenen Lettern aufgedruckten Schriftzug »P'Tit Breizh« reichte bis auf den Bürgersteig.

Unter der Markise waren blaue Tische mit jeweils vier pinken Stühlen platziert worden. Auf jedem Tisch stand eine kleine weiße Vase mit einer künstlichen hellrosafarbenen Hortensienblüte. Aus Lautsprechern, die unter der Markise verborgen sein mussten, dudelte leise bretonischer Folk-Rock. Sophie erkannte »tri martolod«, das Lied um drei junge Matrosen, die sich einst auf die Reise gemacht hatten und inzwischen in verschiedenen Sprachen auf der ganzen Welt besungen wurden. Sie konnte nicht anders, als mit dem Fuß im Rhythmus mitzuwippen.

Jemand klopfte ihr von hinten auf die Schulter, und sie schnellte herum. »Wow!«, entfuhr es ihr. »Du hast dich aber in Schale geworfen.«

Yunas lange schlanke Beine steckten in einer hautengen schwarzen Jeans, über der sie eine auf Figur geschnittene weiße Spitzenbluse und eine bordeauxrote Lederjacke trug. Ihre blonde Mähne hatte sie zu einem Chignon im Nacken verschlungen, ein paar lose Strähnen umrahmten ihr Gesicht. An ihren Ohren baumelten silberne Ohranhänger, und ihre Lippen waren rot geschminkt. Sophie strich unbewusst über ihre dunkelgraue, wetterfeste Jacke, die schon bessere Tage gesehen hatte. Ihre brünetten Locken fielen ihr in die Stirn, ein Friseurtermin war längst überfällig. Doch ihre Scheidung hatte sie fast den letzten Cent gekostet, und alles, was von ihrem Verdienst im Bistro übrig blieb, steckte sie derzeit in die Einrichtung des angemieteten Häuschens. Neben Yuna kam sie sich nun wie ein Mauerblümchen vor. Ein leicht verwelktes Mauerblümchen.

»Ich habe gedacht, dass wir auf die Art mehr aus ihm herausbekommen«, sagte Yuna. »Ich muss nur meine Hände unter dem Tisch halten. Die riechen nach Farbe und Terpentin, ich habe auf dem Boot ein bisschen den Pinsel geschwungen.«

»Wollen wir reingehen?«, schlug Sophie vor.

»Klar.« Yuna setzte sich auf ihren hochhackigen Stiefeletten in Bewegung.

In der Crêperie waren sie außer einer Familie mit zwei Kindern und einem älteren Ehepaar die einzigen Gäste. Sie wählten einen Tisch am Fenster, auf dem neben der Vase mit der Plastikhortensienblüte goldene Herzmuschelschalen verstreut lagen. An den Wänden hingen gerahmte Poster von rosa Flamingos und Fischkuttern, die in flammende Sonnenuntergänge tuckerten.

Sophie zog sarkastisch eine Augenbraue in die Höhe. »Flamingos in der Nordbretagne?«

»Kitsch as Kitsch can«, sagte Yuna. »Ich hatte dich vorgewarnt.«

Sie verstummten, weil sich ihnen ein Mann mit einem Bestellblock in der Hand vom Tresen her näherte, offensichtlich der Patron.

Yuna hat recht, schoss es Sophie durch den Kopf, Treveur Le Tammiers sieht verdammt gut aus. Er war zwar nicht besonders groß, höchstens 1,80 Meter, aber schlank und muskulös. Das kohlrabenschwarze Haar trug er eine Spur zu lang und nach hinten gebürstet, doch eine vorwitzige Strähne fiel ihm in die Stirn. Das Gesicht mit den hohen Wangenknochen und der geraden Nase war gebräunt, anscheinend fand er neben der Arbeit im Restaurant genügend Zeit, sich an der frischen Luft aufzuhalten.

»Er könnte glatt der Klon von Alain Delon in seinen besten Jahren sein«, flüsterte sie Yuna zu.

Die nickte zustimmend.

»Mesdames.« Treveur Le Tammiers hatte ihren Tisch erreicht und wandte sich ihnen mit einem Lächeln zu. »Was darf ich Ihnen bringen? Hatten Sie schon Gelegenheit, einen Blick in die Karte zu werfen?«

»Nein, wir haben uns erst einmal umgeschaut. Ihr Ambiente ist wirklich außergewöhnlich«, erwiderte Sophie und gab sich alle Mühe, Begeisterung in ihre Stimme zu legen.

»Wir möchten, dass sich unsere Gäste bei uns wohlfühlen. Dazu lassen wir uns was einfallen.«

»Bonjour Treveur«, sagte Yuna.

Der Angesprochene stutzte und schwieg ein paar Sekunden. Dann schien der Groschen gefallen zu sein. »Yuna? Yuna Kerloc aus der Schule? Bist du es wirklich?«

»Oui, ich bin es.«

Treveur strich die widerspenstige Strähne mit einer lasziven Bewegung aus der Stirn. »Wie lange haben wir uns nicht gesehen?«

»Oh, das müssen schon ein paar Jährchen sein.«

Treveur musterte sie, und es war ihm anzumerken, dass ihm gefiel, was er sah. »Du hast dich, wenn ich das mal so sagen darf, kaum verändert. Und wenn, dann nur zum Besseren.«

»Merci.« Yuna klimperte mit den Wimpern. »Das ist übrigens meine Freundin Sophie.«

Treveur verneigte sich leicht. »Bonjour Sophie. Ich darf doch Sophie sagen, oder?«

»Bien sûr.« Sophie hielt ihr Lächeln aufrecht, verzichtete jedoch auf das Wimpernklimpern.

»Was kannst du uns denn empfehlen?«, fragte Yuna.

»Wonach ist euch, süß oder herzhaft?«

»Süß«, antworteten Yuna und Sophie beinahe gleichzeitig.

»Wie wäre es mit unseren Crêpes au caramel breton? Natürlich alles hausgemacht«, fügte er hinzu.

»Mit Salzbutter-Karamellcreme gefüllt? Oui, das hört sich gut an.« Sophie nickte. »Und dazu einen Café long.«

»Für mich dasselbe«, stimmte Yuna zu.

»Ich bin sofort zurück«, versprach Treveur.

»Puh, also ehrlich: Dass ausgerechnet er der verflossene Ehemann von Aenor ist, hätte ich im Traum nicht gedacht«, sagte Sophie, als er nicht mehr in Hörweite war.

Yuna zuckte mit den Schultern. »Wo die Liebe hinfällt.«

»Aus Gründen, die wir nicht kennen, scheint von der anfänglichen Verliebtheit nach ein paar Jahren ja nichts übrig geblieben zu sein«, sagte Sophie nachdenklich. »Es könnte doch gut sein, dass er Aenor ein für alle Mal loswerden wollte.«

»Mais non, das ist zum jetzigen Zeitpunkt doch etwas zu voreilig. Wir wissen viel zu wenig«, widersprach Yuna. »Aber attention, er kommt zurück.«

»Der Kaffee, Mesdames.« Treveur stellte die beiden hellblauen Tassen mit einer eleganten Armbewegung auf dem Tisch ab. »Eure Crêpes bringe ich tout de suite.«

»Merci.« Yuna spitzte die geschminkten Lippen, führte die Tasse zum Mund, nahm einen keinen Schluck und warf Treveur über den Tassenrand hinweg einen schmachtenden Blick zu. »Übrigens, mein herzliches Beileid«, verkündete sie, als sie die Tasse wieder abgesetzt hatte.

»Beileid?« Treveur wirkte im ersten Moment verdutzt. Dann schien ihm einzufallen, worauf Yuna hinauswollte. »Uh ja, merci. Es war für uns alle ein Schock.«

»Wie schrecklich, dass sie so jung sterben musste«, sagte Sophie. »Und unter diesen Umständen.«

Treveur seufzte theatralisch. »Ich habe immer gesagt, dass das mit dem Boot und dieser hirnrissigen Algenfischerei kein gutes Ende nehmen wird. Ich meine: Algen findet man bei uns zuhauf am Strand. An manchen Stränden haben wir sogar zu viel davon. Warum sollte jemand nach etwas fischen, das es an der ganzen Küste umsonst gibt, woran sich jeder nach Lust und Laune bedienen kann? Aenor hätte besser bei ihrem ursprünglichen Job bleiben sollen, da kannte sie sich aus und musste sich nicht auf dem Meer in Gefahr begeben.«

»Ach, was hat sie denn früher gemacht?«, hakte Sophie sofort nach. Sie hatte die Algenfischerin nie gefragt, welchen Beruf sie vor dem Kauf des Bootes und dem Ausbau der kleinen Produktionsstätte ausgeübt hatte.

»Sie war gelernte Bankkauffrau und hat mich später bei der Büroarbeit unterstützt. Ich musste extra jemanden einstellen, als sie diesen Spleen mit den Algen bekam«, beschwerte sich Treveur.

Yuna fuhr sich mit der Zungenspitze über die Oberlippe. »Ich kann mir vorstellen, dass du ganz schön sauer auf sie warst. Ich meine, sie hat dich mit der vielen Arbeit hier in der Crêperie sitzen gelassen, um ihr eigenes Ding zu machen.«

»Da sagst du was. Ich hatte am Anfang so einen Hals.« Treveur hielt die angehobenen Hände weit auseinander.

»Es ist nicht fair, wie sie dich behandelt hat«, säuselte Yuna.

»Ich weiß aus eigener Erfahrung: So etwas tut da drinnen weh.« Sophie heuchelte Mitgefühl und klopfte sich zur Bekräftigung mit dem rechten Zeigefinger auf den Brustkorb. »Verdammt weh.«

»Ah oui, das kann einem glatt den Boden unter den Füßen wegziehen«, stimmte Yuna zu.

Sophie bemerkte, wie Treveurs hohe Wangenknochen von einer feinen Röte überzogen wurden und sein Kiefer malmte.

»Ehrlich gesagt, manchmal hätte ich sie am liebsten …« Er ließ zur Veranschaulichung die geballte Faust durch die Luft schnellen. »Doch ich bin kein Mensch, der seine Probleme durch physische Gewalt löst. Ich habe begriffen, dass ich Aenor ziehen lassen und ohne sie klarkommen muss.«

»Man munkelt, dass sie dir bei der Trennung mächtig Paroli gegeben hat«, sagte Yuna.

»Ja, über unsere Anwälte ging es eine Zeit lang ziemlich hoch her. Obwohl ich mich mit Händen und Füßen dagegen gewehrt habe, hat sie es letztendlich geschafft, dass ich finanziell ganz schön bluten musste.«

»Das tut mir leid.« Yuna klimperte erneut mit den Wimpern.

»Ach, was soll's. Das ist inzwischen alles Schnee von gestern«, behauptete Treveur und wandte sich mit einem Lächeln Yuna zu. »Es ist Zeit, Neues anzugehen, sich auf die Zukunft zu konzentrieren. Ich bin ein freier Mann, das ist für mich erst mal das Wichtigste.«

»Vive la liberté.« Sophie hob ihre Kaffeetasse wie zum Toast.

»Oui, auf das, was kommt«, sagte Yuna und prostete Treveur ebenfalls mit der Tasse zu. »Also ich für meinen Teil, ich freue mich darauf, dass ich bald wieder mit einem Kutter aufs Meer hinausfahren kann. Ich weiß bloß nicht, wo ich einen Liegeplatz anmieten soll. Hier in Erquy oder weiter südlich in Richtung Saint-Brieuc. Im Hafen von Dahouët zum Beispiel, da gibt es bessere Konditionen und die Preise sind nicht so abgefahren. Warst du in letzter Zeit mal dort?«, wandte sie sich an Treveur.

»In Dahouët? Nein, warum sollte ich? Da war ich seit Ewigkeiten nicht mehr.«

»Ach, ich dachte, der Wirt vom ›Au Moulin‹ am Stauwehr wäre ein Kumpel von dir. Ich schaue dort öfter auf ein schnelles Bier vorbei, wenn ich aus Saint-Brieuc komme. Und ich meine, dass der Wirt erwähnt hat, er sei mit dem Patron des P'Tit Breizh befreundet. Kann sein, dass ich mich verhört habe.« Yuna lachte entschuldigend.

»Didier und ich haben uns früher ab und an gesehen«, gab Treveur zu. »Doch inzwischen habe ich so viel um die Ohren, dass ich kaum aus dem Laden hier rauskomme. Ich schaffe es nicht einmal, am Dienstag, wenn wir in der Nebensaison geschlossen haben, einen Strandspaziergang zu machen. Ich glaube, ich sollte mir öfter eine Auszeit gönnen. Aber jetzt hole ich eure Crêpes, sie müssten längst fertig sein.« Er drehte sich schnell um und verschwand in der Küche.

Die gefüllten Crêpes servierte kurz darauf eine Mitarbeiterin, die 20 Minuten später auch zum Kassieren kam. Beim Verlassen des P'Tit Breizh winkte ihnen Treveur vom Tresen aus mit dem Handy am Ohr zu und gab ihnen mit einem Handzeichen zu verstehen, dass er beschäftigt sei.

Draußen auf dem Bürgersteig zog Sophie eine Grimasse. »Die Crêpes an sich gingen ja einigermaßen, doch die Füllung war grässlich. Die schmeckte nur nach Zucker und künstlichem Aroma. Ich bin mir sicher, dass er sie wie die Eiscreme beim Billigdiscounter kauft. Dort gibt es industriell gefertigte süße Soßen in Plastik-Quetschflaschen, wie bei Ketchup.«

»Ich frage mich, womit er so beschäftigt ist, wie er behauptet«, antwortete Yuna. »Der Laden war so gut wie leer, und er machte auf mich nicht den Eindruck, als ob er Stunden am Herd schuften würde, um seine Gäste zu verwöhnen. Ihm geht es nur um den schnellen Schotter.«

»Ja, das Gefühl habe ich auch. Und Aenor vermisst er nicht als Ehefrau, sondern als Arbeitskraft. Die er höchstwahrscheinlich nicht einmal angemessen entlohnt hat.«

»Hast du bemerkt, wie ihm beim Thema Scheidung und Finanzen der Kamm geschwollen ist?«

»Dass Aenor bei der Trennung das Geld für sich eingefordert hat, was ihr zustand, hat ihm überhaupt nicht geschmeckt. Da wurde er richtig fuchsig«, stimmte Sophie zu. »Den Jähzorn aus der Schulzeit, von dem du berichtet hast, hat er nicht abgelegt. Er hat sich eben ziemlich zusammenreißen müssen, um nicht auszuflippen.«

»Vielleicht hätten wir ihn in dem Moment noch mehr provozieren sollen«, meinte Yuna mit Bedauern in der Stimme. »Dann hätten wir mehr aus ihm herausbekommen.«

»Wir haben doch einiges erfahren«, widersprach Sophie.

»Dass das Essen nicht schmeckt und der Kaffee lauwarm ist, wusste ich schon vorher.«

»Also ich für meinen Teil bin recht zufrieden.« Sophie fröstelte und schloss den Reißverschluss ihrer Jacke. »Wir wissen jetzt, dass Treveur stinkig auf Aenor war, weil sie ihn Geld gekostet und im Gegenzug keins mehr für ihn eingebracht hat.«

»Richtig.«

»Zweitens hat unser Alain Delon à la bretonne Probleme, seine Emotionen unter Kontrolle zu halten. Ich kann mir schon vorstellen, dass ihm durchaus mal die Hand ausrutscht. Oder er die Fäuste benutzt.«

»Ja, ich möchte nicht in seinem Wagen sitzen und ihm nach einem gemeinsamen romantischen Abendessen verklickern, dass er nicht auf einen Digestif zu mir hochkommen darf.«

Sophie kicherte. »Du hast übrigens eine schauspielerische Glanzleistung hingelegt, für die ich dir glatt die Goldene Palme verleihen würde. Dagegen sind die, die in Cannes auf dem roten Teppich posieren, blutige Anfänger.«

Yuna erwiderte das Lachen. »Merci für das Kompliment. Wenn ich durch die Prüfungen für das Kapitänspatent rasseln sollte, werde ich eine berufliche Neuorientierung in Betracht ziehen. Aber privat will ich mit Treveur ganz gewiss nichts am Hut haben«, fügte sie hinzu.

»Ja, das ist wohl besser so. Ich habe nicht nur gehörige Zweifel an der Qualität seiner ›hausgemachten‹ Crêpes, sondern traue ihm persönlich auch nicht von hier bis um die Ecke.«

»Oui. Dass er seit Ewigkeiten nicht mehr im Port de Dahouët war, habe ich ihm auch nicht abgenommen.«

»War das eigentlich eine Finte von dir? Oder bist du tatsächlich öfter im ›Au Moulin‹?«

»Teils, teils.« Yuna grinste. »Ich habe zwei, drei Mal einen Kaffee dort getrunken. Wenn ich vom Unterricht aus Saint-Brieuc komme, fühle ich mich meist total durch den Wolf gedreht, und die Bar Tabac liegt etwa auf der halben Strecke.«

»Und woher wusstest du das mit dem Wirt?«

»Ich habe eben meine Hausaufgaben gemacht.« Yunas Grinsen verstärkte sich. »Wenn du mich schon als Hobbyermittlerin ins Team holst, will ich den Anforderungen auch gerecht werden. Ich habe herumtelefoniert und ein bisschen was erfahren.«

»Was Interessantes?«

»Man munkelt, dass Treveur Schulden hat. Der Rosenkrieg, der übrigens nicht von Aenor, sondern von ihm ausgegangen ist, hat seine finanziellen Mittel gewaltig schrumpfen lassen. Außerdem pflegt er ein kostspieliges Hobby. Er hat eine Scheune angemietet, in der er eine kleine, aber feine Sammlung von Oldtimern untergebracht hat. Alles schnittige Cabriolets, mit denen er gern in weiblicher Begleitung herumkurvt.«

»Daher seine kernige Gesichtsbräune.«

»Ja, die kommt nicht davon, dass er sich Tag und Nacht in seiner Küche aufhält.«

»Er hat die ganze Zeit versucht, uns einen Bären aufzubinden«, resümierte Sophie. »Nichts an ihm erscheint mir echt. Sogar das dunkle Haar kam mir gefärbt vor, da war nicht eine einzige hellere Strähne zu erkennen. In seinem Alter müsste sich an den Schläfen doch das erste Grau zeigen. Der Typ ist ein Fake.«

»Der auf rosa Flamingos und Plastikhortensien steht.« Yuna zog angewidert die Mundwinkel nach unten.

»Vielleicht sollte ich Dafne vorschlagen, das Bistro farblich ein bisschen aufzupeppen. Ich stelle mir Vintageposter mit barbusigen Tänzerinnen aus dem Moulin Rouge vor. Très chic.«

»Untersteh dich!«, rief Yuna.

Sophie wurde wieder ernst. »Treveur hat doch gesagt, dass sie dienstags geschlossen haben, oder?«

»Ja, warum?«

»Ich habe vorgestern am Hafen in Dahouët mitbekommen, wie jemand von der Spurensicherung sagte, dass die Totenstarre noch nicht vollständig eingetreten sei. Ich habe nachgelesen, was das zeitlich gesehen bedeutet. Aenor war vermutlich erst zwischen drei und sechs Stunden tot, als ich sie gefunden habe.«

Yuna runzelte nachdenklich die Stirn. »Hm, wenn das stimmt, ist sie nicht im Laufe des Montags oder in der Nacht zu Dienstag, sondern erst am Dienstagmorgen zu Tode gekommen«, folgerte sie.

»Korrekt. Und wie der Zufall es will, hat Treveur dienstags frei. Er hätte also in aller Seelenruhe zum Ankerplatz von Aenors Boot fahren können, ohne dass seine Abwesenheit aufgefallen wäre.«

»Schade, dass wir ihn nicht nach seinem Alibi fragen können.«

»Ich finde, sein plötzlicher Abgang und dass er sich danach nicht mehr in unsere Nähe wagte, sprechen für sich. Ich könnte ihn mir sehr gut als Täter vorstellen. Er hat ein starkes persönliches Motiv, und er hätte die Gelegenheit dazu gehabt.«

»Wenn es denn Mord war. Hat die Polizei das inzwischen offiziell bestätigt?«

»Leider nein«, musste Sophie gestehen. »Und in der Presse habe ich ebenfalls nichts Neues über den Fall gelesen. Was mich ein wenig wundert. Nicolaz Hénaff ist, wenn es um solche Dinge geht, eigentlich immer ganz vorn mit dabei.«

»Stimmt. Bei Geschehnissen in der Region hört er meist die Flöhe husten.«

»Egal. Für mich ist es eh nur eine Frage der Zeit, bis sich meine Annahme bestätigt. Apropos Zeit.« Sophie warf einen Blick auf ihre Armbanduhr. »Ich muss zurück ins Bistro. Filip wartet auf mich. Möchtest du mitkommen? Ich könnte dir schnell eine Kleinigkeit zu essen machen, damit du den widerlichen Geschmack von dem Salzkaramell aus der Tube loswirst.«

Yuna seufzte und zog den Autoschlüssel aus der Jackentasche. »Das hört sich verlockend an, aber ich muss pauken. Die Uhr tickt jeden Tag lauter, in sechs Wochen habe ich die erste Prüfung.«

»Tut mir leid, dass ich dich heute Nachmittag so lange in Beschlag genommen habe.«

»Ist schon in Ordnung.« Yuna hauchte Sophie zum Abschied drei Küsschen auf die Wangen. »Es hat Spaß gemacht, Treveur auf den Zahn zu fühlen. Ich nehme an, dass er heute Nacht nicht sonderlich gut schlafen wird.«

»Ganz ehrlich: Ich hätte nichts dagegen, ihm für ein paar Jahre den Schlaf zu vermiesen. Die Pritschen im Centre pénitentiaire in Rennes sollen sehr hart sein. Das Klopapier auch.«

»Erst die Beweise, dann der Knast«, erinnerte Yuna sie und schloss ihren alten Pick-up auf.

»Ja, ja, ich weiß. Aber ich bleibe dran«, bekundete Sophie und machte sich ebenfalls auf den Weg.

5. KAPITEL

Nachdem Sophie ins Bistro zurückgekehrt war, hatte sie keine einzige freie Minute mehr. Was sie trotz des damit verbundenen Stresses und der schmerzenden Füße mit Stolz erfüllte, denn das »Chez Sophie« brummte inzwischen sogar in der Nachsaison, vor allem an den Wochenenden. Sie und Filip hatten es in wenigen Monaten geschafft, dem nach dem tragischen Tod von Dafnes Ehemann Leon vernachlässigten Bistro neues Leben einzuhauchen.

An diesem Abend saß nicht nur eine beachtliche Anzahl von Stammkunden an den Tischen, auch eine Gruppe junger angehender Segellehrerinnen und -lehrer hatte den weiten Weg aus Saint-Malo nicht gescheut, um sich mit den Köstlichkeiten aus Sophies Küche verwöhnen zu lassen. Viele von ihnen hatten ein vegetarisches Menü bestellt. Ein Umstand, der Sophie besonders erfreute, weil sie selbst seit Jahrzehnten kein Fleisch und keinen Fisch mehr gegessen hatte und unbedingt beweisen wollte, dass der Verzicht auf tierische Produkte nicht mit einem Verlust an Wohlgeschmack und Genuss einherging.

Schwungvoll verteilte sie mit Cidre verfeinerte Kürbissuppe auf Teller, überstreute alles mit gerösteten Kürbiskernen und gehackter Petersilie und platzierte die Teller auf ein großes Tablett. Madame Rozar schnappte sich das schwere Tablett und eilte damit in den Restaurantraum.

Die Sohlen ihrer Schuhe quietschen tatsächlich, dachte Sophie amüsiert, doch es klang wie Musik in ihren Ohren.

Ohne die neue Servicekraft würden sie mit fliegenden Fahnen untergehen, würden dem Ansturm nie und nimmer standhalten.

Filip wendete im Akkord Fleisch in der Pfanne und achtete mit einem Auge darauf, dass die mit bretonischem Kari Gosse gewürzten Süßkartoffelspalten, Sophies neueste Ergänzung auf der Speisekarte, nicht zu dunkel wurden. Sein Gesicht war von der Hitze am Herd gerötet und seine Schürze mit Fettspritzern übersät, doch er wirkte zufrieden, fast heiter. Sophie gab ihm ein Daumen-hoch-Zeichen und stellte die Gemüseaufläufe in Mini-Cocottes unter den Salamander-Grill, um sie vor dem Servieren mit Käse zu gratinieren.

»Doktor Bonnet ist gerade gekommen«, verkündete Madame Rozar, als sie mit einem Stapel schmutziger Teller und Gläser in die Küche zurückkehrte. »Er hat seinen Besuch aus Paris mitgebracht.«

Etwas in Madame Rozars Stimme ließ Sophie aufhorchen. »Gibt es ein Problem?«

»Eh bien, ich habe den Eindruck, dass dieser Gast kein einfacher ist. Weder für den Doktor noch für uns.«

Sophie legte die fleckige Schürze ab. »Ich gehe selbst und frage, was die beiden möchten.« Bevor sie die Verbindungstür zum Restaurant öffnete, strich sie ihre Bluse glatt und setzte ein gewinnendes Lächeln auf.

»Jean-Luc. Schön, dass du heute gekommen bist«, begrüßte sie den Doktor herzlich. »Wie ich sehe, bist du nicht allein.« Sie streckte Doktor Bonnets Hausgast die Hand entgegen. »Freut mich. Ich bin Sophie und für die Küche zuständig.«

Doktor Bonnets Gast zögerte einen Moment, bevor er ihre Hand ergriff. »Enchanté. Robert Garnier.«

Sein Griff war fest, doch seine Finger fühlten sich kalt und ein wenig glitschig an. Wie ein toter Fisch, dachte

Sophie und war froh, als die Begrüßungszeremonie überstanden war.

»Was darf ich euch bringen?«, fragte sie.

»Ich nehme die mit Kräuterbutter gefüllte Makrele«, sagte Doktor Bonnet. »Aber bitte nicht mit Pommes frites oder Reis, sondern mit den neuen Süßkartoffelspalten aus dem Backofen. Die muss ich unbedingt mal probieren. Und vorab eine vegetarische Hummersuppe. Deren Ruf reicht ja inzwischen weit über Erquy hinaus. Eine Hummersuppe ohne Hummer zuzubereiten, die trotzdem nach Hummer schmeckt, hat bis jetzt niemand versucht.«

»Ja, das Experiment war gewagt, hat sich aber gelohnt«, sagte Sophie stolz.

»Très bien. Und zum Nachtisch ein Stück Far breton.«

»Zur Suppe und zum Fisch deinen Lieblingswein, einen trockenen, gut gekühlten Muscadet?«

»Ja bitte.« Doktor Bonnet lächelte. Er wirkte bereits deutlich entspannter.

Sophie wandte sich an seinen Besucher. »Haben Sie sich auch schon entschieden?«

Robert Garnier legte die Speisekarte zurück auf den Tisch. Seine Mundwinkel waren missmutig nach unten gezogen. »Ich habe angenommen, dass das Angebot hier deutlich umfangreicher ist. Wirklich sehr schade.«

»In welcher Hinsicht umfangreicher?«, fragte Sophie mit einem unguten Gefühl in der Magengegend. Madame Rozar schien recht zu haben: Robert Garnier war kein umgänglicher Gast.

»Ich kann nur drei Sorten Fisch auf der Karte finden.«

»Richtig.« Sophies Stimme klang nicht mehr so herzlich. »Seezunge, Makrele und Wolfsbarsch. Wir nehmen das, was die Fischer hier im Hafen anlanden. Unser Motto ist: frisch vom Kutter und aus dem Gemüsegarten auf den Tisch.«

»Ich vermisse die typisch bretonische Meeresfrüchteplatte. Und natürlich Hummer à l'armoricaine. Das kann man in einem Restaurant direkt an der Küste erwarten.«

Sophie gelang es nur mit Mühe, die spitze Bemerkung, die ihr auf der Zunge lag, zurückzuhalten. Sie atmete tief durch, ehe sie antwortete: »Wir sind, wie Jean-Luc Ihnen bestimmt vorab erklärt hat, kein ausschließliches Fischrestaurant. Wir wenden uns anderen Spezialitäten zu.«

Robert Garnier klopfte mit dem Zeigefinger auf die Karte. »Das sehe ich. Und noch etwas: Die Gerichte strotzen allesamt vor Kohlehydraten. Haben Sie die Absicht, Ihre Gäste über kurz oder lang umzubringen?«

»Wie bitte?« Sophie schnappte hörbar nach Luft. Sie benötigte ein paar Sekunden, um sich zu sammeln, ihre höfliche Professionalität wiederzuerlangen. »Ich gebe Ihnen mein Wort, dass wir genau das Gegenteil vorhaben«, sagte sie. »Wir verwenden viel Sorge und persönlichen Einsatz darauf, unseren Gästen ein schmackhaftes und gleichzeitig wohltuendes Essen aufzutischen.«

»Es tut mir leid, aber da sitzen Sie einem Irrtum auf«, beharrte Garnier.

»Nun ja, über Geschmack lässt sich bekanntlich streiten«, mischte sich Doktor Bonnet hastig in das Gespräch ein. Er berührte kurz Garniers Oberarm und beschwichtigte: »Was wir aber nicht tun werden. Ich bin mir sicher, dass du etwas finden wirst, was nach deinem Gusto ist.«

Garnier gab einen langen Seufzer von sich und vertiefte sich erneut in die Karte. Doktor Bonnet warf Sophie einen entschuldigenden Blick zu. Die zuckte mit den Schultern.

»Bon.« Garnier hatte sich entschieden. »Vorab einen großen gemischten Salat, aber bitte nur mit Essig und Öl gewürzt. Keine Vinaigrette und keine anderen Zutaten wie Croutons, Käse oder Ähnliches.«

»Ich werde persönlich darauf achten«, versprach Sophie mit einem eingefrorenen Lächeln auf den Lippen.

»Als Hauptgang das Entrecôte vom Grill. Medium ohne Soße.«

»Als Beilage Pommes frites, Süßkartoffelspalten, Petersilienkartoffeln oder unser hausgemachtes Knoblauchbaguette?«

»Nichts dergleichen.«

»Nur das Fleisch?« Sophie konnte es nicht glauben.

»Ja, bitte nur mit etwas Butter, aber ohne Salz und Pfeffer gewürzt.«

»Wie Sie wünschen.«

»Und zum Dessert einen petit café.«

»Welchen Wein darf ich Ihnen zum Fleisch servieren? Einen vollmundigen Burgunder oder einen Bordeaux aus dem Eichenfass?«

»Eine Flasche Wasser mit wenig Kohlensäure, bitte nicht zu kühl, am besten knapp unter Zimmertemperatur.«

Selbstverständlich, ich werde eigenhändig die Kohlensäurebläschen im Mineralwasser abzählen und darüber wachen, dass das Entrecôte nicht mit Filips überaus beliebter Knoblauchmarinade kontaminiert wird, wollte Sophie mit gehöriger Wut im Bauch entgegnen. Himmelherrgott, so ein mäkeliger Gast hatte ihr gerade noch gefehlt. Doch sie riss sich zusammen und schluckte die sarkastischen Worte hinunter. Auch weil sie Doktor Bonnet nicht verletzen wollte, der peinlich berührt auf seinem Stuhl zusammengesunken war.

»Ich bin gleich wieder bei Ihnen«, verabschiedete sie sich und rauschte in die Küche, wo sie sich einen der Spülschwämme schnappte und ihn gegen die Wand pfefferte.

Filip beobachtete ihren Ausraster konsterniert. »Alles in Ordnung mit dir?«

Sophie hob den Schwamm auf und verfrachtete ihn zurück in die Spüle. »Ja, geht schon wieder«, brummte sie. »Ich möchte nicht in Jean-Lucs Haut stecken. Kein Wunder, dass er in letzter Zeit so gestresst wirkt. Sein Gast ist wirklich die reinste Zumutung.«

Sie informierte Filip über die Details von Garniers Bestellung. Dann gab sie einen ordentlichen Schuss Lambig in ein Glas und servierte es Jean-Luc zusammen mit der Suppe. Der Doktor hatte sich eine kleine Aufmunterung zweifelsohne verdient.

*

»Die letzten drei Desserts, dann sind wir für heute Abend durch«, verkündete Madame Rozar um kurz nach halb zwölf, stellte die Schälchen auf das Tablett und verschwand wieder im Gastraum.

»Uff, mir reicht es allmählich auch.« Filip streckte den Rücken durch und ließ den Kopf im Nacken kreisen. »Ständig leicht gebeugt am Herd zu stehen, tut meinen alten Knochen nicht gut.«

»Ach du armer Greis.« Sophie gab ihm einen spielerischen Klaps auf den Arm. »Soll ich dir zu Weihnachten eine Rheumadecke schenken?«

»Lieber einen neuen Gasherd. Der hier pfeift im wahrsten Sinn des Wortes aus dem letzten Loch«, erwiderte Filip. »Wir müssen ihn dringend ersetzen. Nicht dass ein Unglück geschieht.«

»Ich weiß, aber ich kann das leider nicht allein entscheiden«, bedauerte Sophie. »Ich werde mit Dafne reden, wenn sie das nächste Mal aus den USA anruft.«

»Feierabend in Sicht«, verkündete Madame Rozar triumphierend, als sie mit einem Tablett benutzter Gläser in die Küche zurückkam.

In dem Moment klopfte jemand ans Fenster.

»Wer kommt denn jetzt noch? Und durch den Hintereingang?« Madame Rozar schaute misstrauisch zur Tür.

»Ich glaube, ich habe da so eine Ahnung.« Sophie riss die Tür auf. »Bonsoir Ronan. Wir haben uns ja seit Ewigkeiten nicht mehr gesehen.«

Der junge Dorfpolizist trat ein, setzte die Mütze ab und blickte unsicher in die Runde. »Ich weiß, ich bin spät dran. Aber könnte ich trotzdem eine Kleinigkeit zu essen bekommen? Ich hatte erst vor einer Viertelstunde Dienstschluss.«

Sophie verzog den Mund zu einem breiten Grinsen. »Na klar haben wir was für dich. Nicht wahr, Filip?«

»Bien sûr.« Filip zog eine Pfanne aus dem Schrank, ließ Butter aus, nahm in Frischhaltefolie verpackte Fischfilets aus dem Kühlschrank und briet sie von beiden Seiten goldbraun. Gleichzeitig schaltete er die Fritteuse ein und füllte den Korb mit tiefgekühlten Fritten.

Madame Rozar zog das Kellnerportemonnaie und den Kartenleser aus der Schürzentasche, band die Schürze ab und legte alles auf den Tresen. »Ich nehme an, Sie schaffen das jetzt ohne mich«, wandte sie sich an Sophie.

»Ja. Merci für Ihren heutigen Einsatz«, verabschiedete sich Sophie von ihrer Servicekraft.

»Bis morgen in alter Frische.« Madame Rozar schlüpfte in ihren Anorak und verließ die Küche mit quietschenden Sohlen und leichten Fußes, trotz der langen Stunden auf den Beinen.

»Woher nimmt sie bloß die Energie?«, stöhnte Filip.

»Es müssen die Schuhe sein«, meinte Sophie. »Vielleicht sollte ich mir auch ein Paar dieser Gesundheitstreter kaufen.«

»Pour l'amour de Dieu! Untersteh dich! Das wäre doppelte Folter für meine Ohren und ein echter Kündigungsgrund«, rief Filip und gab Fisch und Pommes für Ronan auf einen Teller.

»Setz dich hier an den Küchentisch, dann können wir uns unterhalten, während du isst«, sagte Sophie zu dem jungen Polizisten.

Ronan ließ sich nicht zweimal bitten, nahm Platz und schaufelte das Essen in sich hinein. Der Berg auf seinem Teller war in Nullkommanichts verschwunden.

»Wie wäre es mit einem Nachtisch?«, bot Sophie an. »Schokoladenmousse oder von meinem beschwipsten Apfelschichtdessert?«

»Ach, was fragst du denn?« Filip ging zum Kühlschrank und holte zwei Schälchen heraus. »Du kannst sicherlich beides gut vertragen, nicht wahr?«, meinte er zu Ronan, der den Spitznamen »Monsieur Nimmersatt« trug.

»Da sage ich nicht Nein.« Ronans hageres Gesicht strahlte.

»Ich bin erleichtert, dass du wieder fast der Alte bist.« Sophie klopfte ihm auf die Schulter.

»Eh bien, das Leben muss ja weitergehen«, sagte Ronan zwischen zwei Löffeln Mousse. »Und Diät bekommt mir auf die Dauer nicht.«

»Mir auch nicht«, stimmte Sophie zu und strich sich über die ausladenden Hüften. »Davon bekomme ich schlechte Laune.«

Filip goss ihnen allen ein Glas Rotwein ein. »Das hilft, in Maßen genossen, ebenso gegen Liebeskummer und Frust.«

Sophie hob ihr Glas. »Santé. Auf die Wiedergeburt meines besten, treuesten und mutigsten Testessers.«

»Santé«, prostete ihr Ronan zu. »Und mille mercis für das Schlemmermahl, das ihr zur späten Stunde für mich gezaubert habt. Ich kann mich sogar revanchieren. Es gibt polizeiliche Neuigkeiten.«

»Zu Aenors Tod?« Sophie ließ sich Ronan gegenüber auf einen Stuhl fallen und beugte sich vor. Alle Müdigkeit war vergessen.

»Wie ihr wisst, stehe ich mit einer Kollegin aus Saint-Brieuc in engerem Kontakt«, sagte Ronan. »Wir waren schon ein paarmal zusammen im Kino und danach was essen.«

»Oha, tut sich da was?« Filip hob fragend eine Augenbraue.

»Nein, wir verstehen uns nur gut, reden über den Job und ein bisschen über uns selbst, sonst ist da nichts«, beteuerte Ronan, doch die Spitzen seiner großen, leicht abstehenden Ohren wurden von einer feinen Röte überzogen.

»Was hat dir deine Kollegin denn gesagt?« Sophie interessierte sich nicht sonderlich für Ronans Liebesleben. »Wie ist der Stand der Ermittlungen?«

»Details kennt meine Kollegin nicht«, warnte Ronan Sophie vor zu hohen Erwartungen. »Aber eins steht inzwischen definitiv fest: Aenor Le Tammiers ist nicht durch einen Unfall ums Leben gekommen. Sie wurde ermordet.«

Sophie ließ die flache Hand auf den Tisch sausen, wodurch die Gläser wackelten. »Habe ich es doch gewusst!«

»Ja, du hast ein echt gutes Gespür für so etwas«, lobte Ronan.

»Hat die Pathologie schon herausgefunden, woran sie gestorben ist?«

»Die Kollegen in Saint-Brieuc gehen davon aus, dass ihr Tod in Zusammenhang mit den Algen steht.«

»So wie Jean-Luc es uns erklärt hat? Eh bien, das ist übel, sehr übel.« Filip wirkte geschockt.

»Was hat er euch denn erklärt?« Ronan schaute Sophie fragend an. »Ich war bei eurem Gespräch ja nicht dabei.«

»Jean-Luc hat gemeint, dass Aenors Tod durch eine Schwefelwasserstoffvergiftung verursacht worden sein könnte«, antwortete Sophie. »Die verrottenden Algen strömen dieses Gas aus, das ab einer gewissen Konzentration tödlich ist.«

»Ja, so wird es wohl gewesen sein. Meine Kollegin sprach ebenfalls von einer Kontamination«, stimmte Ronan zu.

»Aber wie es konkret abgelaufen ist, wissen die Ermittler noch nicht. Auch nicht, warum Aenor nicht auf den Algen lag, sondern unter ihnen begraben war.«

»Das hat mir auch sofort zu denken gegeben«, sagte Sophie. »Ich meine, Aenor wird sich nicht selbst in die Algen eingebuddelt und sich freiwillig dem Gift ausgesetzt haben.«

»Nein, da hat ohne Zweifel jemand nachgeholfen.« Ronan nickte. »Weitere Untersuchungsergebnisse stehen noch aus. Die Pathologie muss abklären, ob die Algen die Haupttodesursache waren.«

»Du meinst, ob ihr anderweitig Gewalt angetan wurde?«, fragte Spohie.

»Womöglich wurde sie niedergeschlagen oder so lange gewürgt, bis sie das Bewusstsein verlor und sich nicht mehr zu Wehr setzen konnte. Oder der Täter hat ihr ein Narkotikum gespritzt oder sie mit Chloroform betäubt. So was in der Art«, erläuterte Ronan.

»Oder er hat einen Elektroschocker verwendet«, überlegte Sophie laut.

»Wie gesagt, dazu gibt es derzeit keine näheren Erkenntnisse. Ich schätze, dass wir in der kommenden Woche mehr wissen werden.«

Filip ließ den Wein im Glas kreisen und verfolgte die Bewegungen nachdenklich mit den Augen. Schließlich blickte er auf und wandte sich an Ronan. »Hat es hier schon mal einen ähnlichen Fall gegeben? Also dass Algen als tödliche Waffe eingesetzt wurden?«

Der junge Polizist zuckte mit den Schultern. »Nicht dass ich wüsste. Es kann aber gut sein, dass wir von der Police municipale das nicht mitbekommen hätten, wenn es so wäre. Unser Arbeitsschwerpunkt ist ein anderer als bei der Gendarmerie nationale.«

Sophie rieb mit dem Daumen so kräftig über einen dunklen Fleck auf der hölzernen Tischplatte, dass der Tisch wackelte. »Ich sage euch: Wenn ich denjenigen in die Finger kriege, der Aenor das angetan hat …« Sie verstummte.

»Leider scheint es bis jetzt keinen Topverdächtigen oder keine Topverdächtige zu geben«, bedauerte Ronan. »Meine Kollegin meinte ebenfalls, dass sie dringend eine konkrete heiße Spur benötigen. Ein Problem ist auch, dass Madame Le Tammiers' Privatleben eher ein Rätsel ist. Sie lebte nach ihrer Scheidung sehr zurückgezogen, hatte, wie es aussieht, kaum private Kontakte. Nur ein Mann, mit dem sie sich in den letzten Wochen immer mal wieder per App verabredet hat. Leider war er nicht mit seinem Klarnamen in der Adressliste des Handys abgespeichert, und die Nummer führt ins Leere. Meine Kollegin hat gemeint, dass sie derzeit keinen blassen Schimmer haben, um wen es sich bei diesem Mann handeln könnte.«

Sophie horchte auf. »Heißt das, dass Aenor eine neue Beziehung eingegangen war, einen Geliebten hatte?«

»Wie gesagt, das weiß man derzeit nicht«, antwortete Ronan. »Es könnte sich theoretisch auch um einen Geschäftspartner oder einen Freund handeln. In den Kurznachrichten geht es hauptsächlich um Orte, also wann und wo sie sich treffen wollten. Viel Persönliches wurde nicht ausgetauscht. Dennoch scheinen sie recht vertraut gewesen zu sein, sie duzen sich und machen ab und zu einen Scherz.«

»Wenn es tatsächlich einen neuen Mann in Aenors Leben gegeben haben sollte, wird Treveur nicht begeistert gewesen sein«, sagte Sophie. »Das wird gewaltig an seinem Ego gekratzt haben.«

»Wer ist Treveur?«, wollte Filip wissen.

»Aenors geschiedener Ehemann«, erklärte Sophie. »Ich habe ihm just heute Nachmittag mit Yuna einen Besuch abgestattet. Und dabei haben wir einiges herausbekommen.« Sie erzählte kurz, was sie und Yuna in Erfahrung gebracht hatten und zu welcher Einschätzung sie gekommen waren. »Treveur wird nicht klaglos hingenommen haben, dass Aenor sich neu orientiert hat«, schloss sie.

»Ich gehe davon aus, dass jemand von Kommissar Kerilis' Team bereits bei ihm war und seine Aussage aufgenommen hat«, sagte Ronan.

»Oui, bestimmt. Yuna und ich konnten ihn nicht direkt befragen, das wäre zu plump gewesen. Doch für mich hat er eindeutig Täterpotenzial.«

»Wenn er so jähzornig ist, wie Yuna behauptet, dann rücke ihm bloß nicht zu nah auf die Pelle«, warnte Ronan. »Das könnte übel für dich ausgehen. Lass die Profis sich um Le Tammiers kümmern.«

»Mais oui, ich werde vorsichtig sein«, versprach Sophie. »Wir hatten sowieso das Gefühl, dass er Lunte gerochen hat. Er wird sich wahrscheinlich nicht mehr mit uns unterhalten.«

»Also ich würde mich nicht nur auf ihren geschiedenen Ehemann als Verdächtigen Nummer eins versteifen«, gab Filip zu bedenken. »Auch wenn auf Aenors Handy nur wenig zu finden war, wird sie trotzdem Freunde und Bekannte gehabt haben. Womöglich hatte sie mit einem von denen Zoff. Oder es gab, von Treveur abgesehen, andere familiäre Probleme, bei denen die Emotionen hochgeschwappt sind.«

»Ja, da hast du natürlich recht«, stimmte Ronan zu. »Die Kollegen haben noch eine Menge Arbeit vor sich, das wird dauern.«

»Nur blöd, dass Geduld für mich ein Fremdwort ist«, sagte Sophie mit einem schiefen Grinsen. »Ich möchte am liebsten auf der Stelle wissen, wer ihr das angetan hat.«

»Das kann ich nachvollziehen«, erwiderte Ronan mit ernster Miene. »Doch Ermittlungsarbeit ist mühsamer und langwieriger, als ein paar Parksünder aufzuschreiben, Raser zu blitzen oder im Marktgetümmel nach Taschendieben Ausschau zu halten. Ich für meinen Teil habe großen Respekt vor der Arbeit der Kollegen.«

»Gibt es denn nichts, was uns im Moment weiterbringt? Diese Ungewissheit macht mich schier verrückt. Ich muss etwas tun! Versteht ihr das?«, fragte Sophie beinahe flehentlich und spürte, wie die Müdigkeit mit einem Schlag zurückkam und Niedergeschlagenheit sich in ihr breitmachte.

»Tut mir leid. Ich habe euch alles gesagt, was ich weiß«, bedauerte Ronan. »Außer vielleicht …« Er stockte.

»Ja?« Sophie schöpfte Hoffnung.

»Ich habe heute Abend mit einem Kumpel telefoniert, der vor einem Jahr den Bauernhof seiner Eltern übernommen hat. Ein Milchbetrieb in der Nähe von La Grandville. Der hat sich ein bisschen bei mir ausgeweint und sich darüber beklagt, dass er dauernd Stress mit dieser Umweltgruppe hat. Sie sind ihn vorgestern wieder ziemlich rüde angegangen.«

»Von welcher Umweltgruppe sprichst du?«, wollte Sophie erstaunt wissen.

»Sie nennt sich ›Stop aux algues vertes‹.«

»Nie gehört«, meinte Filip.

»Über die Sommermonate schafft die Gruppe es regelmäßig, von der Lokalpresse zitiert zu werden. Und zwar immer dann, wenn die Grünalgen überhandnehmen und ein Teil der Strände nicht mehr betreten werden darf«, erklärte Ronan. »Die Aktivisten sind der festen Überzeugung, dass die Landwirte, deren Betriebe an die Anse de Morieux und die Baie de Saint-Brieuc angrenzen, für das Algenproblem verantwortlich sind.«

»Komplett daneben liegen sie mit der Behauptung nicht«, meinte Sophie. »Die Nitratbelastung in unseren Flüssen nimmt von Jahr zu Jahr zu, das ist erwiesen.«

Filip gähnte herzhaft. »Was hat das alles mit Aenor zu tun?«

»Wie es aussieht, war sie Mitglied dieser streitbaren Truppe. Mein Kumpel hat von der toten Algenfischerin in der Zeitung gelesen und mir erzählt, dass sie bei den Aktionen gegen ihn dabei gewesen sei«, sagte Ronan.

»Aenor und streitbar?« Sophie schaute Ronan perplex an. »So habe ich sie nie erlebt. Sie erschien mir eher wie eine sanfte Persönlichkeit, die sich jeden beruflichen und privaten Schritt vorab wohl überlegt.«

»Mag sein.« Ronan zuckte mit den Schultern. »Mein Kumpel ist auf diese Umweltgruppe jedenfalls gar nicht gut zu sprechen. Die macht ihm das Leben zeitweise ganz schön schwer.«

»Könnte es sein, dass dein Kumpel etwas mit Aenors Tod zu tun hat?«

»Tomaz?« Ronan schaute Sophie entgeistert an. »Nein, nie und nimmer! Für ihn lege ich meine Hand ins Feuer. Der Gedanke ist für mich so absurd, dass ich vorhin gar nicht auf die Idee kam, da einen Zusammenhang zu sehen.«

»Tja, womit wir wieder am Anfang wären«, stellte Sophie resigniert fest. »Aber diese Gruppe, die werde ich mir mal vornehmen.«

»Soviel ich weiß, haben sie eine Webseite. Gib einfach den Namen bei Google ein, dann wirst du sie schon finden.«

»Mache ich.« Sophie leerte ihr Glas. »Jetzt muss ich in die Falle, es war ein langer Tag. Lasst uns schnell den Rest wegräumen, und danach schließe ich ab.«

6. KAPITEL

So schwer es ihr auch fiel: Sophie musste sich gedulden, bis sie die Gelegenheit fand, weitere Nachforschungen anzustellen. Eine Handwerksfirma hatte damit begonnen, sich während Dafnes Abwesenheit der maroden Heizungsanlage im Hotel anzunehmen, welches Dafne außer dem Bistro betrieb. Sophie hatte sich bereit erklärt, den Handwerkern auf die Finger zu schauen, wodurch sie ständig zwischen Bistro und Hotel hin und her hetzte. Im Bistro hatten sie zwei Hochzeits- und drei Beerdigungsgesellschaften zu verköstigen, was dem Team alles abforderte. Nur abends im Bett hatte sie Zeit, um ein paar Erkundigungen einzuholen.

Dabei hatte sie auf der Homepage von »Stop aux algues vertes« ein Ehepaar ausgemacht, das nicht nur treibende Kraft der Umweltschutzgruppe, sondern selbst Opfer der Algenflut war. Michel und Fabienne Dubois taten auf der Webseite freimütig kund, dass sie sich vor 20 Jahren mit dem Kauf eines Häuschens oberhalb der Plage de Lermot einen Herzenswunsch erfüllt hatten. Inzwischen hatte sich der ursprüngliche Traum in einen nicht enden wollenden Alptraum gewandelt, was die beiden zum Handeln veranlasst hatte. Fabienne war eine der Administratoren der Facebook-Gruppe von »Stop aux algues vertes«, und Michel sammelte unermüdlich Daten, die er von Fabienne in die Webseite einpflegen ließ. Bei Sophies Anruf hatten sich die beiden sofort bereit erklärt, mit ihr zu sprechen, all ihre Fragen vor Ort zu beantworten.

Und heute, es war schon wieder Dienstag, hatte sie endlich Zeit. Da sie sowieso vorgehabt hatte, im riesigen Centre Commercial in Langueux ein paar Besorgungen zu erledigen, nahm sie die längere Anfahrt gern in Kauf.

Nach gut 30 Minuten Fahrzeit ließ sie das Städtchen Hillion hinter sich und fuhr zwischen abgeernteten Getreidefeldern und Wiesen, auf denen schwarz-weiß gefleckte Kühe grasten, auf engen Sträßchen in Richtung Küste. Zweimal musste sie riesigen Traktoren Platz machen, die fast die ganze Straßenbreite einnahmen und sie auf den matschigen Randstreifen drängten. Sophie war froh, als sie endlich die Abfahrt zum Strand erreicht hatte.

Michel und Fabienne standen bereits im Garten ihres Häuschens und gaben ihr durch Handzeichen und Rufen zu verstehen, dass sie nicht direkt auf der knapp bemessenen Einfahrt parken, sondern in den Feldweg neben dem Haus einbiegen und bis zum Holzschuppen vorfahren sollte. Sophie tat, wie ihr geheißen, stellte den Motor ab und griff nach ihrer Handtasche und einer bunt gemusterten Metalldose.

Michel kam ihr entgegen und begrüßte sie herzlich. »Haben Sie uns ohne Probleme gefunden?«

»Ja, bis auf zwei Monstertraktoren, die mich von der Straße schubsen wollten, bin ich gut durchgekommen.«

»Die Amphibienfahrzeuge der Miesmuschelanbauer sind teilweise noch breiter als die Traktoren. Wenn Ihnen so ein Schlachtschiff auf Rädern entgegenkommt, heißt es, schleunigst den Rückwärtsgang einzulegen und zurück bis zur nächsten Ausweiche zu fahren.«

»Ach, ich wusste gar nicht, dass hier in der Bucht auch Miesmuscheln angebaut werden.«

»Ja, sogar in recht großem Stil. Der Geschäftsführer der Genossenschaft ist ein Nachbar von uns, er wohnt drei Häuser weiter. Aber kommen Sie, Fabienne wartet schon darauf, Ihnen alles zu erzählen. Ich hoffe, Sie haben genügend Zeit mitgebracht.«

»Heute ist mein freier Tag«, sagte Sophie und folgte Michel zum Hauseingang, wo Fabienne herzlich ihre Hand schüttelte.

Sophie überreichte ihr die Dose. »Ich habe Sablés bretons für Sie gebacken.«

»Wie nett von Ihnen.« Fabienne strahlte. »Ich muss wegen meiner Diabeteserkrankung ein bisschen vorsichtig sein, aber Michel wird gern für mich mitessen. Wollen wir hineingehen?« Sie wies mit der Hand auf die geöffnete Haustür.

»Lassen Sie mich kurz die Aussicht bewundern«, bat Sophie. »Sie haben sich ein wunderschönes Fleckchen ausgesucht.« Von der obersten Eingangsstufe aus konnte sie über eine Weide, auf der zwei Stuten mit ihren Fohlen die Herbstsonne genossen, direkt zur steil abfallenden Küste und der Anse de Morieux blicken. Da die Ebbe eingesetzt hatte, war eine ganze Kolonne solcher Fahrzeuge, von denen Michel soeben gesprochen hatte, auf dem Weg zu den Miesmuschelbänken. Dort wurden die Moules de bouchot an Hunderten in Reih und Glied in den Meeresboden gerammten Holzpfählen gezogen und bei Niedrigwasser geerntet. Möwen folgten den Booten auf der Jagd nach einer leicht zu schnappenden Mahlzeit. Am Horizont schienen das Meer und der Himmel in verschiedenen Türkistönen zu verschmelzen. »Wow, das ist ja ein kleines Paradies.« Sophie war beeindruckt.

»Das war es einmal.« Michel lächelte traurig. »Damals, als wir von Le Mans hierhergezogen sind. Aber inzwischen …«

»Kommen Sie, wir reden besser drinnen bei einer Tasse Kaffee«, schlug Fabienne vor.

Sophie folgte dem grauhaarigen Ehepaar durch den Flur ins Wohnzimmer. Sie nahm in einem betagten, aber gemütlich wirkenden Ohrensessel Platz. Michel ließ sich etwas schwerfällig ihr gegenüber auf das Sofa fallen. Fabienne war in die Küche geeilt und kehrte mit einem Tablett zurück, auf dem eine Thermoskanne, ein Zucker- und ein Milchspender und drei blau-weiß gestreifte Keramikbecher standen.

»Milch? Zucker?«, wandte sie sich an Sophie und goss vom Kaffee ein, bevor sie sich neben ihren Mann setzte.

»Von beidem, bitte.« Sophie nahm den Becher entgegen und genoss für einen Moment den aromatischen Duft, der aufstieg. Dann trank sie einen kleinen Schluck und schaute Fabienne und Michel an. »Wie ich schon am Telefon sagte, interessiere ich mich dafür, was es mit diesen Grünalgen auf sich hat. Und was Sie von ›Stop aux algues vertes‹ dagegen unternehmen.«

Michel beugte sich über die Armlehne des Sofas und hob zwei Gegenstände vom Boden auf, die er Sophie entgegenhielt. »Wissen Sie, was das ist?«

»Eh bien, das eine ist eine Gasmaske«, sagte Sophie prompt. »Aber das andere … Hm, sieht ein bisschen wie eine Mischung aus Handy und Fernbedienung aus.«

»Das ist ein Gasdetektor, der Kohlenmonoxid, Sauerstoff, brennbares Gas und Schwefelwasserstoff in der Umgebung misst. Sobald die Gaskonzentration einen Alarmwert erreicht, ertönt ein Signalton und ein Warnlicht leuchtet auf.«

Sophie blickte verunsichert um sich. »Wozu brauchen Sie den im Haus?«

»Oh nein, nicht im Haus.« Fabienne lächelte nachsichtig. »Damit war Michel heute am Strand. Wie jeden Tag.«

»Oui.« Michel nickte. »Den Gasdetektor trage ich immer mit einem Gummiband am Stiefel befestigt, wenn ich runter zu den Stränden der Bucht gehe. Ich meine zu denen, die am meisten von der Algenplage betroffen sind. Und die Gasmaske habe ich auch immer dabei.«

»Das hört sich nicht nach einem unbeschwerten Strandbesuch an«, bemerkte Sophie.

»Nein, das war einmal.« Michel schnitt eine wehmütige Grimasse. »Früher bin ich mit dem Hund dort unten gelaufen und habe bei Ebbe im Watt nach Meeresgetier Ausschau gehalten. Krebse, Garnelen, Schwimmkrabben, Schnecken und Muscheln – alles, was von Hand zu fischen erlaubt ist und sich gut im Kochtopf macht. Doch das ist passé, fini, vorbei. Seit nunmehr zehn Jahren messe ich die Konzentration von giftigem Schwefelwasserstoff über dem Strand. Heute waren es an den am meisten betroffenen Stellen knapp 500 ppm.«

»Was heißt ›ppm‹?«, fragte Sophie.

»Die Abkürzung steht für Parts per million.«

»Was sich nicht nach viel anhört«, erklärte Fabienne. »Doch schon ab 25 ppm an Schwefelwasserstoff wird es gefährlich. Ab diesem Wert können gesundheitliche Probleme auftreten, und man sollte schnellstens weg.«

»Guter Gott!« Sophie war geschockt.

Michel wies mit der Hand zum Fenster. »Von hier oben sieht es idyllisch aus. Doch unten sind viele Strandabschnitte von einer dicken beigefarbenen Schicht aus verrottenden Grünalgen überzogen. Die können leicht zur tödlichen Falle werden. Deshalb sind die Strände mittlerweile oft ab Juni gesperrt, es kommt ein bisschen auf die Wetter- und Windbedingungen an. Dann hat es sich mit den Badefreuden erledigt. Im letzten Jahr wurden die behördlichen Sperrungen bis weit in den Dezember hinein aufrechterhalten.«

»Ich liebe die Bretagne, habe seit meiner Schulzeit sämtliche Sommerferien in Erquy verbracht und lebe seit acht Monaten dort. Aber von dieser Algenplage habe ich bis vor ein paar Tagen nichts mitbekommen«, musste Sophie eingestehen.

»Das liegt an den Strömungsverhältnissen«, sagte Michel. »Die sind hier in den weiten flachen Buchten von Morieux und von Saint-Brieuc anders als am Cap d'Erquy oder am Cap Fréhel. Außerdem münden verschiedene Flüsschen in die Buchten, hier ist es Le Gouessant. Mit dem Flusswasser gelangen die Nitrate aus der Landwirtschaft ins Meer.«

Fabienne hatte ein wehmütiges Lächeln aufgesetzt. »Wir haben damals das Häuschen gekauft, weil wir mit unseren Kindern und später mit unseren Enkeln am Strand herumtollen und die direkte Nähe zum Meer genießen wollten. Doch inzwischen müssen wir achtgeben, dass unsere Enkelkinder nicht unbeaufsichtigt runter zum Strand laufen und in Gefahr geraten. In Lebensgefahr! Unsere Kinder fliegen in ihrem Urlaub deshalb an Badestrände im Ausland, wo sie die freien Tage unbeschwert verleben können. Wenn wir das alles vorher gewusst hätten, hätten wir das Haus niemals gekauft.«

»Das ist wirklich bitter«, stimmte Sophie bestürzt zu.

»Ja, und deshalb konnten wir nicht länger untätig auf dem Sofa herumsitzen. Uns war klar, dass wir handeln müssen«, sagte Michel aufgebracht. »Wir haben uns mit ein paar Leuten zusammengetan, die ebenfalls von der Algenplage betroffen sind und die unerträglichen Zustände nicht länger hinnehmen wollen.«

»Wie viele Mitglieder haben Sie in der Gruppe?«

»Aktiv sind etwa 50. Dazu weit über 300 stille Mitglieder, die uns unterstützen, indem sie unsere Facebook-Posts teilen, über das Problem in den Sozialen Medien berichten oder Geldbeträge spenden«, antwortete Fabienne wie aus der Pistole geschossen.

»Und Aenor Le Tammiers war eine von ihnen?« Sophie sah nun die Gelegenheit gekommen, sich zu ihrem eigentlichen Anliegen vorzutasten.

»Aenor war seit etwa drei Jahren dabei, sie gehörte zu den sehr aktiven Mitgliedern«, antwortete Michel mit Bewunderung in der Stimme.

Fabienne musterte Sophie einen Augenblick über den Rand ihres Kaffeebechers hinweg. »Sie war ein bisschen wie Sie«, sagte sie schließlich. »Aenor kam zuerst zu unseren Treffen, um zuzuhören, sich zu informieren. Dann traute sie sich, Fragen zu stellen. Vor allem die Abgrenzung der ›guten‹ zu den ›schlechten‹ Algen war ihr wichtig. Sie wollte in nichts verwickelt sein, was der Umwelt schadet, sie liebte ihre Heimat.«

»Mit ›gut‹ meinen Sie die essbaren Algen und mit ›schlecht‹ die da unten?« Sophie wies mit dem Kinn in Richtung Küste und Strand.

»Ja.« Fabienne nickte. »Obwohl diese Unterscheidung streng genommen nicht korrekt ist. Ulva lactuca oder auch Ulva armoricana, also der Meeressalat, ist in frischem Zustand nicht giftig, man kann ihn, wie Aenor durchaus wusste, ohne Gefahr essen oder weiterverarbeiten. Erst wenn die Fluten die Algen zu dicken Schichten anhäufen und sie anfangen, beim Verrotten Faulgase abzugeben, wird es kritisch.«

»Und dagegen wollte auch Aenor etwas tun?«

»Ja, sie hat mitgeholfen, die Strände zu säubern. Und sie hat mit mir und einem anderen Mitglied Protestschreiben verfasst, die wir an die Präfekturen in der Region gemailt haben.«

»Viel gebracht hat es nicht«, murmelte Michel.

»Nein«, stimmte Fabienne zu. »Die Regierung behauptet jedes Frühjahr aufs Neue, dass endlich ein effektiver Anti-Algen-Plan in Kraft gesetzt wird, doch letztlich passiert kaum etwas. Man muss das Problem an der Wurzel packen, anders wird es keine Verbesserungen geben.«

»Es gibt nur einen Weg: Die Schweinezucht, die Geflügelmast und die Milchproduktion müssen in der gesamten

Bretagne drastisch runtergefahren werden«, zischte Michel. »Aber weder die Bauern noch die Regierung haben ein wirkliches Interesse daran, die unhaltbaren Zustände zu ändern. Ab und an wird ein bisschen Augenwischerei betrieben, doch dann werden weitere Tierfabriken genehmigt und gebaut. Es ist ein verdammtes Elend, was da geschieht.«

»Ein Elend, das Aenor nicht mehr mit ansehen konnte oder wollte?«, fragte Sophie.

»Ja, ihr ging es wie uns allen in der Gruppe«, bestätigte Fabienne.

»Ich habe gehört, dass ein Teil Ihrer Gruppe durchaus bereit wäre, drastischere Maßnahmen zu ergreifen. Also den einen oder anderen landwirtschaftlichen Betrieb durch Blockaden auszubremsen oder Protestveranstaltungen direkt an den Höfen zu veranstalten. Oder mit brennenden Strohballen auf sich aufmerksam zu machen. Gehörte Aenor zu den Fürsprechern solcher Aktionen?«

»Nein«, sagte Fabienne nachdrücklich. »Aenor war eine Seele von Mensch, eine wunderbare Person. Gewalt anzuwenden, in welcher Form auch immer, dazu wäre sie überhaupt nicht in der Lage gewesen.«

Michel berührte kurz den Arm seiner Frau. »Sei mir nicht böse, wenn ich dir da widerspreche«, sagte er. »Unter Aenors äußerer, weicher Schale steckte ein knallharter Kern. Glaub mir, sie wusste genau, was sie wollte, und sie scheute sich nicht, alle Mittel zum Erreichen ihrer Ziele auszuschöpfen. Das hat sie während ihrer Scheidung gelernt. Ihr Ex-Mann hat ihr für eine Weile die Hölle auf Erden bereitet. Um da einigermaßen unbeschadet herauszukommen, musste sie tough werden und Biss zeigen.«

»Würden Sie sagen, dass Aenor sich radikalisiert hat? Hatte sie ein konkretes Feindbild, gegen das sie angehen wollte?«

»Mais non.« Michel schüttelte den Kopf. »Das würde entschieden zu weit gehen, so war Aenor nicht. Doch ich bleibe dabei: Sie konnte für ihre Belange kämpfen.«

Sophie nahm einen Schluck vom Kaffee, der inzwischen lauwarm war. »Hat sie allein gekämpft oder war da jemand an ihrer Seite? Wissen Sie, ich hatte hauptsächlich geschäftlich mit ihr zu tun, wir haben nicht viel über Persönliches gesprochen. Aber ich hatte den Eindruck, dass es einen neuen Mann in ihrem Leben gab«, flunkerte Sophie. »War das womöglich jemand aus der Gruppe?«

Fabienne legte die Stirn in Falten. »Nun, sie hat sich öfter mit Ludovic getroffen, um die Schreiben aufzusetzen. Doch Ludovic ist 20 Jahre älter als Aenor, er hätte ihr Vater sein können. Nein, ich glaube nicht, dass sie eine Beziehung mit einem unserer Mitglieder hatte. Aber ehrlich gesagt habe ich nicht darauf geachtet, es geht mich im Prinzip auch nichts an.«

»Das habe ich ebenso empfunden. Ich wollte mich nicht in ihr Privatleben einmischen«, sagte Sophie und gab sich unbeteiligter, als sie war. »Es ist nur so, dass ich mir meine Gedanken mache. Ich habe schließlich durch tragische Umstände eine überaus geschätzte Geschäftspartnerin verloren. Das macht ja was mit einem. Und ich sorge mich um meine neue Heimat, meine Heimat des Herzens.«

»Uns ergeht es ebenso«, beteuerte Michel.

Fabienne hatte einen verbissenen Gesichtsausdruck aufgesetzt. »Auch wenn der Wind, der uns entgegenweht, von Jahr zu Jahr rauer wird – wir werden erst aufhören zu kämpfen, wenn die Algenpest endgültig vorbei ist und die Strände wieder das sind, was sie in unserer Kindheit waren.«

Sophie stand auf und strich die Sitzfalten ihrer Hose glatt. »Es ist wirklich sehr nett von Ihnen, dass Sie sich die Zeit genommen haben, all meine Fragen zu beantworten. Ich weiß das zu schätzen.«

Fabienne und Michel erhoben sich ebenfalls vom Sofa. »Wenn es noch etwas zu klären geben sollte: Sie wissen ja, wo Sie uns finden«, sagte Fabienne zum Abschied. »Und die Butterkekse sind köstlich, danke dafür.«

»Kein Vergleich zu den im Supermarkt gekauften«, stimmte Michel zu.

»Das freut mich.« Sophie ging auf die Haustür zu. »Au revoir. Ich wünsche Ihnen viel Erfolg bei allen weiteren Kampagnen.«

»Au revoir«, echote Fabienne.

Sophie eilte die Eingangsstufen hinunter und hatte schon fast ihr Auto erreicht, da hielt sie Michel mit einem Ruf zurück. »Einen Moment bitte. Mir ist gerade etwas eingefallen.«

Sophie drehte sich um. »Ja?«

»Aenor wirkte in den letzten Wochen sehr niedergeschlagen, sie sah auch blasser aus als sonst.«

»Das ist mir nicht aufgefallen. War sie krank?«

»Nein, das war es nicht. Ludovic hat neulich eine Anmerkung gemacht hat, die mir erst jetzt, nach unserem Gespräch, zu denken gibt. Bei ihrem letzten Treffen mit Ludovic hat Aenor wohl beiläufig erwähnt, dass sie sich bedroht fühle, Angst habe.«

Sophie sog die Luft scharf ein. »Hat Treveur, ihr geschiedener Ehemann, wieder Ärger gemacht?«

»Nein, der war es diesmal nicht«, sagte Michel. »Das hätte Aenor sicherlich erzählt, wir wussten ja alle um ihr Problem.«

»Wer war es dann? Hat Aenor einen Namen genannt?«

»Nein, Ludovic meinte, sie habe nur diese eine Andeutung gemacht. Doch er hatte den Eindruck, dass es sich um jemanden aus ihrem Bekanntenkreis handelte. Eine Person, die sie mochte und auf die sie bis dahin große Stücke gehalten hatte. Deshalb fühlte sie sich wohl so schlecht und wirkte so mitgenommen.«

»Mir gegenüber hat sie nichts erwähnt«, bedauerte Sophie. »Glauben Sie, dass Sie diesbezüglich noch mehr aus Ludovic herausbekommen könnten?«

Michel schüttelte den Kopf. »Nein. Das, was ich Ihnen erzählt habe, war alles, was Ludovic wusste.«

»Schade«, sagte Sophie. »Aber vielleicht sollten er oder Sie die Polizei darüber informieren. Ich kann mir vorstellen, dass der Hinweis wichtig ist.«

»Ja, ich werde mit Ludovic sprechen«, versprach Michel.

»Machen Sie es gut.« Sophie hob zum Abschied die Hand.

Auf dem Rückweg war sie so in Gedanken versunken, dass sie kaum ihre Umgebung wahrnahm. Erst nachdem sie das Ortseingangsschild von Saint-Alban passiert hatte, registrierte sie, dass sie ihren ursprünglichen Plan vollkommen vergessen hatte. Das Einkaufszentrum in Langueux lag genau in der entgegengesetzten Richtung. Doch nun war es zu spät. Stattdessen beschloss sie, kurz im Bistro nach dem Rechten zu sehen und dann nach Hause zu fahren. Im Flur standen noch immer eine Menge Umzugskisten herum, die dringend ausgepackt werden mussten.

7. KAPITEL

Wenn Doktor Bonnet Sorgen hatte, verzog er sich unter einen Baum. Oder unter mehrere Bäume. Schon als Junge hatte er das Gefühl gehabt, dass manche Bäume ihm »etwas zu sagen« hatten. Bei ihnen war er seine Probleme und Ängste losgeworden und wurde es noch heute. Vielleicht brachten sie es durch irgendeinen, tief unten in den Wurzeln beherbergten Baumtrick fertig, ihm einen klaren Kopf zu verschaffen. Als Kind hatte das dazu geführt, dass er mehrmals zu nachtschlafender Stunde von einem Parkwächter nach Hause gezerrt worden war und sich eine heftige elterliche Verwarnung mit anschließendem Stubenarrest eingefangen hatte. Zu jener Zeit waren viele der kleinen grünen Oasen in den Pariser Quartiers umzäunt gewesen und bei Einbruch der Dunkelheit abgeschlossen worden. Doch kein Zaun hatte den jungen Jean-Luc davon abgehalten, zu seinen blättrigen Seelentröstern zu gelangen.

Als er während des Medizinstudiums die keltische Kultur und Mythologie für sich entdeckte, hatte er plötzlich verstanden, dass seine Affinität zu Bäumen kein kindlicher Spleen, sondern ein wertvolles Erbe war, das ihm seine Ahnen hinterlassen hatten. Viele seiner männlichen Vorfahren väterlicherseits waren Ärzte oder Heiler gewesen. Dass Jean-Luc demnach zuerst ein Medizinstudium absolviert und später die langjährige Ausbildung zum Druiden aufgenommen hatte, war ihm dank seiner Gene in die Wiege gelegt worden. Als er dann noch erfahren hatte, dass sich das Wort Druide zusammensetzte aus »dru«, was Eiche, Baum, Wald oder Tür bedeutet, und »wid«, das sich im Indoeuropäischen von Wissen oder Sehen herleitet, hatte er sich vorgenommen, seine Passion voll auszuleben.

Nach dem Krebstod seiner Frau und seiner anschließenden Pensionierung hatte es ihn selbst verwundert, dass ausgerechnet die Bretagne ihn magisch angezogen hatte. Wo es, mit Ausnahme des sagenumwobenen Waldes von Brocéliande, nicht viele dicht bewaldete Flächen gab. Doktor Bonnet vermutete jedoch, dass das Meer einen ähnlichen Einfluss auf ihn ausübte wie die Bäume. So hatte er sich für den Ort an den Côtes d'Armor entschieden, den er schon in den Familienurlauben als seinen Seelenort betrachtet hatte. Glücklicherweise hatte er schnell einige »Baumfreunde« gewonnen, an die er sich bei Bedarf wenden konnte.

Heute war es wieder einmal so weit.

Doktor Bonnet war vom Parkplatz oberhalb der Plage de Saint-Pabu zu einem kleinen Waldstück am Rand des Küstenwanderweges gelaufen, wo mächtige, vom Wind gebeugte Zedern auf dem Hochplateau standen. Wie immer, wenn seine Gedanken im Kopf Achterbahn fuhren, ging er zu seiner Lieblingszeder und ließ sich an deren Fuße nieder. Er lehnte den Rücken gegen den rauen Stamm und blickte aufs Meer hinaus. Er zwang sich, ruhig ein- und auszuatmen, sich auf die ihn umgebende Natur zu konzentrieren und die innere Unruhe zu überwinden.

Was ihm heute kläglich misslang. Das faszinierende Schauspiel, wie die türkisfarbenen Wellen am Strand brachen, sich zurückzogen, um kurze Zeit später erneut anzubranden, vermochte ihn heute nicht in den Bann zu ziehen. Mit einer Beharrlichkeit, die Bonnet in gleichem Maße ärgerte wie beunruhigte, drängte sich Robert Garniers Gesicht vor sein inneres Auge. Was hatte es mit diesem Mann nur auf sich?

Warum irritierte ihn sein Hausgast dermaßen, dass er ihm sogar den Schlaf raubte? Was hatte dazu geführt, dass die Alarmglocken inzwischen dauerhaft bei ihm schrillten?

Robert Garnier sah eigentlich, sofern man keine feinfühlige Antenne wie Bonnet besaß, sehr unauffällig aus: Er war etwa 1,90 Meter groß und von sehniger Statur; die Muskeln an den Oberarmen und Unterschenkeln ließen erahnen, dass er viel Zeit mit Kraft- und Ausdauersport verbrachte. Sein Gesicht war länglich, was durch die hohe Stirn und die zurückweichende Haarlinie verstärkt wurde. Das kantige Kinn drückte Entschlossenheit aus, der große Mund und die vollen, weichen Lippen relativierten diesen Eindruck jedoch wieder. Das braune, an den Schläfen ergraute Haar trug er zackig kurz. Die dunkelbraunen Augen schauten intelligent in die Welt, wurden aber manchmal, wie Bonnet aufgefallen war, von einem Schleier überzogen, als ob sich abrupt eine Nebelwand vor sie gelegt hätte. Das waren die Momente, in denen Robert mitten in einer ihrer zahlreichen Diskussionen stockte und eine Weile benötigte, um den Gesprächsfaden wieder aufzunehmen. Manchmal wurde er von einer Sekunde zur nächsten verletzend, sogar aggressiv. Danach verschwand er ohne eine weitere Erklärung, war stundenlang nicht zu erreichen.

Ein Umstand, der Bonnet schwer zu schaffen machte, denn er hatte seiner Pariser Freundin hoch und heilig versprochen, gut auf ihren Sohn aufzupassen. Warum genau er das tun sollte, hatte sie ihm bis jetzt allerdings nicht verraten. Und auch Robert hatte sich ihm nicht anvertraut. Sie hatten viel über den Sinn des Lebens, über Work-Life-Balance und Lebensziele gesprochen. Bonnet konnte sich jedoch des Eindrucks nicht erwehren, dass es sich bei den benannten Zielen nicht wirklich um die von Robert handelte.

Was wollte der Mann, und was erhoffte er sich von seinem Aufenthalt in Erquy? Bonnet hatte nicht die leiseste

Ahnung. Damit nicht genug, fühlte sich Bonnet in einer Weise, die er nicht in Worte fassen konnte, von Robert in die Enge getrieben, manipuliert. Wie sollte er mit diesem vagen Gefühl umgehen?

Bonnet hob einen kleinen Kiesel auf, den er auf dem mit Zedernnadeln bedeckten Boden ertastet hatte, und warf ihn mit Schwung von sich. Er verfolgte mit den Augen die Flugbahn und sah, wie der Stein an der Böschung, an deren Rand die Küste steil nach unten abfiel, in einer Bodendelle liegen blieb. Da kam ihm eine Idee. Er zog das Handy aus der Jackentasche.

»Salut Jean-Luc«, meldete sich René Mirel, ein ehemaliger Patient und Freund. »Wie geht es dir da oben im Norden? Wir haben uns ja seit einer halben Ewigkeit nicht mehr gesprochen.«

»Mir geht es gut«, flunkerte Bonnet. »Ich hoffe, dir und deiner Familie ebenso.«

»Alles bestens. Claudine und ich kommen gerade von einem verlängerten Golfwochenende im Burgund zurück. Ein 18-Loch-Platz direkt an einem Schlosshotel mit Gourmetrestaurant und Wellnessbereich. Traumhaft! Ich fühle mich wie neugeboren.«

»Das freut mich zu hören.«

»Ich habe dir schon vor Jahren empfohlen, mit dem Golfen anzufangen. In der Bretagne habt ihr ebenfalls beste Bedingungen.«

Bonnet tätschelte mit der Hand den Stamm der Zeder. »Nein, das ist nichts für mich, ich habe andere Interessen.«

»Du weißt nicht, was du verpasst!«

»Ich lasse es darauf ankommen.« Bonnet schmunzelte. »Aber weswegen ich anrufe: Du bist doch in Finanzkreisen und bei den Börsianern bestens vernetzt.«

»Willst du dein Geld in Aktien anlegen?«

»Nein, das behalte ich lieber unter der Matratze«, feixte Bonnet. Dann wurde er wieder ernst. »Ich könnte ein paar Auskünfte zu jemandem gebrauchen, der in den höheren Finanzsphären mal ein recht großes Tier war.«

»Oha. Das hört sich aus deinem Mund eher ungewöhnlich an. Worum geht es denn? Und wen meinst du?«

»Ich habe seit Anfang des Monats einen Gast aus Paris. Eine Freundin von Marie aus dem 16. Arrondissement hat mich gebeten, ihren Sohn für eine Weile bei mir aufzunehmen. Da sie sich sehr um Marie gekümmert hat, als es ihr wegen der Chemotherapie so schlecht ging, konnte ich ihr den Wunsch nicht abschlagen. Doch ich habe meine Schwierigkeiten mit Robert. Ich komme nicht richtig an ihn heran. Er wirkt seltsam, scheint ein dickes Problem mit sich herumzuschleppen. Und manchmal hat er so Phasen, wo ich mir Sorgen mache. Nicht so sehr um ihn, sondern um mich.«

»Setz ihn vor die Tür«, schlug René pragmatisch vor. »Wenn er als Aktienmakler oder Banker gut situiert ist, kann er sich ein Hotel leisten.«

»Ja, sicherlich. Aber ich möchte zu meinem Versprechen stehen.«

»Wie, sagtest du, heißt er?«

»Robert. Robert Garnier.« Bonnet hörte, wie René die Luft einzog. »Sagt dir der Name was?«

»Bien sûr, Robert Garnier ist nicht nur in der französischen Finanzwelt bekannt. Ein Banker, der sich zu einem der Top-Aktienmakler in Europa hochgearbeitet hat. Manche nennen ihn ›Mister Goldfinger‹, weil er ein so gutes Händchen für profitable Aktiengeschäfte hat. Ich glaube, er lebte sogar eine Zeit lang in London und New York. Ein Überflieger halt.«

»Tiens, tiens. Sieh mal an, das hätte ich nicht gedacht«, rief Bonnet verwundert aus. »Bei mir gibt er sich nicht so, als ob er mit Bravour auf dem Finanzparkett gesteppt hätte. Wenn ich es nicht besser wüsste, würde ich vermuten, er wäre Lehrer für Sport und Philosophie. So wie er sich kleidet und auftritt.«

René lachte laut auf. »Weit gefehlt! Seine Philosophie war stets, schneller als andere Makler zu sein und die besten Geschäfte für sich zu verbuchen. Ihm wird nicht nur ein Goldfinger, sondern auch eine gewisse Skrupellosigkeit nachgesagt.«

»Hm, deshalb möglicherweise die aggressiven Schübe, die er manchmal an den Tag legt«, meinte Bonnet. »Was ist passiert, was hat den Überflieger ausgebremst? Warum ist er jetzt bei mir und nicht in London oder New York?«

»Über die genauen Details weiß ich nichts«, sagte René. »Aber vor etwa einem Jahr ist er Knall auf Fall aus allem komplett ausgestiegen. Er hat sein Portfolio verkauft und der Börse den Rücken zugekehrt. Manche sagen, er habe sich gigantisch verzockt. Andere behaupten, er habe ein krummes Ding gedreht. Die Wahrheit liegt vermutlich irgendwo in der Mitte.«

»Bei mir hat er angedeutet, dass er eine Art Burn-out hatte. Und dass er sein Leben neu ausrichten muss.«

»Kann gut sein. Man schmeißt seine Karriere ja nicht ohne Grund so mir nichts, dir nichts weg.«

»Nein, dazu bedarf es eines einschneidenden Erlebnisses. Zumal nichts an ihm auf den Aktienguru hinweist, der er einmal war. Er läuft meistens in Jeans, T-Shirt und Sportschuhen herum.«

»Google mal nach alten Fotos von ihm«, schlug René vor. »Auf denen ist er stets très chic gekleidet. Maßanzug, Seidenkrawatte, handgefertigte italienische Slipper. Und er hatte bei gesellschaftlichen Anlässen immer eine ausgesprochen attraktive Begleitung am Arm.«

»Ist er verheiratet? Er trägt keinen Ring.«

»Nein, er hatte eher wechselnde Beziehungen.«

»Seine Mutter sagte auch nichts von einer Schwiegertochter. Doch die ist gesundheitlich ebenfalls nicht mehr auf der Höhe. Ich befürchte, sie hat die ersten Anzeichen von Alzheimer.«

René seufzte. »Anders als beim Wein wird bei uns vieles im Alter nicht besser. Apropos Wein, mir fällt noch etwas ein: In Börsianer-Kreisen wurde gemunkelt, dass Robert bei Geschäftsessen und beruflichen Festlichkeiten gern tief ins Glas schaut. Und dass er es mit seinen Börsenkumpeln mitunter doppelt zischen lässt.«

»Klär mich auf. Ich verstehe nur Bahnhof«, beschwerte sich Bonnet.

»Er war wohl mit einer Truppe von Brokern zusammen, die den vermeintlichen Spaß erhöht haben, indem sie sich Partydrogen eingeworfen haben.«

»Das kann ich nicht glauben!«, rief Bonnet verdutzt aus. »Hier trinkt er nur Kräutertee und Mineralwasser medium.«

»Jetzt weißt du vermutlich, warum«, stellte René trocken fest.

»Mon Dieu«, stöhnte Bonnet. »Da habe ich mir ja ein feines Früchtchen ins Haus geholt.« In dem Moment hörte er eine Frauenstimme bei René.

»Ich soll dich von Claudine grüßen«, sagte René. »Sie würde dich gern mal wiedersehen. Ich übrigens auch.«

»Kommt mich in der Bretagne besuchen. Sobald mein Gästezimmer nicht mehr belegt ist«, schlug Bonnet vor.

»Vielleicht im Frühjahr, wenn wir unsere Ausrüstung mitbringen können. Ich meine, ich hätte in einer Golfzeitung gelesen, dass es bei dir in der Nähe eine tolle Anlage mit fantastischer Aussicht gibt.«

»Der Golfplatz in Pléneuf-Val-André. Ich mache gerade einen Spaziergang auf dem Küstenwanderweg und bin nicht weit davon entfernt.«

»Dann schnuppere ein bisschen Golfluft für uns«, sagte René. »Und à très bientôt.«

»Danke für die Auskünfte, du hast mir sehr geholfen«, verabschiedete sich Bonnet.

»Pass auf dich auf«, mahnte René. »Warte mal, Claudine lässt dir etwas ausrichten.« Er schwieg kurz und lauschte der Frauenstimme, bevor er sich wieder an Bonnet wandte. »Sie war vor unserem Wochenende im Burgund beim Friseur. Und da lagen ein paar alte Klatsch- und Tratschblätter herum. Darin hat sie durch Zufall etwas über Garnier gefunden. Eine Frau hat sich laut diesen zweifelhaften Ergüssen der Boulevardpresse der MeToo-Kampagne angeschlossen und behauptet, dass Garnier sie sexuell belästigt habe.«

»Das wird ja immer heikler!« Bonnet schüttelte ungläubig den Kopf. »Es ist fast so, als ob wir nicht über ein und denselben Mann reden würden. Garnier hat bei mir zwar keinen Stein im Brett, aber ob ich das alles, was du mir erzählt hast, glauben soll … Eh bien, ich hege da meine Zweifel.«

»Zu Recht, wie ich annehme. Du weißt doch, dass Paris auch die Hauptstadt des Klatsches und der üblen Nachrede ist«, sagte René. »Ich befürchte, du wirst selbst herausfinden müssen, was zutrifft und was nicht. Halte mich auf dem Laufenden, das interessiert mich ebenfalls.«

»Mache ich«, versprach Bonnet.

Nachdem er das Handy in die Jackentasche gesteckt hatte, blieb er noch eine Weile sitzen. Er lauschte dem Wind, wie er durch die Äste der Zedern rauschte. Fuhr mit den Fingern über die raue Rinde. Horchte, ob seine Lieblingszeder ihm etwas zu sagen hatte. Doch heute blieb sie stumm. Bonnet spürte, dass sich seine innere Unruhe nicht gelegt hatte. Ein beklemmendes Gefühl hatte sich in seiner Brust breitgemacht. Wie sollte er bloß mit Robert und seiner eigenen Unsicherheit umgehen?

*

Sophie stürmte wie eine Furie in die Küche und schlug dabei die Küchentür so heftig hinter sich zu, dass das Türblatt erzitterte.

»Oh, là, là, da hat aber jemand gute Laune«, flüsterte Madame Rozar Filip zu und zog vielsagend die grauen Augenbrauen in die Höhe.

Filip trocknete sich die Hände an seiner Schürze ab und wandte sich Sophie zu. »Bonjour. Dir auch einen guten Tag, ma chère.«

»Diese Handwerker bringe ich um«, presste Sophie zwischen den Zähnen hervor. Sie zog polternd ein hölzernes Hackbrett aus dem Regal und holte Karotten aus dem Gemüsefach, die sie mit einem Sparschäler attackierte. Die Schalen flogen nach rechts und links wie orangefarbenes, überdimensioniertes Konfetti. Mit einem Messerschlag spaltete sie eine Karotte der Länge nach und schnitt die Hälften in dünne Scheiben. Das Geräusch der in schneller Abfolge auf dem Holzbrett aufprallenden Messerklinge klang wie eine Maschinengewehrsalve.

»Wenn du dich an den Karotten abreagiert hast, kannst du uns ja mal mitteilen, was los ist«, sagte Filip. »Nicht, dass du mit dem gezückten Messer noch auf unsere Gäste losgehst. Die Ersten sitzen schon bei Suppe oder Salat im Restaurant.«

Sophie legte das Hackmesser mit einem Seufzen nieder und strich sich das Haar aus der Stirn. »Diese Idioten haben mir eben verklickert, dass sie einen Baustopp einlegen. Angeblich fehlt eine Umwälzpumpe, die sie zwar vor Wochen bestellt, aber bis jetzt nicht geliefert bekommen haben.«

»Eh bien, dass es inzwischen in vielen Bereichen an Material mangelt, ist ja das neue Normal. Darüber würde ich mich nicht aufregen«, sagte Madame Rozar pragmatisch und überstreute eine fertig gefüllte Galette complète mit gehackter Petersilie.

»Mag schon sein. Ich habe allerdings das Gefühl, dass die Burschen mir nicht die Wahrheit sagen. Dass sie in Wirklichkeit einen weiteren Auftrag an der Angel haben, den sie zuerst erledigen wollen. Höchstwahrscheinlich hat der Auftraggeber ihnen einen besseren Preis geboten.«

»Das nennt man Marktwirtschaft«, sagte Filip schulterzuckend.

»Wenn es in dem Schneckentempo weitergeht, wird die Heizungsanlage nie und nimmer fertig sein, bis Dafne zurück ist«, beschwerte sich Sophie. »Dafne wird mich für total unfähig halten.«

»Das wird sie sicher nicht«, widersprach Filip heftig. »Sie weiß, dass du dein Bestes gibst. Aber Wunder kannst selbst du nicht bewirken.«

Sophie zog eine Grimasse. Da fiel ihr Blick auf den Küchentisch am Fenster beziehungsweise auf das, was sich darunter befand.

»Was macht die Katze hier drinnen?«, explodierte sie und funkelte Filip wütend an. »Du weißt, dass Tiere in der Küche nichts zu suchen haben. Sollten zufällig ein paar Kontrolleure auf der Matte stehen, werden sie uns eine saftige Strafe aufbrummen. Im schlimmsten Fall verlieren wir unsere Lizenz.«

»Ach was, so eng wird das bei uns in Frankreich nicht gesehen«, versuchte Madame Rozar zu beschwichtigen, bevor sie mit drei beladenen Tellern durch die Verbindungstür zum Restaurant eilte.

»Du hast ja recht.« Filip sah zerknirscht aus. »Aber Truffe geht es nicht so gut, da wollte ich sie nicht draußen in der Kälte sitzen lassen. Der Wind von Nordwest ist heute echt unangenehm.«

Sophie beugte sich zu der mit Küchentüchern ausgekleideten Holzkiste hinunter und strich mit dem Zeigefinger vorsichtig über den Kopf der Katze.

Die lag reglos da, öffnete nur kurz die Augen. Ihr vor ein paar Tagen noch wie schwarze Trüffel glänzendes Fell, das ihr ihren Namen eingebracht hatte, wirkte heute matt und struppig. Ein dünner Speichelfaden troff ihr aus dem Maul.

»Die Arme sieht wirklich krank aus«, gab Sophie zu. »Hast du eine Ahnung, was sie haben könnte?«

»Nein, ich habe keine Erfahrung mit Katzen«, bedauerte Filip. »Meine Eltern hatten früher nur einen Hund.«

»Hat sie sich erbrochen?«, fragte Madame Rozar, die wieder in die Küche gekommen war.

»Als ich heute Morgen kam, habe ich draußen keine Hinterlassenschaften bemerkt«, sagte Filip. »Aber bevor ich sie reingeholt und in die Kiste gelegt habe, habe ich mehrmals so ein komisches Geräusch gehört. Eine Mischung aus Husten und Würgen.«

»Ich möchte darauf wetten, dass sie etwas Giftiges gefressen hat.« Madame Rozars rundes Gesicht sah besorgt aus.

Sophie starrte sie entgeistert an. »Etwas Giftiges? Hier bei uns? Was soll das denn sein?«

»Schneckengift, Rattengift oder anderes Gift gegen Ungeziefer. Was die Leute halt so zur Hand haben.«

»Ich habe nichts dergleichen hier«, empörte sich Sophie. »Es ist schrecklich, wenn man so etwas herumliegen lässt und unschuldige Tiere davon krank werden. Oder sogar sterben.«

Madame Rozar holte eine Flasche Rosé aus dem Kühlschrank und füllte Wein in Gläser, die auf einem Tablett standen. »Vielleicht war es ja kein Versehen«, meinte sie, als sie die Flasche wieder verstaut hatte.

»Sondern?«, fragte Sophie stirnrunzelnd.

»Es könnte doch sein, dass jemand das absichtlich getan hat. Dass jemand der Katze einen Brocken Fisch oder Fleisch zugesteckt hat, in dem sich Gift befand.«

»Wer sollte so etwas Infames tun?«, entrüstete sich Filip.

»Jemand, der Katzen nicht ausstehen kann. Oder der womöglich nicht nur der Katze, sondern auch ihrem Besitzer schaden will«, sagte Madame Rozar.

»Also Filip oder mir?« Sophie fiel die Kinnlade runter.

»Eh bien, ich halte es nicht für ausgeschlossen.« Madame Rozar hob das Tablett mit den Weingläsern an.

»Wenn ich den Saukerl erwische!« Filip machte mit der langen, spitzen Bratengabel ein paar Bewegungen, die andeuteten, was er zu tun gedachte.

»Okay.« Sophie hatte einen Entschluss gefasst. »Wir warten erst mal ab und schauen, ob es Truffe nachher besser geht. Wenn nicht, fahre ich mit ihr vor der Abendschicht zum Tierarzt.«

»Merci«, sagte Filip leise.

»Oh, ich würde mir keine allzu großen Sorgen machen. Katzen sind zäh, die haben sieben Leben, wie man so sagt.« Madame Rozar machte sich mit dem Tablett in der Hand auf den Weg. Sie hatte fast die Schwelle der Verbindungstür erreicht, da schlug diese heftig gegen die Wand und Madame Rozar stieß mit einem Mann zusammen. Das Tablett und die Gläser fielen zu Boden, wo sie klirrend zerbrachen.

»Putain de merde, hier ist Zutritt verboten! Was soll das?« Sophie funkelte den Eindringling wütend an.

»Das frage ich Sie.« Treveur Le Tammiers knallte eine aufgeschlagene Zeitung auf den Tresen.

»Ich habe keine Ahnung, was Sie von mir wollen«, zischte Sophie.

Treveur tippte mit dem Zeigefinger auf eine in großen Lettern verfasste Artikelüberschrift. »Das geht doch auf Ihr Konto, oder?«

Sophie schnappte sich die Zeitung und begann zu lesen: »Neue polizeiliche Erkenntnisse – Wurde Aenor Le Tammiers von ihrem Ex-Mann ermordet?« Sie überflog den Rest des Artikels, der eine Menge Vermutungen, aber keine stichhaltigen Beweise aufführte.

»Sie sind, nachdem Sie bei mir im P'tit Breizh waren, direkt zu Hénaff gelaufen und haben dem Schmierfinken diesen Dreck hier erzählt, nicht wahr?« Treveur schnaubte vor Wut.

Sophie machte ein paar Schritte rückwärts. »Nein, ich habe nichts von dem gemacht. Wenn Sie mit dem Inhalt des Artikels nicht einverstanden sind, müssen Sie sich an Nicolaz Hénaff oder an den Herausgeber der La Gazette des Caps wenden. Ich bin der falsche Ansprechpartner.«

»Ich lasse mich nicht verarschen!« Treveur kam drohend näher.

»Das reicht jetzt!«, sagte Filip mit schneidender Stimme. »Sie haben gehört, dass Madame Vidal mit dem Artikel nichts zu tun hat. Verlassen Sie die Küche. Sofort!«

Treveur rührte sich nicht.

Madame Rozar hatte eine ganze Weile erstarrt auf der Stelle verharrt, wo sie mit Treveur zusammengeprallt war. Jetzt kam plötzlich Leben in sie. Sie schnappte sich den Besen, der immer griffbereit neben dem großen Vorratsschrank stand, und rammte Treveur den aus Hartholz gearbeiteten Besenriegel unsanft ins Kreuz. »Raus aus der Küche!«, schrie sie mit einer Stimmkraft, die man ihrem kleinen, gedrungenen Körper nicht zugetraut hätte.

Treveur schnellte herum und ballte die Fäuste. »Ta gueule, halt's Maul, Alte!«

Madame Rozar ließ sich nicht einschüchtern und schüttelte drohend den Besen. »Va-t'en! Scher dich weg, du ungehobelter Mistkerl!«

Sophie hatte in der Zwischenzeit nach ihrem Handy gegriffen. »Es wird Zeit, dass ich die Polizei informiere. Bei Hausfriedensbruch und Androhung von Gewalt werden sie ganz fix hier sein.«

Treveur hob die Hände. »Ich bin ja schon weg. Aber das wird Folgen haben, das verspreche ich Ihnen.« Zwei Sekunden später war er durch die Hintertür ins Freie gerauscht.

Madame Rozar ließ mit sichtlichem Bedauern den Besen sinken. »Schade, dass er so schnell abgedampft ist. Ich hätte ihm gern noch eins über seinen hirnlosen Schädel gezogen.«

Filip stieß hörbar die Luft aus, bevor er sich seiner älteren Kollegin zuwandte. »Chapeau, Madame! Ich hätte nicht gedacht, dass Sie so eine Kämpfernatur sind.«

»Ach, weißt du, mon petit, ich bin mit drei Brüdern aufgewachsen. Da lernt man früh, sich zur Wehr zu setzen.«

»Danke für Ihren Einsatz«, sagte Sophie erleichtert. »Als er mir mit den geballten Fäusten auf die Pelle gerückt ist, habe ich für einen Moment Angst bekommen.«

»Oui, mir war auch nicht ganz wohl zumute«, gestand Madame Rozar. »Doch Angriff war für mich schon immer die beste Verteidigung.«

Filip nahm Madame Rozar den Besen ab. »Ich beseitige den Schaden, den dieser Idiot angerichtet hat.«

Sophie klatschte in die Hände. »Also gut. Treveur ist weg, lasst uns im Programm weitermachen. Wir haben im Restaurant jede Menge hungrige und durstige Gäste sitzen.«

Madame Rozar rückte ihre Schürze zurecht. »Ja, der Laden brummt.« Sie warf Sophie einen besorgten Blick zu. »Achten Sie darauf, dass Sie diesem Typen nicht im Dunkeln begegnen. In ihm hat sich eine Menge Frust aufgestaut. Das ist ein Vulkan auf zwei Beinen, der kurz vor dem Ausbruch steht.«

8. KAPITEL

Ronan erlebte einen dieser Tage, die es so nur in der Nebensaison gab: Von halb acht bis zehn tauchten lediglich drei Personen bei ihm auf der Polizeiwache in der Rue des Patriotes auf. Alle drei kamen, weil sie etwas verloren hatten und es unter den Fundsachen der Woche zu finden hofften: eine Lesebrille, eine Schnullerkette und eine Brieftasche. Und tatsächlich war alles auf der Wache abgegeben worden, die Brieftasche sogar mit vollständigem Inhalt.

Um kurz vor elf erschien eine aufgelöste junge Frau mit einem Kleinkind auf dem Arm und meldete den Verlust ihrer Katze Mimi, die seit vorgestern nicht mehr nach Hause gekommen war. Ronan nahm geduldig alle notwendigen Daten auf, kopierte ein Foto des abtrünnigen Stubentigers und stellte die Suchanzeige auf dem polizeieigenen Facebook-Konto und dem Suchportal »Pet Alert« für vermisste Haustiere online.

Als er sich gerade einen Kaffee zubereitet hatte, bekam er erneut Besuch. Eine Mitarbeiterin der örtlichen Sozialstation präsentierte ihm einen netten, aber sehr verwirrten alten Herrn. Der hatte sich in der Früh unbemerkt aus der Seniorenresidenz entfernt, war in einen Bus gestiegen und bis zum Ortszentrum von Erquy gefahren. Wo er Passanten aufgefallen war, da er ziellos und nur mit Hausschuhen und einem karierten Schlafanzug bekleidet durch die Straßen schlurfte. Nun war es an Ronan, ihn wieder wohlbehalten nach Hause zu bringen.

Er eskortierte den von seinem Abenteuer aufgekratzten Monsieur zu seinem Streifenwagen, setzte sich ans Steuer und machte sich auf den Weg. Der alte Herr plauderte ohne Punkt und Komma von seiner Ehefrau, die vor Jahren verstorben sein musste. Ronan hörte nur mit halbem Ohr zu. Das Seniorenheim lag oberhalb der Plage Saint-Michel, und er wählte den schnellsten Weg über schmale Dorfgassen und enge Sträßchen, die sich zwischen Wallhecken und Feldern in Richtung Meer schlängelten.

Kurz bevor sie die Seniorenresidenz erreicht hatten, bat ihn sein Mitfahrer, anzuhalten, da er ein dringendes Bedürfnis verspüre. Ronan stieg ebenfalls aus, weil er befürchtete, dass der alte Herr sich sonst erneut aus dem Staub machen würde. Er führte ihn zu einer vom Wind geduckten Buschreihe am Ende des Parkplatzes und entfernte sich dann ein Stück, um dem Mann genügend Privatsphäre zu lassen. Er trat ein wenig auf der Stelle und streckte und reckte sich ausgiebig. Mit seinen zwei Metern Lebensgröße kam er sich sogar in dem relativ geräumigen Škoda immer wie in einer Sardinendose vor.

Der alte Herr gab ihm durch ein Handzeichen zu verstehen, dass er noch eine Weile benötigte. Ronan schaute um sich. Vom Parkplatz aus hatte er einen direkten Blick auf die vorgelagerte Îlot Saint-Michel und die darauf errichtete Pilgerkapelle. Bei Ebbe konnte man das Inselchen vom Strand aus zu Fuß erreichen, doch im Moment herrschte Flut und graue niedrige Wolken spien Sprühregen aus. Was höchstwahrscheinlich auch der Grund dafür war, dass nur ein einziges Fahrzeug, eine dunkle Citroën Mittelklasselimousine, auf dem Parkplatz stand. Das Badewetter ist für dieses Jahr definitiv passé, dachte Ronan. Auch die Wohnmobile der Surfer, die den Platz gern als Basislager nutzten, waren verschwunden, die Surfsaison ging erst im Frühjahr wieder los.

Ronan bemerkte, dass der alte Herr sein Geschäft beendet hatte. Er bugsierte ihn zurück in den Streifenwagen. In der Seniorenresidenz zeigte man sich überglücklich, den Abtrünnigen wohlbehalten zurückzubekommen, und bot Ronan zum Dank Kaffee und Kuchen an. Eine Offerte, der er nicht widerstehen konnte.

Eine geschlagene Stunde später verließ er gut gestärkt das luxuriöse Seniorenheim, das sogar über einen eigenen Strandbereich an der Plage de Lanruen verfügte. Die drei Tassen Kaffee, die er getrunken hatte, zeigten nun auch bei ihm Wirkung, sodass ihm nichts anderes übrig blieb, als auf demselben Parkplatz anzuhalten, wo sich vorhin der alte Herr erleichtert hatte. Er stieg aus und ging ebenfalls an die Buschreihe.

Auf dem Rückweg zum Dienstwagen fiel ihm auf, dass der dunkelgraue Citroën nach wie vor an derselben Stelle stand. Seltsam, dachte Ronan und suchte den Strand mit den Augen ab, in der Hoffnung, den Fahrer oder die Fahrerin dort zu entdecken. Der schmale Sandstreifen war menschenleer, nur ein paar Möwen balgten sich um einen angeschwemmten Seestern. Warum parkt der Citroën so lang an diesem abgelegenen Küstenabschnitt, fragte sich Ronan. Er beschloss, der Sache auf den Grund zu gehen, holte seine Dienstmütze aus dem Wagen und näherte sich dem Fahrzeug von hinten. Anhand des auf dem Nummernschild vermerkten Logos der Region und der Départmentnummer erkannte er, dass es sich um einen in Paris zugelassenen Pkw handelte. Die Fenster waren von innen beschlagen, sodass Ronan Mühe hatte, hineinzuschauen. Er glaubte, im Fahrzeug eine Person auszumachen, und klopfte an die Seitenscheibe. Nichts geschah. Ronan klopfte nochmals. Nach ein paar Sekunden, die ihm wie eine Ewigkeit vorkamen, wurde die Scheibe eine Handbreit heruntergelassen.

»Oui?«, fragte eine männliche Stimme.

»Bonjour Monsieur. Ich wollte nur nachfragen, ob bei Ihnen alles in Ordnung ist.«

Der Mann schwieg.

»Brauchen Sie Hilfe? Kann ich etwas für Sie tun?«

»Non, merci.«

»Ihr Fahrzeug ist mir vorhin schon aufgefallen«, versuchte es Ronan ein weiteres Mal. »Sie stehen seit mindestens anderthalb Stunden hier.«

»Das ist doch nicht verboten, ist schließlich ein Parkplatz«, konterte der Mann.

Ronan konnte das Gesicht des Mannes durch den geöffneten Fensterspalt nicht erkennen. Irgendetwas kam ihm an der Angelegenheit faul vor. »Wären Sie so freundlich, das Fenster ein Stückchen weiter zu öffnen? Dann können wir uns besser unterhalten«, bat er.

Die Scheibe glitt nach unten.

»Ich bin Ronan Lagad von der Police municipale«, stellte er sich vor und musterte den Fahrzeuginsassen. Da machte es bei ihm klick. »Entschuldigen Sie, ich habe Sie auf den ersten Blick nicht erkannt. Sie sind doch der Gast von Doktor Bonnet, nicht wahr? Aus Paris?«

»Und wenn? Das geht Sie nichts an, ich habe keine Gesetzeswidrigkeit begangen.«

Nein, musste ihm Ronan im Stillen recht geben. Trotzdem ließ er nicht locker, irgendetwas stimmte hier definitiv nicht. Der Mann starrte geradeaus, obwohl er durch die beschlagene Frontscheibe nichts sehen konnte. Er hielt das Lederlenkrad so fest mit beiden Händen umklammert, dass die Knöchel weiß hervortraten. Auf der hohen Stirn glitzerten kleine Schweißperlen. Da Ronan keine laufende Standheizung hören konnte, nahm er an, dass die Temperatur im Fahrzeug in etwa identisch mit der Außentemperatur war: 14 Grad Celsius, das hatte das Display im Dienstwagen angezeigt. Kein Grund, ins Schwitzen zu kommen. War der Mann krank? Oder auf Drogen? Oder brachte ihn Ronans Anwesenheit dermaßen in Verlegenheit oder Rage, dass er sich mit aller Macht zusammenriss? Ronan war sich nicht sicher, wie er vorgehen sollte.

»Es ist vielleicht besser, wenn Sie nach Hause, ich meine, zu Doktor Bonnet zurückfahren«, schlug er vor. »Der Wetterbericht hat für heute Nachmittag ergiebige Regenfälle mit stürmischen Böen vorausgesagt, dann wird es hier ungemütlich. Soll ich vorfahren, damit Sie den Weg ohne Probleme finden?«

»Ich weiß, wo ich hinmuss.« Die Stimme klang barsch.

»Ich könnte auch den Doktor anrufen. Er ist ein Freund von mir.«

»Danke, ich komme allein klar.«

Die Scheibe fuhr wieder hoch, und Ronan musste sich geschlagen geben. Er tippte mit dem Zeigefinger an die Mütze. »Eh bien, dann wünsche ich Ihnen einen schönen Tag.«

Der Mann im Wagen reagierte nicht.

»Du mich auch«, murmelte Ronan und eilte zu seinem Fahrzeug zurück. Er nahm sich vor, Jean-Luc so bald wie möglich ein paar Fragen zu seinem Gast zu stellen. Der Mann verhielt sich äußerst merkwürdig.

*

»Ach, Mist!« Sophie riss ein paar Blätter von der Küchenrolle, um die verschüttete Vinaigrette vom Tresen aufzuwischen. Sie war mit dem Ellbogen gegen das Vorratsglas mit der Salatsoße gestoßen, das prompt umgekippt war. Wenigstens waren ihr Scherben erspart geblieben, tröstete sie sich. Doch die Arbeit ging ihr heute nicht mit der gewohnten Leichtigkeit von der Hand.

Zum einen machte sie sich Sorgen um die Katze, die sich

seit einer halben Woche in der Tierklinik befand und deren Zustand sich nur langsam besserte. Die Ärzte nahmen an, dass sie tatsächlich irgendein Gift gefressen hatte. Doch wo sie es aufgenommen hatte, konnte man im Nachhinein nicht mehr feststellen. Sophie und Filip blieb keine andere Wahl, als zu hoffen, dass die Behandlung anschlagen und Truffe wieder gesund werden würde.

Zum anderen fühlte Sophie sich auch nicht richtig auf dem Damm. Sie hatte Kopfschmerzen und ein unangenehmes Kratzen im Hals – die erste Erkältungswelle des Frühherbstes machte in der Region die Runde, und sie war offenbar nicht verschont geblieben.

Sophie beförderte das durchtränkte Küchenpapier in den Mülleimer und unterdrückte ein Stöhnen. Sie musste noch mehr als drei Stunden durchhalten. Am liebsten hätte sie sich in ihr Bett verkrochen und die Bettdecke über den Kopf gezogen, doch das wollte sie Filip und Madame Rozar nicht antun. Das Bistro war für einen Montagabend gut besucht, und sie wurde in der Küche und beim Service gebraucht.

Madame Rozar stieß die Verbindungstür mit der Hüfte auf und eilte schwer beladen zum Tresen. »Uff, mehr ging nicht.« Sie wies mit dem Kinn auf den Stapel Teller und Schüsseln.

»Ich glaube, wir müssen uns langfristig um weitere Hilfe bemühen«, sagte Sophie mit näselnder Stimme. »Aber das muss ich vorab mit Dafne besprechen.«

»Ja, im Moment bekommen wir es zwar einigermaßen hin«, gab ihr Madame Rozar recht, »doch in den Herbstferien und zu den Weihnachtsfeiertagen werden wir mindestens zwei zusätzliche Hände benötigen, sonst haben wir hier in Nullkommanichts Land unter.«

»Bei mir haben sich auch schon jede Menge Überstunden angesammelt«, beschwerte sich Filip. »Ich könnte mal ein paar Tage Urlaub gebrauchen.«

»Urlaub? Ein schöner Gedanke.« Sophie lachte tonlos. »Ich schaue, was sich machen lässt«, versprach sie, als sie Filips bedrücktes Gesicht bemerkte.

Madame Rozar schickte sich an, eine neue Ladung an Tellern zu stemmen. »An Tisch zwölf ist übrigens ein Gast, der Sie sprechen möchte.«

»Himmel, das hat mir gerade noch gefehlt«, stöhnte Sophie. »Nicht schon wieder so ein renitenter Besserwisser, der nur herummäkelt, um die Rechnung zu kürzen. Oder so ein Kostverächter wie Garnier.« Sophie hatte dem Hausgast von Doktor Bonnet nicht verziehen, dass er mehr als die Hälfte vom Salat und vom Entrecôte zurückgehen lassen hatte.

»Ich glaube nicht. Der ist anders«, versicherte Madame Rozar. »Auf mich hat er einen netten Eindruck gemacht. Und er hat sehr freundlich gefragt.«

»Das sind die Schlimmsten«, sagte Sophie düster. »Machen auf sympathisch und umgänglich, aber wenn es ans Abrechnen geht, feilschen sie um jeden Cent.«

»Soll ich das übernehmen?«, bot Filip an. »Du siehst heute wirklich nicht fit aus.«

»Nein, lass mal, aber danke für das Angebot. Ich regele das schon.« Sie prüfte kurz, ob ihr Strickpullover richtig saß, fuhr sich mit der Hand übers Haar und atmete tief durch. »Attaque! Auf in den Kampf!«

Der Gast an Tisch zwölf nippte an einem Espresso.

»Sie möchten mich sprechen?« Sophie stellte sich so hin, dass sie ihm direkt gegenüberstand. Ihr Lächeln war freundlich, aber nicht herzlich.

Der Mann, der etwa Mitte 40 sein mochte, setzte die Espressotasse ab, stand auf und streckte ihr die Hand entgegen. »Enchanté, Madame Vidal. Es freut mich, Ihre Bekanntschaft zu machen.«

Sophie war überrascht und wusste nicht, wie sie reagieren

sollte, fühlte sich regelrecht überrumpelt. Sie war fest davon ausgegangen, sich einem verbalen Scharmützel stellen zu müssen. Und nun strahlte der Kerl sie mit seinen stahlblauen Augen entwaffnend an und zeigte dabei zwei perfekt geformte weiße Zahnreihen. Der Rest von ihm konnte sich ebenfalls sehen lassen: Mit den blonden, kurz gehaltenen Locken, den breiten Schultern und den langen Beinen war er überaus attraktiv. Handelte es sich etwa um einen bekannten Schauspieler? Oder um einen Chansonier? Sophie versuchte vergeblich, dem Gesicht einen Namen zuzuordnen, aber sie kannte den Mann definitiv nicht. Verlegen spielte sie mit ihrer Armbanduhr am Handgelenk. »Was kann ich für Sie tun, Monsieur?«

»Setzen Sie sich doch.« Der Mann wies auf den Stuhl, hinter dem Sophie Aufstellung genommen hatte, als wäre er der Gastgeber und nicht umgekehrt. »Dann ist es gemütlicher«, fügte er hinzu.

»Ich muss gleich zurück in die Küche«, wiegelte Sophie ab.

»Nur einen kleinen Moment, ich werde Sie nicht lang aufhalten.«

Sophie nahm Platz, rutschte jedoch unruhig hin und her. »Ist etwas mit dem Essen? Waren Sie nicht zufrieden?«

Ihr Gegenüber ließ sich ebenfalls wieder auf dem Stuhl nieder. »Ganz im Gegenteil, es war fantastisch«, versicherte er ihr. »Deshalb will ich ja unbedingt mit Ihnen reden. Ich bin absolut begeistert!«

»Das freut mich«, sagte Sophie und machte Anstalten, sich zu erheben.

»Non, non«, protestierte der Mann. »Warten Sie, es ist wichtig. Ich glaube, wir haben beide dieselbe Passion.«

»Ach ja? Für was denn?« Sophie zog fragend eine Augenbraue hoch.

»Sie kochen mit Meeresalgen«, sagte der Mann. »Ich habe alles auf der Karte bestellt, worin Algen enthalten sind: den

Hummus, die Bohnen-Rillette, die Butter, die Suppe mit Algen statt Hummer, den Meeresbohnensalat und die Algenburger.«

»Oha, dann müssen sie jetzt aber sehr satt sein.«

Der Mann strich sich über den flachen Bauch. »Ja, wie sagt man so schön: satt und zufrieden.«

Sophie hatte nach wie vor keine Ahnung, worauf er hinauswollte. »Möchten Sie ein Rezept von mir bekommen, oder worum geht es?«

»Mais non.« Der Mann hob abwehrend die Hände. »Am Herd bin ich die reinste Katastrophe. Aber Sie, Madame Vidal, Sie können zaubern.«

Sophie spürte, wie ihr Gesicht von einer leisen Röte überzogen wurde. »Danke schön.«

Der Mann beugte sich ein wenig vor. »Ich möchte mit Ihnen reden.«

»Das tun wir bereits«, konterte Sophie trocken.

»Oui, oui, natürlich tun wir das. Ich meinte, länger als jetzt. Und besser nicht unter so vielen Leuten. Wie wäre es, wenn Sie zu mir nach Saint-Suliac kommen?«

Sophie rückte mit dem Stuhl ein Stück ab. »Ich befürchte, dass ich in den kommenden Wochen keine freie Zeit haben werde. Das Bistro erfordert all meine Aufmerksamkeit.«

Der Mann starrte sie ein paar Sekunden verdutzt an, dann schlug er sich mit der Hand gegen die Stirn. »Pardonnez-moi, ich bin ein Trottel! Ich habe mich gar nicht vorgestellt.« Er setzte wieder dieses jungenhafte, schelmische Lächeln auf. »Ich bin Henri Sartin und leite das Centre d'Étude des Algues maritimes in Saint-Suliac an der Rance.«

»Das Institut zur Erforschung von Meeresalgen?« Sophie schaute ihn erstaunt an.

»Richtig.« Sartin nickte. »Ich bin Meeresbiologe und Algenforscher. Meiner Ansicht nach haben Algen eine grandiose Zukunft vor sich, zum einen als Nahrungsmittel, zum anderen als wertvoller Stoff für viele industrielle Prozesse. Anders formuliert: Ich bin ganz vernarrt in Algen.«

»Da haben wir tatsächlich etwas gemeinsam«, stellte Sophie verwundert fest. »Ich habe vor Kurzem die Algen für mich und die Bistroküche entdeckt und wollte sogar mit einer Geschäftspartnerin schmackhafte Algenprodukte auf den Markt bringen.«

»Eine sehr gute Idee.«

»Ja, aber daraus wird leider nichts mehr.« Sophie seufzte.

»Fehlt Ihnen das Kapital? Oder die Zeit? Wollen Sie, dass ich mich für Sie umhöre? Vielleicht könnte ich ein paar Sponsoren gewinnen.«

»Danke für das Angebot, das ist nett von Ihnen.« Sophie lächelte traurig. »Doch es macht keinen Sinn mehr, es kommt zu spät. Meine Geschäftspartnerin ist«, sie stockte einen Moment, »vor Kurzem gestorben. Allein kann ich das Geschäftsmodell nicht stemmen.«

»Mon Dieu, das tut mir leid.« Aus Sartins blauen Augen war das Strahlen gewichen. »Aber ich bin mir sicher, dass Sie früher oder später eine andere Lösung finden werden.«

»Mag sein.« Sophie klang nicht überzeugt. »Zurzeit hat mir der Verlust meiner Geschäftspartnerin ziemlich den Wind aus den Segeln genommen. Ich muss mich erst mal sammeln, mich neu orientieren.«

»Ich helfe Ihnen gerne dabei.« Sartin fasste in seine Jacketttasche und zog eine Visitenkarte hervor. »Rufen Sie mich an, wenn Sie absehen können, wann Sie Zeit haben, und lassen Sie uns einen Termin vereinbaren. Ich zeige Ihnen mein kleines Algenimperium, und wir überlegen, wie wir Ihre köstlichen Spezialitäten unter die Leute bringen können. Es wäre doch jammerschade, wenn Ihre Künste vergeudet blieben.«

Sophie wollte kaum ihren Ohren trauen. »Meinen Sie das ernst?«

»Selbstverständlich.« Sartin führte die Hand zum Herz. »Es wird mir und Ihnen ein Vergnügen sein, das verspreche ich.«

Sophie blickte eine Weile nachdenklich auf die Visitenkarte, dann gab sie sich einen Ruck. »Wenn das so ist, freue ich mich darauf, unsere Bekanntschaft zu vertiefen.«

»Ich auch.« Sartin deutete mit dem Kopf eine Verbeugung an. »Bis bald, Madame Vidal. Oder darf ich Sophie sagen?«

»Dürfen Sie.«

»Henri.«

»Bis bald, Henri.«

»Bis sehr bald, Sophie.«

Sophie stand auf und ging in Richtung Küche. Die Erkältung und der brummende Kopf waren für den Moment vergessen. Sie hatte plötzlich das Gefühl, als ob sie auf Wolken schwebte.

9. KAPITEL

Sophie konnte nicht schlafen. Seit einer gefühlten Ewigkeit wälzte sie sich im Bett herum, knuffte ihr Kopfkissen mal in die eine, dann in die andere Position, zog die Bettdecke hoch bis zum Kinn, um sie gleich darauf bis zu den Knien zurückzuschlagen. Doch es half alles nichts: Um halb vier war sie immer noch hellwach. Zu viele Gedanken spukten in ihrem Kopf herum, ließen sich auf keinen der Tricks ein, die Sophie bemühte, um zur Ruhe zu kommen. Sie fühlte sich, als ob sie kurz davorstände, den Verstand zu verlieren.

»Allmählich habe ich die Nase gestrichen voll«, sagte sie laut zu sich selbst, setzte sich auf und rieb sich die müden Augen. Was sollte sie tun? Im Bett zu bleiben, war keine Option. Sie kam auf die Beine, zog den Schlafanzug aus und schlüpfte in die Jeans und den Pulli, die sie gestern getragen und auf den Sessel vor dem Fenster geschmissen hatte. Sie tapste die schmale Holztreppe hinunter in die Küche, wo feuchte Socken und Handtücher auf einem ausklappbaren Wäscheständer einen dezenten Lavendelduft verströmten und prall gefüllte Umzugskisten sie klagend anzublicken schienen.

Sophie strich sich das Haar aus der Stirn und seufzte. Sie müsste dringend die Zeit und die Energie finden, den Rest ihrer Habseligkeiten auszupacken und ihr neues, kleines Domizil gemütlich zu machen. Sich ein Zuhause zu schaffen. Nach der Trennung von ihrem Mann Gerd und dem Verlust des ehemals gemeinsamen Hauses in Deutschland war sie zuerst in einem winzigen Hotelzimmer untergekommen, was logischerweise keine Dauerlösung hatte sein können. Vor sechs Wochen hatte sie die Schlüssel zu dem Häuschen übernommen, das fast direkt unter dem Viadukt von Caroual lag, hatte ihre Habseligkeiten hineingetragen und ein paar Lebensmittel in den Kühlschrank gefüllt. Viel mehr war seitdem nicht geschehen.

Sophie drängte das schlechte Gewissen zurück, das wieder einmal Oberhand zu bekommen drohte, und griff nach der Kaffeedose, um sich einen starken Kaffee zu kochen. An Schlaf war eh nicht mehr zu denken. Sie öffnete den Deckel und musste feststellen, dass sich in der Dose höchstens anderthalb Löffel Kaffeepulver befanden. Sie hatte versäumt, ein neues Paket zu kaufen.

»Merde.« Nur mit Mühe widerstand sie der Versuchung, die Kaffeedose vor Frust an die Wand zu knallen. Stattdessen schnappte sie sich Autoschlüssel und Jacke. Sie beschloss, ins Bistro zu fahren, wo es genügend Kaffee sowie Arbeit gab, mit der sie sich ablenken könnte. Nach zig anfänglichen Fehlversuchen und einigen Missgeschicken hatte sie es mittlerweile geschafft, sich mit der professionellen Gastrokaffeemaschine anzufreunden, deren Bedienung ein spezielles Fingerspitzengefühl benötigte. Sie stieg in den Kombi, ließ den Motor an und fuhr los. Zu nachtschlafender Zeit kam ihr, vom Wagen der Müllabfuhr abgesehen, der immer in den frühen Morgenstunden unterwegs war, kein anderes Fahrzeug entgegen, und Sophie erreichte das Bistro in persönlicher Rekordzeit.

Da alle Parkplätze an der Straße frei waren, stellte sie das Auto direkt vor der großen Fensterfront ab und eilte in den Hof, um durch die Hintertür in die Küche zu gelangen. Als sie die Hausecke umrundet hatte, stutzte sie. Durch das Fenster der im Dunkeln liegenden Küche konnte sie einen schwachen, blass-blauen Lichtschein erkennen. War Filip etwa bereits bei der Arbeit? Hatte er ebenfalls nicht schlafen können wegen der Baustelle vor seiner Wohnung? Aber um die Zeit wurde sicher noch nicht gebaggert. Außerdem hätte er, wenn er in der Küche wäre, das Licht eingeschaltet.

In Sophies Magen machte sich ein ungutes Gefühl breit. Sie schlich näher an das Fenster heran und spähte hindurch. Sie konnte die Konturen der Schränke, des Tresens und des Tisches grob erahnen. Der Rest des Innenraums war nicht auszumachen, auch keine Person. Das einzig Auffällige war nur dieses sachte bläuliche Flackern, das aus der Richtung kam, in der sich die Großgeräte befanden. Der Gasherd, schoss es ihr durch den Kopf. Hatte der alte, ramponierte Gasherd sich selbst entzündet? Sie hastete zur Tür und zog den Schlüsselbund aus ihrer Jackentasche. Ihre Finger zitterten dabei so sehr, dass ihr die Schlüssel entglitten und zu Boden fielen. Sie hob sie auf und dachte einen Moment nach. War es ratsam, ein Gebäude zu betreten, in dem womöglich in wenigen Sekunden ein Gasherd in die Luft fliegen würde? Sie machte ein paar Schritte rückwärts, versuchte, ihren keuchenden Atem zu beruhigen. Währenddessen surrten die Gedanken wie ein wild gewordener Hornissenschwarm in ihrem Kopf herum. Was, wenn jemand den Gasherd eingeschaltet hatte? Eine Person, die sich nach wie vor im Gebäude befand? Die Erinnerung an den Überfall im Frühjahr kam mit einem Schlag zurück und führte dazu, dass ihr die Knie weich wurden.

Damals war ein Mann spätabends, als sie allein bei der Arbeit gewesen war, ins Bistro eingedrungen und hatte sie mit einem Holzpaddel bedroht. Nur durch Zufall war sie ihm entkommen und panisch durch die menschenleeren Straßen gerannt, bis sich ihr Verstand wieder eingeschaltet und sie bei Doktor Bonnet Hilfe gesucht hatte. Der Doktor wohnte nur ein paar Häuser entfernt.

Sophie schaute erneut ins Kücheninnere. Der blaue Lichtschein beziehungsweise das eigentümliche Flackern hatte sich nicht verändert, war weder größer noch kleiner geworden. Sie beschloss, nicht die Feuerwehr zu rufen. Stattdessen wählte sie eine andere Nummer. Zu ihrer Erleichterung meldete sich Doktor Bonnet nach nur wenigen Klingeltönen. In knappen Worten schilderte sie, was sie befürchtete.

»Ich bin gleich da«, versprach der Doktor und stand drei Minuten später komplett angezogen neben ihr.

»Ich konnte nicht schlafen«, erklärte er.

»Willkommen im Club.«

Der Doktor linste durch die Scheibe und zuckte mit den Schultern. »Also für mich sieht es nicht so dramatisch aus. Aber du hast recht, da ist eine Art Lichtschein. Bist du dir sicher, dass es kein Nachtlicht oder Ähnliches ist?«

»Ein Nachtlicht haben wir nicht.«

»Oder vielleicht das Bedienungspanel eines eurer Küchengeräte?«

»Nein, die leuchten alle nicht blau«, versicherte ihm Sophie.

Der Doktor straffte die Schultern. »Eh bien, dann schlage ich vor, dass wir jetzt reingehen und ergründen, was los ist.«

»Bleibt uns wohl nichts anderes übrig«, stimmte Sophie kleinlaut zu. Nochmals zückte sie den Schlüssel und wollte ihn gerade ins Schloss stecken, da schwang die Tür durch den leichten Druck bereits auf.

»Das gibt's doch nicht! Ich habe sie gestern Abend eigenhändig abgeschlossen.« Sophies Stimme zitterte. »Jemand muss das Schloss aufgebrochen haben.«

Doktor Bonnet schob sie sanft, aber bestimmt zur Seite und trat über die Schwelle. Er tastete nach dem Schalter an der Wand und betätigte ihn, wodurch die Deckenleuchten in Sekundenschnelle den Raum mit Licht fluteten. Sophie und

Doktor Bonnet benötigten ein paar Sekunden, bis sich ihre Augen an die Helligkeit gewöhnt hatten.

»Es riecht komisch«, stellte Sophie fest.

»Schau mal da.« Doktor Bonnet wies mit der Hand zum Herd. Auf der hinteren rechten Kochstelle stand eine Pfanne. »Habt ihr die vergessen?«

»Natürlich nicht«, empörte sich Sophie und trat an den Herd, um die Gasflamme am Regler auszudrehen. Doch bevor sie dazu kam, schlugen die ersten Flammen aus der Pfanne. Es zischte bedrohlich.

»Da brennt Fett oder Öl.« Doktor Bonnet schaute hektisch um sich.

Sophie spurtete zum Wasserhahn und füllte den Glaskrug, mit dem sie täglich die Kräuter auf dem Fensterbrett goss.

Doktor Bonnet stellte sich ihr in den Weg. »Non, non, auf keinen Fall mit Wasser! Habt ihr einen Schaumlöscher oder eine Löschdecke?«

Sophie blickte ihn entgeistert an. »Weiß ich nicht.«

»Dann gib mir den Pfannendeckel. Oder irgendeinen Deckel, womit ich die Pfanne abdecken kann. Vite, schnell, bevor die Flammen höher werden und die Dunstabzugshaube erreichen. Die fettigen Filter brennen wie Zunder. Wenn das passiert, ist das Bistro nicht mehr zu retten!«

Endlich löste sich Sophie aus ihrer Erstarrung. »Doch, wir haben so eine Decke.« Sie riss die Schublade auf, in der sie die Bratengabeln, Pfannenwender und anderes Kochbesteck aufbewahrten, und zog ein flaches rotes Paket mit weißer Aufschrift hervor.

Doktor Bonnet nahm es ihr aus den Händen, öffnete es an der dafür vorgesehenen Perforationslinie, ergriff die dunklen Schlaufen, die hervorragten, und breitete die Decke durch Schütteln aus. Wie ein Betttuch hielt er sie vor dem Körper ausgestreckt und hastete damit auf die lodernden Flammen zu. Den Bruchteil einer Sekunde zögerte er, dann legte er die Decke mit einer präzisen Bewegung über die Pfanne und zog beides ruckartig von der Kochstelle. Zum Schluss drehte er den Gasregler auf »Aus«.

»Das war knapp«, stellte Doktor Bonnet schwer atmend fest. »Jetzt rufen wir die Polizei und die Feuerwehr.«

*

Um kurz nach fünf waren die Küche und das Bistro noch immer hell erleuchtet. Ronan saß mit seinem Chef Eliaz Riou zusammen, studierte die mit dem Handy aufgenommenen Fotos und füllte Formulare aus. Doktor Bonnet und Sophie hatten mit Sergent Alan Le Floch, dem Leiter des Centre de secours, des Rettungszentrums, an einem anderen Tisch Platz genommen. Le Floch sah erschöpft aus, da er vor Sophies Anruf an einem Einsatz in Plurien beteiligt gewesen war, wo eine landwirtschaftliche Halle samt aller darin abgestellten Fahrzeuge einem Großbrand zum Opfer gefallen waren. Immer wieder rieb er sich über die leicht geröteten Augen, als ob er trotz seiner Schutzausrüstung Rauch abbekommen hätte. Gegenüber dem Verlust in Plurien war der Schaden in der Bistroküche als gering zu beziffern, da nur die Pfanne nicht mehr brauchbar war und das Türschloss ausgewechselt werden musste.

»Sie haben verdammtes Glück gehabt«, sagte der Sergent. »Wenn Sie nur zehn Minuten später gekommen wären, hätte die halbe Küche in Flammen gestanden.«

»Ich verstehe das nicht.« Sophie saß der Schock in den Gliedern. »Wer macht so etwas? Und wieso?«

»Da hat jemand mit reichlich krimineller Energie gehandelt.« Doktor Bonnets Stimme klang grimmig.

»Und mit einigem an Fachwissen«, fügte der Sergent hinzu.

»Es wurde nicht einfach eine Scheibe eingeschlagen und ein Molotowcocktail in die Küche geworfen. Hier wusste jemand genau, wie er mit minimalem Einsatz einen maximalen Schaden verursachen kann.«

»Wäre das Fett nicht irgendwann von selbst ausgebrannt?«, wollte Sophie wissen. »So viel war ja nicht in der Pfanne.«

»Wenn die Flammen nichts anderes Brennbares erreicht hätten, vielleicht«, antwortete der Sergent. »Doch da ist noch die Sache mit dem Wasser, das ebenfalls in der Pfanne war. Das hätte als Brandbeschleuniger gewirkt und dadurch viel mehr Unheil angerichtet als das Fett allein.«

»Ich dachte immer, Wasser sei zum Löschen gedacht. Nicht umgekehrt.«

»Das stimmt in vielen Fällen, aber nicht in Kombination mit Fett. Da ist es brandgefährlich.« Der Sergent lächelte müde.

»Und das bisschen, was in der Pfanne war, hätte dafür ausgereicht?« Sophie blieb trotz der Anspannung skeptisch.

»Ja, der Schaden wäre immens gewesen«, sagte der Sergent. »Der Brandstifter hat das clever ausgetüftelt: Er hat festes Pflanzenfett, also Plattenfett …«

»Sie meinen in Blöcken abgepacktes Palmfett oder Kokosfett zum Frittieren?«, unterbrach Sophie ihn. »Davon haben wir immer etwas im Kühlschrank.«

»Können Sie mal nachschauen, wie viel davon noch da ist?«, bat der Sergent.

Sophie stand auf und ging in die Küche. Kurz darauf kehrte sie zurück. »Es liegt noch eine angebrochene Ein-Kilogramm-Packung Kokosfett im Kühlschrank. Weil ich nicht darauf geachtet habe, wie viel wir gestern verbraucht haben, kann ich Ihnen nicht sagen, ob etwas fehlt.«

»Der Brandstifter könnte das Fett auch mitgebracht haben«, wandte Doktor Bonnet ein.

»Ja, könnte sein«, stimmte der Sergent zu.

»Aber noch mal zum Wasser«, sagte Sophie. »Wie hat er das Wasser und das Fett zusammenbekommen? Die beiden Stoffe verbinden sich nicht gut miteinander. Wie bei einer Salatvinaigrette.«

»Das Prinzip war hier ein anderes. Ich nehme an, dass der Brandstifter eine dicke Scheibe Frittierfett auf den Pfannenboden gelegt hat. In das Fett hat er mittig ein rundes Loch geschnitten, in das er den Edelstahleierbecher gestellt hat, den wir in der Pfanne gefunden haben. In dem Becher war Wasser, das ebenfalls erhitzt wurde.«

»Hört sich für mich nicht wirklich brenzlig an.« Sophie hegte weiterhin Zweifel. »Ich glaube nach wie vor, dass er den Herd zum Explodieren bringen wollte. Die Wirkung wäre eine viel größere gewesen.«

»Mag sein, aber so einfach fliegt ein Gasherd nicht in die Luft«, versicherte der Sergent. »Ich vermute, dass der Täter keine Gas-, sondern eine Fettexplosion herbeiführen wollte, und die allein hätte schon üble Auswirkungen gehabt. Das brennende Frittierfett wäre dabei die eine, das aus dem Becher sprudelnde Wasser die andere hochgefährliche Komponente gewesen. Trifft nämlich kochend heißes Wasser auf brennendes Fett, kommt es zu einer schlagartigen Verdampfung des Wassers.«

»Wie habe ich mir das vorzustellen?« Sophie runzelte die Stirn.

»Der Wasserdampf vergrößert die Fettoberfläche um das Tausendfache, was innerhalb des Bruchteiles einer Sekunde zur Explosion führt. Merken Sie sich deshalb für die Zukunft: Versuchen Sie unter keinen Umständen, einen Fettbrand in der Küche mit Wasser zu löschen! Dadurch kann ein Feuerball entstehen, der sich in Nullkommanichts über die ganze Küche ausbreitet.«

»Dafür hätte die Wassermenge im Eierbecher aber wahrscheinlich nicht ausgereicht«, wandte Doktor Bonnet ein.

»Nein, doch die Explosion hätte andere brennbare Stoffe erreicht, die sich entzündet und im schlimmsten Fall den ganzen Raum in Flammen aufgehen lassen hätten.«

»Ich darf gar nicht daran denken«, stöhnte Sophie.

»Ihre Schlaflosigkeit hatte somit etwas Gutes«, sagte der Sergent mit einem schiefen Lächeln. »Sie müssen nur gut durchlüften und ordentlich putzen, dann können Sie die Küche wieder in Betrieb nehmen.«

»Falls du feststellen solltest, dass mehr als die Pfanne kaputtgegangen ist, helfe ich dir gern beim Ausfüllen des Fragebogens für die Versicherung«, bot Ronan an, der an ihren Tisch gekommen war. »Wie genau das Türschloss aufgebrochen wurde, müssen wir ebenfalls noch klären. Ich bringe dir im Laufe des Vormittags ein neues vorbei.«

»Ich muss Dafne anrufen.« Sophie stand auf. »Sind das für Kalifornien neun Stunden vor oder nach unserer Zeit? Ach herrje, ich kann mich nicht erinnern.« Sophie fuhr sich mit dem Handrücken hart über die Stirn.

»Der Anruf kann warten«, sagte Doktor Bonnet sanft. »Ich schlage vor, dass wir alle jetzt eine Kleinigkeit essen und einen Kaffee trinken. Unser Blutzucker ist nach den Strapazen bestimmt im Keller. Danach sehen wir weiter.«

»Ich fahre schnell zur Boulangerie und hole Croissants und Pains au chocolat.« Ronan war bereits auf halbem Weg zur Tür.

»Für mich lieber Baguette«, bat sein Chef. »Ich mag Süßes nicht so gern.«

»Sie bleiben doch auch?«, fragte Sophie den Sergent.

»Das ist ein Angebot, das ich nicht ausschlagen kann. Meine Schicht endete sowieso vor 40 Minuten.«

Sophie machte sich an der Kaffeemaschine zu schaffen. Doktor Bonnet nahm ihr die Tassen ab und stellte sie auf den

Tisch. »Geht's?«, fragte er leise. »Du siehst ziemlich mitgenommen aus. Du solltest dir heute besser freinehmen und dich eine Weile hinlegen.«

»Keine Chance.« Sophie schüttelte den Kopf. »Wir haben eine Buchung für eine Art Klassentreffen. Neun 85-Jährige kommen, um Erinnerungen auszutauschen und derer zu gedenken, die nicht mehr dabei sein können. Ich möchte die älteren Herrschaften nicht enttäuschen.«

»Bist du dir sicher? Ich will nur verhindern, dass du aus den Latschen kippst. So eine Nacht muss man erst mal verdauen.«

»Ich komme schon klar«, versicherte ihm Sophie. »Außerdem könnte ich jetzt eh nicht schlafen. Ich will so schnell wie möglich erfahren, wem ich diesen feigen Anschlag zu verdanken habe. Ich sage dir, der Typ muss nicht nur für die zerstörte Pfanne und das Schloss aufkommen.«

Doktor Bonnet wandte sich an Sergent Le Floch. »Gibt es zurzeit einen Feuerteufel, der hier in der Gegend sein Unwesen treibt?«

Der Sergent verneinte. »Nicht dass ich wüsste. Im Sommer haben wir eine Clique von Jugendlichen dingfest gemacht, die auf öffentlichen Toiletten und in Bushaltestellen einen Brand ausgelöst hat. Eine blöde Challenge, die auf TikTok viral ging. Seitdem ist es in der Hinsicht ruhig. Das Feuer heute Nacht in Plurien ist einem technischen Defekt geschuldet.«

»Hattest du Stress mit jemandem?«, fragte Doktor Bonnet Sophie.

»Nein. Bis auf Aenors Tod läuft es bei mir im Moment eigentlich recht rund. Ich wüsste nicht, wem ich eine Angriffsfläche bieten sollte.«

Ronan kam schwer beladen durch die Hintertür und legte die Tüten auf den Tisch. »Sagtest du nicht, dass Treveur Le Tammiers vorige Tage übergriffig geworden ist?«

Sophie fischte ein Croissant aus einer der Tüten und biss

herzhaft hinein. »Eh bien«, antwortete sie, nachdem sie aufgegessen hatte. »Treveur war wegen dieses Artikels in der La Gazette des Caps hier. Filip, Madame Rozar und ich haben ihm zwar zu verstehen gegeben, dass ich damit nichts zu tun habe, doch ich halte es nicht für ausgeschlossen, dass er uns nicht geglaubt hat. Er war stinksauer und hätte mich in dem Moment am liebsten in der Luft zerrissen, zumindest hatte ich das Gefühl.«

Ronans Chef Eliaz Riou brach ein Stück vom Baguette ab und tunkte es in seinen Milchkaffee. »Ich werde Treveur einen kleinen Besuch abstatten. Er schnallt sich, wenn er mit einem seiner angeberischen Cabriolets unterwegs ist, nie an. Es gibt also durchaus Gesprächsbedarf, den ich dann entsprechend ausweiten kann.«

»Gehen Sie nicht zu zimperlich mit ihm um«, sagte Sergent Le Foch grimmig. »Mit Le Tammiers haben wir immer wieder Probleme, weil er bei sich im Restaurant die Brandschutzauflagen sehr kreativ auszulegen versucht.«

Sophie lehnte sich auf dem Stuhl zurück und schloss für ein paar Sekunden die Augen. Schlagartig überfiel sie Müdigkeit. »Vielleicht hätte ich in Deutschland bleiben sollen«, sagte sie leise.

Doktor Bonnet legte ihr tröstend die Hand auf die Schulter. »Das wäre eine Möglichkeit gewesen. Doch ich bezweifle, dass du dort glücklich wärst. Es lohnt sich, für das zu kämpfen, was man liebt. Und du bist durch und durch eine Kämpfernatur.«

»Mais non. Momentan fühle ich mich eher wie ein Punchingball, auf den alle einschlagen.«

In dem Augenblick klopfte es an die Scheibe, und Robert Garnier steckte den Kopf durch die Küchentür.

»Ah, da bist du ja. Ich habe mir schon Sorgen gemacht, Jean-Luc. Du wolltest mich doch mit dem Fahrrad auf meiner Joggingrunde begleiten. Wir sollten aufbrechen, damit ich meine Trainingsintervalle einhalten kann.«

Doktor Bonnet entglitten kurz die Gesichtszüge, dann fing er sich wieder und griff demonstrativ nach einem Pain au chocolat. »Tut mir leid, du wirst ohne mich losziehen müssen. Ich habe mir die halbe Nacht um die Ohren geschlagen. Und nun möchte ich in aller Ruhe ausgiebig frühstücken.«

»Das da ist pures Gift«, presste Garnier zwischen den Lippen hervor.

»Manchmal liebe ich es, gefährlich zu leben«, konterte Doktor Bonnet und vergrub die Zähne in dem himmlisch nach Butter, Vanille und Schokolade duftenden Gebäckstück.

Garnier wandte sich wortlos ab.

10. KAPITEL

»Passiert Ihnen das öfter?« Doktor Bonnet musterte besorgt den hageren Mann, der bei ihm auf dem Sofa saß. Er hatte im Schreibwarengeschäft nebenan einen Schwächeanfall erlitten, als Doktor Bonnet zufällig auch vor Ort gewesen war. Weil der Mann sich mit Händen und Füßen dagegen gewehrt hatte, dass der SAMU gerufen wurde, hatte ihn Doktor Bonnet kurzerhand die wenigen Schritte mit nach Hause genommen.

Er löste die Manschette des Blutdruckmessgerätes vom Oberarm des Mannes. »Ihr Blutdruck ist total im Keller. Kein Wunder, dass Ihnen schwarz vor Augen geworden ist.«

»Ich bin den ganzen Tag nicht zum Essen gekommen, wahrscheinlich hat es daran gelegen«, sagte der Mann mit schleppender Stimme. »Ich wollte nur schnell ein paar Schreibblocks und einen von meinen Lieblingskugelschreibern kaufen und mir im Anschluss ein Sandwich besorgen.« Er machte Anstalten, vom Sofa aufzustehen.

Doktor Bonnet drückte ihn sanft zurück. »Bleiben Sie sitzen. Ich mache Ihnen einen Kaffee, sonst kippen Sie gleich wieder um.«

»Ach was, nein, das kann ich nicht annehmen.« Der Mann wirkte sichtlich verlegen.

»Doch, das können Sie«, sagte Doktor Bonnet streng. »Außerdem würde mir ein Kaffee auch guttun. Machen Sie für ein Weilchen die Augen zu, atmen Sie ruhig ein und aus und versuchen Sie zu entspannen.«

Er eilte in die Küche, füllte Wasser in den elektrischen Wasserkessel und gab Kaffeepulver in die Siebstempelkanne. Dann nahm er ein halbes Baguette aus dem Brotkasten, schnitt es in Scheiben und legte Käsestücke, ein Käsemesser und Salamischeiben auf einen Teller. Zum Schluss gab er schwarze Oliven und Breizh Chips in Schälchen, goss den Kaffee auf, fügte Teller und Becher hinzu und stellte alles auf ein Tablett. Er war froh, dass Robert nicht im Haus war, sich auf einer seiner mysteriösen Touren befand. So konnte er sich ganz auf seinen Überraschungsbesuch konzentrieren und kam nicht in die Verlegenheit, von Robert wieder einmal wegen seiner Essgewohnheiten gerügt zu werden. Für ihn schien jedes einzelne Kohlenhydrat ein Werk des Teufels zu sein.

»Ich habe uns einen kleinen Apéro zusammengestellt«, sagte er, als er ins Wohnzimmer zurückgekehrt war. »Greifen Sie zu.«

»Sie hätten sich nicht solche Umstände machen müssen. Mir geht es schon deutlich besser«, beteuerte der Mann, der immer noch blass um die Nase aussah.

»Das freut mich.« Doktor Bonnet nickte. »Mit dem Kaffee und ein paar Kalorien intus werden Sie sich in wenigen Minuten wieder normal fühlen.« Er griff zum Käsemesser, schnitt ein Stück vom Rohmilchcamembert ab und legte ihn auf eine Brotscheibe.

Der Mann nippte ein, zwei Minuten stumm an seinem Kaffee und blickte dann auf. »Bitte entschuldigen Sie, ich habe mich gar nicht vorgestellt. Mein Name ist Nicolaz Hénaff und ich wohne in Saint-Pabu.«

Doktor Bonnet legte die angebissene Baguettescheibe auf den Teller zurück. »Ach, dann sind Sie der Journalist, der für die La Gazette des Caps schreibt?«

Hénaff nickte. »Ja, ich berichte seit mehr als 30 Jahren über unsere Region. Ich bin sozusagen der Mann mit Block und Stift vor Ort. Lokalreportagen sind meine Passion.«

»Eh bien, dann sollte ich wohl öfter Zeitung lesen«, sagte Doktor Bonnet. »Ich wohne noch nicht so lange dauerhaft in Erquy. Von nun an werde ich Ihre Berichte genauer studieren.«

»Das würde mich freuen.« Hénaffs Gesichtsausdruck hellte sich auf. »Ich mag interessierte, engagierte Leser. Treue Begleiter, die meine Arbeit, mein Œuvre zu schätzen wissen«, fügte er hinzu.

Irgendetwas an Hénaffs Stimmlage ließ Doktor Bonnet aufhorchen. »Gibt es Probleme? Steckt die La Gazette etwa in Schwierigkeiten?«

»Nun ja, auch wir müssen uns gegen die Onlineflut an Publikationen behaupten. Im vergangenen Jahr haben wir einige unserer Stammleser und ein Drittel unserer Werbekunden verloren. Das tut finanziell natürlich weh. Doch inzwischen gab es im Verlagshaus einschneidende Veränderungen, wir scheinen aus dem Gröbsten heraus zu sein.«

»Haben Sie Angst um Ihren Job? Ist es das, was Sie so stresst und Ihren Blutdruck durcheinanderbringt?«

»Non, non«, beteuerte Hénaff. »Die Führungsriege ist zwar komplett ausgetauscht und verschlankt worden, alles junge Leute, die vom Alter her fast meine Kinder sein könnten. Doch die Verantwortlichen wissen sehr wohl, dass sie ohne ein Urgestein, wie ich es bin, nicht auskommen. Ich habe den Job schließlich von der Pike auf gelernt, mir kann keiner was vormachen. Ich weiß aus Erfahrung, wie der Laden läuft, muss mich nicht auf diesen ganzen neumodischen Kram verlassen. Bis jetzt habe ich es auf meine Art geschafft, alle Krisen zu überstehen. Und das werde ich auch in Zukunft so halten.«

Doktor Bonnet musterte den Journalisten kurz. »Verstehe ich Sie also richtig, dass Sie nicht beabsichtigen, demnächst in den Ruhestand zu gehen? Ich meine, vom Alter her wäre das doch möglich, oder? Wissen Sie, ich genieße es ehrlich gesagt sehr, dass ich mich nicht mehr um den leidigen Verwaltungskram meiner Praxis kümmern muss. Endlich kann ich mich dem widmen, was mich wirklich interessiert.«

»Ich lasse mich nicht aufs Abstellgleis schieben.« Auf Hénaffs schmalen Wangen und dem langen, faltigen Hals blühten rote Flecken auf. »Das können die nicht mit mir machen.«

»Ich bin mir sicher, dass Sie einen Weg finden, der Ihren Interessen und denen der Eigentümer der La Gazette gerecht wird«, versuchte Doktor Bonnet, ihn zu beruhigen. »Aber bedienen Sie sich, Sie haben noch immer nichts gegessen.« Er wies mit der Hand auf den Tisch.

»Ich habe keinen großen Appetit«, entschuldigte sich Hénaff. »Mir genügt der Kaffee.«

»Der Kaffee allein wird nicht ausreichen, um Ihren Kreislauf wieder in Schwung zu bringen und stabil zu halten«, rügte Doktor Bonnet. »Wenn ich das in meiner Funktion als Arzt ganz offen sagen darf: Sie könnten gut ein paar Kilo mehr auf den Rippen vertragen.«

Der Journalist, der wie ein zusammengekauerter, in die Jahre gekommener Storch auf dem Sofa saß, war etwa einen halben Kopf größer als der Doktor, brachte aber, wie er schätzte, locker 15 Kilogramm weniger auf die Waage. »Haben Sie denn niemanden, der mal für Sie kocht?«

»Nein, ich lebe allein.«

»Dann machen Sie einen Kochkurs«, schlug Doktor Bonnet vor.

»Ich werde mich nach einem Lieferdienst umschauen«, versprach Hénaff und steckte sich eine hauchdünne Salamischeibe in den Mund. Beim Kauen bewegte sich sein hervorstehender Adamsapfel auf und ab. »Ich glaube, ich gehe jetzt besser.« Hénaff stand auf. »Vielen Dank für alles.«

»Warten Sie einen Moment.« Doktor Bonnet erhob sich ebenfalls. »Ich gebe Ihnen ein pflanzliches Präparat aus meiner Hausapotheke mit, damit Sie fürs Erste über die Runden kommen. Nehmen Sie zehn Tropfen davon in einem halben Glas Wasser, wenn Ihnen wieder schwindelig wird. Ich empfehle Ihnen aber dringend, sich mit Ihrem Hausarzt zu besprechen.«

»Das werde ich«, versicherte Hénaff.

Doktor Bonnet konnte an seinem Gesichtsausdruck ablesen, dass er in Wirklichkeit nichts dergleichen vorhatte. Er eilte dennoch ins Badezimmer, um das Medikament zu holen, und überreichte es dem Journalisten. »Geben Sie gut auf sich acht«, sagte er zum Abschied.

Hénaff steckte die Medikamentenpackung kommentarlos in die Sakkotasche und drückte die Türklinke hinunter. »Au revoir.«

Doktor Bonnet schaute ihm hinterher, wie er auf staksigen Beinen die Straße hinuntereilte. »Komischer Vogel«, murmelte er und ging zurück ins Haus, wo er sich eine zweite und dritte üppig mit Käse und Salami belegte Baguettescheibe genehmigte, bevor er das Geschirr abräumte.

*

Sophie war aufgeregt wie schon lange nicht mehr. Bereits um 8 Uhr in der Frühe hatte sie sich auf den Weg gemacht, um Fabienne Dubois eine gute halbe Stunde später in Hillion zu treffen. Die beiden Frauen duzten sich inzwischen und begrüßten sich wie alte Freundinnen.

»Wie ist es beim Arzt gelaufen?«, wollte Sophie wissen, als sie sich im Café gegenüber dem Rathaus einen Platz gesucht hatten.

»Ach ja, das Übliche«, sagte Fabienne und legte ihre Jacke ab. »Mir wurde Blut abgenommen, was jetzt ins Labor geschickt wird. Ich bin recht zuversichtlich, meine Werte werden von Mal zu Mal besser. Ich habe meine Diabeteserkrankung inzwischen gut im Griff. Die Umstellung hat ein bisschen gedauert und ein paar Mühen gekostet, doch es hat sich ausgezahlt.«

»Das freut mich.« Sophie lächelte.

»Aus dem Grund habe ich übrigens dieses Café ausgewählt«, gestand Fabienne. »Hier kann man Cappuccino und Café au Lait bestellen, der mit Hafer- oder Sojamilch zubereitet wird. Damit geht es meinem Blutzucker besser.«

»Das ist ja hochinteressant.« Sophie war ganz Ohr. »Diese Milchersatzprodukte bei mir im Bistro anzubieten, habe ich mich bisher nicht getraut.«

»Also mir schmecken sie. Ich verwende sie auch zu Hause, Michel hat sich ebenfalls schnell daran gewöhnt.«

»Bonjour Fabienne.« Die Betreiberin des Cafés war an ihren Tisch getreten. »Was darf es heute sein?«

»Café au Lait mit Sojamilch. Und dazu einen Avocado-Toast.«

»Und für Sie?«, wandte sich die Patronne an Sophie.

»Avocado-Toast hört sich lecker an. Aber Sojamilch?« Sophie zog eine Grimasse. »Damit habe ich, ehrlich gesagt, meine Probleme. Ich bin mir nie sicher, ob sie nicht doch aus gentechnisch veränderten Sojabohnen produziert wird. Und dann bleibt die Frage, wo das Soja angebaut wurde.«

»Oh, da kann ich Sie beruhigen«, sagte die Patronne. »Die Sojamilch, die wir verwenden, stammt aus einem alteingesessenen bretonischen Unternehmen, das bereits in den 1950er-Jahren, als noch niemand offiziell von Bio sprach, Biomilch verarbeitete. Inzwischen haben sie obendrein eine ganze Latte von Milchersatzprodukten im Sortiment.«

»Und dieser Betrieb ist tatsächlich in der Bretagne?« Sophie konnte es fast nicht glauben.

»Ja, der Firmensitz liegt in Noyal-sur-Vilaine, nur wenige Kilometer von Rennes entfernt. Mittlerweile haben sie aber Filialen in ganz Frankreich eröffnet.«

»Sie beliefern auch die Supermärkte«, sagte Fabienne.

»Die Sojabohnen stammen selbstverständlich aus GMO-freiem Bioanbau aus Frankreich«, fügte die Cafébetreiberin hinzu.

»Bon, d'accord, dann nehme ich einen Cappuccino mit Sojamilch und eins von den Schokotörtchen, die mir beim Reinkommen an der Theke aufgefallen sind.«

»Gerne.« Die Cafébetreiberin entfernte sich mit einem Lächeln.

Sophie legte die Unterarme auf den Tisch und beugte sich ein wenig zu Fabienne hinüber. »Es gibt Neuigkeiten zu Aenors Tod.«

»Ach wirklich?« Fabienne wirkte überrascht. »Das ist mir entgangen, ich habe nichts dazu in der Presse gelesen.«

»Ich bin mit dem Juniorpolizisten unserer Polizeistation befreundet«, sagte Sophie. »Und Ronan hat eine Quelle im Kommissariat von Saint-Brieuc aufgetan, die ihn öfter mit Infos versorgt. Unter der Hand sozusagen, von Kollege zu Kollege.«

»Weiß man also endlich, was passiert ist?«

»Die pathologischen Untersuchungen haben ergeben, dass Aenor durch eine Schwefelwasserstoffvergiftung gestorben ist. Doch das ist nicht alles.« Sophie machte eine kurze, bedeutungsvolle Pause. »Was für mich und natürlich auch für die Polizei interessanter sein dürfte«, fuhr sie fort, »ist die Tatsache, dass Aenor nicht bei Bewusstsein war, als sie unter den Algen begraben wurde. Vermutlich wurde sie durch einen gezielten Handkantenschlag gegen ihre Halsschlagader wehrlos gemacht.«

»Mon Dieu!« Fabienne schluckte schwer.

»Ich habe mir das von einem Arzt erklären lassen. Er hat es mir so geschildert, dass durch den Schlag die Blutgefäße kurzzeitig geweitet werden, wodurch der Blutdruck blitzschnell absinkt und man sofort ohnmächtig wird. In dem Zustand hat derjenige, der ihr das angetan hat, die Algen über ihr ausgebreitet, deren giftige Dämpfe sie einatmete. Sie hatte absolut keine Chance zu entkommen.«

»Wie perfide!« Fabienne war sichtbar erschüttert.

»Ja, ihr Mörder muss genau gewusst haben, was er tat. Das war keine spontane Aktion.«

»Es muss außerdem jemand sein, der sich mit der Materie auskennt. Der die tödliche Gefahr, die von den Algen ausgeht, richtig einschätzen konnte«, sagte Fabienne.

»Davon abgesehen muss er das Know-how besitzen und zudem in der körperlichen Verfassung sein, einen Menschen kurzerhand außer Gefecht zu setzen«, fügte Sophie hinzu. »Das sollte den Kreis der infrage kommenden Personen zumindest ein wenig eingrenzen.«

»Hat man in Saint-Brieuc schon einen konkreten Verdacht?«

»Ich glaube nicht«, bedauerte Sophie. »Ich persönlich hatte zuerst Aenors geschiedenen Ehemann auf dem Kieker. Es hätte zu ihm und zur Historie der beiden gepasst.«

»Nun, Aenor hatte immer wieder Stress mit ihm, da lag die Vermutung nahe.«

»So wie es im Moment aussieht, ist er allerdings aus dem Schneider. Seine derzeitige Bettgenossin hat ihm ein Alibi für die Tatzeit gegeben. Sie soll sogar sehr anschaulich geschildert haben, was Treveur und sie an dem Morgen, als Aenor ums Leben kam, getrieben haben.«

»Das muss nichts heißen«, wandte Fabienne ein. »Womöglich hat die Frau eine blühende Fantasie. Und will ihren Lover schützen.«

»Leider kann ich es nicht überprüfen.« Sophie verstummte, weil die Cafébetreiberin ihre Bestellungen an den Tisch brachte.

»Ludovic war inzwischen übrigens bei der Polizei und hat eine Aussage gemacht. Weil Aenor vor ihrem Tod angedeutet hat, dass sie sich bedroht fühlte«, sagte Fabienne, nachdem sie vom Kaffee getrunken und einen Bissen Toast gegessen hatte.

»Ja, das war gut und richtig von ihm.« Sophie spielte mit der Kuchengabel. Obwohl das Törtchen verlockend aussah, hatte sie plötzlich keinen Appetit mehr. »Ich kann allerdings nicht einschätzen, ob es die Ermittlungsarbeiten voranbringen wird oder nicht.«

»Nein, aber es ist ein wichtiger Hinweis, der nicht unter den Tisch fallen sollte«, sagte Fabienne. »Da fällt mir ein, ich habe vorgestern zufällig Ludovics Frau getroffen und ein paar Worte mit ihr gewechselt. Dabei erwähnte sie, dass sie ebenfalls mit Aenor in Kontakt stand. Nicht durch unsere Gruppe. Sie und Aenor haben mitgeholfen, die neue Ausstellung im ›Maison de la baie‹ hier in Hillion zu gestalten.«

»Das ›Haus der Bucht‹. Ist das ein Museum?«

»Ja, es liegt direkt am Zöllnerpfad, der die Bucht säumt. Dort widmet man sich der einzigartigen Artenvielfalt, die hier durch den besonders starken Tidenhub begünstigt wird. Wie du sicher weißt, bietet die Region zu allen Jahreszeiten einen schützenswerten Lebensraum für vieles, was kreucht und fleucht. Man kann im ›Maison‹ geführte Schlickwanderungen buchen, Vögel beobachten und Aquarien bestaunen. Sehr lehrreich für Groß und Klein. Wir waren mit unseren Enkeln auch schon dort.«

»Ich werde es auf meine To-do-Liste setzen«, versprach Sophie. »Doch zurück zu Ludovics Frau. Wusste sie etwas Neues in Bezug auf Aenor?«

»›Neu‹ würde ich es nicht nennen. Es ist eher so, dass Aenor ein bisschen über ihr Privatleben geplaudert hat. Damals befand sie sich wohl in einer glücklichen Phase.«

»Wann war ›damals‹?«

»Vor etwa drei Monaten, über den Sommer halt.«

»Warum war sie da glücklich?«

»Eh bien, sie hatte jemanden kennengelernt, jemanden, der ihr schnell viel bedeutete.«

Sophie rührte nachdenklich in ihrem Cappuccino. Sie erinnerte sich, dass Ronan von einer App gesprochen hatte, über die sich Aenor mit einem Mann verabredet hatte. »Heißt das, dass sie eine neue Beziehung hatte?«

»Oui, so wird es gewesen sein. Aenor hat Ludovics Frau von einem Mann vorgeschwärmt. Er war anscheinend das komplette Gegenteil von Treveur: intelligent, warmherzig, verständnisvoll, hilfsbereit und außerdem ausgesprochen gutaussehend.«

»Oh, là, là! Was will Frau da mehr?«, sagte Sophie mit einem schiefen Lächeln.

»Oui, wenn man Ludovics Frau Glauben schenken darf, handelte es sich um einen ›Monsieur Formidable‹.« Fabienne erwiderte ihr Lächeln.

»Hat Ludovics Frau einen Namen genannt?«

»Nein, so weit hat sich Aenor ihr nicht anvertraut.«

»Schade. Das hätte uns und der Polizei immens geholfen.«

»Ja, wirklich schade. Ludovics Frau ist lediglich im Gedächtnis geblieben, dass Aenors neue Liebe ursprünglich nicht von hier stammte, also kein gebürtiger Bretone war. Und dass er beruflich irgendetwas mit Fischen zu tun hatte.«

»Ein Restaurantbesitzer? Fischhändler? Fischer vom Mittelmeer, der an den Atlantik gezogen ist? Der Betreiber eines Aquarienfachhandels? Oh Gott, dieser Mann kann so vieles sein. Und wir werden es höchstwahrscheinlich nie herausfinden.« Sophie gab ein theatralisches Stöhnen von sich.

»Es ist durchaus möglich, dass Aenor seinen Namen mit ins Grab genommen hat.«

»Eh bien, wenigstens durfte sie nach all den schweren Zeiten ein bisschen Glück erfahren. Bevor sie …« Sophie verstummte.

»Hältst du es für möglich, dass der Mann, in den sie verliebt war, sie später bedrohte? Dass sie ihn meinte, als sie bei Ludovic diese Andeutung machte?«, fragte Fabienne.

Sophie zuckte mit den Schultern. »Kann sein, kann nicht sein. Aber warum sollte zuerst alles himmelhochjauchzend sein und dann ins genaue Gegenteil umschlagen? Ich gehe davon aus, dass es in Aenors Leben ein paar Leute gab, mit denen sie Probleme hatte. Das ist doch normal, das kennt jeder. Womöglich meinte sie einen von denen.«

Fabienne tupfte sich die Lippen mit der Serviette ab. »Mir fehlt Aenor, ich habe sie sehr gemocht. Und die Gruppe vermisst sie auch. Weißt du, wann die Beerdigung stattfindet? Bestimmt wollen viele von uns daran teilnehmen.«

»Keine Ahnung«, bedauerte Sophie. »Es wird mit Sicherheit eine Ankündigung im Wochenanzeiger von Erquy geben. Ich halte die Augen offen und melde mich.«

»Ist mit dem Kuchen was nicht in Ordnung?« Fabienne wies auf das fast unberührte Schokotörtchen auf Sophies Teller.

»Nein, alles bestens. Ich habe einfach keinen Hunger.« Sie wickelte das Törtchen in eine Serviette und steckte es in ihren Rucksack. »Reiseproviant«, sagte sie zur Erklärung. »Ich habe gleich eine Verabredung in Saint-Suliac.« Sie unterließ es, zu erwähnen, dass ihr Magen schon beim Gedanken, Henri Sartin wiederzusehen, Purzelbäume schlug und sie auch gestern zum Abendessen kaum einen Bissen runterbekommen hatte.

»Saint-Suliac an der Rance?« Fabienne zog eine Augenbraue fragend in die Höhe. »Das liegt aber ein ganzes Stückchen von hier entfernt.«

»Etwa eine Stunde Fahrzeit hat mein Navi ausgerechnet. Bei dem herrlichen Wetter wird die Fahrt ein Vergnügen.«

Vor drei Tagen hatte sich ein stabiles Hoch mit schönstem Altweibersommer im Gepäck über die Bretagne gelegt und sorgte mit strahlend blauem Himmel und spiegelglattem Meer dafür, dass man sich fast an der Côte d'Azur wähnte.

Fabienne erhob sich und schlüpfte in ihren Leinenblazer. »Hast du noch ein paar Minuten, bevor du losmusst? Ich würde dir gern jemanden vorstellen.«

Sophie blickte auf das Display ihres Handys. »Okay, ein Viertelstündchen.«

»Prima. Es ist nicht weit.«

Sophie zahlte die Rechnung, verabschiedete sich von der Cafébetreiberin und stiefelte hinter Fabienne her. Die überquerte schnurstracks eine kleine Grünfläche, hielt sich bei der Apotheke links und lief weiter, bis sie vor einer marineblau eingefassten Tür zum Stehen kam. »Le trésor des livres« stand in geschwungenen goldfarbenen Lettern auf einem Schild, das über der Tür hing. Bei ihrem Eintreten bimmelte ein Bronzeglöckchen, und eine zierliche Frau eilte ihnen entgegen.

»Fabienne, wie schön Sie zu sehen!« Sie begrüßte Fabienne mit drei Wangenküsschen.

»Das ist Louise Martin«, wandte sich Fabienne an Sophie. »Sie hat vor fünf Monaten dieses damals fürchterlich heruntergekommene Ladenlokal übernommen und eine wahre Schatzgrube daraus gemacht.«

Sophie schaute neugierig um sich. An den Wänden waren Regale aus hellem, geöltem Kiefernholz angebracht, die bis zur Decke reichten und in denen dicht gedrängt Bücher standen. Die Mitte des Raums zierte ein großer rechteckiger Tisch aus demselben Holz, der ebenfalls vor Büchern überquoll. Ein rundes Tischchen, dessen Tischplatte mit blau-gelben Keramikfliesen belegt war, und zwei passende Stühle luden vor dem Fenster zum Schmökern ein. Ein Mobile aus Muscheln und Federn schwebte in luftiger Höhe darüber. Es roch nach Papier, Druckertinte und ein bisschen nach Vanille.

»Möchten Sie eine Tasse Tee?«, fragte Louise Martin. »Ich habe vor zehn Minuten eine Kanne Gewürztee aufgebrüht.«

»Für mich nicht«, lehnte Sophie ab. »Ich habe gerade einen Cappuccino getrunken und außerdem nicht viel Zeit.«

»Dann beim nächsten Mal.« Die Buchhändlerin lächelte und strich sich die blonden Locken aus der Stirn.

»Sind meine Bestellungen angekommen?«, erkundigte sich Fabienne.

»Oui, oui, ich habe sie direkt neben die Kasse gelegt, weil ich dachte, dass Sie heute vorbeischauen werden.«

Fabienne zog ihr Portemonnaie aus der Handtasche, holte ihre Bankkarte heraus und führte sie in den Schlitz des Lesegerätes ein. »Louise versorgt mich immer mit Lektüre von meinen Lieblingsautoren«, sagte sie. »Sie und ihr ›Trésor des livres‹ sind ein echter Gewinn für unser Städtchen.«

»Das glaube ich sofort.« Sophie nickte. Der kleine Laden war gemütlich und versprühte viel Charme. Sie bedauerte, dass sie, seitdem sie das Bistro übernommen hatte, keine Muße mehr zum Lesen hatte. Früher hatte sie sich an regnerischen Sonntagen liebend gern mit einem dicken Wälzer auf die Couch gelegt und war in die Welt abgetaucht, die sich ihr im Buch offenbarte. Heute schaffte sie es kaum, die Tageszeitung durchzublättern. Trotzdem wollte sie die Zeit nicht zurückdrehen und auch nicht nach Deutschland zurückkehren. Die Bretagne war ihre Heimat. Und vielleicht würde es bald sogar einen neuen Mann in ihrem Leben geben. Sophie verspürte wieder dieses Kribbeln im Magen, als hätte sie zwei, drei Gläser Champagner getrunken. Dabei war sie stocknüchtern.

»Was ich nicht im Sortiment habe, kann ich bestellen. Die meisten Bücher werden über Nacht geliefert. Nur aus Deutschland dauert es ein wenig länger«, unterbrach Louise Martin ihre Gedanken.

»Oje, Sie haben mich ertappt.« Sophie verzog schuldbewusst das Gesicht. »Mein deutscher Akzent.«

»Der kaum herauszuhören ist«, versicherte ihr die Buchhändlerin. »Ihr Französisch ist nahezu perfekt. Ich wünschte, ich könnte dasselbe von meinen Deutschkenntnissen behaupten. Mir sind aus der Schule nur ein paar Brocken im Gedächtnis hängen geblieben. Obwohl ich viele Jahre nur 30 Kilometer von der deutschen Grenze entfernt gelebt habe.«

»Ach, Sie sind ebenfalls eine Zugezogene?«, fragte Sophie mit einem Lächeln.

»Ich bin in Géradmer geboren und habe eine Zeit lang eine große Buchhandlung in Colmar geleitet. Bevor ich hierhergekommen bin und mich selbstständig gemacht habe.«

»Ich wünsche Ihnen viel Erfolg«, sagte Sophie herzlich. »Doch jetzt muss ich leider los. Au revoir.«

»Bonne route«, sagte Fabienne. »Du hältst mich wegen der Beerdigung auf dem Laufenden?«

»Mache ich«, versprach Sophie.

11. KAPITEL

Sophies Herz klopfte eine Spur zu schnell und zu laut, als sie den Kombi in einer Parkbucht direkt am Küstenfluss Rance abstellte. Zu dieser Jahreszeit lag das von einem walisischen Mönch im 6. Jahrhundert gegründete Örtchen Saint-Suliac, das heute zu den schönsten Dörfern Frankreichs zählte, still unter der Herbstsonne da. Im Sommer schoben sich in den Ferien und an den Wochenenden Menschentrauben – Touristen aus Frankreich und aller Welt – durch die engen Gässchen, die Ruettes.

Aus gutem Grund, dachte Sophie, als sie ausstieg. Sie hatte Saint-Suliac ein paarmal mit ihrer im Februar verstorbenen Freundin Mado besucht und musste nun feststellen, dass der Ort nichts von seinem Charme eingebüßt hatte. Die aus Granit gebauten Häuschen um die Wehrkirche und den alten Hafen, von dem die Fischer einst nach Neufundland aufgebrochen waren, trugen vielfach einen hübsch klingenden Namen und bunt gestrichene Fensterläden. Vor manchen Fassaden hingen die typischen Fischernetze. Das Licht spiegelte sich silbern auf dem Wasser, das mit kleinen Wellen gegen das Ufer plätscherte.

Drei ältere Männer hatten sich auf der Hafenmole vor einem Segelboot versammelt und bemühten sich, den Außenbordmotor wieder flott zu machen. Sophie nickte ihnen grüßend zu und ging in Richtung Freizeithafen. Auf dem Kiesstreifen hinter dem Bürgersteig waren in hölzernen Gestellen die winzigen kunterbunten Beiboote aufgereiht, mit denen die Bootsbesitzer bei Flut zu ihren in der Bucht vor Anker liegenden Freizeit- oder kleinen Fischerbooten gelangten.

Sophie atmete tief durch. Es roch nach Tang, ein bisschen nach Salz und dem ersten fallenden Herbstlaub. Das Haus, in dem das Institut zur Erforschung maritimer Algen untergebracht war, wirkte von außen nicht viel anders als der Rest der an der Hafenpromenade aufgereihten Häuser. Es war schmal, aus Granit gemauert und mit einem spitzen Dach aus Schieferschindeln bedeckt. Im ersten und zweiten Stockwerk befanden sich jeweils vier raumhohe Fenster, die von marineblauen Fensterläden eingerahmt wurden. Von den beiden ebenfalls in Blau gehaltenen Erkerfenstern im Dachgeschoss musste man einen fantastischen Blick auf die Rance haben, dachte Sophie. Sie öffnete das doppelflügelige blaue Gartentor und ging auf die Eingangstür zu.

Bevor sie den Klingelknopf betätigen konnte, wurde die Tür aufgerissen und Henri Sartin empfing sie mit einem breiten Lächeln.

»Sophie, ich freue mich so!« Er zog sie kurz an sich und hauchte ihr drei Begrüßungsküsschen auf die Wangen.

Sein Aftershave duftete erfrischend herb. Sophie verspürte wieder dieses eigentümliche Prickeln im Bauch.

»Was für ein herrlicher Ort, um zu arbeiten und zu forschen. Ich beneide dich ein wenig«, sagte sie und erwiderte sein Lächeln.

»Ja, hier kann man es selbst im dicksten Stress gut aushalten. Auch weil ich weiß, dass die Heilige Jungfrau stets über mich wacht.« Er wies auf das Oratorium aus Quarzgestein, das auf einem Hügel am Ortsrand direkt am Ufer errichtet worden war. In dessen Mitte prangte die weiße Statue der Notre Dame de Grainfollet. »Kennst du die Legende, die sich darum rankt?«

»Nein.«

»Auf dem Felsen oberhalb der Pointe de Grainfollet hielten die Frauen von Saint-Suliac stets Ausschau, ob ihre Männer vom Fischfang in Neufundland zurückkehrten. Die Fischer waren, wenn sie dort in den Fischgründen nach Kabeljau fischten, monatelang unterwegs, hatten keinen Kontakt zu ihren Familien.«

»Gelobt seien unsere heutigen Handys«, meinte Sophie.

»Ja, damals musste man sich eher auf Beten und Hoffen verlassen. So schworen die Seeleute, als sie 1874 erneut zu einer Neufundlandfahrt aufbrachen, dass sie im Fall einer glücklichen Heimkehr einen Schrein zu Ehren der Heiligen Jungfrau errichten würden. Und zwar genau an der Stelle, wo ihre Frauen sich immer versammelten, um voller Hoffnung auf ihre Ankunft zu warten.«

»Es hat also funktioniert? Sie sind alle wiedergekommen?«

»Ja, aber sie mussten sich 20 Jahre gedulden, bis auch der letzte Seefahrer wieder sicher im Heimathafen eingelaufen war.«

»Oha, was für eine lange Zeit«, sagte Sophie. »Ob da alle Frauen treu auf ihren Liebsten gewartet haben? Ich schätze, dass die eine oder andere sich dann doch umorientiert hat.«

»Darüber schweigt die Heilige«, erwiderte Henri und fasste Sophie sanft am Arm. »Komm, lass uns hineingehen.«

»Gern. Ich bin schon ganz gespannt.«

Vom schmalen Eingangsflur führte eine Treppe aus Eichenholz hoch bis zum Dachgeschoss. »Hier unten ist nur unser Bürotrakt, die Labors liegen auf der ersten Etage«, erklärte Henri. »Das haben wir bewusst so gemacht, weil das Gelände hinter dem Haus leicht ansteigt und wir vom Labor aus direkt auf das Außengelände gelangen. Mein Büro und die meiner beiden wissenschaftlichen Mitarbeiter befinden sich im zweiten Stockwerk, und unter dem Dach gibt es einen großen Schulungsraum. Wir führen hier auch Seminare durch, zum Teil in Kooperation mit der Universität Rennes und dem Océanopolis-Park zur Entdeckung der Ozeane in Brest.«

»Meinst du diesen riesigen Aquarienkomplex? Mit dem berühmten Pinguinhaus?«

»Ja, im arktischen Pavillon lebt die größte Pinguinkolonie Europas.«

»Und mit denen arbeitet ihr zusammen?«

»Nicht mit den Pinguinen, aber mit ein paar Mitarbeitern für Meerestechnologie.«

»Ich bin beeindruckt.«

Henri öffnete eine Tür und gab ihr per Handzeichen zu verstehen einzutreten. »Eh voilà, unser Herzstück, das Labor.«

Sophie blieb auf der Schwelle stehen und ließ die Augen über den Raum schweifen. »Das sieht ja fast wie in einem Chemielabor aus: die vielen Kolben, Petrischalen, Gefäße und Mikroskope. Ich hatte eher Becken erwartet, in denen Algen schwimmen.«

»Die haben wir auch, in einem anderen Raum und auf dem Freigelände. Hier widmen wir uns sozusagen der Kinderstube der Algen.«

Sophie ging zu einem Regal, in dem, wie sie schätzte, an die 100 Glaskolben standen, in denen in einer leicht trüben Flüssigkeit winzige dunkelbraune oder grünliche Fadengebilde schwammen. »Was ist das? Das sieht nicht sehr appetitlich aus.«

Henri lachte laut auf. »Das sind Sporen und Setzlinge, aus denen in gut einem Monat Babyalgen entstanden sein werden.«

»Ich bin davon ausgegangen, dass die Algen in ihrem eigenen Rhythmus nachwachsen«, wandte Sophie ein. »Das ist doch der Kreislauf der Natur.«

»Ja, im Meer ist das auch so. Da funktioniert die Vermehrung von selbst.«

»Und warum betreibt ihr dann diesen Aufwand?«

»Nun ja, wie ich bei dir im Bistro bereits sagte: Maritimen Algen wird eine große Zukunft vorausgesagt. Auch in der Gegenwart werden sie schon vielseitig eingesetzt, unter anderem in der Kosmetik, in der Medizin und in der Lebensmittelverarbeitung, zum Beispiel als Verdickungsmittel und Stabilisator.«

»Ich weiß.« Sophie nickte. »Agar-Agar, Alginat oder Carrageen.«

»Richtig. Doch Algen können weitaus mehr, sie gelten als Superstoff des 21. Jahrhunderts. Weil sie Schadstoffe aus Abwasser abbauen und somit in Kläranlagen zum Einsatz gebracht werden können. Außerdem lässt sich aus ihnen Biotreibstoff als Ersatz für herkömmliche Treibstoffe gewinnen. Bestimmte Sorten weisen einen sehr hohen Ölanteil auf. Es gibt bereits Flugzeuge, die mit Algenöl statt mit Kerosin geflogen sind.«

»Echt? Das habe ich nicht gewusst.«

»Sie sind sicher gestartet und sicher wieder gelandet.«

»Sind das dieselben Algen, die man auch essen kann?«

»Im Prinzip ja. Und hier kommen wir zu dem Thema, das dich besonders interessieren dürfte. Algen gelten als Klimaretter, weil sie zum einen dem Treibhauseffekt entgegenwirken und zum anderen ein wertvolles und schnell nachwachsendes Lebensmittel sind, das umweltfreundlich und nachhaltig produziert werden kann. Manche Forscher, zu denen auch ich zähle, gehen sogar davon aus, dass Algen langfristig das weltweite Nahrungsproblem lösen könnten.«

»Schon imponierend, was aus diesen kleinen Dingern alles werden kann.« Sophie wies mit dem Finger auf die Glaskolben.

»Ja, aber nur, wenn man verantwortungsvoll mit ihnen umgeht. Ich bin mir sicher, dass sich die Nachfrage nach

Algen in Kürze vervielfachen wird. Der Bedarf wird allerdings nicht gedeckt werden können, indem man aufs Meer hinausfährt und die Algen herausfischt oder sie an den Küsten aufsammelt.«

»So wie Aenor Le Tammiers es gemacht hat, meinst du?«

»Ja, sie bediente nur eine kleine Nische, sammelte die Algen aus ihrem Territoire und konnte sie beim Vertrieb dementsprechend kennzeichnen. Größere Mengen, ich spreche von Tonnen über Tonnen, müssen auf Algenfarmen produziert werden. So wie man es seit Jahrzehnten in den asiatischen Ländern praktiziert.«

»Algenfarmen? Das hört sich nicht besonders idyllisch an.« Sophie zog die Mundwinkel nach unten.

»Moderne Geflügel- oder Schweinefarmen sind das auch nicht«, erinnerte Henri sie.

»Stimmt.« Sophie nickte. »Von Old MacDonalds Farm sind wir inzwischen weit entfernt.«

»Algenfarmen werden dennoch deutlich umweltverträglicher als Tiermastbetriebe sein«, sagte Henri. »Um auch die Rentabilität sicherzustellen, forschen wir, wie die infrage kommenden Algen am besten gezüchtet werden können. Im Meer und zu Land. Wir suchen nach Sorten und Zuchtlinien, die besonders produktiv und profitabel sind.«

»Ihr verändert die DNA?« Sophie runzelte die Stirn.

»Mais non«, versicherte Henri. »Wir helfen der Natur lediglich ein bisschen auf die Sprünge, denn bei Algen verhält es sich bei der Reproduktion anders als zum Beispiel bei Salat oder Tomaten.«

»Aber hattest du eben nicht von Setzlingen gesprochen?«

»Ja. Inzwischen haben sich weltweit eine ganze Reihe von Firmen etabliert, die sich auf Algensaatgut und Algensetzlinge spezialisiert haben.«

»Setzlinge, die man im Meer ›einpflanzt‹?«

»Ja, das ist ähnlich wie bei der Saatgutvermehrung für den Garten. Zuerst löst du die Sporen, die reproduktiven Zellen, aus den erwachsenen Algen. Diese werden in einem Substrat zum Keimen gebracht und befruchtet, wodurch die winzigen Jungpflanzen entstehen.«

»Mais oui, ich erinnere mich dunkel, dass wir das mal im Studium durchgenommen haben. Doch Zell- und Entwicklungsbiologie war nie mein Forte.«

»Du hast Biologie studiert?«, wunderte sich Henri.

»Nur ein paar Semester, dann habe ich angewandte Biologie praktiziert und Zwillinge zur Welt gebracht«, sagte Sophie mit einem schiefen Lächeln. »Mein Kenntnisstand ist, bis auf wenige Ausnahmen, inzwischen fast bei null. Ist auch schon eine Ewigkeit her.«

»Schade, aus dir wäre bestimmt eine gute Wissenschaftlerin geworden.«

»Ach, ich weiß nicht. Das waren Jugendträume, die an der Realität gescheitert sind. Sei's drum … Erkläre mir doch, was mit den Setzlingen weiter geschieht, wie sie letztendlich kontrolliert im Meer landen.«

»Es gibt weltweit verschiedene Verfahren, die sich aber alle ähneln«, sagte Henri. »Am häufigsten ist es so, dass Leinen in einem Sporensubstrat getränkt werden. Entweder lose oder auf Spulen. Die werden in den Algenparks im Meer an Halteleinen angebracht, wo die Pflanzen heranwachsen. Hier in Frankreich verwendet man fast nur horizontal gespannte Leinen, doch auf den Färöer-Inseln hat man in den Fjorden gute Erfahrung mit vertikalen Saatleinen gemacht, die am unteren Leinenende beschwert werden.«

»Was für ein komplexes Thema!« Sophie hatte nicht erwartet, dass sich hinter ihrer jüngsten kulinarischen Passion derart viel Neues für sie verbarg. Durch Aenor hatte sie nur wenige Aspekte der Algenverarbeitung kennengelernt. Sie war nicht abgeneigt, tiefer in die Materie einzusteigen. Besonders, wenn sie so einen attraktiven Lehrmeister wie Henri an ihrer Seite hatte. »In ein paar Wochen wirst du mich zur Algenspezialistin gemacht haben.«

»Ich verspreche, mein Bestes zu geben.« Henri deutete eine Verbeugung an. »Jetzt zeige ich dir noch schnell die Kulturbecken im Freigelände, dann wird es Zeit zum Essen. Ich habe ein Picknick vorbereitet.«

*

Der Picknickkorb war groß und schwer, sodass sie beide nach dem geflochtenen Weidenbügel fassten. Mit dem Korb in ihrer Mitte schlenderten sie die Uferpromenade entlang, bis sie zu einer Holzbank am hinteren Ende kamen.

»Du weißt ja, dass ich nicht kochen kann«, sagte Henri mit einem schiefen Grinsen. »Doch ich habe mir Mühe gegeben. Meine Bürofee hat mir einen speziellen Feinkostladen in Saint-Malo empfohlen, den ich kurzerhand leergekauft habe.«

»Das sehe ich.« Sophie lachte.

Henri packte verschiedene, mit Algen versetzte Brotaufstriche, Algenbier, Algenchips, einen bunten Salat, der mit Meeressalat verfeinert worden war, sowie Käse, Salzbutter, Cherrytomaten, Radieschen und Trauben aus. Dazu knackig frisches Baguette und kleine knusprige Roggenbrotlaibe.

»Bei denen wurden getrocknete Wakameflocken unter den Teig gemischt«, erklärte er. »Und das hier«, er hielt ein durchsichtiges Kunststoffschälchen hoch, »sollte für dich besonders interessant sein: Algenspeck.«

»Das ist nett von dir, aber ich esse kein Fleisch«, sagte Sophie und berührte zur Entschuldigung kurz seine Hand.

»Darin ist kein Fleisch enthalten«, beruhigte Henri sie. »Das sind getrocknete Streifen von Lappentang …«

»Also Dulse«, unterbrach ihn Sophie.

»Ja, Dulseabschnitte, die in heißer Butter gebraten wurden. Sie sollen wie Speck schmecken.«

Sophie griff zu. »Da bin ich aber neugierig.« Sie biss ab und kaute nachdenklich. »Hm, interessant. Knusprig, ein bisschen salzig und ja, echt würzig. Nicht unbedingt wie Speck, weil noch ein deutliches Fischaroma auszumachen ist … Aber sehr lecker.«

Das Ploppen des Champagnerkorkens ließ sie zusammenzucken.

»Santé.« Henri reichte ihr ein Glas und rückte etwas näher zu ihr heran. Bevor Sophie das Glas zum Mund führen konnte, legte er seine Lippen auf die ihren.

Sophie war völlig überrumpelt, doch schon nach Kurzem genoss sie die zärtliche Berührung. Einen Moment später gab sie dem Drängen seiner Zunge nach, öffnete ihrerseits die Lippen und genoss den langen Kuss. Auf diese Weise war sie seit Ewigkeiten nicht mehr geküsst worden.

Schließlich ließen sie voneinander ab, und Sophie sagte etwas atemlos: »Merci.«

»Mit Speck fängt man Mäuse.« Henri prostete ihr mit einem Augenzwinkern zu und legte seine freie Hand auf ihren Unterarm.

Eine Spur zu fest und zu fordernd, wie Sophie empfand. Sie löste ihren Arm aus der Umklammerung und strich sich eine Haarsträhne hinter das Ohr. »Zum Wohl«, sagte sie und nahm einen langen Schluck. Der Champagner schmeckte jedoch nicht so köstlich, wie sie es erwartet hatte. Es war, als hätte ihr der Kuss die Lust darauf genommen. Der Kuss und irgendetwas an Henris Körperhaltung. Sein intensiver, durchdringender Blick ließ sie unbewusst zurückweichen.

»Alles in Ordnung?«, fragte Henri stirnrunzelnd und rutschte so nah an sie heran, dass sich sein Oberschenkel an den ihren presste.

»Mais oui, alles bestens«, versicherte ihm Sophie und schenkte ihm ein Lächeln, das nicht echt war. Verdammt noch mal, schalt sie sich innerlich, was war nur geschehen? Warum war die wohlige Atmosphäre mit einem Mal ins Gegenteil umgeschlagen? Warum hatte sie plötzlich so ein seltsames Gefühl im Magen? Lag es an ihrer eigenen Unsicherheit? An ihrer Unerfahrenheit in amourösen Liaisons? Sie war mehr als 25 Jahre mit Gerd verheiratet gewesen und hatte in der ganzen Zeit nicht ein einziges Mal mit einem anderen Mann geflirtet. Nach der Scheidung hatte sie geglaubt, dass sie sich nie wieder verlieben würde. Dann war vor Kurzem Henri in ihr Leben getreten und hatte in ihr Emotionen und Sehnsüchte geweckt, die sie seit ihren Teenagerjahren nicht mehr verspürt hatte. Warum machte sie jetzt einen Rückzieher? Außer dem Kuss war ja nichts passiert. Sophie merkte, wie ihr der Appetit vergangen war – auf das Picknick und auf weitere Zärtlichkeiten von Henri. Du machst dir immer selbst das Leben schwer, schalt sie sich stumm und schluckte den Kloß hinunter, der sich in ihrem Hals breitgemacht hatte. Sie musste sich zusammenreißen, um nicht in Tränen auszubrechen.

»Du isst ja gar nichts«, sagte Henri verwundert.

Sophie räusperte sich. »Ach, es tut mir leid. Mir ist plötzlich ein bisschen komisch.«

»Liegt es am Picknick? Obwohl, du hast ja kaum einen Bissen angerührt.«

»Ich habe mich heute früh mit einer Freundin im Café getroffen. Vielleicht war die Milch im Cappuccino nicht in Ordnung. Oder ich habe mir einen blöden Virus eingefangen. Geht derzeit nicht eine Magen-Darm-Sache rum?« Sophie rutschte auf der Bank ein wenig zur Seite. »Es ist wohl besser, wenn ich mich zu Hause auskuriere.«

»Soll ich dich heimfahren?«

»Nein, das schaffe ich schon«, versicherte Sophie. Sie half Henri, die Lebensmittel wieder in den Korb zu packen.

»Da hast du dir all die Mühe gemacht, und nun bin ich eine elendige Spielverderberin«, sagte sie, als sie neben ihrem Wagen standen.

»Wir holen das an einem anderen Tag nach«, versprach Henri und fuhr zärtlich mit dem Zeigefinger über ihre Wange.

»À bientôt.« Sophie setzte sich hinter das Steuer.

»Rufst du an, wenn du zu Hause angekommen bist? Damit ich mir keine Sorgen mache?«

»Ja, klar.« Sophie zog die Tür zu, und das Auto rollte an. Sie sah im Seitenspiegel, wie Henri ihr hinterherwinkte. »Ich bin so bescheuert!«, rief sie aus und hieb mit der linken Hand kräftig auf das Lenkrad.

*

Madame Rozar bückte sich zum Sofa hinunter und fuhr mit der Spitze des Zeigefingers sanft über das Köpfchen der Katze. Das Tier war auch eine gute Woche nach Entlassung aus der Tierklinik ein Bild des Elends: Das vorher schwarz glänzende Fell war matt und struppig, die Augen wirkten eingefallen, und wenn man über den Brustkorb oder die Flanken strich, konnte man fast jeden Knochen spüren.

»Was haben sie bloß mit dir gemacht? Wer hat dir das angetan?«

Weil Sophie mit dem Bistro und dem Umzug zu beschäftigt war und Filip sich um seinen gesundheitlich angeschlagenen Vater kümmern musste, hatte Madame Rozar die Katze kurzerhand bei sich aufgenommen. Sie ging zum Wohnzimmerschrank, wo sie im Barfach stets eine Flasche Whisky vorrätig hielt. Die Passion für Hochprozentiges à la bretonne hatte sie von ihrem verstorbenen Ehemann übernommen. Der hatte immer beteuert, dass ein tägliches Gläschen guter rauchiger Whisky Rheuma und den Klabautermann abwehren würde. Vor dem tödlich endenden Reifenplatzer hatte ihn der Whisky jedoch nicht bewahrt. Madame Rozar seufzte, gab einen ordentlichen Schuss in ein Glas und nahm einen tiefen Schluck. Sie ließ die goldfarbene Flüssigkeit, die intensiv nach Vanille- und Holzaromen und ein bisschen nach gerösteten Mandeln schmeckte, genüsslich über die Zunge laufen, bevor der Whisky sich mit einem leichten Brennen den Weg durch ihre Kehle bahnte.

»Yec'hed mat, prost!«, sagte sie und hob das Glas zur Zimmerdecke. Der aus bretonischem Buchweizen gebrannte Whisky war Briegs Lieblingssorte gewesen. Madame Rozar fuhr sich mit dem Handrücken über die Lippen, ließ sich neben die Katze aufs Sofa plumpsen und griff zum Handy. Es dauerte eine Weile, bis ihre Schwägerin den Anruf annahm.

»Bist du etwa noch bei der Arbeit?«, fragte Madame Rozar.

»Ja, ich habe heute Nachmittag zwei Paletten Ware bekommen, die ich in die Regale räumen muss.« Magalie Breonnec betrieb das Tierfachgeschäft in der Stadt.

»Truffe frisst nach wie vor nicht. Auch nicht von dem Edelfutter, das du mir mitgegeben hast«, tat Madame Rozar kund. »Allmählich bekomme ich es mit der Angst, dass sie es nicht schafft.«

»Du musst sie zum Fressen animieren, den Reflex wieder wecken. Manche Katzen vergessen nach überstandener schwerer Krankheit, dass sie fressen müssen.«

»Leichter gesagt als getan. Sie wendet sich jedes Mal angewidert ab, wenn sie das Futter nur riecht. Sogar Hühnchen und Leber verschmäht sie.«

»Hast du mal versucht, ihr etwas auf die Pfote zu schmieren, damit sie es ableckt?«

»Ja, das hat zu einer Riesensauerei auf dem Sofa geführt.« Madame Rozar nahm einen Schluck Whisky.

»Hat der Tierarzt deiner Chefin vielleicht eine spezielle Vitaminpaste in der Tube mitgegeben? Davon solltest du ihr mehrmals täglich etwas ins Mäulchen drücken.«

»Ich werde Madame Vidal morgen fragen. Womöglich hat sie es in der Hektik vergessen.«

»Eure Truffe ist übrigens nicht die einzige Katze, die vergiftet wurde«, sagte Magalie. »Zwei meiner Kundinnen sind in derselben Situation wie du. Und auch Hunde haben in letzter Zeit öfter Giftköder in den Dünen gefressen. Der Jagdhund meines Nachbarn hat es nicht geschafft, er ist qualvoll daran verendet.«

»Willst du damit sagen, dass bei uns ein Tierhasser sein Unwesen treibt?« Madame Rozar war geschockt.

»Es sieht ganz danach aus.«

»Das ist ja schrecklich! Hast du eine Ahnung, wer es sein könnte?«

»Leider nicht«, bedauerte Magalie. »Ich weiß nicht, was ich machen würde, wenn ich so jemanden in flagranti erwischen würde.«

»Ihm am besten einen Giftköder in den eigenen Rachen stopfen«, brummte Madame Rozar.

»An den Stränden am Kap sind in den vergangenen Tagen vermehrt tote Fische angeschwemmt worden«, sagte Magalie. »Im Moment geht es den Tieren hier wirklich nicht gut.«

»Wurden die Fische ebenfalls vergiftet?«

»Nein, ich vermute, dass sie durch die Arbeiten an der Stromtrasse zum Offshore-Windpark in der Bucht gestorben sind.«

»Die Fischer behaupten, dass sie seit dem Beginn der Arbeiten deutlich weniger Fang in den Netzen haben. Und die

Jakobsmuscheln werden, wenn es demnächst wieder offiziell mit der Fangsaison losgeht, höchstwahrscheinlich auch nicht mehr so zahlreich sein. Das Projekt macht mir Bauchschmerzen. Obwohl ich gegen Atomstrom bin.« Madame Rozar leerte das Glas und goss sich nach.

»Das wird noch ziemlichen Ärger geben«, prophezeite Magalie.

»Ja, wenn keiner der Verantwortlichen für das Windkraftprojekt in allernächster Zeit auf die Fischer, die Hoteliers und die Vermieter der Ferienwohnungen zugeht, wird sich hier ein gewaltiger Sturm zusammenbrauen. Der nicht nur die Strände in Unordnung bringt.«

»Apropos Strand. Heute früh, als ich mit dem Hund an der Plage de Lourtuais unterwegs war, ist mir dieser hagere Typ aus Paris begegnet.«

»Meinst du den Gast von Doktor Bonnet?«

»Oui. Manche im Ort sagen, er sei eine Art Agent.«

»Wie James Bond? Im Geheimdienst Ihrer Majestät?«, witzelte Madame Rozar.

»Nein, ein Agent für die Betreiber des Windparks. Angeblich soll er testen, wie sich die Stimmung hier entwickelt.«

»Warum sollte er das tun? Dass die meisten gegen die haushohen Windmühlen auf See sind, ist kein Geheimnis.«

»Ich sagte ja, es ist ein Gerücht. Obwohl mir der Typ auch seltsam vorkommt. Er hat so stechende Augen. Und er kriegt kaum das Maul auf, nicht mal zum Grüßen.«

»Bei Doktor Bonnet scheint er recht redselig zu sein. Bonnet hat sich bei meiner Chefin beschwert, dass ihm sein Gast einen Knopf ans Ohr quatscht.«

»Eh bien, stumm ist er jedenfalls nicht. Als ich auf dem Rückweg war, habe ich gesehen, wie er sich auf dem Parkplatz am Centre Nautique angeregt mit dem Bürgermeister unterhielt.«

»Hast du eine Ahnung, was die beiden zu bereden hatten?«

»Nein, ich war zu weit weg, um etwas zu verstehen.«

»Ist wahrscheinlich auch nicht von Bedeutung. Doktor Bonnets Gast wird spätestens vor Weihnachten wieder nach Paris zurückkehren, und dann kräht kein Hahn mehr nach ihm.«

»Ja, so wird es wohl sein. Jetzt muss ich mich weiter um meine Ware kümmern«, beendete Magalie das Gespräch.

»Und ich mich um Truffe.« Madame Rozar drückte sich vom Sofa hoch und eilte in die Küche, wo sie eine Scheibe Leberpastete aus dem Kühlschrank holte.

12. KAPITEL

Michel Dubois war an diesem Morgen später als sonst zum Strand aufgebrochen, um den Schwefelwasserstoffgehalt zu messen. Der hohe angezeigte Wert deprimierte ihn dermaßen, dass er zurück zum Aussichtsplatz auf dem Felsplateau stapfte und auf einer der Bänke Platz nahm. Dort vergrub er den Kopf zwischen den Händen und versuchte, seine Gedanken zu ordnen. Was ihm kläglich misslang. Ich muss woanders hin, ein bisschen Abstand gewinnen, dachte er. Kurzerhand beschloss er, auf die andere Seite der Bucht, zur Kapelle oberhalb der Plage de Saint-Maurice zu fahren.

Er lief zurück zum Haus, schlich in den Flur und tauschte leise seine Gummistiefel gegen bequeme Halbschuhe aus. Fabienne hatte bis kurz vor Sonnenaufgang am Computer gesessen und schlief noch, er wollte sie nicht wecken. Michel nahm die Autoschlüssel aus der Keramikschale, die auf einer Kommode im Flur stand, zog die Haustür behutsam ins Schloss und machte sich auf den Weg. Hätte er die Vogelfluglinie nehmen können, wäre er schnell auf der gegenüberliegenden Seite gewesen. Mit dem Auto musste er sich jedoch ein gutes Stück landeinwärts halten, da der Le Gouessant in die Bucht von Morieux mündete und er den Fluss erst auf der Pont-Rolland überqueren konnte.

Auf der Brücke schaute er nach rechts und sah, wie das Wasser vom aufgestauten Teil des Flusses den 22 Meter hohen und 102 Meter langen Staudamm hinunterschäumte. Das dazugehörige, 1935 in Betrieb genommene Wasserkraftwerk hatte bis 2014 Strom produziert, war inzwischen aber stillgelegt und vom französischen Staat übernommen worden. Seit Jahren wurde nach einem neuen Betreiber gesucht, ohne Erfolg, wie Michel unlängst wieder in der Zeitung gelesen hatte. Er fuhr weiter bis nach Morieux, wo er in Richtung Küste abzweigte und über eine steile und teilweise enge Straße den Parkplatz unterhalb der Kapelle erreichte. In dem breiten Dreieck, wo die östliche und die westliche Strandzufahrt aufeinandertrafen, hatten sich ein paar Ferienhäuser angesiedelt, von denen einige inzwischen ganzjährig bewohnt waren. Ein Mann schnitt in seinem Garten die Hecken und nickte ihm freundlich zu.

Michel unterließ es, zum Strand hinunterzugehen, denn der war momentan in keinem besseren Zustand als der vor seiner Haustür: Die Grünalgen erstreckten sich fast über die ganze Fläche der Meeresbucht, der Zugang war durch eine städtische Verordnung seit Wochen gesperrt. Michel lief den schmalen Pfad hoch zur einschiffigen, 1869 aus Granit errichteten Kapelle. Zur frühen Morgenstunde war die kleine Kirche noch verschlossen, doch von dem Felsvorsprung, auf dem sie gebaut worden war, bot sich ihm ein einzigartiger Blick über die Bucht und auf die Küste. Er konnte sogar sein eigenes Haus vis-à-vis erkennen. Die Luft war klar und rein, eine Brise kam vom offenen Meer her, sodass von dem penetranten Algengeruch nichts zu bemerken war.

Michel lehnte sich gegen die himmelblau gestrichene und mit einem schmiedeeisernen Kunstgitter gesicherte Tür und schloss für einen Moment die Augen. Er war kein gläubiger Christ, kam nicht zum Beten hierher, doch er liebte die Ruhe und die friedliche Atmosphäre, die die kleine Kirche mit ihren Buntglasfenstern ausstrahlte. Er hatte das Gefühl, dass er an diesem Ort besser mit sich ins Reine kommen konnte als zu Hause oder anderswo.

Momentan gab es viel, sehr viel, was ihm auf der Seele lag. Wie würden seine Zukunft und die von Fabienne aussehen? Machte es für sie Sinn hierzubleiben, wo sie eigentlich nichts mehr hielt? Wo sich ihre Träume ins Gegenteil verkehrt hatten? Wo sie den Geschehnissen beinahe hilflos ausgeliefert waren? Wo sie, wenn er ehrlich zu sich selbst war, einen Kampf führten, den sie nicht gewinnen konnten? Wie könnte er Fabienne nur davon überzeugen, dass es für sie besser wäre, nach Le Mans zurückzukehren? Oder in einen Vorort von Paris zu ziehen, um den Kindern näher zu sein? Michel war ratlos.

Er öffnete die Augen wieder und sah, wie ein gelber Traktor mit rotem Anhänger die Grünalgen auf der gegenüberliegenden Plage de la Grandville zusammenschob. Nahm das denn nie ein Ende? Michel ballte die Fäuste. Dann stieß er einen lauten Seufzer aus und machte sich auf den Rückweg. Fabienne fragte sich bestimmt schon, wo er war.

Er sah, wie ein Wohnmobil mit deutschem Kennzeichen auf den Parkplatz fuhr und sich mit der Frontscheibe in Richtung Strand aufstellte. Die Gemeinde Morieux hatte das Gelände oberhalb des alten, inzwischen zugewucherten Wehrmachtbunkers als Wohnmobilstellplatz ausgewiesen, und von April bis September übernachteten viele Touristen hier in ihren Fahrzeugen. Michel grüßte die Frau, die seitlich neben dem Wohnmobil stand und ihrem Mann durch Handzeichen zu verstehen gab, wie er am besten mit den Vorderrädern auf die beiden Auffahrkeile fuhr.

Die Frau erwiderte sein freundliches Bonjour und fragte dann in stark akzentuiertem Französisch: »Ich habe die Schilder am Strandübergang gesehen. Ist es richtig, dass ich den Strand nicht betreten darf? Auch nicht, um mit dem Hund spazieren zu gehen?«

»Nein, das wäre für Sie und den Hund zu gefährlich. Die Algen stoßen giftige Dämpfe aus.«

»Und da hinten?« Die Frau wies in Richtung der Flussmündung.

»Das sollten Sie ebenfalls nicht tun. Die Wattflächen sind mit einer dicken Algenschicht überzogen, dort ist der Zutritt schon seit ein paar Jahren verboten. Es gibt zwar einen schmalen Wanderweg, der oberhalb des Flusses bis zum Staudamm an der Pont-Rolland entlangführt, doch der ist wegen der Algenplage nicht sonderlich schön. Gehen Sie besser zur Kirche hoch und folgen Sie von dort aus dem Küstenpfad in Richtung der Pointe de Longue Roche.«

»Schade, das ist ein so idyllischer Ort«, sagte die Frau mit Bedauern in der Stimme.

»Ja, das stimmt.« Michel ließ den Blick noch mal über den Strand schweifen. Stutzte und rieb sich mit dem Daumen über die Stirn. Etwa 100 Meter unterhalb des auf einem Felsen errichteten Holzkreuzes glaubte er, einen größeren Gegenstand auszumachen. Hatte die Flut dort eine zusammengeknüllte blaue Plane oder eine lackierte Holzplanke zurückgelassen? Doch irgendetwas passte nicht in das Bild.

»Sehen Sie das auch?«, fragte Michel die Frau und wies mit der Hand zur Sandbank.

»Ist das eine … poupée? Wie sagt man? Eine Schaufensterpuppe?«

»Nein, da liegt ein Mensch«, sagte ihr Ehemann, der aus dem Wohnmobil gestiegen war.

Michel rannte los, so schnell ihn seine inzwischen in die Jahre gekommenen Beine trugen. Er bahnte sich einen Weg um das Metallgitter, das den Strand absperrte, umrundete den ersten Felsen und lief auf das Holzkreuz zu. Wasser spritzte auf, als er einen Fluttümpel durchquerte und danach eine Fläche, die mit gräulichen Algenresten überzogen war, hinter sich ließ. Die Sandbank stieg ein wenig an und flachte nach ein paar Metern wieder deutlich ab. Die ersten Wellen plätscherten bereits gegen den äußeren Rand der zweiten, etwas vorgelagerten Sandbank, die Flut war im Anzug. Michel wusste, dass er sich beeilen musste. Seine Oberschenkelmuskeln schmerzten, er atmete keuchend, doch er wurde nicht langsamer.

Dann hatte er die Stelle erreicht, die ihm vom Parkplatz aus aufgefallen war. Eine Frau in blauer Joggingkleidung lag bäuchlings ausgestreckt auf einer dicken Schicht von Grünalgen.

»Madame«, sagte Michel leise und ahnte, dass er keine Antwort bekommen würde.

»Atmet sie noch?«, fragte der Deutsche, der ihm hinterhergeeilt war.

»Ich weiß nicht.«

»Wir müssen sie umdrehen«, sagte der Mann. »Helfen Sie mir.«

Gemeinsam schafften sie es, die Joggerin auf den Rücken zu drehen. Ein Blick auf ihr Gesicht verriet ihnen, dass jegliche Wiederbelebungsmaßnahmen aussichtslos wären.

»Rufen Sie an?«, bat der Deutsche mit gepresster Stimme. »Mein Französisch ist nicht so gut.«

Michel holte sein Handy aus der Jackentasche und wählte die 17, die Notrufnummer der Polizei. Mon Dieu, wie soll ich das nur Fabienne beibringen, dachte er, während er auf das Zustandekommen der Verbindung wartete.

*

»Brennt da was an?« Yuna schnüffelte, als sie die Bistroküche betrat.

»Mist, mein Apfelkuchen!« Sophie eilte mit einem Küchenhandtuch zum Herd und zog den Kuchen aus dem Backofen. Auf der Oberfläche hatte sich eine schwarze, übelriechende Kruste gebildet.

»Den wirst du deinen Gästen nicht vorsetzen können«, meinte Yuna trocken und stellte die vier Pappkartons mit nestfrischen Eiern auf den Küchentresen. »Ich soll dich von Madame Blanche grüßen und dir sagen, dass du, wenn du zu Weihnachten Kapaun auf die Karte setzen willst, früh bestellen musst. In diesem Jahr hat sie eine große Nachfrage nach Chapon. Sie meint, dass die Leute die TV-Dokumentation über die Lachsfarmen in Norwegen gesehen haben und jetzt lieber auf Geflügel umsteigen. Austern und Geflügel gehen ja auch gut zusammen.«

»Im Geflügelfleisch stecken meist nicht weniger Antibiotika als im Zuchtlachs«, brummte Sophie und beförderte das missratene Backwerk zum Abkühlen nach draußen, bevor sie es in der Mülltonne entsorgen würde. »Ich fände es besser, wenn wir insbesondere zum Fest der Liebe ganz ohne Fleisch auskämen, aber das ist wohl frommes Wunschdenken.«

»So ist es«, stimmte Yuna zu. »Nur vegetarisch wird nicht funktionieren, damit treibst du das Bistro in den Ruin. Biete weiterhin beides parallel an, und du schaffst dir treue Kunden bei den Fleischessern, den Vegetariern und bei den Flexitariern. Besonders die letzte Gruppe wird, wie ich vor Kurzem gelesen haben, in Zukunft deutlich anwachsen. Da bist du auf der sicheren Seite.«

»Du weißt doch, dass mein zweiter Name Kompromissbereitschaft lautet«, sagte Sophie und zog eine Grimasse. »Ich versuche immer, alles irgendwie hinzubiegen.«

»Nur beim Apfelkuchen scheint es diesbezüglich zu hapern«, erwiderte Yuna mit einem Grinsen. »Wolltest du ein neues Rezept ausprobieren?«

»Nein, den Kuchen habe ich schon x-mal gebacken, den kann ich eigentlich im Schlaf. Aber heute geht fast alles schief bei mir. Es hätte nicht viel gefehlt, und ich hätte auch die Sauce citron für den Fisch versalzen.«

»Ha, bist du etwa verliebt?«, feixte Yuna.

»Natürlich nicht«, wies Sophie die Vermutung zurück, doch ihre Ohrenspitzen liefen rot an.

Yuna setzte sich rittlings auf einen der Küchenstühle. »Komm schon, spuck aus, wer es ist.«

Sophie wandte sich ab und machte sich an der Kaffeemaschine zu schaffen. »Einen Café au Lait?«, fragte sie, ohne sich umzudrehen.

»Einen Kaffee und bitte ein Wasser. Ich habe eben, bevor ich zu Madame Blanche gefahren bin, das Deck geschrubbt. Ich habe Durst.«

»Bediene dich.« Sophie wies mit dem Kinn auf den Kühlschrank und erhitzte die Milch durch heißen Wasserdampf. »Hier.« Sie stellte beide Tassen auf den Tisch.

»Also, ich formuliere meine Frage mal anders. Wer bringt dich so aus der Fassung?«

»Derjenige, der in meine Küche eingebrochen ist und sie fast abgefackelt hat.«

»Kann ich verstehen.« Yuna leerte das Glas in wenigen Zügen und goss sich erneut ein. »Gibt es Neuigkeiten?«

»Die Analyse des verwendeten Fetts hat gezeigt, dass es nicht von uns war, sich aber um stinknormales Fritteusenfett handelte, das du in jedem Supermarkt bekommst. Der Eierbecher ist ebenfalls Massenware und nicht von uns.«

»Das ist alles?«

»Bis jetzt ja.«

»Super«, meinte Yuna zynisch. »Wie wurde denn das Türschloss aufgebrochen?«

»Wahrscheinlich mit so einem … Wie heißen diese Dinger, die sie immer im Film verwenden?«

»Ein Dietrich?«

»Ja genau. Aber Ronans Chef hat gemeint, das alte Schloss wäre ebenso mit einer Haarnadel oder einer großen Büroklammer in Nullkommanichts zu öffnen gewesen. Ronan hat inzwischen ein modernes Türschloss mit mehreren Schließpunkten eingebaut.«

»Hast du einen Verdacht, wer dahinterstecken könnte?«

»Treveur kommt definitiv nicht infrage.«

»Das dachte ich mir schon, das wäre zu offensichtlich gewesen. So blöd ist er nicht.«

»Ja, obwohl ich ihm nach wie vor nicht traue. Außerdem lässt er keine Gelegenheit aus, über das ›Chez Sophie‹ zu stänkern und unsere Küche mies zu machen. Ich überlege, ob wir nicht gerichtlich gegen ihn vorgehen sollten.«

»Lass ihn. Der kann dir mit seinen industriell gefertigten Crêpes und Galettes und seinen Fakesoßen aus der Tube nicht das Wasser reichen. Wer einmal bei dir im Bistro war, wird keinen Fuß mehr in Treveurs Klitsche setzen. Aber wer könnte es sonst gewesen sein?«

»Wenn ich das nur wüsste«, stöhnte Sophie. »Diese Investorengruppe, die den Parc Astérix errichten will und uns im Frühjahr solche Probleme bereitet hat, steckt angeblich, wie mir mein Bankberater im Vertrauen erzählt hat, in finanziellen Schwierigkeiten. Unter den Umständen werden sie nicht mehr scharf auf das Bistro sein.«

»Gab es nicht einen Nachbarn, der Stress machte?«

»Ja, wie ich ein Zugezogener, ein Verwaltungsangestellter aus Orléans, der mit 50 in Rente gegangen ist. Er hat sich im Haus da drüben«, sie zeigte mit der Hand in Richtung des Hinterhofes und der sich daran anschließenden Häuserzeile, »eine Wohnung gekauft. Er beschwert sich immer mal wieder darüber, dass unsere Gäste zu viel Krach machen würden.«

»Ihr habt die Konzession, das Bistro zu betreiben, der kann euch nichts.«

»Nein, rechtlich gesehen nicht. Doch er geht anscheinend sehr früh schlafen und fühlt sich deshalb belästigt.«

»Wäre er zu einer solchen Tat fähig?«

Sophie überlegte ein paar Sekunden. »Auf mich wirkt er eher, als ob er zwei linke Hände hätte. Das ist ein Akademikertyp mit perfekt manikürten Fingern und bleichem Gesicht, weil er den lieben langen Tag in seiner Bude hockt.«

»Es könnte doch sein, dass die hübsch zurechtgemachten Fingerchen sehr agil sind.«

»Glaubst du allen Ernstes, dass so einer weiß, wie man aus einer simplen Bratpfanne eine Feuerbombe basteln kann?«

»Ich nehme an, dass man die Anleitung im Internet findet.«

»Gut möglich. Aber das wird nicht als Anfangsverdacht ausreichen, damit ihn die Polizei befragt.«

»Dann musst du ihn im Auge behalten.«

»Ich muss Kuchen backen und das Abendmenü vorbereiten.«

»Das klappt besser mit klarem Kopf. Aber so schnell wirst du dem Feuerteufel nicht auf die Schliche kommen.«

»Wenn der der Einzige wäre …« Sophie fegte mit der Hand ein paar Krümel von der Arbeitsplatte.

»Ha, wusste ich's doch, du bist verliebt!« Yuna klatschte in die Hände.

»Ganz so ist es nicht. Ich hatte gestern eine Verabredung in Saint-Suliac. Mit dem Leiter des Instituts zur Erforschung maritimer Algen.«

Yuna zog amüsiert die Augenbrauen in die Höhe. »Ich nehme an, dass es kein akademischer Austausch war.«

»Doch, am Anfang schon. Und dann haben wir ein Picknick gemacht. Das Henri zusammengestellt und perfekt organisiert hat.«

»Und warum bist du dann so sauertöpfisch drauf? Ich vermute, dass das nicht am Inhalt des Picknickkorbes liegt, oder?«

»Nein. Wenn ich nur wüsste, was mit mir los ist.« Sophie schaute Yuna flehentlich an. »Es lief alles so toll. Henri ist der intelligenteste, attraktivste, charmanteste und humorvollste Mann, der mit seit Ewigkeiten begegnet ist. Seitdem er hier im Bistro zum Essen war, muss ich ständig an ihn denken. Wenn er gestern ernsthafte Anstalten gemacht hätte, mich in sein Bett zu bekommen, wäre ich wahrscheinlich nicht abgeneigt gewesen.«

»Aber so weit ist es nicht gekommen?«

Sophie knabberte nervös an einem Fingernagel. »Nein. Am Anfang habe ich mich darauf eingelassen, habe seinen Kuss erwidert und genossen. Doch dann ist irgendetwas passiert, das mich gestoppt hat. Etwas, das ich nicht einmal mit Worten beschreiben kann. Von einem Moment auf den anderen wollte ich einfach nur weg.«

»Oha. Der klassische Fall von ›kalte Füße bekommen‹.«

»Mag sein.« Sophie ließ vom Fingernagel ab, griff stattdessen nach einem Schwamm und rubbelte damit auf einem Wasserfleck auf dem Tresen herum. »Ich bin ein bisschen aus der Übung. In meinem Alter hopst man nicht mehr so mir nichts, dir nichts mit jemandem in die Kiste.«

»In meinem auch nicht«, konterte Yuna, die bedeutend jünger als Sophie war. »Aber keine Angst, Sex ist wie Fahrradfahren, das verlernt man nicht.«

Sophie gab einen schnaubenden Laut von sich. »Wenn du es sagst.«

»Lass dich beim Friseur verwöhnen, kauf dir sexy Unterwäsche und einen schicken Fummel und mach einen neuen Termin mit diesem Henri aus. Er scheint es wert zu sein.«

»Vermutlich will er gar nichts mehr von mir wissen. So wie ich mich gestern aufgeführt habe.«

»Ruf ihn an und lade ihn zu dir ein. Auf deinem eigenen Terrain wird es dir leichter fallen, entspannt zu sein. Und zu bleiben.«

»Bon, d'accord. Ein Versuch kann nicht schaden.« Sophie lächelte zaghaft.

»Auf dich und Henri.« Yuna prostete ihr mit dem Wasserglas zu.

In dem Augenblick klingelte Sophies Handy.

Yuna zwinkerte ihr zu. »Geh ran. Vielleicht ist er das ja.«

Sophie erkannte die angezeigte Nummer. »Nein, das ist Fabienne Dubois. Von dieser Gruppe ›Stop aux algues vertes‹. Ich frage mich, was sie will. Wir haben uns gestern erst getroffen, bevor ich nach Saint-Suliac gefahren bin. Eigentlich habe ich jetzt keine Zeit.«

Yuna erhob sich und schob den Stuhl unter den Tisch. »Ich muss eh los.«

»Warte bitte kurz. Ich kläre nur schnell mit Fabienne, was sie auf dem Herzen hat, und dann gebe ich dir das Geld für die Eier.«

»Okay.« Yuna stellte das Glas und die Tasse in die Spülmaschine.

»Salut Fabienne.« Sophie führte das Handy zum Ohr. »Was gibt's?«

»Es ist etwas passiert. Etwas ganz Schreckliches ist passiert.« Fabienne schluchzte laut auf.

»Mit Michel?« Sophie spürte, wie ihr die Brust vor Sorge eng wurde.

»Nein, aber Michel hat Louise Martin am Strand von Saint-Maurice gefunden.«

»Die Buchhändlerin vom ›Trésor des livres‹?«

»Oui.«

»Was ist mit Madame Martin?«

»Sie ist tot.«

»Oh mein Gott! Hatte sie einen Badeunfall? Ist sie ertrunken?«

»Nein.« Sophie hörte, wie sich Fabienne die Nase schnäuzte. »Es sieht so aus, als ob sie ebenfalls ermordet wurde.«

Sophie stützte sich am Tisch ab, weil ihr plötzlich die Knie weich wurden.

Yuna schaute sie mit besorgter Miene an.

»Fabienne, kann ich dich in ein paar Minuten zurückrufen?«, bat Sophie mit gepresster Stimme. »Ich bin dabei, einen Gast zu verabschieden.«

»Bien sûr, ruf zurück, wenn du Zeit hast. Michel und ich, wir sind zu Hause. Die Polizei will sich für eine weitere Befragung bei uns melden.«

»Bis gleich.« Sophie beendete das Gespräch und wandte sich Yuna zu. Das Sprechen fiel ihr schwer. »Mon Dieu, das Morden geht weiter, wie ich gerade von Fabienne erfahren habe. Louise Martin, eine Buchhändlerin aus Hillion, wurde tot an der Plage de Saint-Maurice aufgefunden.«

Yuna wurde blass und lehnte sich an den Tisch. »Wie schrecklich!«

»Ich kannte sie zwar nur flüchtig, doch sie war mir sehr sympathisch. Warum ausgerechnet sie?« Sophie rieb sich die Unterarme, auf denen sich Gänsehaut gebildet hatte.

»Zwei Frauen in so kurzer Zeit«, sagte Yuna nachdenklich. »Man könnte fast annehmen, dass wir es mit einem Serienmörder zu tun haben.«

»Eh bien, wir wissen bislang ja nicht, was tatsächlich passiert ist«, wandte Sophie ein. »Aber ich habe ein verdammt ungutes Gefühl.«

»Ich auch«, flüsterte Yuna. »Ich auch.«

13. KAPITEL

Am nächsten Morgen machte Michels Entdeckung in der Presse Schlagzeilen. »Erschütternder Fund an der Chapelle de Saint-Maurice«, schrieb die Ouest-France. »Tod einer Joggerin am Strand«, übertitelte der Courrier Breizh. »Bluttat in der Bucht«, verkündete L'Hebdo Côtes d'Armor. Den medialen Vogel schoss jedoch die La Gazette des Caps ab, die auf der Titelseite in dicken Lettern proklamierte: »Sie waren jung, intelligent und schön – Wer ermordet heimtückisch unsere bretonischen Frauen?«

Sophie verzog angewidert das Gesicht, faltete das Lokalblatt in der Mitte zusammen und legte es auf den Tisch. »Der Tod von Louise Martin scheint ein gefundenes Fressen für Nicolaz Hénaff. Er hat es geschafft, das Wenige, was man bis jetzt weiß, zu einer ganzen Printseite aufzubauschen. Er tut so, als ob es der Täter auf alle Frauen zwischen 16 und 66 abgesehen hat. Und das aus einem einzigen Grund, weil sie Bretoninnen sind.«

»Na, dann bist du zum Glück fein raus. Du hast nach wie vor einen deutschen Pass«, erwiderte Doktor Bonnet und trug dick Heidehonig auf eine mit Salzbutter bestrichene Baguettescheibe auf. Er hatte, gleich nachdem Sophie die Küche aufgeschlossen hatte, auf der Matte gestanden und um ein Frühstück gebeten. Das ihm Sophie gern zubereitet hatte. Der arme Jean-Luc sah elendig aus, wie sie mit Sorge festgestellt hatte. Sie fragte sich, wie lange er seinen Besucher noch ertragen würde.

»Ich glaube nicht, dass mich das beruhigt.« Sophie gab braune Zuckerstückchen in ihre Kaffeetasse. Immer wenn sie emotional aufgebracht war oder anderen Stress hatte, schrie ihr Körper förmlich nach süßen Kohlehydraten. »Es ist beängstigend, dass hier in der Region innerhalb von nur vier Wochen zwei Frauen getötet wurden. Ich könnte mir vorstellen, dass es ein und derselbe Täter war.«

»Oder Täterin«, gab Doktor Bonnet zu bedenken.

»Glaubst du allen Ernstes, dass eine Frau auf diese Weise morden würde? Ich hege da meine Zweifel. Außerdem«, verbesserte sie sich, »haben wir bis jetzt keine konkreten Angaben, wie Louise zu Tode gekommen ist. Womöglich kann Michel uns mehr dazu sagen. Wir sind gleich hier verabredet.«

»Michel?« Doktor Bonnet schaute Sophie fragend an.

»Michel Dubois. Der Mann, der sie gestern auf der Sandbank gefunden hat.«

»Wann hast du seine Bekanntschaft gemacht?«

»Ich war vor ein paar Tagen bei ihm und seiner Frau in deren Haus an der Plage de Lermot, ich habe sie über Facebook kennengelernt.«

»Es muss ein ziemlicher Schock für ihn gewesen sein.«

»Ja, vor allem, da er und seine Frau Fabienne die Tote gut kannten. Sie waren treue Kunden ihrer Buchhandlung.«

»Könnten die beiden in die Geschehnisse verwickelt sein? Man weiß ja nie … Heutzutage scheint mir die Hemmschwelle, eine Gewalttat zu begehen, stark gesunken.«

»Michel und Fabienne? Non, jamais«, widersprach Sophie heftig. »Ich kenne sie zwar erst seit Kurzem, doch ich würde meine Hand für sie ins Feuer legen. Das sind ehrliche, rechtschaffene Leute, die keiner Fliege was zuleide tun könnten. Sie setzen sich seit Jahren dafür ein, dass diese fürchterliche Algenpest ein Ende nimmt. Dass die Strände wieder das werden, was sie früher waren.«

»Apropos Algen. Stand in den Zeitungen nicht, dass die Tote mitten in einem von Algen verseuchten Strandabschnitt gefunden wurde?«

»Ja.«

»Damit gibt es also eine Parallele zum Tod von Aenor Le Tammiers.«

»Oui, sieht so aus. Wir sollten Michel danach fragen.« Sophie vernahm Stimmen vom Hof her. »Da sind die beiden schon«, verkündete sie und stand auf, um die Tür zu öffnen.

Fabienne und Michel schlüpften aus ihren Jacken. Fabienne sah blass und verfroren aus.

»Ich habe die ganze Nacht nicht geschlafen«, gestand sie.

Sophie fasste sie sanft am Arm und führte sie zum Küchentisch. »Komm, setz dich erst mal hin und trink einen Kaffee. Ich habe frisches Brot und Croissants gekauft. Und einen Fruchtaufstrich ohne Zucker angerührt. Oder soll ich dir einen Teller Gemüsesuppe aufwärmen? Mit einem Bissen im Magen wird es dir gleich besser gehen.«

»Ich weiß nicht, ob ich etwas runter bekomme«, murmelte Fabienne und ließ sich auf einen Stuhl nieder, wo sie wie ein Häufchen Elend zusammensank.

»Das ist übrigens Doktor Bonnet, ein guter Freund von mir«, stellte Sophie ihren Frühstücksgast vor. »Wir haben just über den schrecklichen Tod von Madame Martin diskutiert und uns gefragt, was geschehen sein könnte.«

Doktor Bonnet beugte sich zu Fabienne hinüber. »Sie wirken mitgenommen, Madame. Ich bin Arzt, wenn auch im Ruhestand. Soll ich Ihnen ein Konstitutionsmittel von zu Hause holen? Ein rein pflanzliches Präparat, das Ihnen auf die Beine helfen wird.«

»Mais non, ein Kaffee reicht völlig aus«, wehrte Fabienne sein Angebot verlegen ab.

Sophie stellte zwei weitere Teller auf den Tisch. »Greift zu.«

Michel zögerte einen Moment, dann nahm er sich ein Croissant und biss die Spitze ab. »Es macht die arme Louise ja auch nicht mehr lebendig, wenn wir alle vor Hunger umkippen«, murmelte er wie zur Entschuldigung.

Sophie steckte ein Zuckerstückchen in den Mund, lutschte nachdenklich und wandte sich dann an Fabienne. »Du warst bei unserem Gespräch so aufgeregt, dass ich nicht alles verstanden habe. Und die Presse hat heute früh nicht mehr als Spekulationen zu bieten. Könntet ihr mir, ich meine uns, kurz schildern, was tatsächlich vorgefallen ist?«

»Bien sûr.« Michel nickte und legte das Croissant auf dem Teller ab. »Es war so: Ich bin gestern aus einem spontanen Entschluss heraus auf die andere Seite der Bucht zur Chapelle Saint-Maurice gefahren«, begann er zu erzählen und endete damit, wie er und der deutsche Tourist mit Entsetzen festgestellt hatten, dass Louise nicht mehr lebte.

»Wie fürchterlich! Ich mag es mir gar nicht vorstellen.« Sophie lief ein kalter Schauder den Rücken hinunter.

Doktor Bonnet schien seine Emotionen besser unter Kontrolle zu haben, er blieb sachlich und konzentriert. »Hatten Sie, Monsieur Dubois, den Eindruck, dass sie schon länger dort lag? Vielleicht sogar über Nacht?«

»Ich glaube nicht. Ihre Kleidung und ihr Haar waren trocken. Das schließt meiner Meinung nach auch aus, dass sie von der Flut angespült wurde.«

»Haben Sie eine Ahnung, wann gestern Hochwasser war?«

»Warten Sie mal.« Michel zog sein Handy aus der Hosentasche. »Ich habe mir eine Gezeiten-App runtergeladen. Also ...«, er tippte auf ein paar Tasten, »die Nachtflut war um 23.58 Uhr, Niedrigwasser um 7.03 Uhr. Das nächste Hochwasser war zur Mittagszeit, um 12.51 Uhr. Ich war gegen 10.30 Uhr am Strand, da war das auflaufende Wasser bereits bei den äußeren Sandbänken angelangt. Es dauert von dort aus mindestens zwei Stunden, bis der komplette Strand bis zu den Felsen überspült ist. Die Bucht ist ja sehr weitläufig, das Wasser läuft wie in einen breiten Trichter.«

»Wenn ich das richtig verstehe, müsste Louise demnach«, Sophie prüfte im Geist nochmals die Zahlen, die Michel eben genannt hatte, »zwischen 7 und 10 Uhr zu Tode gekommen sein, nicht wahr?«

»Womöglich sogar ein bisschen früher. Sie lag ja, wenn ich das richtig verstanden habe, recht nah am Hauptstrand, von dem das Wasser vor 7 Uhr wieder abgelaufen war. Um 7.03 Uhr war der tiefste Wasserstand in der Gesamtbucht«, sagte Doktor Bonnet.

»Was wollte sie um diese Zeit am Strand?«, wunderte sich Sophie. »Hatte sie einen Hund, mit dem sie spazieren ging?«

»Nicht dass ich wüsste«, antwortete Michel. »Sie hatte allerdings Laufschuhe und blaue Sportkleidung an.«

»Ich glaube, sie hat mal erwähnt, dass sie morgens öfter zum Joggen geht«, sagte Fabienne, die ihre Kaffeetasse zwischen den Händen hielt, ohne daraus zu trinken. »Sie wollte fit bleiben. Und sie hat das Meer geliebt und versucht, jeden Tag am Strand zu sein.« Fabienne senkte den Kopf.

»Wahrscheinlich ist sie deswegen aus dem Elsass in die Bretagne gezogen«, mutmaßte Sophie.

»Sie war neu in der Region?«, fragte Doktor Bonnet.

»Sie hat den Laden in Hillion erst vor einem knappen halben Jahr übernommen«, erklärte Michel.

»Oje, das ist bitter.« Doktor Bonnet schob den Teller von sich, er hatte keinen Appetit mehr.

»Weißt du, wo sie gewohnt hat?«, wollte Sophie von Michel wissen.

»Leider nein. Du, Fabienne?«, wandte er sich an seine Frau.

»Sie hatte ein kleines Apartment in der Rue de Fontreven angemietet. Für die Übergangszeit«, sagte Fabienne mit tonloser Stimme.

»Übergangszeit? Wollte sie zurück nach Colmar?«, wunderte sich Sophie.

»Nein, sie wollte sich einen lang gehegten Traum erfüllen«, antwortete Fabienne. »Sie suchte nach einem Haus. Oder besser gesagt nach einem Häuschen mit großem Grundstück, wo sie ihr Pferd hätte unterbringen können. Das steht derzeit im Elsass in einem Pensionsstall, weshalb sie einmal im Monat zurück in ihre alte Heimat gefahren ist. Sie beabsichtigte, das Pferd so schnell wie möglich nachzuholen. Was wird denn jetzt mit dem armen Tier?« Fabienne schaute Sophie mit tränennassen Augen an.

»Ich nehme an, dass es fürs Erste in dem Elsässer Stall bleibt. Um alles Weitere wird sich ihre Familie kümmern müssen. Sie hatte doch Familie, oder?«

»Sie trug keinen Ehering«, sagte Michel.

»Das hat heutzutage nichts mehr zu bedeuten«, meinte Doktor Bonnet.

»Sie hat nie von einem Mann geredet«, erinnerte sich Fabienne. »Und ich glaube, dass ihr Vater schon vor Jahren verstorben ist. Ihre Mutter wohnt, wenn ich das korrekt in Erinnerung habe, in Géradmer.«

»Mon Dieu, was für ein grausames Schicksal! Da kommt sie voller Pläne und Träume zu uns in die Bretagne und wird sechs Monate später brutal ermordet.« Doktor Bonnet klang verbittert. »Es war doch Mord?«, vergewisserte er sich.

»Ja, daran gibt es selbst für einen Laien wie mich keinen Zweifel«, sagte Michel. »Ich gehe davon aus, dass sie erwürgt wurde. Nachdem wir sie umgedreht hatten, habe ich eine feine rote Linie bemerkt, die sich um ihren Hals zog. Als hätte etwas rundherum in die Haut eingeschnitten.«

»Das lässt vermuten, dass sie mit einem dünnen Strick erdrosselt wurde.« Doktor Bonnet schüttelte den Kopf. »Wie abartig ist das denn?«

»In einigen Zeitungen stand, dass sie mit dem Gesicht nach unten auf den verrottenden Algen lag«, sagte Sophie. »Doch die Algen beziehungsweise der entweichende Schwefelwasserstoff waren bei ihr demnach nicht die Todesursache, oder? Anders als bei Aenor?«

»Das kann ich nicht beurteilen«, antwortete Michel. »Das werden die pathologischen Untersuchungen der Polizei klären.«

»Trotzdem, die Parallele ist sehr auffällig«, meinte Sophie.

»Ja, das sehe ich ebenso.« Doktor Bonnet nickte. »Der Täter scheint sich bewusst dieses Themas angenommen zu haben. Die Algen müssen für ihn irgendeine Bedeutung haben. Sonst hätte er die beiden Frauen an einem x-beliebigen anderen Ort niederschlagen, erstechen, erschießen oder auf welche Art auch immer ermorden können.«

»Wer tut so etwas? Das muss ein Monster sein!« Fabienne war noch eine Spur blasser geworden.

»Mit der Handkante gegen den Hals eines Menschen zu schlagen oder ihn zu erwürgen … Das weist darauf hin, dass ein hohes Maß an Wut oder Hass im Spiel war«, überlegte Sophie.

»Und trotzdem waren es keine spontanen Taten, sie waren genau geplant, und die Algen waren Teil des Konzeptes«, sagte Doktor Bonnet. »Mit der Art, wie der Täter seine Opfer platziert hat, will er uns etwas sagen, eine Geschichte erzählen. Die wir zum jetzigen Zeitpunkt leider nicht richtig verstehen.«

»Und von der wir nicht wissen, wie sie ausgeht«, mahnte Sophie.

»Vielleicht war es ein Fischer?«, sagte Michel. »Die wissen um die Algen und die Gezeiten Bescheid.«

»Kann sein, kann nicht sein. Ich glaube, wir sollten uns besser auf das Motiv des Täters konzentrieren«, widersprach Sophie.

»Ich hoffe, dass sie diesen Mistkerl, diesen Abschaum schnellstmöglich schnappen.« Fabiennes Hände zitterten so stark, dass der Kaffee überschwappte. Michel nahm ihr die Tasse behutsam ab.

Sophie sprang auf und holte einen Lappen, mit dem sie die Kaffeepfütze wegwischte. »Deinen Nerven würde etwas Stärkeres als Kaffee guttun«, sagte sie zu Fabienne und goss einen Fingerbreit Lambig in ein Wasserglas. »Nicht wahr, Jean-Luc?«, vergewisserte sie sich bei Doktor Bonnet.

Der nickte stumm.

»Hier, trink. Und dann iss etwas Brot mit Käse oder Fruchtaufstrich. Es hilft weder Louise noch Aenor, wenn du zusammenklappst.«

Fabienne nippte am Apfelbranntwein, wodurch ihre Wangen wieder etwas Farbe annahmen.

Michel griff nach einer Baguettescheibe, strich Butter darauf und belegte sie mit Käse. »Hier«, sagte er und legte die Brotscheibe auf den Teller seiner Frau.

»Hast du eine Ahnung, ob sich Aenor und Louise kannten?«, wandte sich Sophie an ihn.

»Ich glaube nicht«, antwortete er. »Ich habe sie zumindest nie zusammen gesehen. Es kann jedoch sein, dass Aenor wie wir eine Kundin von Louise war. Sie hat es in der kurzen Zeit, in der sie in Hillion war, geschafft, sich einen exzellenten Ruf zu erarbeiten. Viele Leute aus der Region mögen ihren kleinen Buchladen.«

»Er ist wirklich bezaubernd«, stimmte Sophie zu.

»Damit ist es jetzt wohl vorbei«, sagte Michel verbittert. »Mon Dieu, was für eine Tragik, was für ein sinnloses Sterben!«

Sophie naschte ein weiteres Zuckerstückchen. »Diese Sache mit den Algen lässt mich nicht los. War Louise auch bei euch in der Gruppe, vielleicht als stilles Mitglied? Oder hat sie sich auf andere Art beim Kampf gegen die Algenflut eingebracht?«

»Soviel ich weiß, nein.« Fabienne hatte inzwischen die halbe Brotscheibe gegessen und den Lambig getrunken. »Ich habe mit Louise jedoch nie darüber gesprochen. Wir hatten andere Themen, die für uns im Vordergrund standen. Wir liebten dieselben Bücher und Autoren, hatten beide schon als Teenager Simone de Beauvoir gelesen.«

»Oh ja, ich auch.« Sophie nickte. »›Memoiren einer Tochter aus gutem Hause‹ und ›Das andere Geschlecht‹.«

»Setzte sich Louise Martin für die Frauenrechte ein? War sie diesbezüglich engagiert?«, wollte Doktor Bonnet wissen. »Daraus könnte man womöglich ein Motiv für den Täter ableiten.«

»Nein, sie war keine militante Feministin«, wies Fabienne seine Vermutung zurück. »Sie war eine entzückende, gebildete Frau, die vielseitig interessiert war. Und sie wollte etwas aus ihrem Leben machen. Was ihr nun für immer versagt bleiben wird.« Fabiennes Stimme hatte wieder einen zittrigen Tonfall angenommen.

»Es wird Zeit, dass wir nach Hause fahren«, sagte Michel und stand auf.

»Ja, versuchen Sie, zur Ruhe zu kommen, Madame. Sie müssen ein wenig abschalten, am besten ein paar Stunden schlafen. Sie tun sich und Ihrer Gesundheit keinen Gefallen, wenn Sie ständig grübeln«, riet Doktor Bonnet.

»Ich werde dir einen Lavendeltee kochen und dir eine Wärmflasche ans Bett bringen.« Michel fasste Fabienne am Arm und zog sie hoch.

»Wartet einen Moment«, bat Sophie. »Ich packe euch ein paar Kleinigkeiten zu essen ein. Damit ihr nicht kochen müsst.« Sie eilte zum Kühlschrank und befüllte größere und kleinere Kunststoffbehälter, die sie fest mit Deckeln verschloss. »Die Schälchen könnt ihr mir später zurückgeben.«

»Ich werde mich auch auf den Weg machen«, verkündete Doktor Bonnet und strich sich ein paar Krümel von der Hose. »Es hat mich gefreut, Ihre Bekanntschaft zu machen«, sagte er zu Fabienne und Michel. »Schade, dass die Umstände alles andere als angenehm waren.«

»Ihr werdet euch von jetzt an sicherlich öfter über den Weg laufen«, sagte Sophie und drückte Michel eine prall gefüllte Tragetasche in die Hand. »Ich rufe heute Abend kurz bei euch an, um zu hören, wie es euch geht.«

»D'accord. Und merci für alles.« Michel bugsierte Fabienne sanft nach draußen.

Doktor Bonnet hauchte Sophie zum Abschied drei Küsschen auf die Wangen. »Gib auf dich acht. Wer weiß, ob der Mörder diesen Schreiberling von der La Gazette Lügen straft und es plötzlich doch auf Nicht-Bretoninnen abgesehen hat.«

»Ach, ich bin ein großes Mädchen. Ich kann gut auf mich aufpassen.« Sophie lachte. Aber das Lachen klang selbst in ihren Ohren falsch.

14. KAPITEL

»Salut.« Filip legte den Motorradhelm auf dem Regal neben der Eingangstür ab, schlüpfte aus der schwarzen Lederjacke und den Stiefeln und zog sich die Sneakers an, die er in der Küche immer als Arbeitsschuhe trug.

Sophie schaute bedeutungsvoll auf die Küchenuhr. »Ein bisschen spät, oder? Deine Schicht hat vor einer halben Stunde angefangen.«

»Weiß ich. Reg dich ab, ich musste einen Umweg fahren.«

»Gibt es bei euch in Saint-Cast-le-Guildo so viele Baustellen?«, wunderte sich Sophie.

»Nein, ich hatte einen anderen Grund«, brummte Filip und band sich eine blütenweiße Schürze um. »Was liegt heute an?«

»Yannik hat eine halbe Kiste fangfrische Makrelen geliefert. Die müssen geschuppt und ausgenommen werden.«

»Na toll.« Filip zog eine angewiderte Grimasse. Er kramte das Filetiermesser und den Fischschupper aus der Schublade hervor und stellte einen Eimer für die Köpfe und Eingeweide bereit. »Warum kaufen wir nicht fertiges Fischfilet? Das geht schneller, und wir könnten uns diese Sauerei ersparen.«

»Weil ausgelöste Fischfilets deutlich teurer sind«, sagte Sophie und rührte Sahne in eine sämige, helle Soße. »Außerdem schmecken ganze Makrelen besser. Vor allem, wenn unsere spezielle Füllung in ihnen steckt.«

»Woher weißt du das denn? Du isst doch gar keinen Fisch«, konterte Filip.

»Touché.« Sophie lächelte ihm beschwichtigend zu. »Ich verlasse mich auf das Urteil unserer Gäste. Die mögen die Makrelen so, wie wir sie zubereiten.«

»Wie ich sie mache«, maulte Filip.

»Die Füllung ist von mir. Wir tragen beide etwas zum Gelingen bei.«

»Wie man es nimmt …«

Sophie zog die Soße vom Herd. »Welche Laus ist dir denn heute über die Leber gelaufen?«

»Wieso?« Filip legte den Fisch, den er in Angriff hatte nehmen wollen, zurück in die Kiste.

»Sagen wir es mal so: Du bist nicht gerade die Höflichkeit und Fröhlichkeit in Person.«

»Wenn du einen Clown bei der Arbeit willst, musst du dir jemand anderen suchen. Damit kann ich nicht dienen.« Mit verdrossenem Gesichtsausdruck begann Filip, den Fisch mit dem gezackten Schupper zu bearbeiten, wodurch ein Großteil der bläulich-silbernen Schuppen auf den frisch gewischten Fliesenboden regnete. Was ihn jedoch nicht zu stören schien. Ohne darauf zu achten, trennte er den Fischkopf vom Körper und schmiss ihn in hohem Bogen in den Eimer. Im Anschluss rammte er das Messer kurz hinter der Schwanzflosse in den Bauch, machte einen langen Schnitt und zog die Eingeweide heraus. »Bordel de merde«, presste er zwischen den Zähnen hervor.

Sophie schwieg verwundert. So kannte sie Filip gar nicht. Er konnte mitunter zwar stur wie ein Esel sein und war nicht abgeneigt, bei manchen Arbeitsabläufen die eine oder andere Abkürzung zu nehmen. Doch sie hatte ihn nie derart mürrisch und übellaunig erlebt. Sie konnte sich nicht erklären, woher seine miese Laune rührte. »Hast du Probleme?«, fragte sie leise.

»Non.« Filip attackierte den nächsten Fisch.

»Habe ich etwas falsch gemacht?«

»Non.«

»Möchtest du darüber reden?«

»Non.« Filip schleuderte die fertig ausgenommene Makrele in eine Schüssel mit frischem Leitungswasser.

»Wie du meinst.« Sophie gab sich mit einem Schulterzucken geschlagen und kümmerte sich um die Sauce soubise.

Ein paar Minuten ging jeder stumm seinen Aufgaben nach. Schließlich spülte Filip das Messer unter dem Wasserhahn ab, richtete den Oberkörper auf und rieb sich mit der Hand das Kreuz.

»Hast du Rückenschmerzen?«, wagte Sophie zu fragen.

»Ein bisschen. Vom gebeugten Stehen.«

»Dein Rücken macht dir in den letzten Wochen öfter Probleme. Vielleicht solltest du mal zu einem Orthopäden gehen und dir Massagen verschreiben lassen.«

»Keine Zeit. Ich komme schon klar.«

»Möchtest du ein paar Tage Urlaub nehmen?«, bot Sophie großzügig an. »Du hast vor Kurzem richtigerweise angemerkt, dass du viele Überstunden angesammelt hast und eine Verschnaufpause brauchen könntest.«

»Ich soll zu Hause bleiben?« Filip sah sie alarmiert an.

»Du kannst auch wegfahren«, versicherte ihm Sophie. »Das liegt ganz bei dir.«

»Ich brauche keinen Urlaub.«

»Wie du meinst.« Sophie schnitt die grünen Blätter und harten Strünke von einem Blumenkohl ab und unterdrückte mit Mühe ein Seufzen. Filip war heute wirklich nichts recht zu machen. Da fiel ihr eine Besucherin ein, an die sie fast nicht mehr gedacht hätte. »Gegen Mittag war eine Frau im Bistro, die nach dir gefragt hat.«

»Nach mir?« Filip sah sie mit einem seltsamen Gesichtsausdruck an.

»Ja, sie wollte ausdrücklich dich sprechen.«

»Wie sah sie aus?«

»Ein bisschen wie du.« Sophie zerkleinerte behutsam die Blumenkohlröschen und legte sie in eine flache Schüssel.

»Wie ich? Verstehe ich nicht.«

Sophie lachte auf. »Ich meinte, sie hatte eine schwarze Lederjacke an und hielt einen Helm in der Hand. Sie war mit dem Motorrad da. Eine Bekannte von dir?«

»Kann sein«, sagte Filip ausweichend. »In der Clique, mit der ich manchmal unterwegs bin, sind auch ein paar Bikerinnen. Hat sie ihren Namen genannt?«

»Nein. Ich habe auch nicht danach gefragt. Ich war ein bisschen im Stress.« Und mit den Gedanken woanders, dachte sie. Der Mord an der Plage de Saint-Maurice machte ihr schwer zu schaffen. Doch sie war zu dem Entschluss gekommen, die Geschehnisse vorerst nicht zu erwähnen. In der Stimmung, in der sich Filip momentan befand, wäre das nicht ratsam. Sie würde warten, bis er sie entweder darauf ansprach oder zu seinem normalen Selbst zurückfand.

»Was wollte sie? Ich meine, außer mich sprechen«, unterbrach Filip ihre Gedanken.

»Hat sie nicht gesagt.«

»Dann war es wohl nicht so wichtig.«

»Nun ja, ich konnte ihr anmerken, dass sie dich gern getroffen hätte. Hast du eine Verehrerin? Eine heiße Motorradbraut?«, neckte Sophie ihn.

»Blödsinn«, widersprach Filip heftig. »Ich habe momentan nichts am Laufen. Für Frauengeschichten fehlen mir die Zeit und die Geduld. Ich bin gern Single.«

»Ich auch«, beteuerte Sophie und musste prompt an Henri denken. Nach dem missglückten Picknick hatte sie ein einziges Mal mit ihm telefoniert, seitdem herrschte Funkstille.

»Eh bien, ich nehme an, dass die Sache damit erledigt ist«, sagte Filip.

»Mais non, sie will morgen wiederkommen«, erwiderte Sophie. »Ich habe ihr gesagt, dass du dann früher bei der Arbeit sein wirst. Morgen hast du ja ab Mittag Dienst.«

»Merde.« Filip ließ das Messer fallen und steckte den linken Daumen in den Mund.

»Ist was passiert?«, rief Sophie besorgt.

»Geschnitten«, murmelte Filip am Daumen vorbei.

»Schlimm?«

»Glaube ja.«

Sophie eilte zum Schrank, wo sie den Verbandskasten aufbewahrten. Gleichzeitig hoffte sie, dass sie Doktor Bonnet zu Hause erreichen würde. Mit ihren Kenntnissen in Erster Hilfe stand es nicht zum Besten.

»Geht's?«, fragte sie besorgt.

Filip nickte, doch er sah blass aus.

*

Fünf Stunden später lehnte sich Sophie mit dem Rücken gegen die Spüle, streifte den linken Schuh ab und fuhr mit der Fußsohle über ihr schmerzendes rechtes Schienbein. Der Abend hatte es in sich gehabt. Auch weil Filip mit dem dicken Verband, den Doktor Bonnet ihm angelegt hatte, kaum arbeitsfähig gewesen war. Eigentlich hätte er sich auf der Stelle krankschreiben lassen müssen. Da er jedoch partout nicht nach Hause hatte fahren wollen, hatte sie ihm seinen Willen gelassen und sich angestrengt, seine verminderte Arbeitsleistung durch mehr Einsatz ihrerseits auszugleichen. Zum Glück habe ich noch Madame Rozar, dachte sie und steckte den Fuß zurück in den Schuh. Die kleine, zähe Bretonin hatte sich heute Abend wieder einmal selbst übertroffen. Sophie nahm sich vor, mit Dafne über eine Gehaltserhöhung für sie zu sprechen. Bevor jemand auf die Idee käme, sie abzuwerben. Sie mochte sich gar nicht ausmalen, was das für das Bistro bedeuten würde, und zwang sich, zum Hier und Jetzt zurückzukehren. Die Gäste warteten.

»Tisch drei und sieben wollen jeweils zwei Espressi. Tisch fünf möchte einen Digestif und Tisch zwölf ein letztes Glas Weißwein, den von der Touraine. Schaffst du es, die Getränke zusammenzustellen?«, wandte sie sich an Filip.

»Geht klar.« Filip griff nach einer angewärmten Espressotasse.

Madame Rozar stieß die Schwenktür zur Küche mit der Hüfte auf und stellte das Tablett auf den Tresen. »Allons enfants, courage! In einer halben Stunde haben wir es geschafft.«

»Ich bin jetzt schon total hinüber«, stöhnte Sophie. »Ich freue mich auf mein Bett, wo ich endlich gemütlich die Füße hochlegen kann.«

»Eh bien, ich könnte mir vorstellen, dass der Abend für Sie, chère Madame Vidal, noch lange nicht zu Ende ist«, sagte Madame Rozar mit einem Augenzwinkern. »An Tisch acht sitzt wieder dieser nette Gast. Der Sie vor ein paar Tagen schon einmal sprechen wollte.«

Sophie entglitt um ein Haar das Dessertschälchen, das sie in der Hand hielt. »Der große Blonde mit den blauen Augen?«, fragte sie atemlos.

»Genau der. Er hat gesagt, dass er, wenn Sie einen Moment Zeit hätten, gern mit Ihnen reden möchte.«

»Ich habe keine Zeit«, presste Sophie zwischen den Lippen hervor.

»Ach was, fünf Minuten werden Sie schon entbehren können«, widersprach Madame Rozar und schob sie in Richtung Tür.

»Ich muss erst die Schürze ablegen. Die ist total bekleckert«, protestierte Sophie, doch da war sie bereits im Restaurantraum angelangt, und Henri winkte ihr zu. Sophie schluckte und ging mit wackeligen Knien an seinen Tisch.

»Henri. Schön, dich zu sehen.«

Henri stand auf, fasste sie an den Schultern und hauchte ihr drei Küsschen auf die Wangen. Dann trat er einen Schritt zurück, ließ die Hände aber an ihren Schultern und musterte sie. »Wie geht es dir? Ich habe mir Sorgen gemacht.«

»Ich habe doch am Telefon gesagt, dass ich wieder in Ordnung bin. Ein wenig Bauchgrummeln, das schnell vorbeiging, mehr nicht.«

»Da bin ich erleichtert.«

Sophie trat nun ebenfalls zurück, sodass er die Hände von ihren Schultern lösen musste. »Möchtest du etwas essen? Die Küche hat zwar so gut wie geschlossen, aber ich könnte dir auf die Schnelle eine Kleinigkeit zubereiten.«

»Nein, deswegen bin ich nicht gekommen.«

»Ach so?« Sophie trat verlegen von einem Fuß auf den anderen.

»Ich wollte mich entschuldigen, weil ich nicht eher nach dir schauen konnte«, sagte Henri. »Weißt du, am Abend nach unserem Picknick hat mich ein Kollege aus den Niederlanden angerufen und um Hilfe gebeten. Sie hatten ein ernstes Problem mit ihren Starterkulturen. Ich habe am nächsten Morgen den Flieger nach Amsterdam genommen und bin heute erst zurückgekehrt. Meine Mitarbeiter haben mich sehnsüchtig erwartet, weil die Filteranlage im Außenbereich aus dem letzten Loch pfiff und die Gefahr bestand, dass das Wasser in den Becken umkippte. Ach Sophie, ich habe es einfach nicht eher geschafft, verzeih mir.« Henri klang atemlos.

Sophie wusste nicht, wie sie darauf reagieren sollte. »Eh bien, manchmal kann das Leben ganz schön kompliziert sein, nicht wahr?«, sagte sie und lachte unsicher.

»Ja. Aber jetzt bin ich ja da und kann dir endlich das hier überreichen.« Henri beugte sich unter den Tisch und fischte einen Strauß aus zwei Dutzend langstieligen roten Rosen hervor. »Für dich.«

Sophie wurde bis über beide Ohren rot. »Das ist aber lieb von dir.« Sie vergrub das Gesicht einen Moment in der Blütenpracht, um Zeit zu gewinnen, sich zu sammeln. »Mille mercis. Damit habe ich nicht gerechnet.«

Henri fasste sanft ihr Kinn, streichelte mit dem Daumen zärtlich über ihre erhitzte Haut. Schaute ihr tief in die Augen. »Ich würde mich so freuen, wenn wir da weitermachen könnten, wo wir neulich aufgehört haben. Ich meine, wenn wir uns bei einem Gläschen Wein besser kennenlernen würden.«

»Wir schließen erst in einer halben Stunde«, sagte Sophie mit belegter Stimme. »Und danach muss ich die Küche aufräumen, alles für morgen klarmachen.«

»Kein Problem, auch wenn es nach Mitternacht wird«, versicherte ihr Henri. »Wie wäre es, wenn ich mich wieder an meinen Tisch setze und in Ruhe einen oder zwei Kaffee trinke? Ich habe meinen Laptop mitgebracht, kann also beim Warten das eine oder andere erledigen. Gib mir Bescheid, wenn du so weit bist. Ich werde da sein.« Sein Finger berührte ein weiteres Mal ihre Haut.

Sophie zögerte einen Augenblick, dachte fieberhaft nach. Worauf wartest du, fragte sie sich. Was soll der Mann denn noch alles machen? Vor dir auf die Knie fallen? Seinen Wunsch schriftlich und in drei Ausführungen formulieren? Himmelherrgott, er meint es ernst. Gib dir einen Ruck, befahl eine innere Stimme, die sie nicht länger ignorieren konnte.

»Bon, d'accord«, sagte sie mit einem zaghaften Lächeln. »Ich habe einen guten Rotwein zu Hause. Einen Cru aus Bordeaux, den ich für besondere Anlässe aufbewahrt habe. Wollen wir den nachher gemeinsam aufmachen?«

»Ich kann mir nichts Schöneres vorstellen«, sagte Henri und küsste sie sanft wie das Flattern eines Schmetterlingsflügels auf die Lippen. »À tout à l'heure.«

15. KAPITEL

Sophie wurde durch den Geruch von frisch aufgebrühtem Kaffee geweckt. Bevor sie die Augen öffnete, schob sie die Hand auf die andere Bettseite. Ihre Fingerspitzen berührten das Laken, das sich zerknittert anfühlte. Einen Moment bekam sie es mit der Angst zu tun. Hatte sie alles nur geträumt? Hatte die Nacht, in der sie sich wie nie zuvor gefühlt hatte, tatsächlich stattgefunden? Oder war alles nur ein Wunschbild gewesen, das, wenn sie die Augen aufschlug, für immer entschwinden würde?

Dann stieg ihr wieder das Kaffeearoma in die Nase. Sie lächelte, rekelte sich wohlig und setzte sich auf. Sie sah ihre dunkle Baumwollhose, die auf dem Boden lag, daneben ihren Pulli und die Unterwäsche. Ich bin über 50 und habe noch nie nackt geschlafen, dachte sie verwundert. Gerd und sie waren immer nach dem Sex, und davon hatte es anfänglich hervorragenden gegeben, in ihre Schlafanzüge geschlüpft. Den Stoff auf der Haut zu spüren, hatte ihr ein Gefühl von Sicherheit vermittelt. Auch wenn Sophie sich nach außen hin tough gab und zu ihren Rundungen und Körperwölbungen zu stehen schien, saßen die Hemmungen, das Bewusstsein, von der Norm abzuweichen, tief. Hatten sich wie eine Klette in ihrer Seele verhakt, taten manchmal weh.

»Ich mache eine neue Frau aus dir«, hatte Henri gestern Nacht versprochen.

War es ihm gelungen? Es fühlte sich fast so an. Sophie schob die Beine über die Bettkante, stand auf, zog Slip und

Pulli an und tapste mit nackten Füßen in die Küche. Dort war Henri vor dem Kühlschrank in die Knie gegangen und starrte mit gerunzelter Stirn hinein.

»Da ist ja so gut wie nichts drin«, sagte er, als er sie bemerkte. Es klang ein bisschen vorwurfsvoll.

»Ich nehme fast alle meine Mahlzeiten in der Bistroküche ein«, antwortete Sophie mit einem verlegenen Schulterzucken. »Hätte ich geahnt, dass du zu Besuch kommst, hätte ich natürlich vorgesorgt.«

»Ach, egal.« Henri schlug die Kühlschranktür zu, kam auf sie zu und schloss sie in die Arme. »Danke für die unvergessliche Nacht, mon cœur«, flüsterte er und küsste ihre Halsbeuge. Seine Lippen wanderten langsam nach oben, verharrten zwei, drei Sekunden auf der empfindlichen Stelle hinter dem Ohr, krochen über das Kinn, bis sie ihren Mund erreichten.

Sophie spürte, wie ihr erneut die Knie weich wurden. Sie gab ein leises Stöhnen von sich.

Henri löste seine Lippen und schob sie ein Stückchen von sich. »Ich würde gern da weitermachen, wo wir heute Nacht aufgehört haben«, sagte er mit Bedauern in der Stimme, »doch ich habe um halb neun den ersten Termin im Institut.«

Sophie strich sich eine Haarsträhne aus dem Gesicht. »Aufgeschoben ist bekanntlich nicht aufgehoben.«

»Oh non, mon cœur.« Henri streichelte ihr kurz über die Wange. Dann goss er ihnen beiden eine Tasse Kaffee ein.

Sophie fügte Zucker hinzu und nahm einen Schluck. »Es tut mir echt leid, dass ich dir nach der strapaziösen Nacht nicht mal ein ordentliches Frühstück bieten kann«, sagte sie mit einem verschmitzten Lächeln.

»Am Wochenende kommst du zu mir, und dann werde ich dich nach Strich und Faden verwöhnen.«

»Ich muss am Wochenende leider arbeiten.« Sophie zog einen Flunsch.

Henris Gesichtsausdruck verdüsterte sich. »Könnte nicht jemand anderer für dich einspringen?«

»Nein, das geht auf keinen Fall. Filip und Madame Rozar schaffen die Arbeit nicht allein. Und Filip hat sich gestern am Daumen verletzt, er ist nicht voll einsatzfähig.«

»Du musst jemanden einstellen. Sozusagen einen zweiten Mann ans Ruder lassen, der dir zur Hand geht und dich bei Bedarf ersetzen kann. Oder besser eine Frau«, korrigierte er sich nach einer kurzen Pause. »Ein weiterer Mann in deiner Küche, mit dem du von morgens bis abends zusammen bist … Ich weiß nicht, ob mir das gefallen würde.«

»Mehr Personal wäre wirklich nicht schlecht«, stimmte Sophie zu. »Das ist ein Punkt, den ich unbedingt mit Dafne besprechen muss, sobald sie aus Kalifornien zurück ist. Sie ist die Besitzerin, und ich kann die Entscheidung nicht ohne sie treffen. Außerdem müssen wir zuerst akribisch die Zahlen durchgehen, überlegen, ob es finanziell überhaupt eine Option ist.«

»Wenn es im Bistro nicht so gut läuft – warum suchst du dir nicht was anderes? Einen Job, bei dem du näher an Saint-Suliac wärst. Dann müssten wir beide nicht so weit fahren.«

»Nein, das geht nicht«, widersprach Sophie heftig. »Ich liebe das Bistro. Und es trägt meinen Namen.«

»Du wirst dich auf die Dauer entscheiden müssen.« Henri wirkte mürrisch.

»Kann sein. Doch nicht heute und nicht in der nächsten Woche. Wir sind uns gerade erst begegnet. Gib uns ein bisschen Zeit, uns gegenseitig zu entdecken, herauszufinden, was wir fühlen und was wir möchten.«

Henri griff nach ihrer Hand. »Die Nacht hat mir viel bedeutet, mon cœur.«

»Mir auch«, sagte Sophie versöhnlich.

»Ich habe nie zuvor so empfunden. Es ist, als ob ich dich

schon mein ganzes Leben kennen würde. Nichts an dir ist mir fremd, ich mag alles an dir.«

»Oha, da wäre ich nicht so voreilig«, sagte Sophie mit einem schiefen Lächeln. »Du weißt nicht, was ich für Macken und Ticks habe.«

»Dann gib mir Gelegenheit, sie zu entdecken.«

»Behaupte aber nicht, ich hätte dich nicht gewarnt«, neckte Sophie ihn.

»Was ist mit Weihnachten? Wollen wir die Feiertage zusammen verbringen?«

»Puh, darüber habe ich mir bis jetzt, ehrlich gesagt, keine Gedanken gemacht. Wir haben am 24. und am 25. Dezember geöffnet, auch an Silvester. Da sind wir sogar schon ausgebucht. Die Tage dazwischen …« Sie zuckte mit den Schultern.

»Wir könnten wegfahren. Ein paar Tage Urlaub würden dir sicher guttun. Ich könnte es mir im Institut so einrichten, dass einer meiner Mitarbeiter für mich übernimmt.«

»Ich weiß nicht.« Sophie zögerte. Wenn sie ehrlich war, ging ihr das alles zu schnell. Warum drückte Henri so aufs Tempo? Sie fühlte sich in die Enge getrieben, sollte Entscheidungen treffen, für die sie noch nicht bereit war. Ihr Blick fiel auf die Uhr, die Yunas Oma über dem Herd angebracht und die sie dort belassen hatte. »Schon so spät! Wenn du pünktlich im Institut sein willst, solltest du dich sputen.«

Henri sprang auf. »Merde, du hast recht. Ich muss los. Hast du eine Ahnung, wo ich meinen Autoschlüssel hingelegt habe?«

»Hast du ihn nicht in deine Jackentasche gesteckt?« Sophie folgte ihm in den Flur.

Henri schlüpfte in die Lederjacke und fischte nach dem Schlüsselbund. »Hier ist er.« Dann zog er sie erneut an sich und gab ihr einen Kuss. Einen dringlichen, fordernden Kuss, dessen Intensität ein wenig schmerzte.

»Ich ruf dich an, mon cœur. Damit wir für heute Abend etwas ausmachen können.«

Heute Abend bin ich mit Yuna verabredet, wollte Sophie einwenden, doch Henri lief schon zum Auto, sprang hinein und legte mit quietschenden Reifen einen Schnellstart hin.

Sie schloss die Eingangstür hinter ihm und fuhr sich mit dem Zeigefinger über die Unterlippe, die sich rau und geschwollen anfühlte. Nachdenklich ging sie zurück in die Küche, wo sie die Kaffeetassen und Gläser vom Vorabend von Hand spülte, um bei der monotonen Arbeit ihren Gedanken freien Lauf zu lassen. Was ist nur mit mir los, wunderte sie sich. Sie hätte allen Grund, vor Glück völlig aus dem Häuschen zu sein, auf Wolke sieben zu schweben. Und dennoch bereitete ihr etwas Unbehagen, lag wie ein dumpfes Gewicht auf ihrer Brust, nahm ihr fast den Atem. Sie schlurfte hoch ins Badezimmer und stellte sich unter die Dusche. Kurz vor Schluss drehte sie den Temperaturregler in die entgegengesetzte Richtung, kappte den Heißwasserzufluss. Doch selbst der Kälteschock vermochte nicht, ihr einen klaren Kopf zu verschaffen. Henri hatte sie mit seinen Forderungen aus der Fassung gebracht. Sie hatte keine Ahnung, wie sie mit ihren widersprüchlichen Gefühlen umgehen sollte.

*

Doktor Bonnet saß am Schreibtisch, als Robert von einem seiner einsamen Streifzüge zurückkehrte. Sein Gast wirkte trotz der frischen Luft, die er genossen haben musste, etwas blässlich, sein rechtes Augenlid zuckte nervös.

Trotzdem beschloss Doktor Bonnet, den Stier endlich bei den Hörnern zu packen und klare Verhältnisse zu schaffen. Allmählich konnte er ihn trotz seines Mitgefühls kaum mehr ertragen. Robert strapazierte seine Gastfreundlichkeit über,

Doktor Bonnet fühlte sich ausgenutzt. In all den endlosen Stunden, die sie gemeinsam verbracht, und bei all den Diskussionen, die sie dabei geführt hatten, waren sie einander nicht nähergekommen. Doktor Bonnet hegte keine großen Sympathien für Robert. Er wollte sein altes Leben zurück. Und zwar so schnell wie möglich.

»Robert, einen Moment, bitte«, sagte er, bevor sein Gast die Treppe hocheilen und in seinem Zimmer verschwinden würde.

»Was gibt's? Ich möchte duschen, ich war lange unterwegs«, protestierte Robert.

Doktor Bonnet zögerte ein paar Sekunden, dann gab er sich einen Ruck. Er wusste instinktiv, dass er, wenn er das Gespräch jetzt verschob, so schnell keine Möglichkeit mehr dazu finden würde. »Es wird nicht lange dauern«, versprach er und hoffte, dass sich seine Behauptung bewahrheiten würde.

»Okay, wenn es unbedingt sein muss …« Robert lehnte sich mit der Schulter lässig gegen den Türrahmen.

»Ich frage mich«, Doktor Bonnet zwang sich, Blickkontakt herzustellen, »was deine Pläne sind. Du bist seit mehr als sechs Wochen in Erquy. Vermisst man dich nicht bei deinem Arbeitsplatz? Kannst du es dir leisten, dir eine so lange Auszeit zu nehmen?« Er verschwieg, dass er dank René über Roberts früheres Leben als Börsenmakler Bescheid wusste.

»Ich bin selbstständig und habe vorgearbeitet. Da kann ich mir eine Pause leisten«, behauptete Robert, ohne mit der Wimper zu zucken. »Außerdem habe ich die letzten Jahre viel zu viel geschuftet, ich will mich endlich mal wieder wie ein richtiger Mensch fühlen.«

Ah oui, ich mich auch, dachte Doktor Bonnet missmutig. Es kostete ihn viel Mühe, weiter Anteilnahme zu signalisieren. »Ich verstehe, dass du deine innere Mitte wiederfinden willst, dass du dir Gedanken über deine persönlichen Entwicklungsperspektiven machst, darüber haben wir ja oft geredet. Doch ich bin mir nicht sicher, ob dieser Ort dafür der Richtige ist. Ob du hier das finden wirst, wonach du suchst.«

Robert verschränkte die Arme vor der Brust. »Keine Sorge, ich fühle mich hier sehr wohl. Obwohl ich mir ein paar aufgeschlossenere Restaurants gewünscht hätte. In Sachen gesunder und innovativer Nahrungszufuhr seid ihr hier, wenn ich das mal so offen sagen darf, echt rückständig. In Paris gibt es alle Nase lang ein Straßengeschäft oder ein Bistro, wo man seinem Körper das zuführen kann, was er wirklich braucht.«

Dann geh doch dahin! Am besten auf der Stelle, hätte Doktor Bonnet liebend gern ausgerufen. Er wusste jedoch aus leidiger Erfahrung, dass sie auch beim Thema Ernährung keinen gemeinsamen Nenner hatten und es daher klüger war, diesen Zankapfel zu übergehen. Außerdem gab es Wichtigeres zu klären. Er machte einen erneuten Versuch, zu seinem eigentlichen Anliegen zurückzukommen. »Ich habe das Gefühl, dass du dich treiben lässt, deinen Tagen keine Struktur gibst. Ich könnte mir vorstellen, dass es zum Erreichen deiner Ziele förderlicher wäre, wenn du dir Aufgaben setzt, Pläne schmiedest.«

»Was veranlasst dich, anzunehmen, dass ich nur so in den Tag hineinlebe? Ich kann dir versichern, dass ich genug Aufgaben habe, an denen ich ja nicht jeden teilhaben lassen muss.«

Da hat er recht, musste Doktor Bonnet sich eingestehen. »Es geht mich natürlich nichts an, womit du dich beschäftigst oder was du vorhast, das ist dein Privatleben, du bist ein erwachsener Mann«, ruderte er zurück, um im nächsten Moment wieder in die Offensive zu gehen. »Dennoch empfinde ich es als meine Pflicht, auch deiner Mutter gegenüber, dafür zu sorgen, dass du den für dich richtigen Weg einschlägst. Als du hier eingetroffen bist, wirktest du auf mich sehr mitgenommen, warst von einem Schicksalsschlag gezeichnet, an dem du mich nicht hast teilnehmen lassen. Inzwischen scheinst du dich ein bisschen erholt zu haben. Es ist an der Zeit, die Initiative zu ergreifen, die Probleme direkt anzugehen. Hast du mal daran gedacht, dir professionelle Hilfe zu besorgen? Wir sprechen oft miteinander, doch ich bin kein Psychologe.«

»Ich brauche keine Therapie«, sagte Robert barsch.

»Wie du meinst.« Doktor Bonnet legte bewusst Zweifel in seine Stimme. »Diese Entscheidung musst du letztendlich allein treffen. Aber wie wäre es mit einer beruflichen Neuorientierung? Die kann manchmal wahre Wunder bewirken.«

»Prinzipiell habe ich an meinem Job nichts auszusetzen. Ich habe mich in den letzten Jahren nur zu sehr darauf konzentriert.«

»Und worauf möchtest du dich nun konzentrieren?«

»Auf das Leben, darauf, mich zu erleben.«

»Ein durchaus wichtiges Bedürfnis.« Allmählich war Doktor Bonnet mit seinem Latein am Ende. Er machte in seinem Bemühen, Robert zum Abreisen zu bewegen, keine Fortschritte. »Vielleicht wäre es für dich angenehmer, wenn du mit mehr Menschen zusammenkommst, den Austausch mit Gleichgesinnten suchst. Du bist ein Mann im besten Alter, ich dagegen fast schon ein Greis.«

»Willst du damit sagen, dass du geistig nicht mehr auf der Höhe bist?«

»Mais non, das will ich nicht. Davon kann keine Rede sein«, widersprach Doktor Bonnet. Er wies auf den Bücherstapel, der auf seinem Schreibtisch lag.

Robert verlegte das Gewicht von einem Bein auf das andere. »Was willst du mir eigentlich sagen, Jean-Luc? Wir reden jetzt«, er warf einen Blick auf seine Smartuhr am Handgelenk, »seit einer knappen Viertelstunde um den heißen Brei herum. Willst du mich loswerden? Ist es das, was du mir mitteilen möchtest?«

Ja, dachte Doktor Bonnet, brachte es aber aus Gründen, die er selbst nicht nachvollziehen konnte, weiterhin nicht fertig, sein Ansinnen klar und unmissverständlich zu formulieren. »›Loswerden‹ würde ich das nicht nennen«, sagte er und verfluchte gleichzeitig seine eigene Schwäche. »Mir fehlt nur eine Perspektive, wie es mit uns beiden weitergehen soll.«

Robert zuckte nonchalant mit den Schultern. »Es läuft doch recht gut. Und du hast meiner Mutter, die sich, nebenbei erwähnt, aufopfernd um deine kranke Frau gekümmert hat, dein Wort gegeben, mich zu unterstützen. Hast du etwa vor, dein Versprechen zu brechen?«

»Mais non, ich stehe dazu.«

»Das freut mich.« Robert nickte. »Es wäre sicherlich nicht schön, wenn gewisse Vorkommnisse ans Tageslicht kommen würden, oder?«

»Welche Vorkommnisse?« Doktor Bonnet hatte keinen blassen Schimmer, worauf Robert hinauswollte.

»Es geht mich im Grunde genommen nichts an«, sagte Robert. »Mir ist nur aufgefallen, dass du weiterhin praktizierst, obwohl du offiziell im Ruhestand bist.«

»Was soll daran verkehrt sein?«, empörte sich Doktor Bonnet. »Nur weil ich in Rente bin, habe ich doch meine Kenntnisse und Fähigkeiten nicht verloren. Einmal Arzt, immer Arzt. Außerdem helfe ich nur, wenn Not am Mann ist.«

»Eh bien, ich frage mich, ob die Ärztekammer und das Finanzamt das genauso sehen würden.« Robert schnippte einen imaginären Fussel von seinem T-Shirt. »Ich meine, solange du weiterhin tätig bist, fallen ganz bestimmt Steuern und andere Abgaben an.«

»Ich nehme kein Geld für meine Behandlungen«, sagte Doktor Bonnet mit fester Stimme.

»Nein, aber die Leute bedanken sich durch gewisse Gefälligkeiten, erweisen dir oft einen Gegendienst.« Robert lächelte, wobei er die schmale Oberlippe nach oben zog und damit den Eindruck erweckte, er blecke die Zähne.

In Doktor Bonnets Magen machte sich ein mulmiges Gefühl breit. Er sieht aus wie ein Hai, schoss es ihm durch den Kopf. Ein Hai, der kurz davorsteht, zuzubeißen. Wie konnte er den Angriff im letzten Moment abwehren? Er fühlte sich seltsam gelähmt. »Aber nicht sehr oft. Das ist kaum der Rede wert«, erwiderte er lahm.

»Ach, wirklich?« Robert verstärkte sein Hailächeln. »Ich habe erst vorige Tage eine Kiste Austern für dich an der Haustür entgegengenommen. Die wir abends, wie du dich erinnern wirst, gemeinsam verspeist haben. Und darf ich dir diesen Maler, der deine Fenster gestrichen hat, ins Gedächtnis rufen? Der gute Mann war so voller Dank, weil du ihn von seinem Fersensporn erlöst hast, dass er nicht einen einzigen Cent für seine Arbeit verlangt hat.«

»Ein Freundschaftsdienst«, sagte Doktor Bonnet, aber die Worte klangen selbst in seinen Ohren hohl.

Robert war noch nicht am Ende. »Was war eigentlich mit dieser Frau, deren empfindlicher Magen ihr seit Monaten Probleme bereitete? Der hast du einen Kräutersud mitgegeben. Nach einem alten keltischen Rezept zusammengestellt, wie du extra betont hast. Ich frage mich, ob du das überhaupt darfst. Bist du befugt, Medikamente herzustellen und weiterzureichen? Fällt das nicht eher in die Zuständigkeit eines approbierten Apothekers?«

Doktor Bonnet straffte die Schultern, versuchte Haltung zu bewahren. »Ich habe nichts Unrechtes getan.«

»Nein, natürlich nicht. Aber man könnte deine Tätigkeiten durchaus, wenn man dir nicht wohlgesonnen wäre oder dir etwas anlasten wollte, als, sagen wir, ›grenzwertig‹ deuten.«

»Ich bin Arzt geworden, um zu helfen. Davon kann mich nichts und niemand abbringen«, zischte Doktor Bonnet. »Und ich lasse mich nicht erpressen.«

»Wieso sollte ich dich erpressen, Jean-Luc?« Robert schüttelte den Kopf, als wäre der Gedanke völlig abstrus. »Ich habe nur aufgezählt, was andere womöglich denken könnten.«

»Die sollen sich um ihre eigenen Angelegenheiten scheren«, brummte Doktor Bonnet.

»Da hast du völlig recht.« Robert gab sich verständnisvoll. »Aber entschuldige bitte, mir wird langsam kalt. Ich bin schnell gelaufen und habe geschwitzt und brauche dringend eine heiße Dusche. Du willst gewiss nicht, dass ich mich erkälte. Wir sehen uns beim Abendessen.«

Doktor Bonnet spürte, wie ihm Schweiß auf die Stirn getreten war. Chapeau, Jean-Luc, das hast du ja prima hinbekommen, schalt er sich. Der Schuss war komplett nach hinten losgegangen. Statt endlich Tacheles zu reden und Robert des Hauses zu verweisen, hatte der Gründe gefunden, sich noch tiefer bei ihm einzunisten. Dabei war Doktor Bonnet der festen Überzeugung, nichts grundlegend Falsches getan zu haben. Seit wann war es verboten, seinen Mitbürgern zu helfen? Allerdings konnte er Roberts Anschuldigungen nicht ganz von der Hand weisen. Er hatte sich nicht dagegen gewehrt, ab und an ein paar Vergünstigungen anzunehmen, hatte freundliche Dankesgesten nicht per se abgelehnt. Für ihn war es ein natürliches Geben und Nehmen. Konnte man ihm das tatsächlich anlasten? Würde das ausreichen, um ihn bei der Ärztekammer oder beim Finanzamt anzuschwärzen? Robert war nicht dumm und ihm, was finanzielle Belange betraf, haushoch überlegen.

Doktor Bonnet war in ernsthafter Sorge. Wen hatte er sich da bloß ins Haus geholt? Ein Gast, der keine Skrupel besaß, seine Gutmütigkeit nach Strich und Faden auszunutzen. Der es schaffte, ihn in die Enge zu treiben. Wer war Robert Garnier? Ein Mann, den ein Burn-out dazu brachte, Dinge zu tun und zu fordern, die vor seiner Krankheit für ihn tabu gewesen wären? Ein Verzweifelter, der sich um jeden Preis ein neues Leben aufbauen wollte? Ein gewiefter Börsenmakler? Oder doch eher ein Krimineller? Doktor Bonnet nahm sich vor, möglichst bald ein zweites Mal mit René zu telefonieren. Vielleicht konnte sein Freund ihm sagen, wie er aus der Bredouille, in die er sich selbst hineinmanövriert hatte, ohne Blessuren herauskam. Oder war es dafür schon zu spät?

16. KAPITEL

Sophie war erneut zu Fabienne und Michel Dubois an die Plage de Lermot gefahren. Weil das schöne und ungewöhnlich warme Herbstwetter anhielt, lotste Michel sie, nachdem sie ihr Auto am Holzschuppen geparkt hatte, direkt auf die Terrasse. Dort fand sie außer Fabienne einen weiteren Gast vor.

Fabienne begrüßte sie herzlich und stellte ihr den leicht untersetzten Mann mit spärlichem Haupthaar vor, der ein paar Jahre älter als Michel sein mochte. »Sophie, das ist Ludovic, von dem wir dir schon erzählt haben.«

Ludovic kam schwerfällig auf die Beine und streckte Sophie die Hand entgegen. »Enchanté, es freut mich, Ihre Bekanntschaft zu machen.«

»Ich freue mich auch, Sie kennenzulernen«, sagte Sophie. »Wollen wir uns nicht duzen? Ich glaube, wir kämpfen alle für dieselbe Sache.«

Auf Ludovics Gesicht machte sich ein Strahlen breit. »Formidable. Wir können jeden Mitstreiter gut gebrauchen. Es wird allerhöchste Zeit, dass die unhaltbaren Zustände endlich ein Ende finden.«

»Mir drängt sich von Tag zu Tag mehr der Eindruck auf, dass es schon zu spät ist. Dass sich nie etwas ändern wird«, sagte Michel düster und ließ sich neben Fabienne nieder.

»Mais non, du bist in der Beziehung zu pessimistisch«, widersprach Ludovic energisch. »Wir hier in der Bucht hängen mit spürbaren Veränderungen zwar deutlich hinterher, doch zum Beispiel in Saint-Michel-en-Grève sind beachtliche Erfolge zu verbuchen. Das ist für uns alle ein wichtiges Zeichen, und wir müssen uns dafür einsetzen, dass die bei uns Verantwortlichen denselben Weg einschlagen.«

»Saint-Michel-en-Grève? Wo liegt das?«, wollte Sophie wissen und nahm ebenfalls am runden Terrassentisch Platz.

»Etwa 100 Kilometer weiter nordwestlich, der Ort gehört zum Arrondissement Lannion«, erklärte Ludovic. »Sie haben dort in der Bucht fantastische Sandstrände, die über lange Jahre genauso von Grünalgen verseucht gewesen waren wie die unsrigen. Die geografische Situation ist ähnlich, weil in die Bucht von Saint-Michel fünf Flüsschen münden, die die Nitrate ungehindert einschwemmten.«

»Aber das ist inzwischen nicht mehr so?«, vermutete Sophie.

»Viele der dort ansässigen Landwirte arbeiten aktiv an einer Verbesserung der Situation mit, wollen von sich aus etwas verändern«, erklärte Ludovic. »Ein Umdenken, das bei uns leider noch nicht Schule gemacht hat. Ganz im Gegenteil. Wir bekommen weiterhin heftigen Gegenwind zu spüren, insbesondere von den Bauern.«

»Und die sind nur eine Fahrstunde von uns entfernt deutlich einsichtiger? Woran liegt das?«

»An einem Bürgermeister, der mit Engelszungen auf sie einredet und es versteht, gezielt Gelder für sie locker zu machen. Wer sich für die Umwelt engagiert, dem gewähren der Staat und die örtliche Wasserbehörde finanzielle Hilfen, die sich sehen lassen können.«

»Welche Art von Engagement wird dort gefördert?«, fragte Sophie neugierig.

»Zum einen haben sie die Viehbestände reduziert, setzen inzwischen mehr auf Qualität statt auf Quantität. Dazu gehört, dass die Bauern autonom werden. Was bedeutet, dass sie nur so viele Kühe halten, wie die eigene Scholle ernähren kann. Die Kühe grasen auf den eigenen Weiden, werden also nicht mehr vorwiegend mit Mais gefüttert, was wiederum zu einer beträchtlichen Verminderung des Maisanbaus geführt hat.«

»Hört sich für mich schlüssig an.«

»Ja, vor allem, da der Maisanbau nicht nur hier in der Region zunehmend kontrovers diskutiert wird. Silomais ist, damit er als Futtermittel verwendet werden kann, züchterisch optimiert und produziert in kurzer Zeit sehr viel Biomasse. Allerdings nur, wenn er mit den entsprechenden Nährstoffen, also mit Schwefel, Kalk, Magnesium, Kalium, Phosphat und vor allem mit Stickstoff versorgt wird. Und im Stickstoff steckt das Problem. Wird der Stickstoffdünger während des Wachstums nicht komplett durch die Pflanzen aufgenommen, gefährdet er als Nitrat das Grundwasser und die Oberflächengewässer. Also unsere Bäche und Flüsse, von denen viele direkt ins Meer münden und dort zum übermäßigen Pflanzen-, sprich Algenwachstum beitragen.«

»Puh.« Sophie stieß hörbar die Luft aus. »Das ist ein sehr komplexes Thema. Dabei sollte man ebenfalls nicht vergessen, dass Mais als Monokultur einen hohen Einsatz von Herbiziden erfordert, wodurch Schmetterlinge, andere Insekten und vor allem die Bienen arg in Bedrängnis geraten. Das finde ich persönlich ganz schrecklich.«

»Apropos Bienen«, meldete sich Fabienne zu Wort und hob einen blau lasierten Keramikkrug einladend in die Höhe. »Möchtest du ein Glas Apfelsaft? Ludovic hat selbst gemachten mitgebracht.«

»Von meinen eigenen Apfelbäumen«, fügte er mit Stolz hinzu.

»Wo es noch glückliche Bienen gibt?«, fragte Sophie lächelnd.

»Komm im Frühjahr, wenn die Bäume in Blüte stehen, bei mir vorbei. Da kannst du mit eigenen Augen sehen, wie glückliche Bienen ausschwärmen. Und hören, wie sie vor Freude summen.«

»Das Angebot nehme ich gern an.« Sophie trank einen langen Schluck aus dem Glas, das ihr Fabienne gereicht hatte. »Mmh, sehr lecker«, sagte sie und fuhr sich mit der Zungenspitze über die Oberlippe.

»Sein selbst gemachter Cidre ist auch nicht zu verachten«, ließ Fabienne mit einem Augenzwinkern wissen.

»Dir scheint es deutlich besser zu gehen«, wandte sich Sophie an die ältere Frau. »Ich habe mir Sorgen gemacht.«

Fabienne wurde wieder ernst. »Nach dem Tod von Louise war ich zwei Tage völlig von der Rolle. Doch Michel hat mich nach Strich und Faden verwöhnt. Und die Köstlichkeiten, die du uns mitgegeben hast, haben auch geholfen. Inzwischen habe ich mich einigermaßen gefangen. Das Leben muss ja weitergehen, wie man so schön sagt.«

»Und der Mörder der beiden möglichst schnell gefasst werden«, fügte Michel hinzu.

»Schlimme Sache«, murmelte Ludovic. »Erst Aenor und dann Madame Martin.«

»Wir haben schon darüber geredet, bevor du gekommen bist«, gestand Fabienne. »Ludovic ist nämlich etwas eingefallen.«

»Zu der angeblichen Bedrohung, der Aenor ausgesetzt war?« Sophie schaute Ludovic erwartungsvoll an.

»Nein, dazu kann ich leider nicht mehr sagen«, bedauerte er. »Aber Aenor und ich haben Ende August, Anfang September oft zusammengesessen, um die verschiedenen Schreiben aufzusetzen. Da ging es nicht immer nur um Inhalte und Formulierungen. Wir haben oft darüber diskutiert, wie wir vorgehen wollen, welche Hebel wir zum

Ansatz bringen könnten und wo es derzeit am meisten brennt.«

»Oder stinkt.« Michel zog eine zynische Grimasse.

»Ja, wo es sozusagen in doppelter Hinsicht zum Himmel stinkt«, sagte Ludovic.

»Und gab es da, wenn ich im Bild bleiben darf, einen besonders heftigen ›Stinker‹?«, wollte Sophie wissen.

»Ja, einen Landwirt, dessen Betrieb direkt an den aufgestauten Teil des Le Gouessant grenzt«, antwortete Ludovic. »Seine Stallungen liegen an einer Flussschleife. Um sie zu bauen, hat er das ehemalige kleine Wäldchen abgeholzt. Jetzt gibt es dort nur noch Beton.«

»Ein Riesenbetrieb, ich glaube, sie halten dort etwa 300 Milchkühe und Hunderte von Legehennen«, sagte Fabienne.

»Das ist nicht verboten«, wandte Sophie ein.

»Nein, sie haben natürlich alle notwendigen behördlichen Genehmigungen und die Unterstützung des Gemeindegremiums. Daran könnten wir, selbst wenn wir es wollten, nicht rütteln«, sagte Ludovic.

»Und dieser Betrieb war Aenor ein Dorn im Auge, wenn ich euch recht verstehe?«

»Oui, sie war alles andere als glücklich darüber, dass so eine Massentieranlage in direkter Nähe zur Bucht angesiedelt worden ist. Angeblich sind die Bodenmesswerte und die Nitratwerte im Abwasser ja immer innerhalb der gesetzlichen Vorgaben. Trotzdem hegte Aenor den Verdacht, dass die ins Labor eingesandten Proben manipuliert wurden oder das Labor ein oder mehrere Augen zugedrückt hat.«

»Gibt es Beweise für ihre Vermutungen?«

»Nein, es ist nur ein Verdacht.«

»Der insbesondere in den Reihen der Kritiker des betreffenden Betriebes die Runde macht, muss man fairerweise hinzufügen«, sagte Michel.

»Ich glaube, dass sich Aenor in die Angelegenheit hineingesteigert hat«, sagte Ludovic. »Beim Kampf gegen die Algenpest haben wir es ja mit verschiedenen Problematiken zu tun, die wir nicht alle in gleichem Maße angehen können und von denen manche sich nicht von heute auf morgen abstellen lassen. Doch beim Betrieb von Maloù Perroquier war die Sachlage, zumindest für Aenor, eine andere. Sie war der festen Überzeugung, dass er der Hauptverursacher für die Misere sei. In ihren Augen war er ein Schuldiger, dem sie, wie sie sagte, ›das kriminelle Handwerk legen‹ wollte. Diese Formulierung ist mir aus einem unserer letzten Gespräche gut in Erinnerung geblieben.«

Sophie wandte sich an Michel. »Gibt es Mitglieder bei euch in der Gruppe, die das ebenso drastisch sehen?«

»Ich schätze, dass sich die meisten irgendwann mal über diesen Megabetrieb geärgert haben. Er steht als eindringliches Beispiel dafür, was man in Zukunft hier nicht mehr haben möchte. Da es jedoch keine rechtlichen Einwände gibt, sind uns die Hände gebunden. Wir können nur hoffen, dass wir mit stetiger Überzeugungsarbeit eine Veränderung herbeiführen. Dass der Landwirt besser früher als später Einsicht zeigt.«

»Oder dass die Kunden ihr Kaufverhalten ändern und damit zeigen, dass sie keine Produkte aus der Massentierhaltung mehr auf dem Teller haben wollen«, fügte Fabienne hinzu.

»Wenn Aenor diesen Landwirt als Schuldigen sah, hat sie sich dann mit dieser langwierigen und eher mühsamen Überzeugungsarbeit zufriedengegeben? Oder wollte sie schneller etwas bewirken?« Sophie schaute fragend in die Runde.

»Eh bien, sie hat mir nichts Konkretes gesagt«, bedauerte Ludovic. »Doch ich hatte den Eindruck, dass sie sich diesen Perroquier vornehmen und ein Zeichen setzen wollte.«

»Hat sie ihn unter Druck gesetzt? Ihm gedroht?«

»Das weiß ich nicht.« Ludovic schüttelte den Kopf.

»Wenn die beiden tatsächlich aneinandergeraten wären und Perroquier sich von Aenor in die Enge getrieben gefühlt hätte«, Fabienne hielt kurz inne und schluckte sichtbar, »dann hätte er womöglich einen guten Grund gehabt …« Sie stoppte.

»Aenor aus dem Weg zu räumen«, beendete Sophie den Satz.

Ludovics breites Gesicht sah kummervoll aus. »Ich mache mir Vorwürfe. Ich hätte versuchen sollen, mehr aus ihr herauszubekommen. Dann hätte ich sie von ihren dummen und, wie es aussieht, lebensgefährlichen Plänen abbringen können. Dann wäre sie jetzt womöglich nicht tot.«

»Wir wissen doch gar nicht, ob sie tatsächlich mit Perroquier aneinandergerasselt ist«, wandte Michel ein. »Im Moment ist nichts endgültig geklärt. Bei dem Täter kann es sich auch um jemanden handeln, den wir nicht auf dem Schirm haben.«

»Es muss auf jeden Fall jemand sein, der auch ein Motiv hatte, Louise zu töten. Ich bin mir sicher, dass die beiden Morde in Zusammenhang stehen«, gab Sophie zu bedenken.

»Zwei blühende Leben einfach so ausgelöscht.« Ludovic schnippte mit den Fingern. »Ich fasse es nicht.«

»Wo sagtet ihr, ist dieser Betrieb?«

»Am östlichen Ufer des Le Gouessant. Etwa eine Viertelstunde mit dem Auto von hier entfernt.«

Sophie leerte ihr Glas. »Ich glaube, ich werde diesem Perroquier auf der Rückfahrt einen Besuch abstatten. Ich möchte mir das mit eigenen Augen anschauen.«

»Ob das eine gute Idee ist? Er wird nicht erfreut sein, wenn du so mir nichts, dir nichts bei ihm auftauchst«, warnte Fabienne.

»Ach was, mir wird schon was einfallen«, sagte Sophie zuversichtlich. »Ich bin ja nicht auf den Mund gefallen.«

*

Nachdem Fabienne die Schälchen zusammengepackt hatte, die sie vor ein paar Tagen aus der Bistroküche mitgenommen hatte, machte Sophie sich auf den Weg. Ihr Navigationsgerät schlug ihr zwei Routen vor, sie wählte die südliche. Auch deshalb, weil sie dadurch von der Bundesstraße aus einen fantastischen Blick auf den 237 Meter langen und 27 Meter hohen Viadukt von Ponts-Neufs hatte, auf dem einst die Züge von Yffiniac nach Matignon verkehrten. Inzwischen schnauften dort keine mit Kohle betriebenen Eisenbahnen mehr entlang, die beim Anstieg weiß-gräuliche Dampfwolken in den bretonischen Himmel spien. Dennoch war die Eisenbahnbrücke gut in Schuss gehalten. Die acht imposanten Rundstahlbögen waren, wie Sophie sich von einem Gespräch mit ihrer verstorbenen Freundin Mado zu erinnern glaubte, Anfang der 2010er-Jahre aufwendig saniert worden. Inzwischen nutzten Radfahrer und Fußgänger die ehemalige Schienentrasse.

Sophie ließ die Brücke und den Fluss hinter sich, bog nach links und durchquerte Morieux. In den Gärten flatterte Wäsche wie bunte Wimpel auf Wäscheleinen, und zwei ältere Männer schoben ihre Rasenmäher vor sich her. Eine Weile nach dem Ort hielt sie sich nochmals links und gelangte nach erneutem Linksabbiegen zu einer baumlosen Ebene, wo die Straße von abgeernteten Mais- und Getreidefeldern gesäumt wurde. Die Silotürme von Maloù Perroquiers Betrieb waren schon von Weitem auszumachen.

Eine breite asphaltierte Auffahrt führte mitten auf den Hof. Auf der linken Seite befand sich ein aus Granitsteinen gemauertes, schmuckloses zweistöckiges Haus, dessen Garten aus einer hellgrauen Kiesfläche mit ein paar vertrocknet wirkenden Büschen an den Rändern bestand. Hinter dem Haus erstreckten sich die Stallungen bis fast hinunter zum Flussufer. Sophie zählte insgesamt sechs Ställe und mehrere kleine Nebengebäude. Auf dem Hof war es eigentümlich still. Sie wunderte sich, dass kein einziges Tier zu sehen war, nicht einmal eine Hofkatze strich herum.

Da öffnete sich die Tür der vorderen Stallung. Ein Mann in grünem Overall und mit schwarzen Arbeitsstiefeln an den Füßen trat heraus und bugsierte eine Schubkarre vor sich her.

Sophie eilte ihm entgegen. »Monsieur Perroquier?«

Der Mann stellte die Schubkarre mit einem leisen Ächzen ab. »Der Patron ist hinten bei der Melkanlage, der hat keine Zeit.«

Sophie setzte ein, wie sie hoffte, unwiderstehliches Lächeln auf. »Glauben Sie, dass es eine Möglichkeit gäbe, ihn zu sprechen?«

»Worum geht es?«, brummte der Mann.

Sophie überlegte kurz. »Milch«, sagte sie dann. »Sehr viel Milch.«

»Werd schauen, was ich machen kann.« Der Mann hob die Schubkarre an und schlurfte davon. Das Rad der Karre quietschte leise.

Sophie blieb nichts anderes übrig, als sich in Geduld zu üben. Sie hielt die Nase in die Höhe und schnupperte, doch nach der zu erwartenden typischen Landluft roch es hier nicht. Eher ein bisschen modrig, was höchstwahrscheinlich vom Fluss herrührte. Die geteerten Verkehrsflächen zwischen den Gebäuden waren alle wie geleckt, es lag kaum ein Stäubchen herum. Das Ensemble entsprach so gar nicht Sophies

Vorstellungen von einem typischen bretonischen Bauernhof. Auf dem Hof von Ronans Eltern, den sie im Sommer besucht hatte, sah es ganz anders aus: Dort gab es einen Misthaufen hinter dem Stall, wo der Hahn nach Würmern und Insekten pickte. Eine kleine Schar Gänse lief schnatternd herum und kündigte jeden Neuankömmling mit schrillem Alarmgeschrei an. Der alte Hofhund döste in der Sonne. Auf den Wiesen, die den Hühnern von Sonnenaufgang bis zur Dämmerung als Freilauffläche dienten, standen Obstbäume, aus deren Ernte Ronans Mutter Marmelade kochte.

»Sie wollen mich sprechen?« Eine Männerstimme riss sie aus ihren Gedanken. Sophie setzte flugs ihr Lächeln wieder auf.

»Man hat mir Ihren Hof empfohlen«, sagte sie und wandte sich dem Mann zu.

Maloù Perroquier war einen guten Kopf größer als sie und von schlanker Statur. Das grau melierte Haar, das von der Stirn ein Stück zurückgewichen war, trug er kurz, eine Spur kürzer als der graue Bart, der sein längliches Gesicht einrahmte. Er war mit einer verwaschenen Jeans und einem blau-rot karierten Hemd bekleidet. Auf den ersten Blick wirkte er sympathisch.

»Was ist der Grund für diese Empfehlung?«

»Ihre Milch«, sagte Sophie prompt. »Man hat mir gesagt, dass sie von ausgezeichneter Qualität sei.«

Auf Perroquiers Gesicht erschien ein Lächeln. »Oui, das ist sie in der Tat. Es freut mich, Madame, das aus Ihrem Mund zu hören.«

»Sie soll sehr cremig und rahmig sein und vor allem immer dasselbe hohe Niveau aufweisen. Zu jeder Jahreszeit«, fabulierte sie und hoffte gleichzeitig, dass Perroquier ihre Unwissenheit in solchen Belangen nicht bemerken würde. Wenigstens nicht so schnell.

»Das liegt an unseren Produktionsprozessen«, sagte Perroquier, der offensichtlich gern über sein Metier plauderte. »Wir haben unser Futter und die täglichen Fütterungen optimiert. Unsere Kühe erhalten ausschließlich Nahrung, die genau auf sie zugeschnitten ist. So können wir eine konstante Milchmenge und Qualität liefern. Wir reichern unseren Futtermais mit hochwertigem Industriefutter an, das von Veterinären mitentwickelt wurde. Das kostet zwar mehr, zahlt sich aber im Endeffekt für uns aus.«

»Ihre Kühe fressen also kein Gras oder Heu?«, wagte Sophie nachzufragen.

»Non, natürlich nicht. Das wäre bei der Leistung, die von ihnen erwartet wird, zu energiearm. Außerdem bekommen sie von frischem Gras meistens Durchfall, was sich negativ auf die Milchmenge auswirkt. Nein, wir füttern hier nach den neuesten wissenschaftlichen Erkenntnissen.«

»Aha, deshalb geht es Ihrem Betrieb so gut.« Sophie beschrieb mit der Hand einen Halbkreis über die Anlagen. »Wenn ich dagegen an andere Höfe denke …« Sie verstummte bedeutungsvoll.

»Das sind alles Stümper, rückständige Amateure«, sagte Perroquier und verstärkte sein Lächeln. »Wir stellen uns hier der Zukunft.«

»Ich kann diese ewig Gestrigen auch nicht ausstehen«, tat Sophie kund. »Ich suche ständig nach neuen Wegen und neuen Möglichkeiten, habe Pläne, die sich nicht nur auf die kommenden paar Monate beschränken. Kennen Sie dieses Gefühl, dass man immer weiter vorwärtsgehen muss? Weil Stillstand bekanntlich Rückstand bedeutet?«

Mit diesen Worten schien sie bei Perroquier voll ins Schwarze getroffen zu haben, denn er kam näher, stand jetzt nur noch zwei, drei Schritte von ihr entfernt. Sie befürchtete schon, er wolle sie in einem Gefühlsüberschwang umarmen. Was er nicht tat. Doch in seinen kaffeebraunen Augen blitzte ein Leuchten auf.

»Wissen Sie, als ich den Hof übernommen habe, war vieles im Argen. Mein Vater hatte sich über die Jahre an seinen alten Trott gewöhnt und war nicht bereit, genügend Zeit oder Geld zu investieren, um etwas zu verändern. Er redete zwar immer mal wieder davon, auf Bio umzustellen, hat es aber bis zu seinem Tod nicht getan. Auch weil ich total dagegen war. Mit Bio wird man auf die Dauer keinen Gewinn mehr machen. Wir müssen Mut zur Größe zeigen, zu Global Playern werden.«

Global Player im Kuhstall – Sophie konnte sich das Bild nicht recht vorstellen. Sollte das heißen, dass direkt aus dem Stall heraus mit Aktien gehandelt wurde? Oder dass die Milch auf Druck einer Computertaste in alle Welt versteigert wurde? Was für ein befremdlicher, absurder Gedanke. Trotzdem bemühte sie sich, Zustimmung zu signalisieren. »Klein-Klein ist heutzutage wirklich passé.«

Perroquier beugte sich vor. »Ich verrate Ihnen jetzt ein Geheimnis. Es sind bis heute nicht viele Leute eingeweiht.«

Sophie führte kurz den Zeigefinger vor den Mund. »Ich kann schweigen.«

Perroquier richtete den Oberkörper wieder auf und wies mit der Hand auf das Gebäudeensemble. »Die Hühnermastanlage kommt weg. Und auch das restliche Hofgelände wird im kommenden Jahr nicht mehr wiederzuerkennen sein. Wir fangen sozusagen noch mal bei null an.«

»Sie wollen alles abreißen?« Sophie war in dem Moment aufrichtig entsetzt.

»Nicht alles, aber das meiste. Die alten Nebengebäude werden dem Erdboden gleichgemacht, mit ihnen arbeiten wir nicht mehr profitabel. Zu weite Wege, verstehen Sie.«

»Bien sûr.«

»Die bestehenden Ställe werden komplett modernisiert, und es werden mindestens zwölf neue dazukommen. Mit hoch automatisierten Fütterungsanlagen und einer computergesteuerten, fast selbstständig arbeitenden Industriemelkanlage. Jede Kuh bekommt einen Chip implantiert, woran ich ablesen kann, wann sie gemolken wurde, wie viel Liter sie produziert hat und wie die Qualität der Milch ist. Lässt die Produktivität nach, geht die Kuh zum Schlachter und wird durch ein neues Tier ersetzt. C'est la vie.«

Sophie schluckte trocken und zwang sich, ihr Lächeln aufrechtzuerhalten. »Wie viele Tiere haben Sie denn für Ihr neues Projekt eingeplant?«

»Wir werden mit 1.500 Holsteiner-Rindern starten, gehen aber von einer Verdoppelung innerhalb der ersten drei Jahre aus.«

»Sie wollen hier 3.000 Kühe halten?«, rief Sophie aus. Zum Glück wertete Perroquier ihre Stimmlage als Ausdruck von Begeisterung.

»Ja, wir werden zu einem der größten Milchviehhalter im Land.«

»Ich bin beeindruckt«, sagte Sophie und meinte es anders, als es sich anhörte. »Aber eine solche Hoferweiterung verschlingt doch ein Vermögen!«

»Da kommt wieder unsere Rolle als Global Player ins Spiel«, antwortete Perroquier stolz. »Think big, grow bigger and the sky is your limit«, sagte er in fast akzentfreiem Englisch.

»Wie habe ich das zu verstehen?«

Perroquier schenkte ihr ein vertrauliches Augenzwinkern. »Es gibt eine Investorengruppe aus Saudi-Arabien, die das alles mitfinanzieren wird.«

»Statt Öl wird sozusagen Milch gefördert?«

Perroquier nickte. »Sie haben es genau erkannt. Die Saudis

und andere Öl fördernde Staaten in Vorderasien wollen für den Tag vorsorgen, an dem die Ölquellen nicht mehr so kräftig sprudeln. Sie diversifizieren, investieren in vielerlei Anlagenprojekte. Ich empfinde es als eine Ehre, bei so einem gigantischen Vorhaben an vorderster Stelle mit dabei sein zu dürfen. Wir werden einen Meilenstein für die moderne Landwirtschaft setzen.«

»Ja, da werden Sie etwas Einzigartiges schaffen.« Sophie strich sich eine Haarsträhne hinter das Ohr und tat so, als ob sie angestrengt nachdenken würde. »Eh bien, für so ein zukunftsweisendes Vorhaben, wie Sie es hier realisieren werden, bekommt man bestimmt nicht nur Applaus. Das ruft doch jede Menge Kritiker, Neider oder Besserwisser auf den Plan. Haben Sie keine Angst, dass man Ihnen dicke Knüppel zwischen die Beine wirft?«

»Eh oui, da sagen Sie was. Ich mache mir diesbezüglich keine Illusionen. Ich weiß, dass ich mit heftigem Gegenwind rechnen muss. Eine Menge Leute in der Region haben ein völlig falsches Bild von der Landwirtschaft. Wir sind kein Kuschelhof, wie es oft im Fernsehen suggeriert wird. Wir sind ein Industrieunternehmen, das Geld verdienen muss. Wir können uns keine Sentimentalitäten leisten.«

»Ein Bekannter von mir hat auch einen Hof, etwas weiter östlich«, schwindelte Sophie. »Bei ihm ist aber alles viel kleiner und nicht so perfekt durchorganisiert wie bei Ihnen, ein bisschen amateurhaft halt. Und trotzdem gibt es Leute, die mit dem Finger auf ihn zeigen, an seinem Tun herummäkeln. Er hatte in den letzten Monaten immense Probleme mit diesen Umweltschützern.«

»Umweltschützer«, spie Perroquier verächtlich aus. Seine Hände zuckten, als wolle er die Fäuste ballen.

»Vor allem diese eine Gruppe, die sich dem Meereswohl verschrieben hat, setzt ihm schwer zu«, fabulierte Sophie weiter. »Ich meine die Leute, die gegen die Algen an den Stränden protestieren. Wie heißen die noch mal?« Sophie schaute Perroquier fragend an.

Er antwortete wie aus der Pistole geschossen. »›Stop aux algues vertes‹.«

»Oui, oui, genau die«, rief Sophie aus. »Haben die Sie ebenfalls auf dem Kieker? Mein Bekannter ist gar nicht glücklich darüber, dass er sich andauernd mit denen auseinandersetzen muss.«

»Mit denen setze ich mich nicht auseinander, die schmeiße ich ruckzuck vom Hof«, brummte Perroquier.

»Die waren also schon hier? Das ist ja dreist. Manche Leute schrecken vor nichts zurück.«

»Erst sind zwei Pärchen, so Möchtegern-Weltverbesserer, aufgelaufen. Mit Flugblättern und Fotos, wollten mir Infos zur naturnahen Landwirtschaft geben. Haben gefragt, ob ich schon mal überlegt hätte, den Betrieb zu verändern. Weniger Kühe, die dafür das ganze Jahr über auf den Wiesen grasen, dadurch angeblich weniger klimafeindliche Gase ausstoßen und bessere Milch produzieren. So ein Blödsinn! Unsere Milch ist nachweislich die beste, die man auf dem Markt kaufen kann.«

»Ja, das habe ich auch gehört, deswegen bin ich hier«, bekräftigte Sophie.

»Ich habe die Diskussion gleich im Keim erstickt, und die vier haben sich getrollt. Ich dachte, das wär's mit dem leidigen Thema. Doch ein paar Tage später ist eine Frau auf dem Hof aufgetaucht. Eine kleine Stämmige mit kurzem braunem Haar.«

Aenor, dachte Sophie und hielt für einen Moment den Atem an.

»Sie hat dieselbe Litanei abgespult«, fuhr Perroquier fort. »Ich habe ihr deutlich gemacht, dass ich kein Interesse habe.«

»Und dann ist sie gegangen?«

»Ja, doch sie war hartnäckig und ist drei Tage später wiedergekommen. Sie hat mir vorgeworfen, dass ich zu viel Düngemittel einsetzen und die Böden damit vergiften würde. Dass die Nitrate durch mich in die Bucht gelangen und zum Algenwachstum beitragen würden. Aber ich sage Ihnen«, Perroquier schaute Sophie direkt an, »bei mir wird jedes einzelne Körnchen Düngemittel penibel abgewogen und abgezählt, ich kann mir eine Verschwendung nicht leisten. Ich halte mich genau an die Vorgaben.«

»Das hat Ihnen diese Frau nicht geglaubt?«

»Nein, sie hat nicht lockergelassen, hat richtig Krawall gemacht. Beim letzten Mal ist sie wie eine Furie hochgegangen und hat mir gedroht, eigenhändig dafür zu sorgen, dass ich damit aufhöre. Da ist mir der Kragen geplatzt.«

»Was haben Sie gemacht?«, fragte Sophie bang.

»Ich hatte eine Schaufel in der Hand, und mit der habe ich Sie des Hofes verwiesen.«

»Sie haben Sie angegriffen?«

»Natürlich nicht«, empörte sich Perroquier. »Ich habe nur ein bisschen gedroht. Was auch prompt Wirkung gezeigt hat, sie hat die Beine in die Hand genommen. Ich habe ihr außerdem hinterhergerufen, dass ich ihr Hausverbot erteile. Wo kommen wir denn hin, wenn wir solches Gesocks die Oberhand gewinnen lassen?«

»Und? Ist sie danach ein weiteres Mal bei Ihnen aufgetaucht?«

»Ich habe sie nie wiedergesehen«, sagte Perroquier.

Ach wirklich, dachte Sophie und hatte Mühe, einen neutralen Gesichtsausdruck zu bewahren. Sie hegte an Perroquiers Aussage ihre Zweifel. Er hatte durchklingen lassen, dass er seinen Hof und seine wahnsinnigen Expansionspläne um jeden Preis durchziehen würde. Und er hatte Aenor, wie er selbst zugegeben hatte, physisch bedroht. Was, wenn das nicht das einzige Mal gewesen war? Wenn er Aenor auf ihrem Boot attackiert hatte?

»Ach, vergessen wir das leidige Thema«, unterbrach Perroquier ihre Gedanken und machte eine Handbewegung, als wolle er den Ärger wegwischen.

»Ja, lassen Sie sich Ihre Pläne nicht madig machen.« Sophie zwang sich zu einem Lächeln.

»Sie sagten, Sie wären an meiner Milch interessiert«, kam Perroquier auf den Anfang ihres Gespräches zurück.

»Oui, richtig.« Sophie wusste, dass es keinen Sinn machte, weiter nach Aenor zu fragen, sie würde nicht mehr aus ihm herausbekommen. Jetzt musste sie es fertigbringen, den Hof zu verlassen, ohne dass er Verdacht schöpfte. Sie verstärkte ihr Lächeln. »Wissen Sie, ich betreibe ein kleines Restaurant in der Nähe des Kaps. Und ich überlege schon eine ganze Weile, meinen Gästen mehr hausgemachte Produkte vorzusetzen. Das liegt im Moment ja voll im Trend. Ich möchte meine Butter, meine Sahne, meinen Fromage frais und die Crème fraîche selbst herstellen. Vielleicht sogar eine kleine Käserei aufbauen. Alles aus bester bretonischer Vollmilch und frisch von der Kuh.«

»Das ist bestimmt ein guter Ansatz«, lobte Perroquier. »Doch ich kann Ihnen meine Milch leider nicht verkaufen.«

»Ach nein?« Sophie tat betroffen. »Sagen Sie bloß nicht, Sie hätten nicht genug«, fügte sie scherzhaft hinzu.

»An der Menge liegt es nicht«, antwortete Perroquier. »Ich habe Verträge mit der Molkerei, an die ich mich halten muss. Ich darf nicht direkt ab Hof an Privatverbraucher verkaufen.«

»Das ist aber jammerschade.« Sophie setzte einen enttäuschten Gesichtsausdruck auf. »Wie komme ich denn jetzt an die Qualitätsmilch, die ich benötige?«

»Ich hätte da schon eine Idee.«

»Die ich liebend gern hören würde.« Sophie heuchelte Begeisterung.

»Leider muss ich zurück in den Stall, ich bin mit dem Melkbeginn in Verzug«, bedauerte Perroquier. »Wie wäre es, wenn wir uns demnächst treffen, um alles in Ruhe zu besprechen?«

»Das wäre schön«, säuselte Sophie und hoffte gleichzeitig, dass er nicht vorschlagen würde, in ihr ›Restaurant am Kap‹ zu kommen.

»Mein Schwager betreibt eine kleine Käserei in der Nähe von Lamballe. Er kennt sich aus, hat das von der Pike auf gelernt. Wenn wir zusammen hinfahren, könnte er Ihnen alles zeigen und Ihnen Hilfestellungen für den Anfang geben. Und ich höre mich mal um, ob nicht einer meiner Kollegen Sie beliefern könnte. Oder ich spreche mit der Molkerei, vielleicht kann ich ja eine Sondergenehmigung aushandeln.«

»Sie machen mich ganz verlegen. Mit so viel Unterstützung habe ich gar nicht gerechnet.« Sophie klimperte mit den Wimpern, wie sie es sich bei Yuna abgeschaut hatte.

»Geben Sie mir doch Ihre Telefonnummer, ich melde mich dann bei Ihnen.«

Sophie öffnete ihre Handtasche und tat so, als ob sie ihre Visitenkarte herausholen wollte. »Ach, das tut mir leid, ich habe mein Visitenkartenmäppchen wohl zu Hause liegen gelassen.« Sie kramte einen alten Tankbeleg hervor und schrieb mit Kuli eine Fantasienummer darauf. »Ich freue mich auf Ihren Anruf.«

»Dann bis bald.«

Sie konnte Perroquier anmerken, dass er sich nur mit Bedauern wieder seinen Rindviechern zuwandte. Betont leichtfüßig lief sie zu ihrem Auto, stieg ein und hupte kurz zum Abschied. Im Seitenspiegel sah sie, wie Perroquier ihr hinterherwinkte. Puh, dachte sie und gab Gas.

Als sie den Hof hinter sich gelassen hatte, tauchte wenig später ein kleiner Parkplatz auf. Sie setzte den Blinker und hielt an, um kurz durchzuatmen. Ihr Pulli fühlte sich am Rücken nass geschwitzt an. Sie war keine begnadete Lügnerin, ihr schauspielerischer Auftritt hatte sie eine Menge Kraft gekostet. Doch der Aufwand hatte sich gelohnt. Sie wusste nun mit Sicherheit, dass sich Aenor und Perroquier gekannt hatten und dass es zwischen ihnen eine heftige Auseinandersetzung gegeben hatte. Wie weit war Perroquier dabei gegangen?

17. KAPITEL

Filip und Ronan hatten sich am Leuchtturm von Erquy verabredet. Das zehn Meter hohe Molenfeuer mit dem weißen Turmschaft und der kleinen roten Galerie war bei Touristen und Anglern gleichermaßen beliebt. Auch heute tummelten sich zahlreiche Leute auf der Mole, und eine Clique Jugendlicher hatte den hinteren Teil der Molenmauer für sich erobert. Rapmusik tönte aus einem Bluetooth-Lautsprecher.

Filip hielt Abstand zu den Teenagern, setzte sich auf den oberen Mauerteil, ließ die Füße baumeln und schaute auf den alten Hafen. Fischer- und Sportboote lagen mit Schieflage auf dem Watt, als hätten sie gehörig einen über den Durst getrunken und wären nicht mehr in der Verfassung, aufrecht zu stehen. Heringsmöwen und Küstenseeschwalben stolzierten zwischen den Booten über die schlammige Oberfläche, hielten ab und an kurz inne und pickten nach Leckerbissen. Auf der Plage du Centre tobte ein Rudel Hunde, während ihre Halter sich im Halbkreis versammelt hatten und in eine Diskussion vertieft waren.

Filip fischte eine Schachtel Gauloises aus der Jackentasche, steckte sich eine Zigarette zwischen die Lippen und zündete sie an. Der Rauch legte sich bitter-aromatisch auf seine Zunge, schmeckte für ihn in dem Moment so himmlisch wie Nektar. Filip war nervös, das Nikotin beruhigte ihn. Schnell war die Zigarette aufgeraucht, und er überlegte, sich eine zweite anzustecken, da sah er Ronan von Weitem auf sich zukommen.

Der junge Polizist hatte die Uniform abgelegt und trug Jeans, T-Shirt, eine dünne Fleecejacke und auf dem Kopf eine rote Kappe. Aufgrund seiner Körpergröße stach er aus der Menge der flanierenden Passanten heraus und wirkte wegen seiner Kopfbedeckung fast wie eine menschliche Version des Leuchtturms.

Filip winkte.

Ronan hatte ihn bereits entdeckt und eilte auf ihn zu. »Bin ich zu spät?«

»Mais non, passt schon«, sagte Filip.

Ronan nahm neben ihm auf der Mauer Platz und streifte die Jacke ab. »Kaum zu glauben, dass wir Anfang Oktober haben. Tagsüber ist es so warm wie im Juni.«

»Ich fürchte, es wird nicht mehr lang so bleiben«, sagte Filip. »Wenn dieses stabile Hoch, das sich über uns festgesetzt hat, anfängt zu schwächeln, wird bestimmt der erste Sturm der Saison aufziehen. Die Zeit ist reif dafür.«

»Darauf kann ich gut verzichten. Von mir aus könnte das Wetter bis April so bleiben.«

»Magst du ein Feierabendbier?« Filip wies auf die Baumwolltasche, die er neben sich auf die Mauer gestellt hatte.

»Das sage ich nicht Nein.« Ronan strahlte.

Filip zog zwei Flaschen Britt Blanche und zwei Tüten Breizh Chips hervor. »Ich dachte, du könntest auch was im Magen vertragen.«

»Super.« Ronan hatte schon sein Multifunktionsmesser gezückt und öffnete die Bierflaschen. »Yec'hed mat.« Es klirrte leise, als sie mit den Flaschenhälsen anstießen. Beide nahmen einen Schluck.

Filip wischte sich mit dem Handrücken den Schaum von den Lippen. »Hast du in letzter Zeit was von Mikaela gehört?«

»Ich habe ein paarmal versucht, sie anzurufen, doch sie

ist nicht rangegangen. Deshalb habe ich auf ihre Mailbox gesprochen. Ebenfalls ohne Erfolg, sie hat nicht zurückgerufen. Wahrscheinlich möchte sie nichts mehr mit mir zu tun haben.«

»Bei Sophie hat sie sich auch nicht gemeldet«, sagte Filip. »Ich nehme an, sie will all das hinter sich lassen.« Er machte mit der Bierflasche in der Hand eine weit ausholende Bewegung.

»Grund genug dafür hätte sie.« Ronan nahm einen weiteren Schluck. »Und ich habe mich auch nicht mit Ruhm bekleckert, habe mich wie ein Tölpel benommen. Merde, wie konnte ich nur so naiv sein?« Ronan blickte Filip fragend an.

»Du warst nicht naiv. Wir wussten ja alle bis zum Schluss nicht, was los war.«

»Stimmt. Wer hätte auch ahnen sollen, dass einer unserer angesehensten Mitbürger so ein elendiger Schuft ist. Der vor Mord und Prostitution nicht zurückschreckt. Dass er außerdem einer meiner besten Freunde war, hat die Sache nicht einfacher gemacht.«

»Als es darauf ankam, hast du richtig gehandelt«, versuchte Filip ihn zu trösten. »Du hast dafür gesorgt, dass der Mistkerl für viele Jahre hinter Gitter kommt und dass keiner jungen Frau mehr das passiert, was Mikaela beinahe passiert wäre. Dafür ist sie dir bestimmt dankbar.«

»Gezeigt hat sie's mir nicht«, brummte Ronan.

»Gib ihr Zeit, alles zu verarbeiten.«

»Ja, aber ich hab's inzwischen abgehakt. Mikaela und den Rest.«

»Hast du was Neues am Laufen?«

Ronan schüttelte den Kopf. »Nicht wirklich. Meine Kollegin in Saint-Brieuc ist zwar nett und hübsch, aber es will zwischen uns beiden nicht so richtig funken. Ist vielleicht gut so, dann gibt es keine Komplikationen.«

»Ja, Beruf und Freizeit soll man besser auseinanderhalten.«

Ronan riss eine der Chipstüten auf und steckte eine Handvoll Kartoffelchips in den Mund. »Und was ist mit dir? Bist du nach wie vor der einsame Biker?«

Filip nickte grinsend. »Und der einsame Mann am Herd.«

»Du könntest dich ja an Madame Rozar heranschmeißen«, feixte Ronan. »Von einer Frau mit der Erfahrung könntest du auch in Liebesdingen noch viel lernen.«

»Uh … nein, danke.« Filip schüttelte sich. »Sie geht bestimmt mir ihren Gesundheitsschuhen ins Bett.«

»Und mit Socken, langen, selbst gestrickten Socken«, fügte Ronan lachend hinzu.

Filip legte seine Faust aufs Herz. »Ich schwöre, dann bleibe ich lieber bis zu meinem Lebensende Single.« Er wurde wieder ernst. »Ich sollte nicht so gemein über sie reden, sie ist uns im Bistro eine große Hilfe.«

»Niemand anderer für dich in Sicht?«

»Eh bien, da gibt es diese Bikerin, die ich ab und zu treffe. Ihr Bruder hat eine Auto- und Motorradwerkstatt in Yffiniac, da habe ich sie kennengelernt, als ich mein Moto zur Reparatur abgegeben habe. Sie kann selbst auch geschickt mit dem Schraubenschlüssel und anderen Werkzeugen umgehen.«

»Sieht sie gut aus?«

»Oui, könnte man so sagen.«

»Hattest du was mit ihr?«

Filip leerte die Flasche und schaute in Richtung der Jugendlichen, die inzwischen auf der Mole tanzten. Schwieg.

»Hattest du oder hattest du nicht?«

»Fast, doch im letzten Moment habe ich kalte Füße bekommen«, gab Filip zu.

»Bist du aus der Übung?«

»Nein. Wir lagen auf einer Decke in den Dünen, abseits vom belebten Teil des Strandes. Ich habe gespürt, dass sie bereit war. Wahrscheinlich sogar mehr als ich. Aber für mich war plötzlich Schicht, fini, ich konnte nicht.«

»Bist du krank?«

»Nein, natürlich nicht. Es war eher so, dass mein Verstand eingesetzt hat.«

»Das ist in solchen Momenten nicht förderlich.«

»Mein Hirn hat mich in dem Augenblick davor bewahrt, dass mein bestes Stück eine Dummheit begeht.«

»Ich wusste gar nicht, dass du so prüde bist.«

»Quatsch, bin ich nicht. Mir ist nur klar geworden, dass ich nicht sie, sondern ihre Freundin will. Eine kurvige Blonde mit langer Lockenmähne. Grips hat sie ebenfalls, sie arbeitet als Lehrerin. Aber ich komme nicht an sie heran, sie lässt mich immer abblitzen.«

»Und deshalb hast du dich mit der Bikerin verabredet und gedacht: Da nehme ich halt, was ich kriegen kann.«

»Zuerst ja. Außerdem wollte ich Nadine eifersüchtig machen.« Filip lachte bitter. »Leider total danebengegangen.«

»Hast du noch eins?« Ronan zeigte Filip die leere Bierflasche.

»Oui.« Filip zog zwei weitere Flaschen aus der Tasche.

»Und nun?«, wollte Ronan wissen, als er die Kronkorken entfernt hatte.

»Schreibe ich Nadine wohl oder übel ab. Blöd ist nur, dass Louane die ganze Angelegenheit gar nicht gut aufgenommen hat.«

»Eh bien, wie ein Gentleman hast du dich nicht gerade benommen«, meinte Ronan. »Erst machst du sie heiß, und dann brichst du mittendrin ab. Versetze dich doch mal in ihre Lage.«

»Ich habe ihr Blumen und Pralinen geschickt«, murmelte Filip. »Sie hat beides nicht angenommen.«

»Du solltest mit ihr reden und dich nicht hinter faulen Geschenken verstecken.«

»Ich habe es ja versucht.« Filip hob genervt die Hände. »Doch sie ist wie eine Furie auf mich losgegangen. Siehst du das?« Er zog den Jackenärmel hoch. Auf dem Unterarm zeichneten sich blassrote Striemen ab. »Als ob mich eine Raubkatze erwischt hätte.«

»Madame weiß sich zur Wehr zu setzen.« Ronan konnte sich ein Grinsen nicht verkneifen.

»Aber so was von«, stöhnte Filip. »Gibt es eigentlich ein Gesetz, womit man gegen Stalker vorgehen kann?«

Ronan blickte ihn alarmiert an. »Willst du damit sagen, dass sie dir nachstellt?«

»Eh bien, es gab ein paar komische Vorfälle.« Filip kratzte mit dem Daumennagel am Flaschenetikett herum.

»Zum Beispiel?«

»Ich hatte einen Platten am Moto.«

»Du wirst dir etwas in den Reifen gefahren haben. Eine Schraube oder ein Stück Glas.«

»Glaube ich nicht. Ich passe auf. Außerdem war da die Sache mit dem Briefkasten. Der war vor ein paar Tagen zugeklebt, als ich von der Arbeit kam. Ich konnte die Klappe nicht mehr öffnen und musste einen neuen kaufen.«

»Das waren bestimmt die Kids aus deiner Nachbarschaft. Solche Dummejungenstreiche gab es hier in Erquy auch schon.«

»Außerdem bekomme ich andauernd komische E-Mails, an die 30 pro Tag. Angebote von irgendwelchen osteuropäischen Frauen, die mich kennenlernen wollen.«

»Freu dich doch, dass du so beliebt bist.«

»Haha.«

»Markiere die Mails als Spam, bevor du sie löscht. Oder ändere deine E-Mail-Adresse. Aber ganz ehrlich, das ist kein

Stalking. Das sind Zufälle, wie wir sie alle von Zeit zu Zeit erleben.«

»Ich weiß nicht …« Filip hatte die Hälfte des Etiketts bereits abgelöst. »Ich fühle mich verfolgt. Mal von einem Motorrad, einer Sport-Kawasaki, und mal von einem Auto. Vorgestern ist es brenzlig geworden, das hätte übel ausgehen können.«

Jetzt wirkte auch Ronan besorgt. »Was ist passiert?«

»Ich war nach meiner Schicht auf dem Nachhauseweg, so gegen halb eins«, begann Filip. »Die Straßen waren leer wie meistens um die Uhrzeit. Plötzlich habe ich im Motorradspiegel Autoscheinwerfer bemerkt, die schnell herankamen. Es war klar, dass der Wagen mich überholen wollte, deshalb bin ich etwas näher an die rechte Seite gefahren, um Platz zu machen. Der Wagen holte auf, und ich ging davon aus, dass er gleich an mir vorbeiziehen würde. Stattdessen rückte er immer weiter nach rechts. Ich habe kurz gebraucht, um zu kapieren, dass er mich von der Straße abdrängen will. Mir blieb nur die Wahl, Gas zu geben oder zu bremsen. Aber ich fuhr schon mit Höchstgeschwindigkeit, mehr war aus meinem Moto nicht rauszuholen. Da bin ich voll in die Eisen gestiegen und dabei fast über den Lenker katapultiert worden. Mit knapper Not habe ich es geschafft, das Moto zum Stehen zu bringen. Putain de merde, ich habe gedacht, ich kriege einen Herzinfarkt, so schnell war mein Pulsschlag.«

»Hat der Wagen angehalten?«

»Nein, der hat Gas gegeben und ist von dannen gerauscht.«

Ronan schwieg eine Weile, dachte nach. »Konntest du erkennen, wer in dem Pkw saß? War es eine Frau oder ein Mann?«, wollte er schließlich wissen.

»Es ging alles zu schnell. Und ich war zu sehr damit beschäftigt, mein Motorrad unter Kontrolle zu bringen.«

»Nach dem Kennzeichen des Wagens brauche ich dich wahrscheinlich ebenfalls nicht zu fragen«, meinte Ronan.

»Nein, ich kann mich nur erinnern, dass es ein dunkler Mittelklassewagen war. Kein SUV oder Geländewagen, mehr so ein Limousinentyp. Nicht ganz billig, schätze ich.«

»Diese Louane – fährt sie so einen Wagen?«

»Das weiß ich nicht«, musste Filip eingestehen. »Wenn wir uns getroffen haben, ist sie mit ihrem Motorrad gekommen.«

»Mit dieser Kawasaki, von der du dich verfolgt gefühlt hast?«

»Nein, sie fährt eine BMW Roadster in Metallicgrau. Die Kawasaki war grün.«

»Also kann sie es nicht gewesen sein«, folgerte Ronan.

»Wie gesagt, ihr Bruder hat eine Werkstatt mit Verkauf. Ich nehme an, sie könnte sich dort ein anderes Motorrad oder auch ein Auto ausleihen. Sie sitzt ja praktisch an der Quelle.«

»Gibt es einen Vorfall, bei dem sie dich attackiert hat, von den Kratzern mal abgesehen?« Ronan ließ die Bierflasche zwischen den Handflächen kreisen.

»Nein, hat sie nicht. Ich glaube, sie kam mal ins Bistro, als ich nicht da war. Sophie hat von einer Frau in Lederkluft erzählt, die mich sprechen wollte. Aber ich bin mir hundertprozentig sicher, dass sie mir diese Scherereien macht. Ich bilde mir das nicht ein!« Filip schaute Ronan flehentlich an.

»Ich glaube dir ja«, versicherte Ronan. »Allerdings weiß ich nicht, wie ich dir helfen soll.«

»Könntest du nicht mal mit ihr sprechen? Du bist schließlich von der Polizei«, schlug Filip vor.

»Erstens liegt gegen sie nichts vor, du hast keine Beweise. Und zweitens bin ich von der Police municipale, nicht von der Kriminalpolizei oder der Gendarmerie nationale. Ich könnte ihr allerhöchstens einen Strafzettel wegen Falschparkens verpassen oder sie anhalten, wenn sie zu schnell gefahren ist.«

»Merde, du warst meine letzte Hoffnung«, sagte Filip düster.

»Versuch noch mal, mir ihr zu reden. Vielleicht klärt sich dann alles auf. Ich denke, dass sie es nicht war.«

»Wer könnte es sonst gewesen sein? Vorgestern auf dem Heimweg, das war ganz klar ein Angriff auf mich, daran gibt es keinen Zweifel. Ich hätte mir dabei den Hals brechen können. Oder ihr hättet mich am Morgen vom Asphalt abkratzen können.« Filip war so aufgebracht, dass seine Stimme zitterte.

»Es könnte doch auch sein, dass der Fahrer betrunken war«, wandte Ronan ein. »Oder unter Drogen stand und deshalb zu weit nach rechts abgedriftet ist. Das ist nicht in Ordnung, aber geschieht häufiger, als uns lieb ist. Wir von der Polizei können nicht überall sein.«

»Ich habe mich an den Code de la route gehalten. Ich habe nichts falsch gemacht«, murrte Filip.

»Ja, ich weiß. Wie auch immer. Für mich hört sich das nach einem ernsten Zwischenfall an«, beteuerte Ronan. »Ich habe nur keine Ahnung, wie wir den Schuldigen finden sollen. Dir ist nichts aufgefallen, was uns weiterhilft, und Zeugen gibt es ebenfalls keine. Dunkle Mittelklasselimousinen fahren zuhauf in der Gegend herum.« Dann stutzte er, nahm die Kappe kurz ab und kratzte sich am Kopf. »Merde.«

»Ist dir was eingefallen?« Filip schaute ihn fragend an.

»Der Gast von Jean-Luc fährt eine dunkle Mittelklasselimousine. Mit Pariser Kennzeichen.«

»Warum sollte der mich von der Straße fegen wollen? Der kennt mich doch gar nicht. Als er bei uns im Bistro war, befand ich mich in der Küche, ich bin ihm nie persönlich begegnet. Sophie hat sich stets um ihn gekümmert. Sie hat ihn allerdings gefressen. Er ist un drôle de gars, ein seltsamer Typ.«

»Ich bin mal auf dem Parkplatz an der Îlot Saint-Michel auf ihn gestoßen«, erinnerte sich Ronan. »Ich hatte in der Gegend zu tun und mir war aufgefallen, dass dieser dunkle Wagen eine ganze Weile dort stand, ohne dass sich jemand am Strand aufhielt. Das kam mir komisch vor, und ich habe an die Scheibe geklopft. Im Wagen saß Jean-Lucs Gast. Er war nicht sehr redselig, und ich habe gemerkt, dass er mich möglichst schnell loswerden wollte. Mir kam er ein bisschen suspekt vor, er hatte einen komischen Gesichtsausdruck. Doch ich konnte ihm nichts anlasten, das Parken ist an der Stelle ja nicht verboten.«

»Eh bien, Jean-Luc hat auch angedeutet, dass ihm sein Gast nicht geheuer ist«, sagte Filip. »Aber ich kann trotzdem nicht nachvollziehen, weshalb dieser durchgeknallte Pariser ausgerechnet mir was anhaben will.«

Ronan schaufelte erneut Kartoffelchips in den Mund und kaute nachdenklich. »Ich könnte mir das nur so erklären«, meinte er schließlich. »Entweder ist an meiner Vermutung was dran und er saß vorgestern Nacht betrunken am Steuer. Bei unserer Begegnung auf dem Parkplatz schien er mir ebenfalls nicht ganz nüchtern. Es könnte ja sein, dass er diesbezüglich ein Problem hat. Oder er hat weitaus mehr Dreck am Stecken.«

Filip, der die Bierflasche zum Mund führte, hielt mitten in der Bewegung inne. »Wie meinst du das?«

»Sehen wir den Tatsachen ins Gesicht.« Ronan drehte die Chipstüte um und schüttelte die restlichen Krümel für die Silbermöwe aus, die ihn seit einer Weile gierig beobachtete. »Alles hat damit angefangen, dass der Typ hier aufgetaucht ist.«

Filip starrte ihn mit aufgerissenem Mund an. »Sprichst du etwa von den beiden Morden?«

»Ja.« Ronan nickte. »Überleg doch mal. Dieser Pariser kommt hierher, und kurz darauf ist die erste Frau tot. Wenig später erwischt es die zweite. Soll das ein Zufall sein? Glaube ich nicht, der Typ ist nicht sauber.«

Filip schwieg eine Weile. »Eh bien, er hat bis jetzt nicht viel unternommen, um sich beliebt zu machen. Und wir wissen so gut wie nichts über ihn«, stimmte er zu. »Aber macht ihn das gleich zum Mörder?«

»Ich finde, man sollte ihm auf den Zahn fühlen. Ich werde meiner Kollegin in Saint-Brieuc einen Tipp geben, sie soll das in einem passenden Moment im Kommissariat anbringen.«

»Das kann sicherlich nicht schaden.« Filip verstaute die leeren Bierflaschen in der Tasche. »Doch selbst, wenn er mit den Morden etwas zu tun hat. Wie komme ich da ins Spiel? Warum bedroht er mich? Das macht keinen Sinn.«

»Ich denke schon«, widersprach Ronan. »Es ist in Erquy ein offenes Geheimnis, dass Sophie Himmel und Hölle in Bewegung setzt, um herauszufinden, wer Aenor Le Tammiers auf dem Gewissen hat. Und was diese Buchhändlerin aus Hillion betrifft, da ist sie ebenso nicht untätig, die beiden Fälle weisen deutliche Parallelen auf. Du bist mit Sophie befreundet, unterstützt sie bei ihren Hobbyermittlungen.«

»Du auch«, konterte Filip.

»Ja, aber bei mir fällt es nicht so ins Auge wie bei dir. Du bist täglich mit Sophie zusammen, ihr tauscht euch aus. Überlege doch nur mal, was in den letzten Wochen neben den beiden Morden alles passiert ist: Die Katze wurde vergiftet, man hat versucht, das Bistro anzuzünden, und nun wurdest du von der Straße gedrängt und hättest beinahe einen schlimmen Unfall erlitten. Ich sage dir: Das ist keine Verkettung unglücklicher Umstände.«

»Putain de merde.« In Filips Mund machte sich ein schaler Geschmack breit. Er wünschte, er hätte die beiden Bier nicht getrunken. Da hatte er sich von Ronan Hilfe wegen Louane erhofft, und plötzlich hatte alles eine ganz andere Dimension angenommen. »Was meinst du, sollen wir Jean-Luc davon erzählen? Von der Attacke auf mich und unserem Verdacht?«

Ronan nickte ernst. »Unbedingt.«

18. KAPITEL

»Iih, das Wasser ist kalt!« Sophie wand sich wie ein Aal in Henris Armen, der sie eisern festhielt.

»Das kommt davon, wenn man zu lang unter der Dusche steht. Der Heißwassertank ist leer.«

»Lass mich los!«, bettelte Sophie.

»Noch einen Kuss«, forderte Henri und presste seine Lippen auf die ihren.

Sophie ließ es geschehen, weil ihr mit einmal wieder ganz warm wurde. Jede Pore, jede Zelle schien zu pulsieren. Sie konnte einfach nicht genug von ihm bekommen, dabei standen sie inzwischen mehr als eine Viertelstunde gemeinsam unter der Dusche. Wobei das Duschen an sich eine Nebensächlichkeit gewesen war.

Henri gab ihr einen Klaps aufs Hinterteil. »Ich habe Hunger.« Er griff über Sophies Schulter hinweg und stoppte den Wasserstrahl.

Sophie öffnete die gläserne Duschtür und tastete an den neben der Duschkabine angebrachten Haken nach einem Handtuch. »Mist, wir haben vergessen, die Handtücher hinzuhängen.«

»Bleib drinnen, ich hole sie.« Henri schüttelte sich wie ein nasser Hund und tapste aus der Dusche. »Hier«, sagte er ein paar Sekunden später und hielt ihr ein flauschiges Duschtuch entgegen.

»Danke.« Sophie trocknete sich sorgsam ab. Vor dem über dem Waschbecken angebrachten Spiegel benötigte sie eine ganze Weile, bis sie ihre brünette Mähne entwirrt und einigermaßen in Form gebracht hatte. Ihr Gesicht war rosig, und ihre dunklen, fast schwarzen Augen erschienen ihr viel größer und leuchtender als sonst. Nachdem Gerd sich Knall auf Fall wegen einer Jüngeren von ihr getrennt hatte, war sie sich monatelang wie etwas vorgekommen, das man auf der Resterampe zurückgelassen hatte. Das kein Mann mehr haben wollte. Sie war sich hundertprozentig sicher gewesen, dass es mit ihrem Liebesleben ein für alle Mal aus wäre, dass niemand sie jemals wieder begehren würde. Dass sie, wenn überhaupt, nur noch freundschaftliche Beziehungen mit Männern haben würde. Wie mit Jean-Luc oder mit Simon, dem geschiedenen Ehemann ihrer verstorbenen Freundin Mado. Mit ganz viel Glück würde sich vielleicht mal eine Miniaffäre, ein One-Night-Stand ergeben. Sie hatte sich im Geiste in High Heels und einem engen, figurbetonten roten Kleid an eine Hotelbar stöckeln sehen. Um dort einen Champagnercocktail zu schlürfen und von einem attraktiven, distinguiert wirkenden Mann angesprochen zu werden, der sie nach einem weiteren Drink in seine Geschäftssuite einladen würde. Für ein paar wenige Stunden würden sie eine Amour fou durchleben und sich danach niemals wiedersehen. Und auch wenn ihr Herz ein kleines bisschen gebrochen wäre: Sie würde ihre Erinnerungen wie einen kostbaren Schatz hüten und ihren restlichen Lebensjahren durch harte Arbeit einen Sinn verleihen. Sophie musste über sich selbst kichern.

»Was gibt es da zu lachen?« Henri war hinter sie getreten und küsste ihren Hals.

»Ich lache vor Glück«, antwortete Sophie und meinte es auch so. Nach ihren anfänglichen Bedenken, ihrem Zögern und Zaudern hatte sie beschlossen, Henri zu vertrauen, sich auf ihn einzulassen. Ja, er war anders als Gerd, was ihr zu Beginn Probleme bereitet und sie zum Umdenken gezwungen hatte. Er gab viel und erwartete im Gegenzug, dass auch sie es tat. Ihm waren Nähe, Gemeinsamkeit und Zukunftspläne wichtig. Er war stolz, sich mit ihr an seiner Seite als Einheit, als Paar zu zeigen. Henri machte keine halben Dinge, weder beruflich noch in der Liebe. Sophie hatte Zeit gebraucht, um das zu verstehen, sich daran zu gewöhnen. Inzwischen konnte sie sich nichts Schöneres vorstellen. Das Bistro war ihre Herzenssache, ihre Passion. Aber durch ihre Beziehung mit Henri war sie endlich angekommen, fühlte sich geborgen. So wie sie es sich immer erträumt hatte.

»Ich habe beim Lieferservice Pizza bestellt. Mit Ziegenkäse und schwarzen Oliven, wie du es am liebsten magst.« Henri blickte in den Spiegel und fuhr sich mit den Fingern durchs feuchte Haar. »Ich dachte, dass du zu erschöpft bist, um zu kochen.«

»Erschöpft? Ich?« Sophie tat empört. »Ich könnte Bäume ausreißen! Und ich frage mich, was es nachher zum Dessert gibt.«

Henri lachte leise. »Lass dich überraschen.«

»Avec plaisir.« Sophie schlüpfte in ihre Kleidung und folgte ihm ins Wohnzimmer.

Sie war nach Saint-Suliac gefahren, wo Henri im Schatten der im 13. Jahrhundert erbauten Wehrkirche ein ehemaliges Fischerhaus angemietet hatte. Die Küche und das Bad waren winzig, doch vom Wohnzimmer aus gelangte man in einen schmalen, lang gestreckten Garten, der von einer hohen Natursteinmauer eingefasst wurde. Eine rosafarbene Kletterrose, die vor vielen Jahren gepflanzt worden sein musste, hatte den hinteren Teil der Mauer erobert und stand trotz der deutlich kürzer werdenden Tage noch in voller Blüte. Auch die blauen Hortensien neben der mit alten Granitplatten belegten Terrasse schienen den Herbst leugnen zu wollen.

Henri hatte die bodenhohen Flügelfenster geöffnet und auf der Terrasse große Windlichter verteilt. Auch auf dem Wohnzimmertisch flackerten Kerzen. Aus der Stereoanlage ertönte sanfte Jazzmusik. Sophie ließ sich auf das bequeme, cognacfarbene Ledersofa fallen und zog die nackten Füße an. Wenn sie wie Truffe eine Katze gewesen wäre, hätte sie vor Wohlergehen geschnurrt.

Henri kam mit einer Weinflasche und zwei Gläsern aus der Küche. »Du bleibst heute Nacht doch hier?«

Sophie nickte. »Ja, aber ich muss morgen in aller Frühe los. Um sieben habe ich einen Termin mit den Handwerkern in Dafnes Hotel. Sie kommen einfach nicht weiter.«

»Dann lass uns das Beste aus dem Abend machen«, sagte Henri und reichte ihr ein Glas. »Auf uns.«

»Auf uns«, echote Sophie.

In dem Moment schrillte die Klingel, und die Pizzas wurden gebracht. Eine Weile aßen sie hungrig und daher schweigend.

Schließlich wischte sich Henri die Finger an der mitgelieferten Papierserviette ab. »Ich habe vorgestern ein bisschen aufgeräumt«, sagte er.

»In deinem Büro?«, wunderte sich Sophie. »Auf deinem Schreibtisch sieht es doch immer wie geleckt aus. Im Gegensatz zu meinem.« Sie zog eine Grimasse.

»Nein, oben im Schlafzimmer. Es war eh mal an der Zeit auszumisten. Ich habe alles in große Müllsäcke gepackt. Meine Sekretärin hat sie schon mitgenommen und wird sie demnächst zu Emmaüs in Saint-Brieuc bringen. So dienen meine ausgemusterten Klamotten wenigstens noch einem guten Zweck.«

Sophie grinste. »Hast du einen Frühjahrsputz im Herbst veranstaltet? Ist das etwa ein Tick von dir, von dem ich bis jetzt nichts wusste?«

Henri blieb ernst. »Nein, ich habe in den Schränken Platz gemacht.«

»Mais non.« Sophie hob abwehrend die Hände. »Du willst am Wochenende aber nicht mit mir auf Einkaufstour in Saint-Malo gehen, oder? Ich kann dir versichern, dass ich für so eine Unternehmung eine ganz miese Begleitung bin. Ich hasse Klamottenshoppen.«

»Ich habe die Schränke freigeräumt, damit Platz für deine Sachen ist«, sagte Henri ruhig.

Sophie legte das Pizzastück, in das sie gerade beißen wollte, zurück auf den Teller. »Warum?«

»Wir haben doch erst vor Kurzem darüber gesprochen.« Henris Ton war nicht mehr so freundlich, weniger sanft und schmeichelnd.

»Über deine Schränke?« Sophie sah ihn verdutzt an.

»Nein, natürlich nicht«, polterte Henri. »Darüber, dass du bei mir einziehst.«

Sophie spürte, wie ihr der Appetit mit einem Schlag verging. Sie schob die Füße vom Sofa und setzte sich mit kerzengeradem Rücken hin. »Du hast insofern recht, dass wir über das Thema geredet haben. Doch wir sind zu der Übereinkunft gekommen, dass es momentan keinen Sinn macht, wenn ich zu dir ziehe. Für mich ist die Anfahrt zum Bistro zu weit, und du bist auch nicht immer hier vor Ort. Hast du nicht gesagt, dass du Ende Oktober nach Irland fliegen willst, um eine Gruppe von Algenproduzenten zu beraten? Was soll ich dann in Saint-Suliac?«

Henri goss sich ein halbes Glas Rotwein ein und leerte es in einem einzigen Zug. »Ich habe dich bei unserem Gespräch völlig anders verstanden. Du hast gesagt, dass du ein bisschen Abstand von deinem Job bräuchtest und die Dinge aus einer neuen Perspektive sehen möchtest.«

»Eh bien, ich war an dem Tag genervt, weil nichts so lief,

wie es sollte. Solche Momente kennst du bestimmt auch bei deiner Arbeit. Aber dann schläft man darüber, und am nächsten Morgen geht es weiter.«

»Ja, es geht weiter. Die Frage ist nur, wie.«

»Auf keinen Fall so, dass ich Hals über Kopf meinen Job kündige, mein bisheriges Leben aufgebe, um mich bei dir zu verkriechen. Dazu gibt es keinen Grund.« Sophie hoffte, dass sie damit ihren Standpunkt ein für alle Mal klargemacht hatte.

Anscheinend vergeblich.

»Vor Kurzem hast du genau das Gegenteil behauptet«, beharrte Henri im Quengelton. »Willst du etwa sagen, dass ich lüge?«

»Nein, natürlich nicht«, versuchte Sophie, ihn zu beschwichtigen, um den Abend nicht zu verderben. »Es war ein dummes Missverständnis. Bitte lass uns nicht streiten.« Sie wollte seine Hand berühren, doch er zog sie weg.

Henri schwieg eine Weile, kaute auf der Unterlippe. »Ich frage mich, wie es mit unserer Beziehung wirklich aussieht«, sagte er schließlich. »Ob ich mich, komme was wolle, auf dich verlassen kann. Ich hege da meine Zweifel. Du machst Zusagen, die du nur ein paar Tage später brichst. Das ist nicht fair.«

»Ich habe keine Zusage gemacht!« Sophies Ton war schärfer geworden.

»Du willst mich an der Nase herumführen, mich weich kochen. Ist es das?«

Sophie glaubte, ihren Ohren nicht zu trauen. Was war mit einmal in Henri gefahren? Warum stellte er Behauptungen auf, die so nicht stimmten? War er betrunken? Sophie kalkulierte schnell im Kopf, wie viele Gläser Wein er schon intus hatte. Nicht mehr als zweieinhalb. Reichte das aus, um ihm derart das Gehirn zu vernebeln? Ihn zu einem nahezu anderen Menschen zu machen? Sicherlich nicht. Aber was könnte seinen Sinneswandel sonst bewirkt haben? Und wie konnte sie sein erhitztes Gemüt wieder beruhigen? »Ach komm, wir hatten einen so schönen Tag. Der soll nicht in unserem ersten Beziehungskrach enden.« Sie schenkte ihm ein aufmunterndes Lächeln. »Und wir haben noch die ganze Nacht vor uns.«

»Oui, und morgen früh haust du wieder ab«, spie Henri aus.

»Ich fahre zur Arbeit«, korrigierte ihn Sophie.

»Die dir wichtiger ist als ich.«

»Sie ist mir wichtig, aber …«

Henri sprang erbost auf. »Ich habe es doch die ganze Zeit über gewusst! Und jetzt habe ich es aus deinem Mund gehört. Dein Job, dein Scheißbistro, zählen für dich mehr als ich.«

Sophie kam ebenfalls auf die Beine. »Das habe ich so nicht gesagt, du hast mich mitten im Satz unterbrochen.«

Henris Augen verengten sich, schleuderten zornige Blitze. »Du bist nicht besser als alle anderen. Erst versprichst du das Blaue vom Himmel, und wenn es ernst wird, ziehst du Leine, hältst dich nicht an unsere Vereinbarungen.«

»Bist du komplett übergeschnappt? Was redest du für einen Unsinn?« Sophie stemmte die Hände in die Hüften.

»Von so einer wie dir lasse ich mich nicht verschaukeln. Entweder du fährst morgen früh wie vereinbart nach Hause und holst deine Sachen oder …«

»Oder was?«, fuhr Sophie dazwischen.

»Oder du brauchst hier nie wieder aufzutauchen«, schrie Henri.

Sophie spürte, wie ihr das Blut in den Ohren rauschte, sie hatte die Faxen inzwischen wahrlich dicke. »Wie du meinst.« Sie stürmte die Treppe zum Schlafzimmer hoch, schmiss das Wenige an Gepäck, das sie mitgebracht hatte, in ihre Reisetasche und rannte wieder hinunter in den Flur, wo sie ohne Socken in ihre Schuhe schlüpfte und die Jacke vom Garderobenhaken riss.

Henri stand mit verschränkten Armen vor der Haustür.

»Lass mich raus.« Sie funkelte ihn wütend an.

»Das könnte dir so passen.«

»Du hast eben gesagt, ich soll gehen. Und genau das werde ich tun.« Sie machte einen Schritt auf ihn zu.

Er fasste sie hart am Unterarm. Sie versuchte, ihn abzuschütteln, doch seine Finger umklammerten ihren Arm wie eine zugeschnappte Eisenfalle. Sein Griff schmerzte, und sie spürte, dass sie blaue Flecken davontragen würde. Die Tasche rutschte ihr von der Schulter.

»Ich will gehen.« Sie betonte jedes einzelne Wort überdeutlich.

»Du gehst nirgendwo hin.« Henri hob die freie Hand und verpasste ihr eine schallende Ohrfeige.

Sophie schmeckte Blut im Mund. In dem Augenblick packte er auch ihren anderen Arm und begann, sie heftig durchzuschütteln. Sophie bekam es mit der Angst zu tun. War er jetzt völlig übergeschnappt? Ihr Kopf wackelte durch seinen Angriff wie der einer willenlosen Puppe hin und her. Ihr wurde schwindelig und sie befürchtete, ohnmächtig zu werden. Was würde er dann mit ihr machen? Plötzlich schien er ihr zu allem fähig.

Sophie mobilisierte ihre letzten Kräfte, brachte es trotz des Rüttelns fertig, ihm eine heftige Kopfnuss zu verpassen. Ihre Stirn landete auf seiner Nase. Gleichzeitig hob sie das Knie und rammte es in seine Weichteile. Auf Henris Gesicht machte sich ein Ausdruck von Verwunderung breit, er griff mit der Hand nach der schmerzenden Nase und krümmte sich. Das genügte Sophie, um sich aus der Umklammerung zu lösen, ihre Tasche aufzuheben, die Tür einen Spaltbreit zu öffnen und durchzuschlüpfen. Sie rannte zu ihrem in der Einfahrt geparkten Auto, steckte den Schlüssel, den sie gottlob in ihrer Jackentasche aufbewahrt hatte, ins Schloss und ließ den Motor an. Im Rückwärtsgang schoss sie auf die Straße, riss das Lenkrad nach links und gab Gas. Erst als sie im Rückspiegel sah, dass Henri ihr nicht folgte, reduzierte sie die Geschwindigkeit, um nicht zu allem Unglück noch einen Unfall zu bauen. Tränen liefen ihr die Wangen hinunter, und sie wurde von Schluchzern übermannt, doch sie schaffte es irgendwie, nach Erquy zurückzufahren.

Sie parkte den Wagen vor dem Haus, hetzte die vier Eingangsstufen hoch, schloss die Tür auf und verriegelte sie sofort von innen. Für zwei, drei Minuten lehnte sie sich mit dem Rücken gegen das Türblatt, um sich zu sammeln, zu Atem zu kommen. Dann tat sie etwas, das sie seit ihrer Ankunft in Erquy und der Übernahme des Bistros nicht ein einziges Mal getan hatte: Sie rief im Bistro an und erklärte der verdutzten Madame Rozar, dass sie krank sei und morgen nicht zur Arbeit kommen könne.

19. KAPITEL

Yuna hämmerte mit der Faust gegen die Tür. »Nun mach schon auf! Du kannst dich nicht ewig da drin verkriechen.«

Sophie, die im Morgenmantel hinter der Eingangstür stand, kaute nervös auf der Unterlippe. Sie wollte niemanden sehen, wollte von der ganzen Welt in Ruhe gelassen werden, auch von Yuna. Zwei Tage hatte sie sich wie ein waidwundes Tier in ihrem Bett verkrochen, hatte sich mit der Daunendecke eine Höhle gebaut und sich darin die Seele aus dem Leib geheult. Hatte weder auf Anrufe noch auf Sprach- oder Textnachrichten geantwortet. Würde Yuna nicht seit einer Viertelstunde einen Riesenradau vor ihrer Tür veranstalten, wäre sie gar nicht aufgestanden. Was ihr definitiv nicht gutgetan hatte, dachte sie. Ihre Beine fühlten sich an wie aus Gummi, und hinter ihrer Stirn pochte es.

»Ich will zurück ins Bett. Schlafen und vergessen«, jammerte sie leise.

»Wenn du nicht auf der Stelle aufmachst, hole ich Ronan mit seinem Chef und den Schlüsseldienst«, drohte Yuna. »Verlass dich drauf, wir kriegen deine Tür schon auf. Und wenn wir Dynamit dafür verwenden müssen.«

Sophie wusste, wann sie sich geschlagen geben musste. Sie drehte den Schlüssel im Schloss und hielt die Tür so weit auf, dass Yuna hineinschlüpfen konnte.

Die preschte wie eine Furie mit einem Wäschekorb in den Händen an ihr vorbei in Richtung Küche.

Sophie schlurfte widerwillig hinterher. »Was willst du?«,

fragte sie vorwurfsvoll. Ihre Stimme hörte sich lallend an, als ob sie getrunken hätte. Dabei war seit mehr als 24 Stunden kein Tropfen über ihre Lippen gekommen, auch kein Wasser. Plötzlich überfiel sie ein heftiges Durstgefühl, sodass sie zur Spüle eilte, nach der Tasse, die auf dem Abtropfbecken stand, griff und sie randvoll mit Leitungswasser füllte. Dreimal wiederholte sie das Prozedere und trank gierig.

Yuna hatte derweil den Inhalt des Korbes auf dem Küchentisch verteilt und stemmte die Hände in die Hüften. »Was für einen reizenden Anblick du heute bietest«, sagte sie mit einem sarkastischen Lächeln.

Sophie strich sich die brünetten Locken, die ihr wirr ins Gesicht fielen, zurück und fuhr sich mit der Zungenspitze über die Zähne. Sie fühlten sich pelzig an. Ihre Gesichtshaut spannte und die Lippen waren rau. Ein modriger Geruch ging von ihrem Körper aus, als ob sie halb tot wäre. Sophie ekelte sich vor sich selbst. »Ich glaube, ich sollte duschen«, nuschelte sie.

»Eine ausgezeichnete Idee.« Yuna wies mit der Hand in Richtung Badezimmer. »Wenn du fertig bist, setzt du dich hierher an den Tisch und isst einen Teller Suppe. Madame Rozar hat den halben Kühlschrank für dich ausgeräumt und mir mitgegeben.«

Sophie trollte sich mit eingezogenem Kopf von dannen.

Als sie 20 Minuten später frisch geduscht und mit einer sauberen Jeans, einem T-Shirt und einer Strickjacke bekleidet zurück in die Küche kam, dampfte Suppe auf dem Herd. Yuna hatte Käse, Brot und Butter auf dem Tisch angerichtet und eine Kanne Kaffee aufgesetzt. Davon goss sie Sophie als Erstes ein.

»Den kannst du sicherlich gut gebrauchen.«

Sophie fasste den Becher mit beiden Händen und spürte, wie der aufsteigende Dampf ihre Wangen streifte. Sie hob den Becherrand an die Lippen, stellte die Tasse jedoch hastig zurück auf den Tisch. Um ein Haar hätte sie sich an der heißen Flüssigkeit verbrüht.

»Hier.« Yuna schob einen Teller mit Suppe zu ihr hinüber. »Iss.«

Sophie tat schweigend, wie ihr geheißen worden war. Schließlich legte sie den Löffel auf dem Tisch ab und warf Yuna einen zerknirschten Blick zu. »Tut mir leid.«

»Das muss es nicht.« Yuna berührte kurz ihre Hand. »Aber ich habe mir Sorgen gemacht. Wir alle waren in Sorge um dich.«

»Es geht schon wieder«, antwortete Sophie mit krächzender Stimme. »Die Suppe hat mir gutgetan.«

»Madame Rozar hat für eine halbe Kompanie Kürbis-Tomatensuppe gekocht«, sagte Yuna mit einem Grinsen. »Ich schätze, ihr werdet sie die ganze Woche über auf die Mittagskarte setzen können.«

Sophie zog die Mundwinkel nach unten. »Ich habe ein schlechtes Gewissen, weil ich Madame Rozar und Filip im Stich gelassen habe.«

Yuna winkte ab. »Ach, die sind prima ohne dich zurechtgekommen. Du solltest es bloß nicht zur Gewohnheit werden lassen, sonst werden die beiden übermütig.«

Sophie merkte plötzlich, wie ausgehungert sie war. Sie griff nach einer Scheibe Baguette und belegte sie mit Käse. »Morgen bin ich wieder einsatzbereit«, versicherte sie.

Yuna goss sich ebenfalls einen Becher Kaffee ein und setzte sich ihr gegenüber. »Was ist los?«, fragte sie leise. »So kenne ich dich überhaupt nicht.«

»Ich mich auch nicht«, gestand Sophie. »Henri … Wir hatten Streit, und das hat mir buchstäblich den Boden unter den Füßen weggezogen. Ich war bei ihm, bin aber Hals über Kopf geflohen. Nachdem ich zu Hause ankam, war ich kaum mehr in der Lage, mich zu rühren. Ich fühlte mich wie gelähmt. Das Einzige, was noch funktionierte, war das Heulen.«

»Ihr hattet Krach? Glaub mir, das kommt in den besten Familien vor.«

Sophie schob einen Baguettekrümel mit dem Zeigefinger auf dem Tisch herum. »Das war kein normaler Krach. Das war überwältigend, Furcht einflößend und kam für mich wie aus heiterem Himmel.« Sie erzählte, was vorgefallen war.

»Er hat dich bedroht? Sale con«, presste Yuna zwischen den Lippen hervor. »Wie kann er es nur wagen?«

»Wahrscheinlich habe ich ihn provoziert«, sagte Sophie kleinlaut.

Yuna hieb mit der Faust auf den Tisch, wodurch die Kaffeebecher und der Teller klirrten. »Erzähl keinen Mist! Du trägst keine Schuld, wenn er so überreagiert.« Sie beugte sich zu Sophie hinüber. »Sag das niemals wieder«, warnte sie eindringlich. »Wenn du so anfängst, gehörst du bald zu den Frauen, die mit grün und blau geschlagenem Gesicht herumlaufen und behaupten, sie seien mit der Tür kollidiert.«

Sophie schwieg eine Weile, um ihre Gedanken zu ordnen. »Du hast recht. Es gibt keine Entschuldigung dafür, dass er so mit mir umgesprungen ist«, sagte sie schließlich. »Das ist unverzeihlich.«

»Da bin ich ja beruhigt«, grummelte Yuna.

»Ich hätte es kommen sehen müssen.« Sophie machte sich bittere Vorwürfe. »Die Vorzeichen waren ja mit knallroten Lettern in den Himmel geschrieben.«

Yuna griff nach ihrer Hand. »Wie sagt man so schön: Liebe macht blind.«

»Und taub und dumm. Wie habe ich mich nur darauf einlassen können?«

»Man sagt, es sind zu Beginn die Hormone. Oder der Geruch des anderen. Oder weil man auf ein bestimmtes Körpersignal reagiert. Also alles, worauf man erst mal vom Verstand her keinen Einfluss hat.«

»Ich habe mich geschmeichelt gefühlt«, erinnerte sich Sophie. »Dass ein Mann wie Henri sich ausgerechnet für mich interessiert, damit habe ich nicht gerechnet. Mit seinem Aussehen, seinem Charme und seiner kultivierten Art könnte er sicherlich jede haben. Außerdem ist er fünf Jahre jünger als ich. Wenn so ein Mann in dein Leben tritt und ›Ich will dich‹ sagt, das macht doch was mit einem.«

»Den schubst man nicht von der Bettkante«, stimmte Yuna zu.

»Der Teil unserer«, Sophie deutete mit den Fingern Anführungszeichen an, »Beziehung war fantastisch. Das werde ich wohl mein Lebtag nicht mehr erleben.«

»Ach quatsch, man weiß nie, was oder wer noch daherkommt. Du musst für alles offen bleiben.«

»Non, merci, mein Bedarf ist gedeckt«, brummte Sophie.

»Wann zogen denn bei euch die ersten dunklen Wolken auf?«, wollte Yuna wissen.

»Eh bien, ein komisches Gefühl, ein leichtes Bauchgrummeln hatte ich von Anfang an«, gestand Sophie. »Henri gab sich lieb und aufmerksam, stellte aber gleichzeitig Forderungen. Wollte immer mehr, als ich zu geben bereit war. Er kommt mir jetzt, im Nachhinein, wie ein Nimmersatt vor. Und er klammerte so fürchterlich, wollte mich für sich allein. Ich meine, wer erwägt denn allen Ernstes, schon einen Monat nach dem ersten Kennenlernen zusammenzuziehen? Und das in unserem Alter?«

»So, wie du es schilderst, könnte ich mir vorstellen, dass er unter massiven Verlustängsten leidet«, sagte Yuna nachdenklich. »Womöglich hat er schlechte Erfahrungen gemacht, das kann ja schon in seiner Kindheit geschehen sein. Oder ist er geschieden? Weißt du Näheres über ihn?«

Sophie schüttelte den Kopf. »Nein, er hat nur erzählt, dass er Einzelkind ist und dass er in Paris und Rennes studiert hat. Und ich war, ehrlich gesagt, mehr an unserer Gegenwart als an seiner Vergangenheit interessiert. Ich dachte, darüber zu reden würde sich von selbst ergeben, später irgendwann. Und jetzt …« Sie gab einen tiefen Seufzer von sich.

»Willst du ihn wiedersehen?«

Sophie schwieg eine Weile, dachte nach. »Im Moment nicht. Ich muss das erst mal verdauen, zur Ruhe kommen. Mich wieder auf meine Arbeit konzentrieren, die ich in den letzten Wochen sträflich vernachlässigt habe. Ich brauche Abstand, um eine rationale Entscheidung treffen zu können.«

Yuna stand auf und begann, die Lebensmittel im Kühlschrank zu verstauen. »Ich an deiner Stelle wäre vorsichtig«, riet sie. »Typen, die einen psychischen Knacks weghaben, die können mitunter gefährlich sein.«

»Willst du damit sagen, dass Henri mir aus Eifersucht oder verletzter Eitelkeit etwas antun würde?« Sophie blickte Yuna entsetzt an. »Das glaube ich nicht.«

»Eh bien, er hat sich nicht gescheut, dich am Gehen zu hindern. Er hat dir eine geknallt und er hat dich heftig durchgeschüttelt. Du konntest dich nur freimachen, indem du ebenfalls körperliche Gewalt angewendet hast. Also für mich schrillen da alle Alarmglocken.«

Sophie spürte, wie ihr erneut die Knie weich wurden. »Mais oui, da ist durchaus was dran. Ich habe schon ein bisschen Schiss.«

»Willst du eine Weile zu mir ziehen?«, schlug Yuna vor.

»Non, non«, wehrte Sophie ab. »Du hast genug um die Ohren, musst dich um deinen neuen Kutter kümmern und für die Prüfung lernen. Da wäre ich dir nur im Weg.«

»Quatsch«, widersprach Yuna heftig. »Du könntest mich bekochen und nebenbei den Prüfungsstoff abhören. Dabei würdest du so viel lernen, dass du ruckzuck imstand wärst, das Ruder zu übernehmen, um mich auf See zu entlasten. Wir würden quasi zwei Fliegen mit einer Klappe schlagen.«

Sophie ging auf die Freundin zu und umarmte sie kurz. »Lieben Dank für dein Angebot. Doch die Suppe habe ich mir selbst eingebrockt – also werde ich sie auch selbst wieder auslöffeln.«

»Was willst du machen?«

»Dafür sorgen, dass ich im Bistro möglichst wenig allein bin, falls Henri dort auftauchen sollte. Und darauf achten, die Tür stets verriegelt zu halten. In ein neues Schloss ›durften‹ wir ja bereits investieren, das ist nicht mehr so leicht zu knacken.«

»Gute Idee«, Yuna nickte. »Und sieh zu, dass du dein Handy immer griffbereit hast. Wenn er im Hof stehen und Ärger machen sollte, kannst du schnell die Polizei anrufen.«

»Ja, das werde ich. Und hier im Haus werde ich mich auch verbarrikadieren. Gut, dass es nicht mehr so heiß wie im August ist, wo ich alle Fenster in der Nacht weit geöffnet habe.«

»Was meinst du, sollen wir Jean-Luc, Filip und Ronan einweihen? Damit sie dich im Auge behalten?«

Sophie überlegte ein paar Sekunden. »Hm, das Ganze ist mir ziemlich peinlich.«

»Du musst ihnen ja nicht alle Details erzählen. Gib eine abgeschwächte Version der Geschichte zum Besten und sag ihnen, dass du vor dem Typen Angst hast.«

Sophie küsste die Freundin zum Abschied auf die Wangen. »Mille mercis für alles. Was würde ich nur ohne dich machen?«

»Ich rufe dich heute Abend noch mal an, um zu hören, wie es dir geht«, versprach Yuna. »Und schließ die Tür hinter mir zu.«

»Ja, das mache ich. Und nachher besorge ich mir eine Türkette. Sicher ist sicher.«

20. KAPITEL

In den nächsten Tagen fühlte sich Sophie bedrückt, hatte ihre Zuversicht und ihren Optimismus eingebüßt. Bei jedem kleinsten Geräusch zuckte sie zusammen, sah an jeder Ecke Gespenster und erschrak manchmal sogar vor ihrem eigenen Schatten. Sie vergrub sich in ihrer Arbeit, um die negativen Emotionen, wenn schon nicht zu verdrängen, so doch wenigstens in Schach zu halten. Nach Nächten, in denen sie erst spät in den Schlaf fand und von beklemmenden Träumen heimgesucht wurde, zwang sie sich, in aller Herrgottsfrühe aufzustehen und ins Bistro zu fahren. Dort schrubbte sie die Küche von oben bis unten, räumte sämtliche Vorratsschränke auf und brachte die Putzhilfe, die dreimal die Woche kam und für den Restaurantraum zuständig war, mit wechselnden Vorschlägen und Anweisungen zur Verzweiflung. Sie probierte neue Rezepte aus, die ihr jedoch nicht recht gelingen wollten. Um Algen in jeglicher Form machte sie einen weiten Bogen – das Kapitel hatte sie endgültig für sich abgeschrieben. Sie verbrauchte zwei DIN-A4-Blöcke, auf denen sie die Menüfolge für die Feiertage skizzierte, nur um sie wenige Minuten später wieder zu verwerfen. Dabei versuchte sie krampfhaft, nicht auf ihr Handy zu schielen, wo im Viertelstundentakt neue Nachrichten von Henri eingingen. Sie hatte seit dem Abend weder seine Anrufe entgegengenommen noch auf seine Nachrichten geantwortet. Ein paarmal hatte sie geglaubt, seinen hellgrauen Geländewagen auf der Straße langsam vorbeifahren zu sehen, und hatte sich eilig mit klopfendem Herzen abgewandt, sodass sie nicht wusste, ob es tatsächlich Henri gewesen war. Sie wünschte sich sehnlichst, dass er nie bei ihr im Bistro gesessen, sie sich nie auf ihn eingelassen hätte. Doch leider gab es keine Fee, die mit ihrem Zauberstab daherkam und alles ungeschehen machte.

Sophie schlug frustriert mit der Handkante auf den kleinen Berg Mehl, den sie auf der Arbeitsfläche angehäuft hatte, um daraus eine Tarte zu machen. Das Mehl stob als weiße Wolke auf, und sie musste husten.

»Mist, Mist, Mist!«, schimpfte sie, als sie wieder zu Atem gekommen war und sich das Mehl aus dem Gesicht gewischt hatte.

Filip, der das Ganze von draußen durch das Fenster beobachtet hatte, grinste amüsiert und gab Sophie durch ein Zeichen zu verstehen, dass sie ihm die Tür aufschließen solle.

»Übst du jetzt Karateschläge an Weizenmehl?«, feixte er, während er die Motorradkleidung ablegte.

»Das ist Dinkelmehl für eine rustikale Blumenkohl-Brie-Tarte«, grummelte sie.

»Bis daraus eine Tarte entstanden ist, wird es wohl noch ein Weilchen dauern«, stellte Filip nüchtern fest. »Was wollen wir denn in der Zwischenzeit essen?«

»Wieso essen? Hast du nicht zu Hause gefrühstückt?«, schoss Sophie pampig zurück.

»Nein«, erwiderte Filip ruhig. »Weil wir uns um 9 Uhr hier im Bistro mit Jean-Luc und Ronan zu einem gemeinsamen Frühstück verabredet haben. Hast du das etwa vergessen?«

Sophie starrte ihn entgeistert an. »Merde, daran habe ich nicht mehr gedacht. Was machen wir denn nun?«

Filip zog sich die Jacke wieder an. »Ich laufe schnell zur Boulangerie. Und du siehst zu, dass du deinen Teig fertigbekommst und ihn im Kühlschrank parkst. An Vorräten fürs

Frühstück wird es uns, mit Ausnahme von frischem Brot, wohl nicht mangeln.«

»Nein, natürlich nicht«, versicherte Sophie schuldbewusst. »Ich zwacke das vom Mittags- und Abendmenü ab. Und könntest du, wenn du schon in der Bäckerei bist, zehn Laibe Pains rustiques und 30 Baguettes bestellen, damit sie vor 12 Uhr geliefert werden? Das ist mir heute ebenfalls durch die Lappen gegangen.«

»Kein Problem, bin gleich zurück.« Filip machte sich auf den Weg.

Sophie vergewisserte sich, dass die Küchentür verschlossen war, und widmete sich mit neuem Elan dem Hefeteig. Im Anschluss holte sie Schälchen mit Wurst, Käse und hausgemachten Köstlichkeiten hervor, füllte frisches Wasser und Kaffeebohnen in die Kaffeemaschine und deckte den Tisch.

Als Filip erneut schwer beladen ans Fenster klopfte, war sie mit den Vorbereitungen fertig. Puh, das ist gerade noch mal gut gegangen, dachte sie erleichtert. Nur fünf Minuten später fanden sich auch Ronan und Doktor Bonnet in der Küche ein.

»Greift zu, fühlt euch wie zu Hause«, sagte sie, als alle am Tisch Platz genommen hatten.

Ronan war der Erste, der nach einem Pain au chocolat langte und herzhaft hineinbiss. »Ich weiß, dass wir einiges zu bereden haben, doch mit nüchternem Magen kann ich nicht nachdenken«, sagte er entschuldigend.

Filip rollte eine Scheibe Salami zusammen, steckte sie ohne Brot in den Mund und meldete sich erst dann zu Wort. »Ronan und ich haben gedacht, dass es gut wäre, wenn wir euch erzählen, was mir passiert ist.« Er gab in ein paar Sätzen wieder, wie er um ein Haar von der Straße abgedrängt worden war.

»Ach du lieber Himmel, das ist ja schrecklich!« Sophie war blass geworden. »Ich mag mir gar nicht ausmalen, was geschehen wäre, wenn du gestürzt wärst. Oder dich dieser Wagen gerammt hätte.«

»Hast du eine Ahnung, wer dahinterstecken könnte?«, fragte Doktor Bonnet mit ernstem Gesicht.

»Eh bien, das ist genau der Punkt, warum wir wollten, dass du heute mit dabei bist«, sagte Ronan. Er klang verlegen.

Doktor Bonnet zog fragend eine graue Augenbraue in die Höhe. »Benötigt ihr ärztlichen Beistand? Filip ist, wenn ich ihn richtig verstanden habe, doch gar nichts passiert. Vom Schrecken mal abgesehen.«

»Non, non, mit mir ist alles in Ordnung«, versicherte ihm Filip. »Wir wollten mit dir über den Wagen reden, der mich in Bedrängnis gebracht hat. Eine dunkle Mittelklasselimousine.«

»Und?« Doktor Bonnet war anzumerken, dass er keine Ahnung hatte, worauf Filip hinauswollte.

»Dein Gast aus Paris fährt doch so ein Auto, nicht wahr?«

Doktor Bonnet nickte.

»Ist er abends öfter mit dem Auto unterwegs? Womöglich bis spät in die Nacht?«, wollte Ronan wissen.

»Also es ist folgendermaßen«, antwortete Doktor Bonnet. »Anfänglich hat Robert nur in der Bude gehockt, hat mit mir endlose Diskussionen geführt, mich um den Schlaf gebracht. Auch weil er auf seinem Zimmer mit Hanteln oder anderen Fitnessgeräten trainiert. Es scheppert dort manchmal gewaltig, als ob schweres Metall auf dem Boden landet. Eines Tages hat er mit dem Laufen oder Joggen angefangen, oder was er sonst da draußen so treibt, ist seitdem tagsüber viel an der frischen Luft. Ich nehme an, dass er sein Auto benutzt, um an weiter entfernte Strände zu gelangen, neue Laufstrecken zu entdecken. Ich habe ihm den Hausschlüssel gegeben, damit ich nicht ständig auf ihn warten muss. Ein gutes Gefühl habe ich dabei nicht, aber was bleibt mir anderes übrig? Ich kann nicht mein ganzes Leben nach ihm ausrichten.«

»Was war am Donnerstag? War er da am Abend bei dir oder auf Achse?«

»Ich habe mich gegen halb zwölf in mein Schlafzimmer verzogen, um meine Ruhe zu haben«, gestand Doktor Bonnet. »Bis dahin war Robert mit mir unten im Wohnzimmer oder in der Küche. Ob er danach weggefahren ist, kann ich nicht sagen. Ich habe konzentriert gelesen und nicht darauf geachtet.«

»Also könnte er durchaus derjenige gewesen sein, der Filip bedrängt hat«, stellte Ronan fest und häufelte kleine Blätterteigpasteten auf seinen Teller.

Sophie rührte nachdenklich in ihrem Milchkaffee, den sie mit vier Zuckerstückchen gesüßt hatte. »Selbst wenn er zur fraglichen Zeit mit seinem Wagen unterwegs gewesen wäre. Warum sollte er es ausgerechnet auf Filip abgesehen haben? Die beiden kennen sich doch gar nicht.«

»Den Einwand habe ich auch geäußert.« Filip warf dem kauenden Freund einen Blick zu. »Ronan hat gemeint, dass es an dir liegen könnte.«

»An mir?« Sophie starrte Filip verdutzt an.

»Eh bien, weil du unbedingt herausfinden willst, was mit Aenor geschehen ist, wer sie auf dem Gewissen hat.«

Ronan schluckte den letzten Bissen hinunter. »Und weil Filip dich bei deiner Mörderjagd unterstützt. Wie Jean-Luc und ich auch«, fügte er erklärend hinzu.

Sophie schaltete schnell. »Heißt das, dass ihr Robert verdächtigt? Nehmt ihr an, dass er etwas mit den beiden Morden zu tun hat?«

»Ich möchte es nicht ausschließen«, sagte Ronan.

»Es stimmt, dass ich lieber heute als morgen wissen würde, wer dahintersteckt«, sagte Sophie. »Allerdings kann ich eurer Logik nicht folgen. Um die beiden Frauen zu ermorden, hätte er sie doch kennen müssen.«

»Richtig.« Doktor Bonnet nickte zustimmend.

»Als Aenor ums Leben kam, war Robert noch nicht lang in der Region«, fuhr Sophie fort. »Und da hatte er, wie Jean-Luc uns eben berichtet hat, kaum Außenkontakte, hielt sich meistens im Haus auf. Wie hätte er unter diesen Umständen Aenor begegnen sollen? Oder haben die beiden sich schon früher einmal getroffen? War Robert bereits in der Bretagne?«

»Weißt du diesbezüglich Näheres?«, wandte sich Ronan an Doktor Bonnet.

»Leider nein. Doch ich meine, dass seine Mutter erwähnt hat, Robert sei nie zuvor hier gewesen. Wenn er Urlaub gemacht hat, hat es ihn wohl in sonnigere Gefilde gezogen. In die Karibik oder so.«

»Er könnte beruflich hier zu tun gehabt haben«, gab Ronan zu bedenken. »Er ist sicherlich nicht in Rente, von irgendetwas muss er ja leben.«

»Vielleicht haben er und Aenor sich über Facebook oder eine Dating-Plattform kennengelernt«, schlug Filip vor. »Das ist heutzutage völlig normal.«

»Und dann kommt er her, sieht Aenor zum ersten Mal vis-à-vis, stellt fest, dass sie nicht seinen Erwartungen entspricht oder dass er sie nicht ausstehen kann, und bringt sie deswegen kurzerhand um?«, fragte Sophie mit einem spöttischen Lächeln. »Und weil das lustige Morden auf bretonischem Boden so eine nette Urlaubsbeschäftigung ist, schnappt er sich zwei Wochen später Louise Martin? Non, non, das kann ich mir wirklich nicht vorstellen.«

Filip hob die Hände in die Höhe. »Okay, damit ist der Verdacht vom Tisch. Gut möglich, dass wir uns etwas vergaloppiert haben. Ich würde trotzdem gern wissen, wer da am Steuer gesessen hat.«

»Kann ich gut verstehen«, meinte Sophie mitfühlend.

»Selbst wenn er mit den Morden nichts zu tun hat, ich traue dem Typen nicht«, gestand Ronan. »Der hat so eine komische Art an sich, ich sage euch, der hat etwas zu verbergen.«

Doktor Bonnet stellte die Kaffeetasse abrupt ab und schaute in die Runde. »Ich gebe es nicht gern zu, aber ich habe ebenfalls Bammel vor Robert.«

Sophie fiel beinahe das Messer, mit dem sie Butter auf eine Brotscheibe streichen wollte, aus der Hand. »Warum denn? Hat er dich in irgendeiner Weise bedrängt?«

»Ich habe ihn neulich zur Rede gestellt, wollte von ihm wissen, wann er gedenkt, wieder abzureisen. Da hat er mir durch die Blume zu verstehen gegeben, dass er nicht davor zurückschrecken würde, mich bei der Ärztekammer oder bei den Steuerbehörden anzuschwärzen.«

»Wieso das?«, empörte sich Sophie. »Du bist ein rechtschaffener Mann, bei dir ist doch alles in Ordnung. Oder etwa nicht?«, fügte sie nach einer kurzen Pause besorgt hinzu.

»Wie man es nimmt.« Doktor Bonnet rutschte auf seinem Stuhl hin und her. »Ich helfe gern mal aus und erhalte dafür manchmal eine Gegenleistung. Selbstverständlich kein Geld, eher Sachzuwendungen, wie man sagen würde.«

»Fällt das nicht in die Kategorie ›Nachbarschaftshilfe‹?«, meinte Filip.

»Garnier blufft, der kann dir nichts«, sagte Ronan.

»Nun ja, obwohl ich mir keiner Schuld bewusst bin«, entgegnete Doktor Bonnet, »möchte ich es nicht darauf ankommen lassen. Besser man weckt keine schlafenden Hunde. Ich möchte vermeiden, dass mir die Finanzbehörde das ganze Haus auf den Kopf stellt.«

»Den damit verbundenen Ärger möchte ich auch nicht erleben«, stimmte Sophie zu.

»Es ist nicht nur das, was mich schlecht schlafen lässt«, gestand Doktor Bonnet. »Ich habe vor zwei Wochen mit einem Freund aus Paris telefoniert, der Robert zwar nie persönlich begegnet ist, sich aber in seinem beruflichen Umfeld gut auskennt. Er hat mir einiges über ihn gesteckt.« Doktor Bonnet zählte auf, was er in Erfahrung gebracht hatte. »Gestern habe ich mich nochmals mit ihm ausgetauscht«, fuhr er fort, »und da hat er mich über ein weiteres, wie ich finde, sehr interessantes Detail informiert. Es mehren sich die Hinweise, dass in den Vereinigten Staaten, in denen Robert ebenfalls tätig war, ein Strafverfahren wegen Veruntreuung gegen ihn eingeleitet wird.«

Ronan klatschte mit der flachen Hand triumphierend auf den Tisch. »Jetzt wird mir so manches klar. Dieser Garnier hat sich zu uns in die Bretagne abgesetzt, weil ihm die Justizbehörden auf den Fersen sind. Er will hier untertauchen. Bist du dir sicher, dass Robert Garnier sein richtiger Name ist?«

»Daran besteht kein Zweifel«, sagte Doktor Bonnet.

»Ich nehme an, dass es bei diesem Verfahren um viel Geld gehen wird«, vermutete Sophie.

»Sehr viel Geld«, stimmte Doktor Bonnet zu. »Mein Freund sprach von Millionen.«

»Da ist also ganz schön Druck auf dem Kessel«, meinte Filip.

»Wenn dieses Strafverfahren gegen ihn publik wird, steht Robert nicht nur in Finanzkreisen vor dem Ruin«, stimmte Doktor Bonnet zu. »Deshalb hat er sich möglicherweise von einem Tag auf den anderen aus allem zurückgezogen. Hat der Börse den Rücken zugekehrt und sämtliche alten Verbindungen gekappt. Sogar sein Äußeres hat er verändert.«

»Ach wirklich?« Sophie blickte ihn erstaunt an.

»Ich habe ein bisschen gegoogelt, das bekomme sogar ich mit meinen fast nicht existenten Computerkenntnissen hin«, sagte Doktor Bonnet mit einem Schmunzeln. »Dabei bin ich auf Fotos von früher gestoßen. Darauf glaubt man, einen anderen Mann zu sehen: Damals trug er das Haar schulterlang und zurückgekämmt, meistens zu einem Pferdeschwanz zusammengebunden, ein bisschen wie Karl Lagerfeld. Und er hatte etliche Pfunde mehr auf den Rippen. Ich musste mehrmals hingucken, um zu glauben, dass es sich tatsächlich um Robert handelt.«

»Ich fasse es nicht!«, rief Sophie verärgert aus. »Hier macht er auf asketisch, meckert an jedem Kohlenhydrat und jedem Sauerstoffbläschen im Mineralwasser herum.«

»Ich nehme an, er konnte nur durch eine strikte Diät und durch rigorosen Ausdauersport so viel an Gewicht verlieren«, sagte Ronan und biss genüsslich in eine doppelt mit Camembert belegte Baguettescheibe.

»Wenn sich der Verdacht der Veruntreuung bestätigt, werden ihm eine Flucht in die Bretagne und sein verändertes Aussehen langfristig nichts nützen«, stellte Sophie fest. »Dazu hätte er sich woandershin absetzen müssen, vielleicht nach Paraguay oder Guatemala.«

»Ja, du hast recht«, räumte Ronan ein. »Wenn er komplett von der Bildfläche verschwinden will, muss er ein Land wählen, mit dem kein Auslieferungsabkommen besteht.«

»Ich schreibe ihm eine Liste«, brummte Doktor Bonnet.

»Wenn er es vorzieht hierzubleiben, werden ihn die zuständigen Kollegen trotz seiner optischen Veränderung bald einkassieren«, prophezeite Ronan. »Bei Betrug und Unterschlagung sind sie ganz fix dabei.«

»Nun ja, wir wissen ja nicht mit Sicherheit, inwieweit er involviert ist und was genau er sich zuschulden hat kommen lassen«, gab Doktor Bonnet zu bedenken.

»Es ist alles so verdammt kompliziert«, beschwerte sich Sophie und ließ entmutigt den Kopf hängen.

Auch die anderen schwiegen, schienen ihren eigenen Gedanken nachzugehen.

Ein lautes Klopfen führte dazu, dass alle erschrocken aufblickten. Madame Rozar stand vor dem Fenster und bat um Einlass.

»Mon Dieu, schon nach zehn«, rief Sophie entgeistert aus und schloss die Tür auf.

Madame Rozar strahlte über beide Backen. »Truffe geht es bedeutend besser«, verkündete sie triumphierend. »Sie frisst seit zwei Tagen wieder normal und wollte heute sogar nach draußen.«

»Ach, da bin ich aber erleichtert!«, freute sich Sophie.

»Ich denke, dass ich sie trotzdem weiter bei mir behalten sollte«, schlug Madame Rozar vor. »Bei mir hat sie mehr Ruhe.«

»Ja, machen Sie das«, stimmte Sophie zu.

»Ich bezahle das Futter«, bot Filip an.

»Ach, die paar Euro«, winkte Madame Rozar ab. »Ich bekomme bei meiner Schwägerin einen Rabatt, oder sie gibt mir Futterproben zum Testen. Pas de problème.«

»Möchten Sie auch etwas essen?«, fragte Sophie und zeigte einladend auf die Frühstücksrunde.

Madame Rozar band sich eine Schürze um. »Non, merci, ich decke schnell die restlichen Tische ein, das habe ich gestern Abend nicht mehr geschafft.« Sie verschwand im Restaurantraum.

»Was willst du jetzt wegen Robert unternehmen?«, wandte sich Sophie an Doktor Bonnet.

Der wirkte nicht sonderlich glücklich. »Eh bien, ich befürchte, dass mein Handlungsspielraum gering ist. Ich werde fürs Erste so tun, als ob nichts wäre, und versuchen, Zeit zu schinden. Bis ich etwas Konkretes gegen Robert in der Hand habe, womit ich ihn hinauskomplimentieren kann. Sollte er tatsächlich Dreck am Stecken haben, wird sich über kurz oder lang die Police nationale einschalten, und ich bin ihn los.«

»Wenn die Heizungsanlage in Dafnes Hotel bereits ersetzt wäre, könnte ich ihm vorschlagen, dass er dort einzieht«, sagte Sophie. »Doch ohne Warmwasser und funktionierende Heizkörper wird er es nicht wollen.«

»Bei mir ist es zu jeder Tages- und Nachtzeit mollig warm und gemütlich«, sagte Doktor Bonnet mit einem Seufzen.

»Vielleicht solltest du dir etwas ausdenken, das es für ihn weniger heimelig macht«, schlug Filip vor. »Fang an, Schlagzeug zu lernen, oder höre laute Opernmusik. Das wird ihn bestimmt vertreiben.«

»Ich glaube, ich werde auf meine alten Tage noch zum passionierten Heimwerker«, beschloss Doktor Bonnet. »Wenn ich über Stunden laut hämmere, mit der Kreissäge hantiere oder bohre, verliert er womöglich die Nerven.«

Sophie konnte Doktor Bonnet anmerken, dass ihm der Gedanke behagte. »Wie dem auch sei«, sagte sie und begann, die Frühstücksutensilien zusammenzuräumen. »Ich denke, wir können ausschließen, dass Robert am Tod von Aenor beteiligt war. Sie sind sich höchstwahrscheinlich nie begegnet, es gab dazu keinen Anlass.«

»Ja, das denke ich auch«, stimmte Doktor Bonnet zu. »Wenn mein Freund recht hat und Robert, bevor er zu uns in die Bretagne gekommen ist, viel Zeit in London und in den Staaten verbracht hat, gab es zwischen den beiden keinerlei Berührungspunkte. Dazu hätte Aenor ebenfalls reisen müssen, was sie vermutlich nicht getan hat.«

»Nein, nach der Scheidung konnte sie keine großen Sprünge machen, hat alles Geld in ihr Boot und ihr Unternehmen gesteckt«, sagte Sophie. »An eine Reise nach London oder in die USA war unter den Umständen nicht zu denken.«

»Sollten Sie von Madame Le Tammiers sprechen, dann bin ich anderer Meinung«, verkündete Madame Rozar, die unbemerkt in die Küche zurückgekommen war.

Sophie sah, dass sie heute nicht ihre Gesundheitsschuhe an den Füßen trug.

»Inwiefern?« Doktor Bonnet schaute sie mit zusammengezogenen Augenbrauen fragend an.

»Als ich Madame Le Tammiers das letzte Mal auf dem Markt an ihrem Stand getroffen habe, da hatte ich drei Gläser Orangenmarmelade im Korb«, berichtete Madame Rozar. »Diese typisch britische aus Bitterorangen, mit kleinen Schalenstreifen drin. Die mag ich so gern und nehme immer einen Vorrat mit, wenn sie auf dem Markt angeboten wird.«

»Was hat Aenor mit Orangenmarmelade zu tun?« Sophie konnte ihrer neuen Servicekraft nicht folgen.

»Wir sind darüber ins Gespräch gekommen«, sagte Madame Rozar. »Sie hat mir nämlich erzählt, dass sie die Sorte ebenfalls gern isst. Seit sie vor anderthalb Jahren wegen einer Fortbildung in London war.«

»Aenor war in London?« Sophie konnte es kaum glauben.

»Damals hat in London dieser riesige Umweltkongress stattgefunden. Sogar auf France 2 gab es Reportagen darüber.«

»Keine Ahnung.« Sophie zuckte mit den Schultern.

»Es ging dabei auch um nachhaltigere Fischerei und neue, ressourcenschonende Anbaumethoden im Meer. ›Food for Future‹ hat Madame Le Tammiers es genannt. Sie hat gemeint, dass sie damals ein unwahrscheinliches Glück gehabt hatte, weil sie zu denen gehörte, die zweimal innerhalb von sechs Wochen nach London fliegen durften. Die Kosten wurden von Sponsoren übernommen.«

»Das hat sie mir gegenüber nie erwähnt«, sagte Sophie.

»Es war ja auch Zufall, dass wir darüber wegen der Marmelade ins Gespräch gekommen sind«, erwiderte Madame Rozar. »Die gab es nämlich immer in der Pension, in der Madame Le Tammiers untergekommen war, mit Toast zum

Frühstück. Ich habe ihr extra den Tipp mit Antoine gegeben, dessen Frau kocht die Marmelade nach einem original britischen Rezept und verkauft sie auf dem Markt.«

»Sieh an! Also könnte es doch sein, dass Aenor und Robert einander schon früher begegnet sind«, stellte Doktor Bonnet fest.

»Vielleicht war er sogar einer der Sponsoren oder an der Finanzierung des Kongresses beteiligt«, überlegte Sophie.

»Könntest du diesbezüglich bei deinem Freund nachfragen?«, bat Ronan und erhob sich vom Stuhl.

»Ja, das werde ich«, versprach Doktor Bonnet.

»Ich werde diesen feinen Pariser Geldheini auf jeden Fall im Auge behalten«, verkündete Ronan. »Ich bin mit dem noch lang nicht fertig.«

»Ich auch nicht«, schlug Filip in dieselbe gedankliche Kerbe.

»Trotzdem müssen wir uns jetzt sputen«, trieb ihn Sophie zur Eile an. »Wir sind leider kein Debattierclub, sondern betreiben ein Bistro. Unsere Gäste werden nicht erfreut sein, wenn wir mit Verspätung aufmachen.«

»Alors, au travail! An die Arbeit!« Madame Rozar klatschte aufmunternd in die Hände.

Sophie zuckte zusammen, sie konnte ihre Schreckhaftigkeit noch immer nicht ablegen. Mit einem Auge schielte sie auf ihr Handy, wo erneut zig Nachrichten von Henri eingegangen waren. Nimmt das denn nie ein Ende, dachte sie bedrückt. Sie wünschte, sie könnte sich ebenfalls in ein Flugzeug setzen und mal eben nach London oder in die USA jetten. Alle Probleme und Sorgen hinter sich lassen.

21. KAPITEL

Zu ihrem Erstaunen traf Sophie nur wenige Stunden später erneut auf Doktor Bonnet. Der saß im Windschatten auf der Terrasse und unterhielt sich mit einem anderen Mann. Sie eilte an den Tisch, um die Bestellung aufzunehmen, Madame Rozar machte gerade eine wohlverdiente Pause.

Doktor Bonnet begrüßte sie mit einem Lächeln, das ihr nicht echt erschien. Sie zog kurz fragend eine Augenbraue in die Höhe, beließ es aber dabei. Sie ahnte, dass der Freund sich ihr in dem Moment nicht erklären konnte.

Doktor Bonnet wies mit der Hand auf den anderen Mann. »Sophie, darf ich dir Monsieur Hénaff vorstellen?«

Sie wandte sich dem neuen Gast zu. »Es freut mich, Sie kennenzulernen, Monsieur Hénaff. Ich habe einige Ihrer Artikel gelesen, wir haben die La Gazette des Caps abonniert.«

»Enchanté, Madame Vidal.« Hénaff stand kurz auf und deutete eine Verbeugung an.

Auf Sophie wirkte er aufgrund seiner Körpergröße und seiner extremen Hagerkeit wie ein Laternenpfahl, der im Wind schwankte.

Er ließ sich auf den Stuhl zurücksinken, sortierte seine langen Beine unter dem Tisch und legte die großen, sehnigen Hände in den Schoss. »Die Freude ist ganz meinerseits«, bekundete er. »Ich wollte seit Wochen bei Ihnen vorbeischauen, aber ich bin ein viel beschäftigter Mann. Derzeit geschieht hier in der Region so viel Außergewöhnliches, das ich dokumentieren muss. Ich komme kaum zum Feierabendmachen.«

Zum Essen offensichtlich auch nicht, dachte Sophie, schwieg jedoch, weil sie sah, dass Hénaff weiterreden wollte.

»Eh bien, wir erleben momentan eine Ausnahmesituation, da darf man sich nicht schonen. Mein Job ist es, am Puls der Zeit zu bleiben. Mit wachen Augen und gezücktem Stift überall dort tätig zu sein, wo ich gebraucht werde, um meine Mitbürger mit qualitativ hochwertigen Informationen zu versorgen. Vielleicht sollte ich, wenn es wieder etwas ruhiger geworden ist, einen Artikel über die ›Bistros de caractère‹ in der Bucht schreiben. Darin darf das ›Chez Sophie‹ natürlich nicht fehlen. Ich melde mich dann für ein Interview mit Ihnen.«

»Tun Sie das, ich stehe Ihnen gern für Fragen zur Verfügung«, versprach Sophie und spürte, wie sich ihre Vorfreude darauf in Grenzen hielt. Doch sie wusste, dass sie es sich nicht leisten konnte, die für sie kostenlose Werbung auszuschlagen, die ihr Hénaff mit seinem Artikel bieten würde.

»Ich habe Monsieur Hénaff gerade bei der Bank getroffen, und er war so nett, mich einzuladen«, mischte sich Doktor Bonnet in das Gespräch ein.

»Der cher docteur hat mir vor Kurzem über eine kleine Unpässlichkeit hinweggeholfen«, sagte Hénaff. »Jetzt kann ich mich mit einem Gläschen Weißwein revanchieren.«

»Ich nehme an, du möchtest deinen Lieblingswein, den Muscadet Loire-Atlantique?«, wandte sich Sophie an den Freund.

»Ja gern, gut gekühlt wie immer.«

»Und Sie, Monsieur Hénaff?«

»Dasselbe. Bringen Sie doch gleich eine ganze Flasche.«

»Gerne. Dazu eine Kleinigkeit zu essen? Wir haben heute hausgemachte Blumenkohltarte mit Brie sowie Galettes mit geschmolzenem Ziegenkäse auf der Karte. Wäre das etwas für Sie?«

»Ich nehme die Tarte mit einem kleinen Salat und Knoblauchbaguette«, sagte Doktor Bonnet sofort.

»Mir reicht ein einfaches Schinkensandwich. Das haben Sie doch sicherlich auch, oder?« Hénaff schaute Sophie fragend an.

»Selbstverständlich. Ich lasse es frisch für Sie zubereiten.« Sophie eilte zurück in die Küche, wo sie die Bestellung an Filip weitergab.

»Jean-Luc hat in den letzten Wochen kein Glück mit den Leuten, mit denen er sich umgibt«, stellte Sophie fest und holte eine Flasche Muscadet aus dem Weinkühlschrank. »Er scheint nicht sehr erfreut zu sein, diesen Journalisten an der Backe zu haben.«

»Hénaff von der La Gazette des Caps?«

»Genau den. Er hat Jean-Luc eingeladen.«

»Wenn das so ist, soll er wenigstens ordentlich zuschlagen«, erwiderte Filip pragmatisch.

Sophie beförderte den Korken gekonnt aus der Flasche. »Verdursten wird er schon mal nicht«, stellte sie mit einem Grinsen fest.

»Der Wein und das Essen werden ihn von den Sorgen mit Garnier ablenken«, meinte Filip. »Was er uns heute Morgen berichtet hat, hört sich für mich beunruhigend an.«

»Wir müssen eine Möglichkeit finden, ihm diesen Robert vom Hals zu schaffen«, sagte Sophie und nahm die heiße Tarte aus dem Backofen. »Lass uns später überlegen, wie wir das bewerkstelligen könnten. Ich muss den beiden ihr Essen bringen.« Sie eilte mit dem schwer beladenen Tablett aus der Küche.

»Zum Wohl, meine Herren«, sagte sie, als sie die bestellten Speisen serviert und vom Wein eingegossen hatte.

»Möchten Sie nicht ein Glas mit uns trinken?«, bot Hénaff an. »Ich habe etwas zu feiern.«

»Danke für das Angebot, aber ich muss mich um die anderen Gäste kümmern«, wehrte Sophie ab.

»Schade«, bedauerte Hénaff und prostete Doktor Bonnet zu. »Heute ist nämlich der Tag, an dem die Erfüllung eines Herzenswunsches für mich in greifbare Nähe gerückt ist.«

»Das hört sich spannend an.« Doktor Bonnet betrieb artig Konversation.

Hénaff beugte sich verschwörerisch vor, als ob er kurz davorstände, ein wohl behütetes Staatsgeheimnis zu lüften. »Seit mehr als fünf Jahren arbeite ich an einem Schreibprojekt, das mit immensem Aufwand verbunden ist. Die Recherchen dafür zwingen mich, mir die Nächte um die Ohren zu schlagen. Und dann muss alles noch zu Papier gebracht werden. Ich sage Ihnen, manchmal denke ich: Nicolaz, was hast du dir da bloß eingebrockt? Warum machst du dir all den Stress? Neben meinem eigentlichen Job, versteht sich, der ja schon anspruchsvoll genug ist.«

»Und, warum machen Sie es?«, konnte sich Sophie nicht verkneifen.

Hénaff klopfte sich mit der flachen Hand gegen die magere Brust. »Ich habe es über Jahre hier drin wie einen Schatz gehütet. Aber irgendwann musste es raus, aufgeschrieben und für die Nachwelt konserviert werden.«

»Darf ich fragen, worum es sich konkret handelt?« Doktor Bonnet lächelte bemüht.

»Oh ja, fragen dürfen Sie natürlich.« Hénaff zwinkerte ihm zu. »Doch leider werde ich Ihnen darauf heute keine Antwort geben. Erst wenn die letzten Schritte auf dem Weg zur Veröffentlichung geschafft sind, werde ich Näheres sagen. Wie es heute aussieht, werden wir uns nicht mehr lang gedulden müssen. Eine mitunter endlos erscheinende Durststrecke, bei der man mir viele Hindernisse in den Weg gelegt hat«, sein Gesichtsausdruck verdunkelte sich für einen Moment, »geht demnächst zu Ende. Daher meine Freude.« Hénaff erhob erneut sein Glas.

»Ich wünsche Ihnen bonne chance.« Doktor Bonnet imitierte Hénaffs Geste.

»Und ich sage: Bon appétit.« Sophie wollte zum nächsten Tisch, an dem soeben neue Gäste Platz genommen hatten, blieb aber noch stehen und betrachtete den kleinen Protestzug, der sich dem Bistro näherte.

Die Männergruppe, unter die sich ein paar wenige Frauen und Kinder gemischt hatten, trug Plakate mit Aufschriften wie »Non aux Éoliennes en Baie de St. Brieuc«, »Éoliennes = Mort de la Pêche« oder »Gardez les Caps«.

Doktor Bonnet hatte gerade begonnen, seinen Salat zu essen, und legte die Gabel nun neben den Teller zurück. »Die Fischer machen sich mal wieder wegen des Offshore-Windparks Luft. Ich kann sie sogar verstehen«, fügte er nach einer kurzen Pause hinzu.

»Ich weiß zwar, dass wir eher gestern als heute gegen den Klimawandel vorgehen und auf erneuerbare Energien setzen müssen. Doch die Vorstellung, dass nur 17 Kilometer vor meiner Haustür mehr als 60 Monsterwindräder in der Bucht aufgestellt werden, die finde ich auch ziemlich gruselig«, gestand Sophie. »Die Aussicht von den Kaps wird nicht mehr dieselbe sein, von den ökologischen Auswirkungen, die zu befürchten sind, ganz zu schweigen«, fügte sie leise hinzu.

»Ich habe gehört, dass bei den Arbeiten auf See erneut Hydrauliköllecks aufgetreten sind«, berichtete Doktor Bonnet. »Sie scheinen mit dieser Höllenmaschine, die für die Bohrungen zuständig ist, überall nach geeigneten Standorten zu suchen, finden sie aber nicht. Sie fangen an vielen Stellen an zu bohren und brechen dann wieder ab. Ich verstehe nicht, warum das nicht vorher abgeklärt wurde, es wurden doch endlose Messungen und Untersuchungen vorgenommen. Sie hinterlassen uns ein Schlachtfeld, bevor ein einziges Windrad aufgestellt wurde. So ähnlich hat sich auch der Bürgermeister geäußert. Ich mag mir gar nicht ausmalen, was noch alles passieren wird, bis der Windpark ans Netz geht.« Doktor Bonnet nahm einen großen Schluck Wein.

»Hat es in dem Zusammenhang nicht vor Kurzem an der Plage de Caroual einen Zwischenfall gegeben?«, fragte Sophie. »Ich meine gelesen zu haben, dass die Fischer dort zu einem Grillfest eingeladen hatten. Dabei sind sie anscheinend prompt mit ein paar Leuten aneinandergerasselt, die für den Windpark arbeiten. Die haben an dem Strandabschnitt doch ihr Basislager.«

»Selber schuld«, empörte sich Hénaff. »Warum mussten sie sich ausgerechnet diesen Ort für ihr Picknick aussuchen? Das war doch eine bewusste Provokation vonseiten der Fischer.«

»Eine Provokation würde ich das nicht nennen«, widersprach Doktor Bonnet. »Sie wollten ein Zeichen setzen, ein friedliches Zusammentreffen mit gegrillten Merguez-Würstchen und Bier veranstalten. Leider gab es auf beiden Seiten einige wenige Störenfriede. Und nachdem die Gemüter unter Alkoholeinfluss zu erhitzt waren, kam es zu ein paar Rempeleien.«

»Ich hoffe, dass es heute keinen Ärger geben wird.« Sophie musterte sorgenvoll die Demonstranten, die mit lauten Rufen und schrillenden Trillerpfeifen am Bistro vorbeizogen.

Hénaff hatte einen verkniffenen Gesichtszug aufgesetzt. »Also ehrlich: Ich verstehe die ganze Aufregung um den Windpark nicht. Das Projekt bringt meiner Ansicht nach – und ich habe viel Zeit und Mühe investiert, um mir eine fundierte und unabhängige Meinung zu bilden – nur Nutzen.

Für uns alle, die wir an der Bucht leben.« Das »alle« betonte er besonders deutlich.

»Das wage ich eher zu bezweifeln«, sagte Sophie.

»Dann sind Sie einem Irrtum aufgesessen«, erwiderte Hénaff. »Dieses Gerücht, dass der Meeresboden in Mitleidenschaft gezogen wird und die Fische nicht mehr in Ruhe laichen können, ist doch längst widerlegt. Im Gegenteil, sie profitieren davon, dass der Boden etwas aufgemischt wird und mitunter andere Strömungsverhältnisse geschaffen werden. Dasselbe gilt für die Jakobsmuscheln. Das haben neueste wissenschaftliche Studien zweifelsfrei bewiesen.«

»Es kommt bekanntlich immer darauf an, wer die Studien in Auftrag gegeben hat«, konterte Sophie schnippisch.

»Was ist mit den vielen Zugvögeln, die im Frühjahr und Herbst in unserer Bucht rasten?«, richtete sich Doktor Bonnet an Hénaff. »Es steht zu befürchten, dass die Routen der Vögel durch die Windräder zerschnitten werden, dass die Vögel wertvolle Ressourcen nicht mehr nutzen können.«

»Mais non, mais non.« Hénaff hob erregt die Hände. »Die Vögel wie auch die Fische, Schweinswale und Delphine werden sich an die neue Situation gewöhnen und sich in kürzester Zeit andere Gebiete oder Routen suchen. Dafür hat die Evolution doch vorgesorgt, Leben ist schließlich Wandel. Außerdem sind die Wasserflächen dieser Erde groß genug, damit alle davon profitieren können.«

Die Trillerpfeifen der Demonstranten wurden lauter.

Hénaff schüttelte missbilligend den Kopf. »Also ich finde das respektlose Gehabe dieser Leute widerlich. Das ist Ruhestörung. Und eine nicht gesetzeskonforme Blockierung des öffentlichen Straßenverkehrs dazu.«

»Ich sehe hier kein Auto, das an seiner Weiterfahrt gehindert wird«, erwiderte Doktor Bonnet trocken.

Hénaff schmiss die Serviette, die er auf dem Schoss ausgebreitet hatte, auf den Tisch und schnellte wie ein Springteufel auf die Beine. »Entschuldigen Sie, cher docteur, wenn ich unser Treffen früher als beabsichtigt beende. Aber die Pflicht ruft. Ich muss dem Zug folgen, ein paar Fotos schießen und herausfinden, was diese Verblendeten im Schilde führen. Die Menschen in der Region haben ein Recht auf die Wahrheit.« Er drückte Sophie einen Hunderteuroschein in die Hand und war verschwunden.

Sie schaute ihm verdutzt hinterher. »Puh, das nenne ich mal einen Auftritt«, sagte sie nach ein paar Sekunden.

Doktor Bonnet schüttelte den Kopf. »Ich bin mir ebenfalls nicht sicher, was ich davon halten soll.«

Sophie stellte Hénaffs Glas und das Sandwich, das er nicht angerührt hatte, auf das Tablett. »Er hat völligen Stuss erzählt«, entrüstete sie sich. »Warum bestreitet gerade er, der selbst ernannte ›Mann der Wahrheit‹, die negativen Folgen? Oder blendet sie komplett aus?«

»Ich lese die La Gazette des Caps täglich«, sagte Doktor Bonnet. »Mir ist aufgefallen, dass Hénaff in letzter Zeit öfter über das Ziel hinausschießt oder Sachverhalte nicht korrekt darstellt.«

»Ich fand seine Artikel nie sonderlich lesenswert«, gestand Sophie. »Aber richtig aufgeregt habe ich mich darüber, wie er über Aenors Tod und den von Louise Martin berichtet hat. Die anderen Zeitungen waren wesentlich objektiver, haben versucht, die Zusammenhänge besser darzustellen. Ich frage mich, warum die La Gazette so einen wie Hénaff weiter beschäftigt.«

»Seine Position ist in der Führungsetage wohl nicht unumstritten. Hat er zumindest bei unserem ersten Treffen angedeutet.«

»Kein Wunder.«

»Eh bien, einen Vorteil hat die Unterbrechung durch den Protestzug.« Doktor Bonnet griff nach Messer und Gabel. »Ich bin ihn los und kann mich endlich in Ruhe deiner Tarte widmen.«

Sophie lachte leise. »Lass es dir schmecken. Und genieße auch den Wein. Ich bringe dir nachher einen Kaffee zur Verdauung.«

*

Der Wochenendmarkt auf dem Quai des Terre Neuvas im Hafen von Dahouët war wegen der Herbstferien gut besucht, und Sophie musste sich einen Weg durch flanierende Touristen und Einheimische bahnen. Sie spürte, wie ihr trotz des aufgefrischten Winds von See der Schweiß auf die Stirn trat und ihr die Arme lang wurden, denn sie war schwer beladen. Nicht weil sie sämtliche Marktstände geplündert hätte. Sie hatte einem Kollegen, der im Begriff stand, sein Café in der Rue des Islandais aufzulösen, jede Menge Töpfe und Schüsseln abgekauft. In ihrer Bistroküche waren sie diesbezüglich chronisch unterbesetzt, was Sophie nun für kleines Geld behoben hatte. Sie war stolz auf sich und freute sich, als sie Michel und Fabienne an ihrem Auto stehen sah. Die beiden waren wohl auf dem Markt gewesen und hatten ihren Kombi entdeckt, an dem sie nun auf sie warteten.

»Komm, ich helfe dir beim Einladen.« Michel nahm ihr einen Teil der Taschen ab.

»Kannst du mal in meine Jackentasche greifen und den Autoschlüssel herausholen?«, bat Sophie Fabienne, die sich ebenfalls sofort nützlich machte.

»Puh, jetzt bin ich aber geschafft«, gestand Sophie, als ihre Einkäufe im Auto verstaut waren.

»Wollen wir einen Kaffee trinken gehen?« Fabienne wies mit der Hand auf die Häuser am Kai.

»Ich weiß nicht.« Sophie zögerte. »Es sieht heute alles proppenvoll aus. Ich habe keine große Lust, mich irgendwo dazwischenzuquetschen. Obwohl ich Durst habe.«

»Mir ist ebenfalls nicht nach Sardinen-Feeling«, stimmte Michel zu.

»Ich habe eine Flasche Orangina-Limonade im Auto«, sagte Fabienne. »Wenn du möchtest, kann ich sie schnell holen.«

»Oh, das wäre total lieb von dir«, antwortete Sophie dankbar. »Normalerweise habe ich immer Wasser dabei, doch heute habe ich es vergessen.«

Fabienne machte sich auf den Weg, und Sophie wandte sich an Michel. »Wie geht es euch?«

»Ça va, ganz gut. Fabienne ist über den Schrecken hinweg. Wir machen weiter wie zuvor. Was bleibt uns auch anderes übrig? Es ist mühsam und frustrierend, aber alles hinzuschmeißen ist keine Option. Ich habe, ehrlich gesagt, ein paarmal mit dem Gedanken gespielt, mich dann jedoch zusammengerissen.«

»Aenor hätte nicht gewollt, dass ihr euren Kampf, der auch der ihre war, aufgebt.«

»Nein, das hätte sie nicht.«

»Schau mal, die Korrigan, ihr Boot, liegt noch immer da vorn vor Anker, als ob nichts geschehen wäre. Weißt du, was aus ihrem Laden und den Produktionsräumen wird? Ich war nicht mehr dort, seit ich …« Sophie verstummte.

»Ich habe keine Ahnung, ob Treveur etwas davon für sich beanspruchen kann, sie waren ja geschieden. Aenor hat eine Schwester in Rennes. Vielleicht tritt sie das Erbe an und kümmert sich um die Abwicklung.«

Sophie seufzte. »Schade, ich hätte so gern mit Aenor etwas Gemeinsames aufgebaut. Doch das ist für immer passé.«

Fabienne kam mit der Limoflasche in der Hand zurück und reichte sie Sophie, die durstig trank und sich im Anschluss mit dem Handrücken die Lippen abwischte. Aus den Augenwinkeln glaubte sie zu erkennen, wie sich ihr ein großer schlanker Mann mit blonden Locken näherte. Sie drehte sich abrupt um.

»Wie wäre es, wenn wir einen kleinen Spaziergang machen?«, schlug sie hastig vor. »Ich könnte ein bisschen frische Luft gebrauchen, hier sind mir zu viele Menschen.«

»Lass uns doch die paar Schritte hoch zum Oratorium gehen. Dort gibt es Bänke, von denen man eine herrliche Sicht aufs Meer hat«, sagte Fabienne.

»D'accord«, stimmte Sophie sofort zu und setzte sich in Bewegung.

Sie liefen am Kai entlang, bis sie die Treppe erreicht hatten, die zur felsigen Anhöhe führte. Dort warf Sophie nochmals einen verstohlenen Blick nach hinten, konnte den Blondschopf aber nicht mehr entdecken. Sie erklommen die Stufen, auf denen an jedem 15. August auch die Gläubigen hochstiegen, um dem Segnen der Marienstatue und dem »Pardon de la mer«, dem Gedenken an die auf See verschollenen Seeleute, beizuwohnen. Heute waren sie fast allein, nur ein junges Pärchen saß eng umschlungen auf einer Bank hinter dem Monument. Der zum Hafen hingewandte Teil des Felsplateaus war eingeebnet, mit Sandsteinen gepflastert und mit einer kleinen Mauer eingefasst worden, an die sich Sophie mit der Hüfte lehnte.

»Ich war schon seit Ewigkeiten nicht mehr hier«, sagte sie und schaute sich das Denkmal genauer an. Vier Granitsäulen trugen auf einer quadratischen Grundfläche einen weiß gestrichenen Holzrahmen, der in einen mit Zink bedeckten, kuppelförmigen Turm mündete. Darunter befand sich die Statue der Notre-Dame-de-la-Garde. Sie hielt das Kind auf dem Arm und wachte seit etwa 120 Jahren über die Einfahrt zum alten Hafen und über die Schiffer, die von hier aus in See stachen.

»Wie viele Frauen an dieser Stelle wohl vergeblich auf ihren Liebsten gewartet haben?«, murmelte sie nachdenklich und fühlte plötzlich tiefe Trauer in sich aufsteigen. Denn auch ihr hatte das Schicksal übel mitgespielt: Sie hatte durch Umstände, die sie nicht erwartet hatte, einen Geliebten verloren, hatte ihre Liebe zu Henri quasi von einer Sekunde auf die andere zu Grabe tragen müssen. Seine Nachrichten auf dem Handy ließen erahnen, dass er ihr inzwischen nur noch Zorn und Verachtung entgegenbrachte. Sie befürchtete, dass dies bald in offenen Hass umschlagen würde. Wie sollte sie damit bloß umgehen? Verstohlen wischte sie sich eine Träne aus dem Augenwinkel.

»Seht mal, da hinten ist eine Bank frei«, rief Michel und beschleunigte seine Schritte. Die beiden Frauen folgten ihm.

Eine Weile saßen sie stumm nebeneinander und genossen die Aussicht. Sophie spürte, wie sie zur Ruhe kam. Das Meer schimmerte türkisfarben bis zum Horizont. Das Wasser des Flüsschens Flora, das sich hier mit dem Ozean vereinte, war deutlich dunkler, weil es Sedimente aus dem Hafenbecken mit sich führte. Der auf einer kleinen Felseninsel erbaute weißgrüne Leuchtturm La Petite Mouette verhalf den Schiffen bei schlechtem Wetter oder bei Nacht zu einem sicheren Einlaufen in den Hafen. Sanfte Wellen plätscherten gegen den Strand. Alles war so friedlich. Könnte es doch immer so sein, dachte Sophie wehmütig.

»Ich habe in Hillion und Umgebung herumgefragt«, unterbrach Michel ihre Gedanken. »Dabei ist mir Interessantes über Louise Martin zu Ohren gekommen.«

»Ah oui?« Sophie riss sich von der Aussicht los und wandte sich Michel zu. »Was denn?«

»Ich habe bei unserem letzten Treffen erwähnt, dass Louise von einem Häuschen geträumt hat, wo sie auch ihr Pferd hätte halten können«, antwortete Fabienne anstelle ihres Mannes.

»Oui, ich erinnere mich«, sagte Sophie.

»Es sieht so aus, als ob sie das Haus vor einer ganzen Weile gefunden hätte«, sagte Michel. »Der Vorvertrag war unterschrieben, die Finanzierung gesichert und der Verkauf sollte bald über die Bühne gehen.«

»Leider wird sie es nun nie in Besitz nehmen können«, sagte Sophie düster.

»Ja, es ist wirklich eine Tragödie«, stimmte Michel zu. »Doch selbst wenn für sie alles planmäßig verlaufen wäre, hätte es nicht so geendet, wie sie es sich erhofft hatte. Ihr Traum drohte sich in einen Albtraum zu wandeln.«

»Hat sie Baumängel festgestellt? Oder war das Haus von Schimmel oder Termiten befallen? Hat sie vorab keinen Gutachter eingeschaltet?« Sophie schaute Michel ratlos an.

»Das Haus an sich war wohl in Ordnung«, antwortete er. »Es war die Lage, die Probleme bereitete.«

»Das verstehe ich nicht«, sagte Sophie. »Sie muss das Haus doch besichtigt haben, ich vermute sogar mehrmals.«

»Sie konnte nicht ahnen, dass das Vorhaben eines Nachbarn ihr in die Quere kommen würde«, erklärte Fabienne. »Der hat über sein Projekt Stillschweigen bewahrt, und Louise bekam es offenbar durch Zufall mit. Es muss ein Schock gewesen sein.«

»Wer ist denn dieser Nachbar? Und was hat er vor? Er will doch sicher keine Autobahn oder Schnellstraße direkt neben dem Grundstück bauen, oder?«

»Es ist Maloù Perroquier«, sagte Fabienne.

»Mon Dieu!« Sophie schlug die Hand vor den Mund. »Perroquier und seine größenwahnsinnigen Erweiterungsabsichten. Er will mit den Saudis zusammen einen Megastall bauen.«

»Du weißt davon?«, wunderte sich Fabienne.

»Er hat es mir brühwarm erzählt, als ich bei ihm auf dem Hof war. Ich habe ihn ein bisschen angeflirtet und vorgegeben, mit ihm auf derselben Linie zu sein. Da hat er sich mir gegenüber ziemlich geöffnet. Er strotzte geradezu vor Stolz, weil ihm ein solcher Deal gelungen war. Es hat mich zwar innerlich geschüttelt«, erinnerte sich Sophie, »doch ich habe mir nichts anmerken lassen.«

»Wie cool von dir«, lobte Fabienne. »Ich glaube nicht, dass ich meinen Mund hätte halten können.«

»Ich war über mich selbst überrascht«, gestand Sophie. »Aber inwiefern haben Perroquiers Pläne denn Louise betroffen?«

»Wenn Perroquier tatsächlich eine Baugenehmigung erhalten sollte, werden die neuen Stallungen und die Silos unmittelbar an das Haus grenzen, das Louise kaufen wollte«, erklärte Michel.

»Die meterhohen Silotürme werden einen direkten Schatten auf das Grundstück werfen, sich wie Riesen aus Beton daneben aufbauen«, fügte Fabienne anschaulich hinzu.

»Das würde ich mir nicht gefallen lassen«, rief Sophie spontan aus.

»Eh bien, das ist das eigentlich Interessante an den Neuigkeiten«, sagte Michel. »Auch Louise wollte Perroquiers Absichten nicht widerstandslos hinnehmen. Sie hat einiges unternommen, um sich gegen ihn zur Wehr zu setzen.«

»Was hat sie getan?«

»Sie hat sich bei der zuständigen Behörde beschwert und durch einen Anwalt Einspruch erhoben. Und sie hat sich, wie man hört, nicht davor gescheut, Perroquier direkt anzugehen.«

»Sie wirkte mit ihren blonden Locken und ihrer freundlichen Art zwar wie ein Engel«, sagte Fabienne. »Doch sie konnte, wenn sie wollte, ganz schön die Zähne zeigen. Ich habe ein paarmal miterlebt, wie sie unverschämte Kunden oder solche, die einen Haufen Bücher bestellt hatten und plötzlich nicht zahlen wollten, in ihre Schranken verwies. Die meisten haben flugs ihre Bankkarte gezückt und sind mit hängenden Ohren abgezogen.«

»Was vermuten lässt, dass sie auch bei Perroquier kein Blatt vor den Mund genommen hat«, sagte Sophie.

»Nein. Ich nehme an, dass sie ihm deutlich zu verstehen gegeben hat, was sie von seinem Vorhaben hielt«, mutmaßte Michel.

Für einen Moment schaute Sophie versonnen einer Möwe zu, die sich vor ihnen im Wind treiben ließ. »Lasst mich das mal zusammenfassen«, sagte sie schließlich. »Wenn ich euch richtig verstanden habe, können wir davon ausgehen, dass Perroquier und Louise einander nicht sonderlich grün waren. Louise hätte eine echte Gefahr für ihn darstellen können. Ich nehme an, dass beim Genehmigungsverfahren für das Projekt noch nicht alles in trockenen Tüchern ist, nicht wahr? Perroquier hat bei mir zwar durchklingen lassen, dass es ohne Komplikationen ablaufen wird, doch das habe ich ihm nicht abgenommen.«

»Nein, ich gehe ebenfalls davon aus, dass die zuständige Behörde sowie das Landwirtschaftsamt genau abwägen werden, ob eine solche Vergrößerung ins Landschaftsbild passt und unter ökologischen Gesichtspunkten überhaupt ratsam ist. Da drückt niemand sofort einen Stempel auf die Papiere und gut ist«, sagte Michel.

»Wenn also Druck von außen hinzugekommen wäre, wenn Louise in ihrer Verzweiflung eine Bürgerinitiative ins Leben gerufen oder eine Petition gestartet hätte, hätte Perroquier ziemlich in der Bredouille gesteckt«, resümierte Sophie. »Um ihren Traum zu retten, hätte sie seinen zum Platzen bringen müssen.«

»Ja, sie wollte das auf jeden Fall auskämpfen. Sie hatte immerhin schon eine Stange Geld investiert. Und sie hatte Unterstützung, zumindest am Anfang.«

»Woher weißt du das?«, wunderte sich Sophie.

»Ich habe mit einer Bekannten gesprochen, die auch Kundin in der Buchhandlung war. Ihr hat Louise einiges erzählt, von dem ich bis dahin nichts wusste. Aber wir standen uns ja nicht wirklich nah, waren keine Freundinnen. Trotzdem habe ich sie gemocht, sehr sogar.« Fabiennes Stimme klang belegt.

»Von wem hatte sie denn Unterstützung?«

»Es gab wohl einen Mann, der ihr dabei geholfen hat«, antwortete Fabienne. »Ich glaube, sie wollten sogar zusammenziehen.«

»Ich bin nach deiner Erzählung über sie davon ausgegangen, sie wäre Single gewesen«, wunderte sich Sophie.

»Die Beziehung ist anscheinend in die Brüche gegangen«, meinte Fabienne. »Vielleicht kam er wie sie aus dem Elsass, konnte sich aber mit der Bretagne nicht anfreunden. Ich weiß es nicht, das sind alles Spekulationen. Jedenfalls finde ich es sehr schade. Louise hatte, was ihre Zukunftspläne betraf, wirklich nicht viel Glück.«

»Nein, danach sieht es nicht aus«, musste Sophie ihr recht geben. In dem Augenblick kam ihr ein Gedanke und sie schlug sich mit der flachen Hand gegen die Stirn. »Mon Dieu, ist euch das nicht auch aufgefallen? Aenor und Louise, beide kannten Perroquier! Und beide hatten gute Gründe, sich mit ihm anzulegen. Selbst wenn die beiden Frauen einander nie persönlich begegnet sind, gab es eine indirekte Verbindung zwischen ihnen: Maloù Perroquier.«

Fabienne fiel die Kinnlade herunter. »Willst du damit andeuten, dass Perroquier ihr Mörder sein könnte? Der Gedanke ist mir überhaupt nicht gekommen.«

»Mais oui«, rief Michel aufgeregt. »An dem, was Sophie

gesagt hat, ist viel Wahres dran. Beide Frauen haben für Perroquier eine Bedrohung dargestellt, hatten das Potenzial, seine beruflichen Pläne zu torpedieren, die Erfüllung seines Herzenswunsches zum Scheitern zu bringen. Es könnte doch gut sein, dass Perroquier sich gezwungen sah, zu handeln, das Problem auf seine Art zu lösen.«

»Er hat Aenor immerhin mit der Schaufel bedroht«, erinnerte sich Sophie. »Auch wenn Perroquier bei mir die Liebenswürdigkeit in Person war, weil ich vorgab, auf seiner Seite zu stehen, habe ich eine gewisse Härte und Aggressivität in ihm gespürt.«

Michel sprang aufgeregt von der Bank. »Wir sollten die Polizei informieren.«

»Ich weiß nicht … Wir sollten besser nichts übereilen.« Fabienne sah skeptisch aus. »Ich frage mich, wie die Algen und die Art, wie Aenor und Louise getötet wurden, da mit ins Spiel kommen. Dein Freund, dieser Doktor …« Fabienne hatte den Namen nicht mehr parat.

»Doktor Bonnet«, half ihr Sophie auf die Sprünge.

»Ja, richtig, Doktor Bonnet. Er hat doch gemeint, dass die Algen für den Täter eine spezielle Bedeutung hätten, dass sie sozusagen sein Thema wären und dass er uns damit etwas mitteilen will. Das klang für mich logisch. Wie passt das zu Perroquier?«

»Womöglich irrt sich Doktor Bonnet, und die Algen waren nur Zufall«, wandte Michel ein.

»Eh bien.« Sophie zog grübelnd die Stirn in Falten. »Bei Aenor könnten die Algen schon eine Rolle gespielt haben. Sie hat Perroquier direkt damit konfrontiert, hat behauptet, dass er die Algenplage verursache. Leider wissen wir über das, was Louise und Perroquier beredet haben, so gut wie nichts. An dem Punkt müssen wir noch mal ansetzen und versuchen, mehr über die beiden zu erfahren.«

»Leichter gesagt als getan«, stöhnte Fabienne.

Sophie rieb sich mit den Händen die Oberarme, weil sie fröstelte. »Ich könnte jetzt doch einen heißen Kaffee oder Tee gebrauchen. Der Wind ist ganz schön kalt. Ich glaube, das war's mit der Schönwetterperiode. Der Herbst klopft ernsthaft bei uns an.«

»Hoffen wir, dass er zumindest die Algen an den Stränden vertreibt«, sagte Michel und erhob sich von der Bank.

22. KAPITEL

Ronan drückte beherzt aufs Gaspedal. Der Wagen schlitterte aus der Einfahrt auf die schmale Straße. Er riss das Lenkrad nach rechts, bremste kurz ab und gab erneut Gas. Unter Missachtung aller Geschwindigkeitsbeschränkungen raste er durch Erquy.

»Kannst du kommen? Ich habe den Eindruck, dass jemand ums Bistro schleicht«, hatte Sophie am Telefon gesagt. Ihre Stimme hatte panisch geklungen. Da sie Ronan vor ein paar Tagen anvertraut hatte, dass ihr dieser Algenforscher aus Saint-Suliac nachstellte, hatte er keine Sekunde gezögert, war sofort in den Dienstwagen gesprungen.

Er überlegte einen Moment, ob er das Blaulicht einschalten sollte, entschied sich aber dagegen. Wenn er wie die Kavallerie mit gezückten Säbeln vor dem Bistro angaloppieren würde, wäre derjenige, der Sophie bedrängte, gewarnt und würde sich aus dem Staub machen. Das wollte Ronan nicht riskieren.

Als er in die Seitenstraße einbog, in der das »Chez Sophie« lag, verringerte er das Tempo, blieb schließlich mit gehörigem Abstand zum Bistro am Straßenrand stehen und stieg aus. Zu dieser späten Stunde waren nur wenige Passanten unterwegs, und alle wirkten harmlos. Ronan nahm kurz im Eingang eines Souvenirgeschäftes mit Strandartikeln und allerlei maritimen Nippes Deckung und scannte die Gegend mit den Augen ab. Vor dem Bistro konnte er niemanden ausmachen. Trotzdem verharrte er zwei, drei Minuten in seinem Versteck und wartete.

Schließlich löste er sich aus dem Schutz des Shopeingangs und eilte zur übernächsten Hausecke, von wo eine schmale, überdachte Einfahrt in den Hinterhof des Bistros führte. Er vergewisserte sich, dass seine Dienstwaffe korrekt im Holster saß, und schlich vorwärts, blieb dabei immer im Schatten der Wand.

Der Hof lag im Dunkeln, Sophie hatte offenbar die Außenlampe ausgeschaltet. Die Küche wurde nur von einer kleinen LED-Lampe, die auf dem mannshohen Kühlschrank stand, beleuchtet, sodass Ronan beim gehetzten Blick durch das Fenster nicht erkennen konnte, wo sich Sophie befand. Und ob sie allein war. Hatte ihr ehemaliger Geliebter sich etwa schon Zutritt verschafft? Merde, dachte Ronan. Warum hatten Filip und Madame Rozar ausgerechnet heute eher Feierabend gemacht und Sophie damit unabsichtlich ihrem Schicksal überlassen?

Ronan lauschte angestrengt und versuchte, ein Geräusch zu orten, das ihm entweder über Sophies Aufenthaltsort oder den des Mannes Aufschluss geben könnte. Doch er vernahm nur das Rauschen seines eigenen Blutes in den Ohren. In geduckter Haltung huschte er unter dem Fenstersims entlang, bis er die Tür erreichte. Er drückte lautlos die Klinke hinunter, aber die Tür öffnete sich nicht. Sophie hatte sich eingeschlossen. Was das Risiko, dass der Mann zu ihr eindringen konnte, deutlich herabsetzte. Ronan lehnte sich ein paar Sekunden gegen die Hauswand, um nachzudenken und sich zu orientieren.

Der Innenhof war bis auf eine Ansammlung von Mülltonnen, die an der rechten langen Seite aufgereiht standen, leer. Sollte der Mann tatsächlich im Verborgenen lauern und darauf warten, dass Sophie das Gebäude verließ, könnte er sich nur dort verstecken. Ronan wusste, dass er keine andere Wahl hatte.

Er atmete tief durch und schlich so leise wie möglich zu den Mülltonnen. Sie standen jedoch so dicht an der Wand, dass nicht einmal ein Kind sich dahinter hätte verkriechen können. Er wusste nicht, ob er erleichtert oder enttäuscht sein sollte. Hatte Sophie sich womöglich getäuscht? Hatte ihr die Fantasie aufgrund ihrer angespannten Nerven einen Streich gespielt?

In dem Moment vernahm er ein Geräusch, das so klang, als ob jemand auf einen Kiesel getreten wäre. Ronans Kopf ruckte herum und er sah aus den Augenwinkeln, wie eine dunkle Gestalt weghuschte. Merde, wo kam die denn plötzlich her? Er hatte doch alles abgesucht. Da fiel ihm ein, dass sich auf der gegenüberliegenden Seite ein schmaler Mauervorsprung zwischen zwei Nachbargebäuden befand. Hätte dort jemand unbemerkt im Schutz der Dunkelheit stehen können?

Ronan spurtete los, um genau das herauszufinden. Die Person, die vor ihm weglief, war bereits an der Straße angelangt, doch Ronans lange Beine waren bei diesem unfreiwilligen Wettlauf seine große Stärke. Er machte schnell ein paar entscheidende Meter gut. Als die Person ein auf dem Bürgersteig geparktes Motorrad erreicht hatte und sich daraufschwingen wollte, legte Ronan ihr die Hand auf die Schulter und hielt sie eisern fest. Zu seiner Verblüffung handelte es sich nicht um einen Mann, sondern um eine Frau in Motorradkleidung.

»Bleiben Sie stehen, Polizei!«, bellte er.

Die brünette Frau mit dem Kurzhaarschnitt erstarrte, was Ronan ausnutzte, um ihr Handschellen anzulegen. Dann drehte er sie nicht besonders sanft zu sich herum.

»Was wollten Sie da im Innenhof?«

Die Frau hielt den Kopf gesenkt, starrte auf den Boden.

»Warum sind Sie vor mir weggelaufen?«

Die Frau schwieg beharrlich.

»Hatten Sie es auf Madame Vidal abgesehen? Was wollten Sie mit ihr machen?« Ronan wusste, dass er sich unprofessionell verhielt, doch er konnte sich nicht zügeln und rüttelte die Frau heftig am Arm. »Verdammt noch mal, nun reden Sie endlich! Wer hat Sie geschickt?«

»Niemand«, murmelte die Frau.

»Warum haben Sie dann das Bistro beobachtet?«

Die Frau hob den Kopf und schaute ihn trotzig an. »Madame Vidal ist mir egal, mit der habe ich nichts am Hut.«

Ronan stutzte. »Mit wem dann?«, fragte er verdattert.

Die Frau scharrte mit dem Fuß, schien nachzudenken. »Mit Filip«, sagte sie schließlich kaum hörbar.

»Sie haben Filip aufgelauert?« Nach der ganzen Sorge um Sophie hatte Ronan Mühe, gedanklich so schnell umzuschalten. Dann dämmerte es ihm, was Sache war. »Sie sind Louane, nicht wahr?«

Die Frau nickte zögerlich.

Ronan spürte, wie Wut in ihm aufstieg. »Wollten Sie ihn nur zur Rede stellen? Oder mal wieder einen seiner Reifen zerstechen? Oder abwarten, bis er nach Hause fährt, um aufs Neue zu versuchen, ihn von der Straße zu drängen?«

Die Frau starrte ihn verständnislos an. »Was reden Sie denn da? Ich habe nichts von dem gemacht.«

»Was noch zu beweisen wäre«, presste Ronan zwischen den Zähnen hervor.

»Ich wollte mit ihm sprechen, das ist alles«, beteuerte Louane.

»Und deshalb lungern Sie hier im Dunkeln herum?«

»Wenn er mich bemerkt hätte, wäre er sofort wieder getürmt.«

»Kein Wunder, wenn Sie sich so verhalten«, konnte sich Ronan nicht verkneifen.

»Das geht Sie nichts an«, konterte Louane und funkelte ihn wütend an.

»Und ob mich das was angeht«, widersprach Ronan. »Ich mag es nicht, wenn man meine Freunde bedrängt.«

»Ich wollte Filip nicht bedrängen, ich wollte ihn warnen.«

Ronan versuchte, an ihrem Gesichtsausdruck abzulesen, ob sie die Wahrheit sagte oder nicht. »Wovor warnen?«

»Eh bien, es sind ein paar Dinge schiefgelaufen, das war so nicht beabsichtigt.« Louane wirkte auf einmal nicht mehr wie die toughe Motorradbraut, sondern wie ein junges, verletzliches Mädchen.

»Filip ist nicht im Bistro, er ist heute Abend eher gefahren. Sie sind zu spät gekommen.«

»Merde«, murmelte Louane. »Das konnte ich ja nicht wissen. Da war nur wenig Licht in der Küche. Ich habe gedacht, er sitzt mit seiner Chefin in einem anderen Raum zusammen und sie planen für die kommenden Tage oder gehen gemeinsam Unterlagen durch. Er hat mir erzählt, dass sie das öfter nach Betriebsschluss machen.«

»Sie haben Madame Vidal eine Heidenangst eingejagt«, tadelte Ronan.

»Ich habe doch gar nichts gemacht«, verteidigte sich Louane.

Stimmt, musste Ronan im Stillen zugeben. Wenn er es nüchtern betrachtete, hatte Louane vorhin weder Filip noch Sophie in irgendeiner Weise drangsaliert. Sie hatte lediglich im Dunkeln gestanden und gewartet. Es war nicht ihre Schuld, dass Sophie vermutlich gesehen hatte, wie sie vorbeihuschte, und daraus die falschen Schlüsse gezogen hatte. Er musste Louane auf ihrem Motorrad ziehen lassen. Doch was war mit der Warnung, von der sie gesprochen hatte?

»Wissen Sie was«, sagte er, »wir gehen jetzt ins Bistro. Madame Vidal wird uns sicherlich öffnen. Und dann nehme ich Ihnen die Handschellen ab und Sie erzählen uns, was los ist.«

»Sie sind ein Freund von Filip?« Louane musterte ihn kritisch.

»Ja, wir können ihn vom Bistro aus gern anrufen, er wird es bestätigen.«

»Bon, d'accord.« Louane nickte.

Ronan fasste sie sanft am Arm und führte sie zur Hintertür. Dort klopfte er laut an und stellte sich direkt vor das Doppelfenster.

»Sophie, ich bin es. Mach auf.«

*

Sophie vergewisserte sich mit einem Blick durch das Fenster, dass es tatsächlich Ronan war, der um Einlass bat. Neben ihm stand eine Frau in dunkler Motorradkleidung, die sie bereits von einem vorherigen Besuch kannte. Was will sie um diese Uhrzeit hier, wunderte sich Sophie. Und dann noch in Begleitung von Ronan? Sie schloss die Tür auf, ließ die beiden herein, verriegelte die Tür erneut und schaltete das Hauptlicht ein. Sie stutzte, als sie erkannte, dass die Frau Handschellen trug. Steckte sie etwa mit Henri unter einer Decke? Sophie spürte, wie sich ihr Pulsschlag beschleunigte.

»Das ist Louane«, sagte Ronan zur Begrüßung. »Eine ...«, er schien kurz zu überlegen, »eine Bekannte von Filip.«

»Ja, ich weiß.« Sophie zeigte auf die Stühle am Küchentisch. »Möchten Sie sich setzen?«

»Un petit moment.« Ronan trat an Louanes Seite und befreite sie von den Handschellen.

Sie rieb sich kurz über die Handgelenke und nahm Platz.

Ronan tat es ihr gleich. »Du brauchst dir keine Sorgen mehr zu machen«, sagte er. »Draußen schleicht niemand um das Bistro herum. Louane ist eher durch Zufall in Verdacht geraten.«

»Bon, da bin ich beruhigt«, sagte Sophie, empfand aber genau das Gegenteil. Henri hatte ihr heute Mittag ohne Begleittext ein Foto vom Gesicht einer ihr fremden Frau gesandt, das von Hämatomen überzogen war. Sie hatte die Message auch ohne Worte verstanden. Es wäre wahrscheinlich das Vernünftigste, Henris Nummer zu blockieren, damit er sie nicht länger mit Nachrichten und Fotos tyrannisieren konnte, hatte sie gedacht. Doch sie scheute sich, diesen Gedanken in die Tat umzusetzen, da sie befürchtete, dass er es sofort bemerken und entsprechend reagieren würde. Sie hätte gern mit Ronan darüber gesprochen, aber nicht im Beisein der jungen Frau.

»Louane hat auf Filip gewartet, weil sie ihm etwas erklären wollte«, unterbrach Ronan ihre düsteren Gedanken.

»Filip ist zu Hause«, sagte Sophie.

»Ja, ja, das weiß ich inzwischen.« Louane räusperte sich. »Könnte ich bitte ein Glas Wasser haben? Mein Hals ist ganz trocken.«

Sophie kam ihrem Wunsch nach und setzte sich ebenfalls an den Tisch.

Louane trank durstig und schaute erst Ronan und dann Sophie an. »Mir ist heute Nachmittag etwas zu Ohren gekommen, das ich Filip mitteilen wollte. Aber da es Sie, Madame Vidal, ebenso betrifft, kann ich es auch Ihnen sagen.«

»Was ist los?«, fragte Sophie alarmiert.

Louane zögerte ein paar Sekunden, schien sich sammeln zu müssen. »Eh bien, ich habe Filip vor einigen Wochen kennengelernt und mich in ihn verliebt«, gestand sie. »Erst dachte ich, er würde genauso wie ich empfinden. Dann habe ich gemerkt, dass ich für ihn nur ein Platzhalter bin. Er wollte über mich an meine Freundin herankommen.«

Oha, das hätte ich Filip gar nicht zugetraut, dachte Sophie, schwieg jedoch, um Louanes Redefluss nicht zu unterbrechen.

»Da er aber weiter so tat, als ob er an mir interessiert ist und nicht den Mut aufbrachte, mir zu sagen, was Sache ist, wurde ich sauer. Stinksauer.«

»Das kann ich verstehen«, sagte Sophie mitfühlend. »Das war nicht fair von ihm.«

»Dann habe ich meinen Ex-Freund durch Zufall wiedergetroffen. Er hat nach unserer Trennung beim Sicherheitsdienst des Eurotunnels angeheuert und die Region verlassen. An dem Abend, an dem wir uns erneut begegnet sind, hat er mich spontan zum Essen eingeladen. Während des Essens habe ich ein paar Gläser Wein getrunken und mir daraufhin bei ihm ein bisschen Luft gemacht. Eh bien, ich habe mich gehörig über Filip beschwert. Und nun befürchte ich, dass mein Ex-Freund etwas getan hat, das er nicht hätte tun sollen. Und wozu ich ihn zu keinem Zeitpunkt ermuntert habe«, fügte sie mit Nachdruck hinzu.

Sophie schwante nichts Gutes. »Was hat er getan?«

»Fährt er eine dunkle Mittelklasselimousine?«, platzte Ronan heraus.

»Mais non, so etwas würde er sich nie zulegen«, antwortete Louane verwundert. »Er ist sehr umweltbewusst und fährt deshalb einen kleinen Twingo E-Tech, ein Elektroauto. Damit hat er mich an dem Abend auch nach Hause gebracht.«

»Und was geschah dann?«, wollte Sophie wissen.

»Hatten wir Sex«, sagte Louane und lächelte verlegen. »Aber das tut hier nichts zur Sache. Was ich eigentlich sagen wollte: Ich habe heute erfahren, dass es vor Kurzem bei Ihnen im Bistro gebrannt hat. Da habe ich eins und eins zusammengezählt.« Sie stockte einen Moment. »Ich könnte mir vorstellen, dass mein Ex-Freund etwas damit zu tun hat. Was mir natürlich megapeinlich wäre«, stieß sie hervor.

»Ist Ihr Ex-Freund Feuerwehrmann?«, hakte Ronan nach.

»Oui, deshalb hat er ja sofort einen Job bei der Feuerwehr des Eurotunnels bekommen. Sie suchen dort ständig gut ausgebildete Leute.«

Ronan zückte sein Handy, um auf seiner Notiz-App Eintragungen vorzunehmen. »Wie heißt Ihr Freund und wo wohnt er?«

Louane rutschte auf ihrem Stuhl hin und her. »Ich möchte nicht diejenige sein, die ihn verpfeift. Ich wollte Filip nur einen Tipp geben, damit er sich dezent umhören kann, ob an meinen Vermutungen etwas dran ist. Und damit er gewarnt ist, sollte noch mal Ähnliches passieren.« Sie schwieg kurz und blickte zu Boden, bevor sie mit einem verunsicherten Lächeln sagte: »Es könnte auch sein, dass ich mich irre und alles ganz anders war.«

»Sie würden es Ihrem Ex-Freund aber zutrauen, nicht wahr?«, vergewisserte sich Sophie.

»Ich möchte es nicht ausschließen«, sagte Louane. »Er hat stets mehr für mich empfunden als ich für ihn. Ich könnte mir vorstellen, dass er glaubt, mir mit der Aktion einen Gefallen zu tun.«

»Name und Adresse«, wiederholte Ronan mit strenger Miene. »Wenn Sie mir hier keine Auskunft geben, kann ich Sie auch auf die Polizeistation mitnehmen.«

Louane gab sich geschlagen und nannte beides mit leiser Stimme. »Kann ich jetzt gehen?«, fragte sie kleinlaut.

»Ich mache noch ein Foto von Ihrer Carte d'identité, dann können Sie fahren.«

»Puh, was für ein Abend«, sagte Sophie, als Louane sich verabschiedet hatte.

»Das stimmt, mit so etwas habe ich auch nicht gerechnet«,

gestand Ronan. »Aber wenn sie recht hat, tappen wir wenigstens nicht länger im Dunkeln, wer das Feuer gelegt hat.«

»Als Feuerwehrmann kennt er sich bestens aus.«

»Ich wünschte, er würde auch eine Mittelklasselimousine fahren. Dann hätten wir sozusagen zwei Ermittlungsfliegen mit einer Klappe geschlagen.«

»Also steckt hinter dem Angriff auf Filip doch Garnier?« Sophie schaute Ronan fragend an. »Hast du schon etwas über dieses angebliche Strafverfahren gegen ihn herausbekommen?«

»Nein, von behördlicher Seite ist bis jetzt nichts zu uns durchgedrungen. Und im Internet habe ich ebenfalls nichts gefunden. Es kann jedoch sein, dass mein Englisch zu schlecht ist, ich habe nach amerikanischen Quellen gesucht.«

»Wir haben also nichts gegen ihn in der Hand, womit wir ihn unter Druck setzen könnten, damit er Jean-Luc endlich in Ruhe lässt«, stellte Sophie fest.

»Leider nicht, er scheint aalglatt zu sein«, stimmte Ronan zu. »Das Einzige, was womöglich ein weiterer Ansatzpunkt wäre, ist, dass sein Wagen öfter auf dem Parkplatz des ›Kasino Fréhel‹ gesehen wurde. Mein Chef Riou fährt dort regelmäßig Streife, und ich habe ihm von meinem Verdacht erzählt, dass Garnier Dreck am Stecken haben könnte. Deswegen hält Riou jetzt ebenfalls die Augen nach ihm offen.«

»Statt mit Aktien und Wertpapieren zockt Garnier nun an den Spieltischen oder einarmigen Banditen? Was für ein Sinneswandel«, meinte Sophie spöttisch.

»Eh bien, Riou hat Garnier leider nie drinnen angetroffen. Vielleicht geht er nur am Strand joggen oder spazieren. Viele Einheimische nutzen dafür den Casinoparkplatz, obwohl er eigentlich nur für die Kunden gedacht ist.«

Sophie gähnte herzhaft. »Tut mir leid, ich kann heute nicht mehr nachdenken. Ich müsste noch ein paar Online-Bestellungen machen, doch ich bin zu müde. Das erledige ich morgen früh.«

Ronan streckte die Arme über dem Kopf aus und reckte sich. »Ich muss bis sechs durchhalten, dann löst Riou mich ab.«

»Soll ich dir schnell einen Kaffee kochen?«

»Non, merci, das kann ich im Büro machen.« Ronan schlüpfte in seine Jacke. »Aber weißt du was: Ich werde dich mit dem Dienstwagen nach Hause eskortieren. Sicher ist sicher.«

Sophie protestierte nicht.

23. KAPITEL

Sophie stieg mit einer Leidensmiene in Yunas weißen Pick-up. »Die haben mich für heute rausgeschmissen«, beschwerte sie sich.

»Sei doch froh, dann hast du endlich mal ein paar Stunden für dich«, erwiderte Yuna pragmatisch.

»Ich will arbeiten«, sagte Sophie störrisch. »Wenn ich nicht arbeiten kann, werde ich verrückt.«

»Wieso haben dich Filip und Madame Rozar an die frische Luft gesetzt?«

»Unter einem Vorwand. Die beiden sind viel zu empfindlich.« Sophie schob wie ein trotziges Kind die Unterlippe vor.

»Was ist denn konkret vorgefallen?«

»Mir sind drei Teller aus der Hand gerutscht. Beim Einräumen in die Spülmaschine. Ich hatte nasse Finger, das ist doch jedem schon mal passiert. Und die beiden Weingläser, die an den Stielen abgebrochen sind, waren alt und spröde. Wir hätten sie über kurz oder lang sowieso ersetzen müssen.«

»Du hast das Geschirr demoliert?« Yunas Mundwinkel zuckten.

»Nicht absichtlich«, empörte sich Sophie. »Ich habe momentan einfach eine kleine Pechsträhne. Die Galettes konnte ich allerdings noch retten, bevor sie total verbrannt gewesen wären.«

»Da bin ich ja beruhigt.« Yuna kicherte. Dann wurde sie wieder ernst. »Hängt deine plötzliche Tollpatschigkeit mit Henri zusammen? Macht er dir das Leben nach wie vor schwer?«

Sophie schwieg eine Weile, rang mit sich, ob sie sich Yuna anvertrauen sollte. Sie war immerhin ihre beste Freundin. Doch jetzt war nicht die richtige Zeit oder der richtige Ort. Außerdem war ihr die ganze Angelegenheit peinlich, sie verfluchte ihre eigene Hilflosigkeit, die von Tag zu Tag wuchs. Angesichts Henris perfiden Einschüchterungsversuchen fühlte sie sich wie das sprichwörtliche Kaninchen, das erstarrt vor der Schlange kauert. Trotzdem zwang sie sich, vor Yuna einen heiteren Gesichtsausdruck aufzusetzen, und gab sich betont locker.

»Keine Sorge, mit Henri werde ich schon fertig. Ich habe ja Erfahrung, wie man mit renitenten Männern umgeht. Die Scheidung von Gerd habe ich schließlich auch durchgezogen. Obwohl er mir jede Menge Steine in den Weg gelegt hat.«

»Wenn du meinst …« Yuna schien nicht überzeugt.

»Womöglich sind es die Hormone, die mich fahrig machen. Ich glaube, ich komme in die Wechseljahre.«

Yuna grinste. »Dem Himmel sei Dank, dass ich davon noch eine Weile verschont bleiben werde. Aber sag: Was wollen wir denn nun machen? Worauf hast du Lust? Essen gehen?«

Sophie warf einen Blick auf die im Armaturenbrett integrierte Uhr. »Halb fünf. Das ist mir zu früh. Außerdem habe ich keinen Hunger.«

»Hm, Kino können wir auch vergessen.«

Sophie kam eine Idee. »Lass uns nach Sables-d'Or-les-Pins fahren. Wir könnten dort einen Strandspaziergang machen und im Spielcasino einen Kaffee oder Cocktail trinken.«

»Seit wann begeisterst du dich für Glücksspiele?«, wunderte sich Yuna.

Sophie zwinkerte ihr zu. »Ha, jetzt kann ich mich endlich outen. Das Zocken war schon immer meine heimliche Passion. Was meinst du, wie ich meine Hauseinrichtung finanziere?«

»Wenn ich mir das Sammelsurium an alten Möbelstücken in deiner Bude anschaue, hast du aber wenig Glück dabei«, konterte Yuna.

»Du hast recht, ich verliere sogar bei Mau-Mau oder bei ›Mensch ärgere dich nicht‹«, gab Sophie zu. »Ich möchte auch nicht spielen, sondern herausfinden, ob Robert Garnier es tut. Ronan hat mir erzählt, dass Garniers Auto öfter auf dem Casinoparkplatz gesichtet wurde.«

»Du kannst es einfach nicht lassen, oder?«, stöhnte Yuna auf.

»Was lassen?«, fragte Sophie mit einem scheinheiligen Lächeln.

»Das Herumschnüffeln.«

Sophie verschränkte die Arme vor der Brust. »Wenn ihr mich nicht arbeiten lasst, muss ich mich mit etwas anderem beschäftigen.«

»Okay, okay, auf nach Sables-d'Or.« Yuna drehte den Schlüssel im Zündschloss, und der Motor des alten Pickups erwachte mit protestierenden Hustenlauten zum Leben.

Sophie lehnte sich auf dem Beifahrersitz zurück und erlaubte sich zu entspannen. Sie liebte den historischen Badeort, der mit seinen imposanten Villen im anglo-normannischen Stil und den Art-déco-Gebäuden auch heute noch den Charme der 1920er-Jahre ausstrahlte. Zwei für ihre Zeit mutige, mit Visionen behaftete Männer hatten zwischen 1922 und 1924 aus dem kleinen, unbekannten Küstenort ein avantgardistisches Seebad erschaffen, das mit seinen Luxushotels und den gepflegten Parkanlagen bis zum Zweiten Weltkrieg als »Perle der Smaragdküste« gegolten und zahlreiche illustre Gäste angelockt hatte. Heute kamen die Urlauber nicht mehr nur zur Sommerfrische, sondern das ganze Jahr über. Während der Schulferien bevölkerten Familien mit Kindern, Strandsegler, Kite- und Windsurfer die weitläufige, feinsandige Grève du Minieu, den drei Kilometer langen Hauptstrand des Ortes. Im Herbst und Winter fanden sich vor allem Ruhesuchende oder Golfer ein. Oder Tagesbesucher, die ein paar Spielchen im Strandcasino am Boulevard de la Mer wagen wollten.

Yuna setzte den Blinker und fuhr auf den Casinoparkplatz, auf dem heute nur wenige Autos standen.

»Ich hätte nicht gedacht, dass die Olivenbäume, die sie hier vor ein paar Jahren gepflanzt haben, den bretonischen Stürmen trotzen«, merkte Sophie an. »Aber sie scheinen sich wohlzufühlen. Sie sehen alle gesund aus und sind sogar gewachsen.«

»Südfranzösisches Flair in der Nordbretagne. Der Klimawandel macht's möglich«, meinte Yuna lakonisch und ließ den Pick-up im Schritttempo über das Parkplatzareal rollen. »Ich sehe Garniers Wagen nirgendwo. Du?«

»Nein, ich leider auch nicht«, sagte Sophie betrübt. »Fahr mal auf die andere Straßenseite, vor den Palais des Arcades, da stehen ebenfalls Autos.«

Yuna tat, wie Sophie ihr geheißen hatte. Auf dem lang gezogenen Parkstreifen vor dem ehemaligen »Grand Hôtel du Golf et des Arcades«, in das mittlerweile Strandbars, Restaurants, eine Crêperie, ein Immobilienmakler und ein kleines Lebensmittelgeschäft eingezogen waren, war ebenfalls kein Auto mit Pariser Kennzeichen auszumachen.

»Garnier ist heute offenbar nicht in der Stimmung für eine Spielrunde an den Black-Jack-Tischen«, spöttelte Yuna.

»Vielleicht kommt er ja später«, sagte Sophie mit einem Achselzucken. »Aber ich vermute, dass das, was wir hier tun, ein eher sinnloses Unterfangen ist.«

»Und nun? Wollen wir im Casino etwas trinken?«

»Hm, ich weiß nicht. Für die kommenden Tage haben sie ein Tiefdruckgebiet vorausgesagt, das über die Küste hinwegziehen soll. Wie wäre es, wenn wir das schöne Wetter noch ausnutzen und einen Strandspaziergang machen? Ich schätze, dass es in einer Dreiviertelstunde sowieso dunkel wird, die Tage sind mittlerweile deutlich kürzer.«

»Bon, d'accord.« Yuna bugsierte den Pick-up in eine Parkbucht.

Sophie stieg aus und schlüpfte in ihre Jacke. »Schau mal, die kleine Épicerie. Ich hole uns schnell ein Eis.«

»Oh ja, bitte mit viel Schokolade«, sagte Yuna. »Beim ständigen Pauken für die Prüfung verbrenne ich jede Menge Kalorien. Ich habe schon drei Kilo abgenommen.«

»Hast du's gut! Bei mir geht die Waage immer in die entgegengesetzte Richtung.« Sophie zog die Mundwinkel nach unten, stiefelte aber dennoch los.

Ein paar Minuten später drückte sie Yuna eine große Eistüte in die Hand. »Schoko-Karamell-Eis mit Schokochips.«

Sie schlenderten die Allée des Arcades entlang, die zum kreisförmig angelegten Centre Nautique führte. Der Großteil der Jollen und Segelboote war für den Winter bereits aus dem Wasser genommen worden und wartete auf Pkw-Anhängern oder auf alten Autoreifen aufgebockt auf das kommende Frühjahr.

»Hier könntest du Ostern einen Segelkurs machen«, schlug Yuna vor. »Die Schule hat einen guten Namen.«

»Ich bin froh, wenn ich erst einmal Weihnachten und Silvester hinter mich gebracht habe«, gestand Sophie. »Wir sind so gut wie ausgebucht.«

»Freu dich doch.« Yuna warf das Restpapier ihres Eises in einen Mülleimer.

»Tue ich ja«, sagte Sophie und steckte das spitze Ende ihrer Eistüte in den Mund. »Gleichzeitig habe ich ein bisschen Bammel vor dem, was auf uns zukommt. Wir werden alle beweisen müssen, dass wir der Aufgabe gewachsen sind.«

»Die Sommersaison habt ihr doch auch prima überstanden. Stell dein Licht nicht immer so unter den Scheffel.«

»Ach, ich bin derzeit müde und gestresst. Das drückt mir auf die Stimmung.«

Sie überquerten den Boulevard de la Mer, auf dem eine Zentimeter dicke Sandschicht lag, die der Wind vom Strand her auf die Straße geweht hatte.

»Rechts oder links?«, fragte Yuna.

»Rechts. Da gibt es alle paar Meter eine Bank, von der aus wir die Aussicht bewundern können, bevor die Dämmerung hereinbricht.«

»Ich dachte, du wolltest einen Strandspaziergang machen.«

»Ja, wollte ich. Aber schau, es ist Flut. Das Wasser ist heute sehr hoch aufgelaufen und hat nur einen kleinen Sandstreifen freigelassen.«

»Stimmt. Also werde ich wohl wieder büffeln müssen, um das Eis abzuarbeiten«, sagte Yuna mit einem Schulterzucken.

»Wie kommst du voran?«

»Ich liege einigermaßen gut im Zeitplan, doch allmählich beschleicht mich das Gefühl, dass mein Kopf kurz vor dem Platzen steht. Das viele Wissen, das abgefragt wird, bekomme ich kaum mehr hinein.«

»Du schaffst das!«, machte Sophie ihr Mut.

In dem Moment klingelte ihr Handy. Henri, dachte sie erschrocken und zuckte zusammen. Der Blick auf die angezeigte Nummer beruhigte sie, es war ihr Getränkelieferant, mit dem sie schon vor Wochen neue Konditionen hatte aushandeln wollen.

»Da muss ich rangehen«, entschuldigte sie sich bei Yuna.

»Kein Problem.« Die Freundin nahm auf einer der Sitzbänke aus Beton Platz, die am Uferweg aufgestellt worden waren.

Sophie entfernte sich mit dem Handy am Ohr ein paar Schritte und stellte sich auf ein längeres Gespräch ein.

Nach 20 Minuten waren die Konditionen ausgehandelt, und Sophie ging zurück zu Yuna, die nun ebenfalls telefonierte. Sie flüsterte ihr zu: »Ich muss auf die Toilette, die im Casino hat bestimmt noch offen.«

Yuna zeigte durch Kopfnicken, dass sie verstanden hatte. Sophie eilte los. Sie wusste von vorherigen Besuchen, dass es in etwa 100 Metern einen weiteren Strandübergang gab, bei dem hohe Betonwände den sich dort auftürmenden Dünenkamm teilten und den Durchgang ermöglichten. Stufen führten hoch zur Straße und zum angrenzenden Casinoparkplatz.

Im Casino hielt Sophie kurz inne, um sich zu orientieren und ein Hinweisschild zu den Toiletten zu finden. Auf der Damentoilette herrschte zu ihrer Verwunderung reger Andrang, sodass sie sich in Geduld üben musste.

Beim Hinausgehen traf sie auf eine Kundin, die mit ihrem Mann an einem der Bartische saß und sie gleich erspäht hatte. Obwohl Sophie beteuerte, dass sie zu Yuna zurückmüsse, ließ die Kundin keine Ruhe, bis Sophie auf die Schnelle ein Gläschen Crémant mit ihr getrunken hatte.

Als sie endlich wieder ins Freie trat, war es fast dunkel, und Sophie hatte ein schlechtes Gewissen. Sie suchte den Parkplatz mit den Augen ab, in der Hoffnung, Yuna dort zu entdecken. Vergeblich. Saß die Freundin etwa immer noch telefonierend auf der Bank? Sophie schloss fröstelnd den Reißverschluss ihrer Jacke, es war kalt geworden. Unschlüssig blieb sie mitten auf der kleinen, gepflasterten Fußgängerpassage stehen, die beidseitig mit Olivenbäumchen gesäumt war. Sollte sie zum Strand zurückgehen oder besser gleich zum Pick-up laufen?

Eine Gruppe von fünf Motorrädern entfernte sich röhrend vom Parkplatz. Die Biker trugen dunkle, mit Lederfransen besetzte Jacken und Hosen sowie flache Helme ohne Visier, die wie umgestülpte Aluschüsseln auf ihren Köpfen saßen und Sophie an die Helme von Soldaten im Ersten Weltkrieg erinnerten. Waren sie Teil einer Motorradgang? Keine gute Gesellschaft, dachte Sophie und beeilte sich, den Parkplatz und die Straße zu überqueren. Verflixt, wo war Yuna?

Zwischen den hoch aufragenden Betonwänden des Strandüberganges war es deutlich dunkler als auf dem Casinogelände. Sophie merkte, dass sie sich zunehmend unwohler fühlte, und wünschte, sie hätte eine Taschenlampe mitgenommen.

Da vernahm sie einen Laut, der sich wie ein Wimmern oder Fiepen anhörte. Sie stoppte und spitzte die Ohren. Lag irgendwo ein verletztes Kaninchen, von denen viele im Sandboden der Dünen ihren Bau hatten? Oder ein Hund? Sophie drehte sich im Kreis, um den Laut näher bestimmen zu können oder den vermeintlichen Hundehalter auszumachen. Das Wimmern wiederholte sich, wurde lauter, dringlicher. Sophie wäre am liebsten auf der Stelle umgedreht, doch sie wusste, dass ihr das Geräusch keine Ruhe lassen würde.

Sie atmete tief durch und eilte die Stufen hinunter, hielt sich links. Auf dem sandigen Uferweg sah sie am Dünenrand eine Gestalt liegen, die eindeutig zu groß für ein Kaninchen oder einen Hund war. Sophie spurtete los.

»Mon Dieu, Yuna! Was ist passiert? Kannst du sprechen?« Sie beugte sich zu der Freundin hinunter, die wie ein Baby im Mutterleib zusammengekrümmt auf dem Boden lag.

»Tut weh«, nuschelte Yuna.

»Wo tut es weh?«, drängte Sophie. Sie musste unbedingt herausfinden, wo Yuna verletzt war und wie schwer.

»Rippen«, stöhnte Yuna. »Mit Stiefeln getreten.«

»Die Motorradfahrer?«

»Oui.«

Heiße Wut stieg in Sophie auf. »Diese feigen Schweine!«, presste sie zwischen den Zähnen hervor. »Fünf Männer gegen eine wehrlose Frau.« Sie bückte sich und berührte Yuna an der Schulter. »Schaffst du es, dich ein bisschen aufzurichten?«

Yuna stöhnte erneut auf, brachte es aber fertig, sich mit den Armen auf dem Boden abzustützen und den Oberkörper anzuheben.

Sophie hielt sich vor Entsetzen die Hand vor den Mund. »Oh mein Gott!«

Yunas rechtes Auge war komplett zugeschwollen, aus der Nase floss eine dünne Blutspur, und ihre Oberlippe war aufgeplatzt. Sie setzte sich mit weit gespreizten Beinen hinter Yuna, sodass diese ihren Rücken gegen ihre Brust lehnen konnte.

Yuna schluchzte leise.

Sophie fummelte das Handy aus der Jackentasche hervor und wählte die 15. »Der SAMU wird in ein paar Minuten hier sein«, sagte sie und streichelte sanft den Arm der Freundin.

»Sale garce«, flüsterte Yuna.

Sophie stutzte. »Sie haben dich ›durchtriebenes Miststück‹ genannt?«

Yuna nickte.

»Aber sie kennen dich doch gar nicht, oder?«

»Nie gesehen.«

Sophie war fassungslos. »Diese Saukerle haben einfach auf die erstbeste Frau eingeprügelt, die ihnen über den Weg gelaufen ist. Wäre ich doch bloß bei dir geblieben! Zu zweit hätten wir den Überfall vielleicht verhindern und uns besser wehren können.«

Yuna drückte stumm ihre Hand.

»Es tut mir so leid, so leid«, stammelte Sophie. Dann kam die Erinnerung. Ihr gefror fast das Blut in den Adern. Sale garce, so hatte sie Henri in einer seiner Textnachrichten genannt. Und ihr dazu ein Foto von einer übel zugerichteten Frau geschickt. Der Überfall hatte nicht Yuna, sondern ihr gegolten! Die Biker hatten sich vertan, sie hatten die Falsche erwischt.

Vor Sophie taten sich Abgründe auf.

24. KAPITEL

Drei Tage später war Sophie noch immer so mitgenommen, dass sie kaum ihrer Arbeit nachgehen konnte. Ständig hielt sie mitten in einer Tätigkeit inne und schaute grübelnd aus dem Fenster. Wie hatte alles so weit kommen können? Wieso steckte sie in dieser Gewaltspirale, wodurch sie nicht nur sich selbst, sondern auch andere in Gefahr brachte? Warum hatte sie es nicht geschafft, Henri in seine Schranken zu weisen? Sie zog ernsthaft in Erwägung, in Erquy alle Brücken hinter sich abzubrechen und nach Deutschland zurückzukehren. Wo sie in Ruhe ihre Wunden lecken und die schreckliche Erfahrung vergessen könnte. Ich brauche Abstand, dachte sie, eine Verschnaufpause.

In dem Augenblick sah sie, wie Doktor Bonnet den Innenhof betrat.

»Bonjour Jean-Luc«, sagte sie mit einem müden Lächeln, nachdem sie die Tür aufgeschlossen hatte. Ihr fiel auf, dass auch er übernächtigt aussah.

Doktor Bonnet legte die Strickmütze und den Schal ab und schlüpfte aus der dicken Jacke. Über Nacht hatte der Herbst Einzug gehalten, die Temperaturen waren deutlich gefallen. Das Meer, das sich gestern wie eine spiegelglatte türkisfarbene Decke bis zum Horizont erstreckt hatte, war heute aufgewühlt; die Wellen trugen weiße Schaumkronen, die nichts Gutes verhießen.

»Ich komme gerade aus dem Krankenhaus«, verkündete Doktor Bonnet.

»Wie geht es Yuna?«, fragte Sophie besorgt. »Ich war gestern bei ihr, da hatte sie starke Schmerzen.«

»Ja, eine Rippenprellung ist äußerst unangenehm. Ich habe mit ihrem behandelnden Arzt gesprochen, er wird eine Punktion des Blutergusses vornehmen, sodass die aufgestaute Flüssigkeit abfließen kann. Das wird ihr Erleichterung bringen. Und sie bekommt natürlich Medikamente gegen den Schmerz.«

»Ihre Lippe sah schlimm aus«, murmelte Sophie. »Wird sie Narben zurückbehalten?«

»Nein, das glaube ich nicht.« Doktor Bonnet schüttelte den Kopf. »Die Schwellung ist deutlich zurückgegangen, und die Wunde wird schnell abheilen.«

»Hätte ich sie bloß nicht allein gelassen.«

»Du konntest doch nicht ahnen, dass so etwas passiert«, versuchte Doktor Bonnet sie zu trösten.

»Ich sollte im Krankenhaus liegen, nicht Yuna.« Sophie war den Tränen nahe.

»Solche Gedanken bringen nichts«, ermahnte sie Doktor Bonnet scharf. »Damit tust du weder dir noch Yuna einen Gefallen.«

»Ich weiß, aber ich habe trotzdem ein schlechtes Gewissen. Möchtest du einen Kaffee?«

»Ja, den kann ich jetzt gut gebrauchen.«

Sophie machte sich an der chromglänzenden Kaffeemaschine zu schaffen und sah aus den Augenwinkeln, wie ein Mann sich dem Hintereingang näherte. »Ach herrje, Commissaire Kerilis, was will der denn hier?«

»Ich dachte, du bist schon bei ihm auf dem Kommissariat gewesen«, wunderte sich Doktor Bonnet.

»Ja, natürlich, er hat gleich, nachdem Yuna mit dem Rettungswagen im Krankenhaus ankam, meine Aussage aufgenommen, doch er wollte sich für weitere Fragen noch einmal bei mir melden. Ich bin davon ausgegangen, dass er anruft.«

»Soll ich besser gehen?«, bot Doktor Bonnet an.

»Mais non, bleib bitte hier. Du kannst ruhig mit anhören, was er zu sagen hat.« Sophie eilte zur Tür und ließ den Kommissar herein.

»Monsieur Kerilis.«

»Bonjour Madame Vidal. Ich hatte in der Gegend zu tun, da bot es sich an, persönlich bei Ihnen vorbeizuschauen.«

Sophie wies mit der Hand auf den Doktor. »Docteur Bonnet, ein guter Freund von mir.«

Die beiden Männer begrüßten einander höflich.

»Ich war gerade dabei, Kaffee zu kochen. Möchten Sie auch eine Tasse?«, wandte sich Sophie an den Kommissar.

»Dazu sage ich nicht Nein. Einen petit café, bitte stark und ohne Zucker.«

»Ist gleich fertig.«

Drei Minuten später saßen sie alle um den Tisch versammelt.

»Es gibt Neuigkeiten«, sagte der Kommissar, als er an dem rabenschwarzen Getränk genippt hatte.

Sophie schluckte schwer. »Sie meinen in Bezug auf Henri?«

»Oui. Sie wissen bereits, dass wir Monsieur Sartin nach Ihrer Anzeige befragt und im Anschluss festgenommen haben. Die Beweislast reichte aus, um ihn in Untersuchungshaft zu nehmen.«

»Damit geht von ihm, zumindest für den Moment, keine Gefahr mehr für Sophie aus«, stellte Doktor Bonnet erleichtert fest.

»Nein. Wir werden es zu verhindern wissen, dass er sich Ihnen nochmals nähert«, bestätigte der Kommissar. »Aber wenn Sie uns frühzeitig informiert hätten, uns eher die

Chance gegeben hätten, einzuschreiten, wäre der Vorfall so vermutlich nicht geschehen«, fügte er tadelnd hinzu.

»Ich habe mich so geschämt.« Sophie senkte verlegen den Kopf.

»Das tun 95 Prozent aller Frauen in einer solchen Situation«, sagte der Kommissar. »Zu Unrecht, denn es liegt ja nicht an ihnen, sondern an ihrem zu Gewalt neigenden Partner. Je früher man energisch eingreift, sich distanziert, desto besser und vor allem unversehrter kommt man aus einer toxischen Beziehung heraus.«

»Ich werde mich auf gar keine Beziehung mehr einlassen«, schwor Sophie vehement.

»Sagen Sie so etwas nicht. Bald kann die Welt für Sie wieder ganz anders aussehen«, widersprach der Kommissar mit einem leisen Lächeln.

»Das hoffe ich auch«, stimmte Doktor Bonnet zu.

»Sie haben Glück im Unglück gehabt.« Der Kommissar wurde wieder ernst. »Von der Regierung in Auftrag gegebene Studien haben gezeigt, dass jährlich mehr als 200.000 Frauen physischer oder sexueller Gewalt durch den Partner oder Ex-Partner ausgesetzt sind, zirka 100 verlieren dabei ihr Leben.«

»Die Zahlen sind nach wie vor erschreckend hoch«, warf Doktor Bonnet ein. »Und das, obwohl es mittlerweile entsprechende Telefonhotlines, Hilfsangebote und Beratungsstellen gibt. Gewalt gegen Frauen ist kein Tabuthema mehr. Gegen Männer auch nicht«, fügte er hinzu. »Ich frage mich allerdings, wie Sartin es geschafft hat, Sophie in Sables-d'Or-Les-Pins ausfindig zu machen. Wie konnte er diese Motorradfahrer gezielt auf sie hetzen?«

»So gezielt war es nicht«, entgegnete Sophie. »Sie sind auf Yuna statt auf mich losgegangen. Aber ich verstehe ebenfalls nicht, warum er ausgerechnet diese Motorradgang losgeschickt hat.«

»Sartin pflegt schon länger enge Beziehungen zu solchen Kreisen, sie machen wohl öfter gemeinsame Sache. Er hat selbst eine ziemlich martialisch aufgerüstete Harley bei sich im Institut stehen«, informierte sie der Kommissar.

»Die hat er mir nie gezeigt«, sagte Sophie erstaunt.

»Aus gutem Grund«, meinte Doktor Bonnet.

»Ja, das hätte nicht zum Bild des netten, charmanten und gebildeten Wissenschaftlers gepasst.«

»Wenn ich das korrekt verstanden habe, stand Sartin mit diesem Schlägertrupp in ständigem Kontakt?«, fragte Doktor Bonnet. »Er konnte sie sozusagen für seine Zwecke einspannen, wann immer er sie brauchte?«

»Oui, sie haben in seinem Auftrag gehandelt, natürlich gegen eine entsprechende Entlohnung. Madame Vidal war nicht das einzige Opfer.«

»Wie konnte er denn wissen, wo ich war?«, wunderte sich Sophie. »Ich habe ihn weder am Strand noch im Casino gesehen.«

»Er hat Ihr Handy mittels einer Spionage-App geortet. Die muss er heimlich auf Ihr Handy gespielt haben. Womöglich als Sie schliefen oder im Bad waren.«

»Damit hätte ich im Traum nicht gerechnet«, rief Sophie empört aus.

»Die Ortung mit diesen Spy-Apps ist kinderleicht«, erklärte der Kommissar. »Am Tag des Überfalls hat Sartin von zu Hause oder vom Institut aus Ihren aktuellen Aufenthaltsort in Erfahrung gebracht und die GPS-Daten an seine Motorradkumpels durchgegeben.«

»Wie niederträchtig kann man sein!« Doktor Bonnet war sichtlich erschüttert.

»Niederträchtig schon, aber nicht so clever, wie er gedacht hat«, erwiderte der Kommissar. »Denn so reibungslos, wie Sartin es sich vorstellte, wurde sein Vorhaben nicht in die

Tat umgesetzt. Die Motorradfahrer haben sich, aus welchen Gründen auch immer, verspätet. Da waren Sie, Madame Vidal, bereits im Casino, und Ihre Freundin wollte durch die Strandpassage zu Ihnen kommen. Sartin hat den Fehler begangen, die Ortung nicht mehr zu checken. Dadurch hat er die Motorradgang zum alten und damit falschen Zielpunkt geleitet.«

»Wo sie auf Yuna statt auf mich getroffen sind«, folgerte Sophie.

»Oui.« Der Kommissar nickte zustimmend. »Sie sollten demnächst mal auf dem Präsidium vorbeischauen, damit jemand von den Kollegen Ihr Handy checkt und überprüft, ob die Spionage-App vollständig gelöscht ist. Bei der Gelegenheit können Sie gleich mit den Kollegen sprechen, die wegen der Brandstiftung in Ihrer Küche ermitteln. Wenn ich richtig informiert bin, haben sie den Schuldigen gefasst.«

»Hat sich der Verdacht von Louane Pétrin bestätigt? War es ihr Ex-Freund, der Feuerwehrmann?«

»Ich glaube schon«, sagte der Kommissar. »Aber das gehört nicht in meinen Zuständigkeitsbereich, da können Ihnen die Kollegen weiterhelfen.«

»Ich fahre sobald wie möglich nach Saint-Brieuc«, sagte Sophie. »Obwohl sich vielleicht auch Ronan um mein Handy kümmern kann.«

»Ronan?«, fragte der Kommissar.

»Ronan Lagad von der hiesigen Station de Police municipale«, antwortete Doktor Bonnet.

»Eh oui, Lagad, ein fähiger junger Mann«, sagte der Kommissar. »Wir verstehen alle nicht, warum er schon zwei Beförderungen ausgeschlagen hat, nur um hierzubleiben. Wir könnten ihn uns sehr gut bei der Police nationale vorstellen.«

»Er hat sich seine Entscheidung nicht leicht gemacht«, versicherte Sophie.

»Trotzdem schade«, bedauerte der Kommissar. »Lagad hat uns einen Hinweis gegeben, der den zweiten Teil meiner Neuigkeiten betrifft.«

»Da bin ich aber gespannt«, sagte Doktor Bonnet mit einem Schmunzeln.

Der Kommissar leerte seine Kaffeetasse und wandte sich ein weiteres Mal an Sophie. »Wie bereits angedeutet, waren Sie nicht die einzige Frau im Leben von Henri Sartin. Er hatte im Laufe der Jahre eine ganze Reihe von Affären. Die ähnlich problematisch endeten.«

»Am Anfang, als ich frisch verliebt war, habe ich mir natürlich gewünscht, die Frau zu sein, mit der er bis zu seinem Lebensende zusammenbleiben will. Da war mir seine Vergangenheit egal, ich habe nicht danach gefragt«, gestand Sophie mit einem traurigen Lächeln. »Doch als Henri sich zunehmend seltsamer benahm und er mir gegenüber aggressiv wurde, habe ich geahnt, dass ich nicht die Erste bin, bei der er sich so aufführt. Es kam mir wie ein eingeübtes Verhaltensmuster vor. Ich wollte es mir nur nicht eingestehen.«

»Sie lagen mit Ihrem Verdacht goldrichtig.« Der Kommissar nickte. »Sartin hat seit Jahrzehnten ein gestörtes Verhältnis zu Frauen. Wie er inzwischen erzählt hat, begann alles in seinem Heimatort im Jura.«

»Ich dachte, er käme aus Paris«, sagte Sophie verblüfft.

»Er hat in Paris studiert, ist aber in Dole aufgewachsen. Dort gab es auch den ersten Vorfall. Er hat einer Mitschülerin, die ihn abgewiesen hatte, in einem Park am Doubs aufgelauert und das arme Mädchen übel zugerichtet.«

»Warum ist damals niemand eingeschritten?«, wunderte sich Doktor Bonnet.

»Sartin kommt aus wohlhabendem Hause, sein Vater war Chefarzt und zudem in vielen Gemeindegremien tätig. Man hat die Angelegenheit wohl heruntergespielt. Und kurz nach dem Angriff auf das Mädchen hat Sartin sein Studium in Paris aufgenommen. Wo es ebenfalls Zwischenfälle gab, die nicht geahndet wurden, weil die Frauen Stillschweigen bewahrten.« Der Kommissar warf Sophie einen vielsagenden Blick zu.

»Beeindruckender Lebenslauf«, meinte Doktor Bonnet spöttisch.

»Nach ein paar weiteren beruflichen Stationen und zwei Jahren im Ausland hat man Sartin den Job im Institut in Saint-Suliac angeboten. Sein Ruf in Wissenschaftskreisen ist untadelig, da anscheinend niemand von seinem Privatleben weiß«, sagte der Kommissar.

»So konnte er munter neue Frauenbekanntschaften knüpfen, an denen er sich in altbekannter Weise abarbeitete.« Doktor Bonnet seufzte. »Es ist kaum zu fassen!«

»Ja, das ist erschütternd«, stimmte der Kommissar zu. »Sie, Madame Vidal, waren, soweit wir wissen, seine letzte Liaison.«

Sophie verzog das Gesicht. »Worauf ich gut hätte verzichten können.«

»Das glaube ich Ihnen aufs Wort«, sagte der Kommissar mitfühlend. »Doch der ganze Fall ist heikler, als wir anfänglich angenommen hatten. Ohne den Tipp von Lagad wären wir wahrscheinlich nicht darauf gekommen, wenigstens nicht so schnell.«

Sophie hielt unbewusst die Luft an.

»Heißt das, dass Ronan mehr als Sie von der Police nationale wusste?«, fragte Doktor Bonnet verblüfft.

»Nicht direkt. Er hat nur andere Schlüsse als wir gezogen.«

»Was heißt das konkret?«, drängte Sophie.

»Lagad hat sich daran erinnert, dass Aenor Le Tammiers eine App auf ihrem Handy hatte, die sie dazu nutzte, sich mit einem Mann zu verabreden. Das hat ihm wohl eine meiner Mitarbeiterinnen gesagt.«

»Ja, das hat er uns auch erzählt«, sagte Sophie.

»Und von Ihnen, Madame Vidal, hat er erfahren, dass Aenor Le Tammiers' neue Liebe beruflich etwas mit Fischen zu tun hatte.«

»Ja, das wurde mir von einer Bekannten aus Hillion so zugetragen«, stimmte Sophie zu. »Wir haben vermutet, dass der Mann Fischer oder Fischhändler war. Das erschien uns auch wegen Aenors Beruf als naheliegend.«

»Mon Dieu!«, rief Doktor Bonnet aufgebracht auf. »Nicht Fische, sondern Algen!«

»Richtig«, sagte der Kommissar. »Madame Le Tammiers hatte sich auf eine Affäre mit Sartin eingelassen, dessen Spezialgebiet maritime Algen sind.«

»Aenor und Henri ... Ich glaube es nicht!« Sophie war entsetzt. »Wie lang waren die beiden denn ... Ich meine, wie lang hatten sie ein Verhältnis?«

»Das wissen wir noch nicht«, antwortete der Kommissar. »Darüber schweigt Sartin.«

Sophie strich sich nachdenklich mit dem Daumen über die Unterlippe. »Aenor hatte bei einem Bekannten vor ihrem Tod angedeutet, dass sie sich bedroht fühlte. Nach dem, was wir jetzt über Henri wissen, liegt die Vermutung nahe, dass Henri ihr ebenfalls Gewalt angetan hat. Womöglich ist er in seiner Wut sogar weiter gegangen als bei mir. So weit, dass er sie ...« Sophie stockte.

»Ich verstehe, worauf Sie hinauswollen«, sagte der Kommissar. »Doch dafür liegen uns derzeit keine Anhaltspunkte vor. Sartin hat lediglich zugegeben, dass er eine Beziehung mit Madame Le Tammiers eingegangen war. Ob er sie ermordet hat, können wir zum jetzigen Zeitpunkt nicht sagen. Das werden erst weitere Untersuchungen und Verhöre klären. Ich gehe leider nicht davon aus, dass wir ihn zu einem Geständnis bewegen können, dafür ist er zu clever.«

»Das ist ein Albtraum!« Sophies Stimme zitterte, sie hatte Mühe, sich zu beherrschen.

»Ja, der Fall ist furchtbar und leider auch sehr verworren«, stimmte der Kommissar zu. »Denn Sartins Geschichte geht noch weiter.«

»Oh Himmel! Ich weiß nicht, ob ich sie hören möchte«, murmelte Sophie.

»Willst du.« Doktor Bonnet tätschelte aufmunternd ihre Hand. »Und ich ebenso.«

»Wir wissen inzwischen aus den Unterlagen, die wir in der Wohnung von Louise Martin gefunden haben, dass sie beabsichtigte, ein Haus zu kaufen«, fuhr der Kommissar fort.

»Oui, das ist richtig«, sagte Sophie, als sie sich einigermaßen gefangen hatte. »Sie hatte sogar vor, dort mit einem Partner einzuziehen. Doch irgendetwas muss schiefgelaufen sein, denn von einem Partner war plötzlich keine Rede mehr.« Sophie stutzte und schaute den Kommissar erschrocken an. »Sie wollen doch nicht etwa sagen, dass es sich bei Louises ehemaligem Geliebten ebenfalls um Henri handelte?«

»Sachen gibt's, die gibt es gar nicht.« Doktor Bonnet schüttelte den Kopf.

»Ich fasse es nicht!«, stöhnte Sophie.

»Ich sage ja, dass der Fall äußerst vertrackt ist.« Der Kommissar wirkte angespannt. »Doch Sartin hat keinen Hehl daraus gemacht, dass er auch mit Madame Martin zusammen war. Er schien sogar ausgesprochen stolz darauf, es geschafft zu haben, in so kurzer Zeit drei Frauen für sich zu gewinnen.«

Sophie spürte, wie Übelkeit in ihr aufstieg. »Wir waren alle so naiv, so nichtsahnend, von seiner Zuneigung und angeblichen Liebenswürdigkeit total geblendet«, sagte sie mit gepresster Stimme. »Wir waren für ihn ein leichtes Opfer.«

»›Opfer‹ ist ein gutes Stichwort«, mischte sich Doktor Bonnet wieder ein. »Zwei von den Frauen, mit denen Sartin ein Verhältnis hatte, sind inzwischen tot. Die Art, wie sie gestorben sind, weist unübersehbare Parallelen auf, denn bei beiden waren Algen im Spiel. Sartin ist Experte für Algen. Also wenn Sie mich fragen, ich sehe da einen eindeutigen Zusammenhang.«

»Oui, oui, das ist uns natürlich auch sofort aufgefallen und hat uns zu denken gegeben«, sagte der Kommissar. »Sicherlich wäre es für Sartin ein Leichtes gewesen, sich sein Knowhow bei der Auswahl des Tatortes und für die Tötungsdelikte nutzbar zu machen.«

»Ich höre da ein leises Aber heraus«, stellte Doktor Bonnet fest.

»Dabei gibt es so vieles, was für ihn als Täter spricht. Man wird ja geradezu mit der Nase darauf gestoßen«, warf Sophie erregt ein.

»Das stimmt zwar, aber aus juristischer Sicht sind das alles nur Vermutungen«, bedauerte der Kommissar. »Was uns fehlt, sind handfeste Beweise, die auch den Staatsanwalt überzeugen. Solange wir keine vor Gericht belastbaren Beweise präsentieren können und Sartin kein Geständnis abgelegt hat, sind uns die Hände gebunden. Doch ich verspreche Ihnen, dass wir mit Nachdruck daran arbeiten, die Wahrheit herauszufinden.«

»Ich frage mich, ob es nach dem Stand der Dinge rechtlich überhaupt möglich ist, Sartin weiter in Untersuchungshaft zu halten.« Doktor Bonnet warf dem Kommissar einen besorgten Blick zu. »Nicht dass Sie ihn in der kommenden Woche wieder laufen lassen müssen und er prompt versucht, sich an Madame Vidal zu rächen.«

»Nein, ich gehe davon aus, dass wir ausreichend Material gesammelt haben, damit es zumindest für eine Anklage wegen schwerer Körperverletzung reicht. Die Kollegen konnten inzwischen zwei weitere Frauen ausmachen, die von Sartin misshandelt wurden. Eine von ihnen kommt aus den Niederlanden.«

»Er hat erzählt, dass er in Amsterdam bei einem Kollegen gewesen sei«, erinnerte sich Sophie.

»Die Frau wird alles genau zu Protokoll geben«, sagte der Kommissar. »Ich bin mir hundertprozentig sicher, dass es zu einer Anklage kommt.«

»Aber nicht wegen Mordes«, stellte Doktor Bonnet ernüchtert fest.

»Nein, gegenwärtig nicht. Doch wir werden nichts unversucht lassen, mehr aus Sartin herauszubekommen. Sollte er auch für die Morde verantwortlich sein, werden wir es ihm nachweisen, das verspreche ich Ihnen.« Der Kommissar stand auf. »Ich muss jetzt zurück nach Saint-Brieuc, ich habe gleich einen Termin.«

»Danke, dass Sie mich informiert haben«, sagte Sophie und begleitete Commissaire Kerilis zur Tür.

»Grüßen Sie Lagad von mir. Womöglich lässt er sich unser Angebot noch mal durch den Kopf gehen. Würde uns freuen.«

»Ich werde es ihm ausrichten«, versprach Sophie.

»Eh bien, die Lage ist in der Tat undurchsichtig«, sagte Doktor Bonnet, als der Kommissar gegangen war. »Aber wenigstens haben wir die Gewissheit, dass Sartin für das, was er dir und Yuna sowie den anderen Frauen angetan hat, zur Rechenschaft gezogen wird.«

»Ja, es ist ein kleiner Trost, dass seinem kranken Treiben endlich ein Ende gesetzt wird«, stimmte Sophie zu. »Allerdings läuft der Mörder, sollte es nicht Henri gewesen sein, nach wie vor unerkannt herum. Ich habe eine Heidenangst, dass er in Kürze wieder zuschlagen wird.«

»Ich auch«, gestand Doktor Bonnet. »Doch Commissaire Kerilis scheint mir ein sehr kompetenter Mann. Und er hat ein gutes Team im Rücken.«

»Möchtest du noch einen Kaffee?«, bot Sophie an.

»Non, merci.« Doktor Bonnet kam etwas steif auf die Beine. »Ich bin schon viel zu lang hier. Ich wollte dich eigentlich nur kurz um einen Gefallen bitten.«

»Worum geht es?«

»Robert will heute Nachmittag unbedingt mit mir zum Cap Fréhel. Ich habe keine Ahnung, warum er ausgerechnet heute so ein touristisches Programm abspulen will. Und was ich dabei soll.«

»Hat er versucht, dich unter Druck zu setzen?«

»Nein, er war sehr freundlich, hat höflich gefragt. Ich habe mich gewundert, so zugänglich ist er selten.«

»Vielleicht will er dir mitteilen, dass er seine Zelte hier abbrechen und nach Paris zurückkehren wird?«

»Das wäre zu schön, um wahr zu sein«, rief Doktor Bonnet aus. »Leider glaube ich das nicht.«

»Ich auch nicht«, musste Sophie eingestehen.

»Wie dem auch sei.« Doktor Bonnet warf ihr einen flehenden Blick zu. »Ich würde mich trotzdem besser fühlen, wenn ich nicht allein mit ihm fahren müsste.«

»Ach, das tut mir fürchterlich leid, ich bin hier unabkömmlich.« Sophie berührte kurz seine Hand. »Nachher hat sich eine große Geburtstagsgesellschaft angemeldet.«

Doktor Bonnet ließ sich seine Enttäuschung nicht anmerken. »Mach dir keinen Kopf, es war nur eine spontane Idee von mir. Ich weiß ja, dass du viel um die Ohren hast.« Er schlüpfte in seine Jacke.

»Kannst du den Ausflug nicht auf morgen verschieben? Da könnte ich mich für zwei, drei Stunden freimachen.«

»Mais non«, winkte Doktor Bonnet ab. »Ich werde ein

bisschen herumtelefonieren. Ich werde schon jemanden finden, der mich und Robert begleitet.«

»Melde dich heute Abend mal und gib Bescheid, wie es gelaufen ist«, bat Sophie.

»Mache ich.« Doktor Bonnet entfernte sich schnellen Schrittes.

Sophie schaute ihm mit Sorge hinterher.

25. KAPITEL

Doktor Bonnet stieg aus dem Auto, ließ die Schultern kreisen und schüttelte die Beine aus. Obwohl sie in Roberts bequemer Limousine gefahren waren und er auf der Küstenstraße ein paar spektakuläre Ausblicke genossen hatte, spürte er seine Knochen. Du wirst alt, dachte er. Oder war es der Wetterumschwung? Der Wind hatte in den vergangenen anderthalb Stunden deutlich aufgefrischt, hohe Wellen brandeten gegen die Steilfelsen, und die Möwen hatten sich von der Küste auf die Ackerflächen im Inland verzogen. Die Zeichen standen auf Sturm. Was für ein schwachsinniger Einfall, ausgerechnet heute Nachmittag zum Kap zu fahren. Doch er hatte Robert den Ausflug nicht ausreden können.

Der kam mit dem Parkschein in der Hand zurück und legte ihn auf das Armaturenbrett. »Ich hätte gedacht, das Parken wäre um diese Jahreszeit umsonst. Oder wenigstens günstiger als im Sommer«, beschwerte sich Robert. »Und mehr als drei Stunden darf man hier auch nicht stehen. Das ist ja Abzocke!«

Eh bien, dann ist es wohl das Beste, wenn wir gleich wieder fahren, wollte Doktor Bonnet erwidern. Doch er schluckte die Worte hinunter, weil er nicht den Hauch einer Ahnung hatte, was Robert mit dem Ausflug bezweckte. Sein Bauchgefühl ließ ihn nichts Gutes erahnen. Er mochte nicht ausschließen, dass Robert hier ein heimliches Treffen mit einem Mitarbeiter der Finanzbehörde arrangiert hatte. Oder wollte er ihn an diesem Ort, wo sich im Herbst und Winter Fuchs und Hase gute Nacht sagten, anderweitig unter Druck setzen? Doktor Bonnet war nervlich so angespannt, dass er vieles für möglich hielt. Sicherheitshalber hatte er dafür gesorgt, dass ein paar der Unterlagen, die in den Augen bestimmter staatlicher Stellen verfänglich wirken könnten, im Kamin in Flammen aufgegangen waren. Trotzdem plagte ihn das schlechte Gewissen. Könnte er wirklich wegen drei läppischer Eimer Wandfarbe und ein paar Quadratmetern Badfliesen, die einer seiner Patienten sehr kompetent, aber ohne offizielle Rechnung in seinem Haus angebracht hatte, die Approbation verlieren? Doktor Bonnet spürte, wie er unter der dicken, winddichten Jacke zu schwitzen begann.

»Ich schlage vor, wir gehen los«, unterbrach Robert seine Gedanken. »Wir scheinen fast die Einzigen zu sein, die heute hier unterwegs sind.«

Kein Wunder, dachte Doktor Bonnet, setzte sich aber gehorsam in Bewegung.

Sie liefen über den lang gestreckten Parkplatz, auf dem lediglich zwei weitere Pkws abgestellt worden waren, und folgten dem Pfad, der sich durch die Heidelandschaft schlängelte und direkt zu den beiden Leuchttürmen führte. Links von ihnen erhob sich der alte, runde Phare, der Anfang des 18. Jahrhunderts auf Empfehlung von General Vauban gebaut worden war und vor den Angriffen der englischen Flotte hatte warnen sollen. Auf Doktor Bonnet wirkte der alte Turm stets ein wenig so, als ob er sich vor seinem imposanten Nachbarn wegduckte. Der beinahe 33 Meter hohe, auf quadratischem Grundriss gebaute neue Backsteinturm, der zudem von einem u-förmigen Gebäudeensemble eingerahmt wurde, stand wie eine Trutzburg auf der Felsenklippe. Doktor Bonnet glaubte sich zu erinnern, dass das Leuchtfeuer mehr als 50 Kilometer weit über die Bucht zu sehen war und die wegen der tückischen Klippen gefährliche Überfahrt von Saint-Brieuc nach Saint-Malo ausleuchtete.

»Ich gehe mal die Eintrittskarten lösen«, sagte Robert.

Doktor Bonnet hob die Hände in die Höhe. »Mais non, für mich bitte nicht.«

»Hast du Höhenangst?«, spottete Robert.

»Nein, Rücken«, behauptete Doktor Bonnet und rieb sich vielsagend das Kreuz. »Ich war mit meinem Enkel schon ein paarmal hier. Die 145 Stufen, die zur Plattform des neuen Leuchtturms führen, sind mir gut im Gedächtnis geblieben. Die möchte ich meinem Ischiasnerv in dem Zustand nicht zumuten.«

»Das ist schade. Ich wollte dir von oben etwas zeigen«, protestierte Robert.

»Dann mach ein paar Handyfotos. Ich schaue sie mir an, sobald du wieder unten bist.«

»Das ist jetzt aber ärgerlich.« Robert wirkte verstimmt.

»Mag sein, doch leider nicht zu ändern«, erwiderte Doktor Bonnet in einem Ton, der, wie er hoffte, keinen Widerspruch duldete. »Ich werde mir an der Landzunge ein wenig die Füße vertreten, Laufen ist für meinen Rücken besser als Stufensteigen. Aber ich glaube, du solltest dich beeilen, sie machen in einer Dreiviertelstunde dicht. Melde dich per Handy, wenn du fertig bist, dann treffen wir uns am Auto.«

Robert zögerte einen Moment, zuckte resigniert mit den Schultern und stiefelte los.

Doktor Bonnet stieß hörbar den Atem aus. Als Robert im Gebäude verschwunden war, ging er den hufeisenförmig angelegten Weg ein Stück zurück, bis er den Küstenpfad erreichte, auf dem einst Zöllner auf der Suche nach Schmugglern patrouilliert hatten. Er schätzte, dass ihm genügend Zeit bleiben würde, bis zur Pointe du Jas zu laufen und dort umzudrehen.

Nach ein paar Schritten merkte er, wie sich seine Laune spürbar besserte, sein angebliches Rückenleiden war für den Moment vergessen. Er erinnerte sich an seinen letzten Ausflug zum Kap Mitte Juli, als die Sommersonne den roten Sandstein der Felsen zum Leuchten gebracht und die Heide in vielen Schattierungen von Lila geblüht hatte.

In dem weitläufigen Naturschutzgebiet nisteten zahlreiche Vogelarten wie Silbermöwen, Eissturmvögel, Krähenscharben, Lummen und Tordalke, die er gern beobachtete. Heute pfiff ein stürmischer Wind über das Plateau, die See war aufgewühlt und trug weiße Schaumkappen. Gewaltige Wellen brachen an den bis zu 70 Meter hohen Klippen. Doktor Bonnet konnte keinen einzigen Vogel entdecken, sie hatten sich alle in Sicherheit gebracht. Er zog den Kopf ein, um sich besser gegen die Böen zu stemmen, und achtete darauf, auf dem steinigen und vom letzten Regenschauer feuchten Weg nicht auszurutschen. Ein Lichtstrahl brach kurz durch die dunkle Wolkendecke und ließ das Meer wie Quecksilber glänzen. Am Horizont war ein leicht gelblicher Schimmer auszumachen. Doktor Bonnet wusste, dass dies kein gutes Zeichen war, ein Orkantief befand sich im Anmarsch auf die Küste. Der Wind würde im Laufe der nächsten Stunden an Geschwindigkeit zunehmen.

Ich sollte besser umkehren, dachte er, tat es aber nicht, weil er wusste, dass sich der Weg bald gabelte und er, wenn er sich links hielt, in einem Bogen den Parkplatz wieder erreichen würde.

Der Sonnenstrahl verschwand urplötzlich, als ob jemand einen Schalter umgelegt hätte, und der Himmel verfinsterte sich. Von einer Sekunde auf die nächste prasselten Regentropfen so groß wie Eicheln auf ihn ein, prallten schmerzhaft auf sein ungeschütztes Gesicht. Er erhöhte seine Laufgeschwindigkeit.

Da passierte es: Mit seinem rechten Fuß trat er auf einen lockeren Stein, der seitlich wegrutschte und ihn um das Gleichgewicht brachte. Im selben Augenblick wurde er von einem Windstoß erfasst, der ihn nach vorn katapultierte. Er versuchte noch im Fallen, sich mit den Armen abzustützen, landete aber trotzdem hart mit dem Kopf auf dem felsigen Untergrund. Für einen Moment lag er benommen auf dem Pfad, spürte, wie der Regen seine Hose durchnässte und das Wasser ihm in den Jackenkragen lief. Er wollte sich aufrappeln, doch ein stechender Schmerz durchzuckte seine Schulter, und er konnte den rechten Fuß nicht belasten. Er hätte kein Arzt sein müssen, um zu erkennen, dass er sich ohne Hilfe nicht aus seiner misslichen Lage befreien konnte. Mit eiskalten Fingern fummelte er sein Handy aus der Jackentasche, um Robert anzurufen, aber die Verbindung kam nicht zustande. Doktor Bonnet starrte ungläubig auf das Display: kein Netzempfang!

Es gelang ihm, sich aufzusetzen und um Hilfe zu rufen. Die Worte wurden ihm vom Sturm aus dem Mund gerissen und verloren sich in der Weite des Kaps und des Meeres. Doktor Bonnet fing an zu zittern, vor Kälte und vor Schmerz. Ihm war bewusst, dass er sich in Lebensgefahr befand. Er musste Schutz finden, bevor die Dunkelheit einbrach und der Sturm zum Orkan wurde. Aber wo? Hier oben auf dem Felsplateau gab es kaum einen Baum oder Strauch, geschweige denn ein Gebäude. Zum Leuchtturm war es zu weit, das würde er in seiner Verfassung keinesfalls schaffen.

Zum wiederholten Male schrie er: »Au secours!«, allerdings mehr aus Bestätigung für sich selbst, dass er noch in der Lage war zu handeln. Er glaubte nicht an nahende Rettung. Verzweiflung machte sich in ihm breit. Seine Hose und die Schuhe waren mittlerweile klatschnass, und auch seine Allwetterjacke fing an, sich klamm anzufühlen. Er unternahm einen erneuten Versuch, auf die Beine zu kommen, was sein verletzter Fuß zu verhindern wusste, der Schmerz trieb ihm die Tränen in die Augen. Der Wind und auch der Regen hatten derweil zugenommen.

Ich will nicht an Unterkühlung sterben, dachte Doktor Bonnet. Er bemühte sich, eine Verbindung zu den alten keltischen Gottheiten herzustellen, an die er als Druide glaubte und zu denen er unter bestimmten Bedingungen Kontakt aufzunehmen vermochte. Ohne Erfolg. Sein Energielevel war bereits zu schwach, um die Sphären der Anderswelt zu erreichen. Er war auf sich allein gestellt.

Da kam ihm das Radargerät ins Gedächtnis, das im Zweiten Weltkrieg von der deutschen Wehrmacht an der Pointe du Jas aufgestellt worden war. Zu dem Ensemble gehörten verschiedene Bunkeranlagen und Schützengräben. Die Ruinen der Bunker waren bis heute über das Plateau verteilt, die meisten hatten einigermaßen intakte Außenwände und manche auch ein Dach. Einer der ehemaligen Gefechtsstände, dessen breite Kuppel auffällig mit Brombeerranken und anderem Gestrüpp überwuchert und sogar vom Parkplatz aus gut zu erkennen war, musste sich ganz in seiner Nähe befinden. Doktor Bonnet kniff die Augen zusammen, um im Regen besser zu sehen. Ja, dort hinten, etwa 70 oder 80 Meter entfernt, konnte er die mit Buschwerk überzogenen Bunkerreste ausmachen.

Vorsichtig ließ er sich auf die Hände und Knie fallen – die Schulter schmerzte zwar dabei, aber es war auszuhalten – und krabbelte los. Er kam nur langsam voran, weil er den verletzten Fuß hochhielt, damit der nicht mit dem Boden in Berührung kam.

Nach einer gefühlten Ewigkeit hatte er die Ruine erreicht und rutschte auf dem Bauch den flachen Hang hinunter, der in den den Bunker umgebenden Schützengraben mündete.

Seine Handflächen bluteten inzwischen aus mehreren kleinen Wunden, und auch seine Knie fühlten sich aufgeschürft an. Er kroch weiter in die Richtung, in der er den Eingang vermutete. Hohe Farnwedel, spitze Steine und dornige Ranken machten ihm das Vorwärtskommen schwer, doch endlich lag die Türöffnung vor ihm. Die fünf Betonstufen, die hinab in das Bunkerinnere führten, kosteten ihn seine letzte Kraft, und er stöhnte ein paarmal vor Schmerz auf, weil er sich den verletzten Fuß am harten Beton gestoßen hatte. Als er heruntergefallene Gesteinsbrocken und eine große Pfütze umrundet hatte, blieb er drei, vier Minuten schwer atmend liegen, um sich zu sammeln.

Schließlich kam er wieder auf die Knie, richtete den Oberkörper auf und versuchte, sich im Halbdunkel zu orientieren. Im Bunker roch es modrig und nach Tierdung, der Betonboden war mit Schmutz überzogen. Wahrhaftig keine einladende Herberge! Doch er hatte es geschafft, sich vor dem Wind und dem Regen in Sicherheit zu bringen. Womöglich würde er ein paar Stöcke oder Holzreste finden, mit denen er seinen Fuß schienen konnte, denn er ging davon aus, dass er gebrochen war. Was die Schulter betraf, da musste er die Zähne zusammenbeißen und warten, bis sich im Krankenhaus ein Kollege darum kümmern würde. Wenn man ihn endlich gefunden hätte. Er stellte sich innerlich auf eine einsame und vor allem sehr kalte Nacht ein. Selbst wenn Robert sich auf die Suche nach ihm machen sollte oder einen Suchtrupp der Polizei anfordern würde, war es fast aussichtslos, dass sie ihn bei den Wetterbedingungen und im Dunkeln fanden.

Hätte ich mich doch bloß geweigert, Robert zu begleiten, dachte er trübsinnig. Dann säße ich jetzt gemütlich im Warmen und Trockenen am Schreibtisch und würde in meinem neuen Naturheilkundebuch lesen. Stattdessen hole ich mir neben der Fußfraktur, der geprellten Schulter und mit Sicherheit auch einer leichten Gehirnerschütterung obendrein eine Lungenentzündung. Was bist du doch für ein armer alter Trottel, dass du dich von einem wie Robert so hast ins Bockshorn jagen lassen, schalt er sich stumm.

Da hörte er plötzlich ein Geräusch hinter sich. Er wollte herumschnellen, was wegen seines Fußes jedoch nicht möglich war. Er sah aus den Augenwinkeln, wie etwas mit hoher Geschwindigkeit auf ihn zukam. Nur eine Sekunde später verspürte er einen Schlag gegen seinen Kopf. Grelle Blitze zuckten vor seinen Augen. Dann kippte er zur Seite und verlor das Bewusstsein.

*

Sophie warf zum wiederholten Mal ein Blick auf ihr Handy. Es war nach 21 Uhr, die Geburtstagsgesellschaft war gerade nach Hause gegangen, und Jean-Luc hatte sich noch immer nicht bei ihr gemeldet. Seit einer Stunde versuchte sie vergeblich, ihn auf seinem Handy oder Festnetz zu erreichen. Sie spürte, wie Unruhe in ihr aufstieg. Erneut wählte sie seine Nummer, doch die Verbindung kam nicht zustande. War er so lange mit Robert unterwegs? Bei dem Wetter? Draußen tobte ein heftiger Sturm, der an Fenstern und Türen rüttelte und die Markise mit der Aufschrift »Chez Sophie« aus ihrer Verankerung zu reißen drohte. Bei dem Wetter schickte man keinen Hund vor die Tür!

Madame Rozar schlug ein paar der Reste vom Menü in Klarsichtfolie ein und steckte sie in ihre Tragetasche. »Truffe wird sich über die Leberpastete freuen.«

»Wenn Sie die Katze weiter so mästen, wird sie bald nicht mehr gehen können, sondern sich nur noch rollend fortbewegen«, warnte Sophie.

»Ach was«, winkte Madame Rozar ab. »Sie hat viel an Gewicht verloren, das sie sich erst einmal wieder auf die Rippen fressen muss. Aber sie hat den feigen Giftanschlag immerhin überlebt. Meine Schwägerin hat mir von zwei Hunden und drei Katzen erzählt, die durch Giftköder umgekommen sind. Die Besitzer sind untröstlich.«

»Wissen Sie, wer das getan hat? Ich habe in der Zeitung nichts darüber gelesen. Und auch Ronan hat nichts gesagt.«

»Als sich die Vorfälle mehrten, hat meine Schwägerin eine kleine Gruppe von Kunden zusammengetrommelt, die Nachforschungen angestellt haben. Was eigentlich Sache der Polizei gewesen wäre. Aber bei Tieren legen sie sich wohl nicht so ins Zeug«, sagte Madame Rozar vorwurfsvoll.

»Das glaube ich kaum«, widersprach Sophie. »Ronans Eltern betreiben einen Bauernhof, und sein Chef Riou hat selbst einen Hund.«

»Ja, das stimmt«, musste Madame Rozar zugeben. »Ich nehme an, dass derjenige, der das Gift ausgelegt hat, sehr geschickt vorgegangen ist. Meine Schwägerin und ihre Kunden vermuten, dass es sich um einen Touristen handelt, der sich über die Hinterlassenschaften der Tiere geärgert hat und das Problem mit den Verunreinigungen auf seine Art lösen wollte. Inzwischen scheint er abgereist zu sein. Dem Himmel sei Dank ist in den letzten Wochen nichts mehr passiert. Und Truffe ist bald wieder die alte.«

»Sie ist wohl endgültig bei Ihnen eingezogen.«

»Das Bistro war ja nicht wirklich ihr Zuhause«, sagte Madame Rozar und schlüpfte in ihren knielangen Regenmantel.

»Filip wird nicht begeistert sein.«

»Er kann Truffe besuchen kommen. Und bei schönem Wetter bringe ich sie mit, dann wird sie draußen im Hof dösen und auf mich warten. Sie lässt mich ohnehin kaum aus den Augen.«

Filip, der den Müll hinausgebracht hatte, spurtete in die Küche zurück. Er musste die Tür gut festhalten, damit sie ihm nicht aus der Hand schlug. »Der Sturm wird immer schlimmer. Uns steht eine unruhige Nacht bevor.«

»Ich warte nur darauf, dass die ›Côte de Penthièvre‹ zu einem Einsatz gerufen wird«, sagte Madame Rozar. »Für alle Schiffe, die jetzt auf dem Meer sind, wird es verdammt ungemütlich. Zum Glück haben wir mit der ›Penthièvre‹ ein so gut ausgerüstetes Rettungsboot und eine trainierte Besatzung. Der Sohn einer Freundin ist bei den Seenotrettern.«

»Soll ich Ihnen ein Taxi rufen?«, bot Sophie an.

Madame Rozar zurrte die Kapuze unter dem Kinn fest. »Non, merci, ich schaffe es zu Fuß. Ich bin schließlich nicht aus Zucker, und ich habe in meinem Leben schon einige schwere Stürme miterlebt. Brenzlig wird es erst, wenn den Schafen die Locken wegfliegen«, sagte sie mit einem Augenzwinkern.

»Dann bis morgen.« Sophie öffnete die Tür einen Spaltbreit und ließ Madame Rozar hinausschlüpfen. »Soll ich dich nach Hause bringen, wenn wir mit dem Aufräumen fertig sind?«, wandte sie sich an Filip. »Bei den Fluten, die inzwischen vom Himmel herunterkommen, und der Windstärke kannst du unmöglich mit dem Moto fahren.«

»Ich könnte bei Ronan auf dem Sofa übernachten. Er hat doch ein kleines Appartement in der Rue Saint-Pierre angemietet, damit er nach Dienstschluss nicht immer zum Hof seiner Eltern zurück muss.«

»Mein Sofa könnte ich dir auch anbieten.« Sophie sprühte Reinigungsflüssigkeit auf die Herdoberfläche und rieb mit einem Schwamm über die Verkrustungen.

»Ich entscheide, wenn wir fertig sind.« Ronan widmete sich dem Stapel an Pfannen und Töpfen, die gespült werden mussten.

Sophie hielt einen Augenblick inne und strich sich das Haar aus der Stirn. »Ich mache mir Sorgen um Jean-Luc.«

»Warum?« Filip ließ den Topf, den er mit der Spülbürste bearbeitet hatte, zurück in das heiße Abwaschwasser gleiten. »Sein Haus ist solide gebaut, und das Dach hat er erst vor Kurzem erneuern lassen.«

»Wenn ich zweifelsfrei wüsste, dass er zu Hause ist, wäre ich nicht so beunruhigt. Er wollte heute Nachmittag zum Kap.«

»Dann ist er mit Sicherheit längst wieder daheim. Bei dem Wetter treibt sich dort niemand freiwillig herum.«

»Er geht nicht an sein Handy, und unter seiner Festnetznummer erreiche ich ihn auch nicht, ich versuche es seit einer Stunde.«

»Vielleicht schläft er schon?«

»Bei dem Lärm da draußen? Nie und nimmer. Außerdem ist Jean-Luc ein Nachtmensch, er liest immer bis in die Puppen.«

»Womöglich ist er bei einem Freund oder bei Bekannten.«

»Ich hatte ihn gebeten, sich zu melden, wenn er vom Kap zurück ist. Das hat er bis jetzt nicht getan. Hinzukommt, dass er eigentlich gar nicht mitfahren wollte, aber Robert hat ihm keine Ruhe gelassen, er wollte unbedingt dorthin.«

»Was für eine bescheuerte Idee bei dem Sturm.«

»Heute Nachmittag war das Wetter noch recht gut, nur eine steife Brise, mehr nicht.«

»Hast du die Handynummer von Robert?«

»Leider nein, sonst hätte ich ihn schon angerufen.«

Filip trocknete sich die Hände an der Schürze ab. »Das hört sich in der Tat sehr seltsam an.«

»Jean-Luc hat mich gefragt, ob ich mitfahren würde«, gestand Sophie. »Doch ich hatte keine Zeit wegen der vielen Gäste, die wir heute hatten. Inzwischen mache ich mir Vorwürfe, ihn mit Robert allein gelassen zu haben.«

»Ach komm, er wird ihn schon nicht vom Leuchtturm geschubst haben.«

»Nein, das nicht. Aber ich habe ein komisches Gefühl. Robert hat Jean-Luc immerhin unter Druck gesetzt, sich seine Gastfreundschaft durch Erpressung erschlichen. Außerdem wissen wir noch immer nicht, was er im Schilde führt.«

»Stimmt«, musste Filip zugeben. »Der Mann ist und bleibt ein Rätsel.«

»Ich halte ihn weiterhin für gefährlich. Seine Augen funkeln beängstigend, und sein Mund ist hart. Auf mich wirkt er, als ob er eine Menge zu verbergen hätte. Ich möchte nicht ausschließen, dass er Aenor auf dem Gewissen hat. Die beiden kannten sich aus London, doch das hat er Jean-Luc gegenüber verschwiegen. Aus gutem Grund, wenn du mich fragst.«

»Dass Aenor und Robert sich in London begegnet sind, ist bis jetzt lediglich eine Vermutung. Genauso, dass er es war, der mich mit dem Auto von der Straße abdrängen wollte.«

»Für mich gehört er nach wie vor zu den Verdächtigen«, beharrte Sophie. Wie auch Henri, dachte sie. Doch es war nicht der richtige Zeitpunkt, Filip über das Gespräch mit Kommissar Kerilis zu informieren.

»Versuch noch mal, Jean-Luc zu erreichen«, bat Filip. »Vielleicht ist er inzwischen zu Hause angekommen, und unsere Befürchtungen sind unbegründet.«

Zum x-ten Mal an diesem Abend wählte Sophie Doktor Bonnets Nummer, wartete. »Nichts«, sagte sie schließlich.

In dem Moment wurde die Tür aufgestoßen, und Ronan stürmte mit einem Schwall kalter, nasser Luft in die Küche.

»Ich habe es eben von dem Kollegen aus Fréhel erfahren. Am Kap wird seit den frühen Abendstunden eine Person vermisst. Ich befürchte, es handelt sich um Jean-Luc.«

Sophie erstarrte. »Ich habe doch geahnt, dass etwas nicht in Ordnung ist.«

»Weiß man schon Näheres?« Filip schaute den jungen Polizisten mit einem Stirnrunzeln an.

»Ein Mann ist zur Polizeistation gefahren und hat Alarm geschlagen«, antwortete Ronan.

»War es Robert? Robert Garnier?« Sophies Stimme überschlug sich fast vor Aufregung. »Robert wollte heute unbedingt zum Kap. Und er hat darauf beharrt, dass Jean-Luc mitfährt. Das ist mir komisch vorgekommen, deshalb mache ich mir schon den ganzen Abend Sorgen.«

»Ich frage mich, warum die beiden nicht zusammengeblieben sind. Und warum Robert die Polizei erst so spät informiert hat.« Filip schien genauso aufgebracht wie Sophie.

Ronan zuckte hilflos mit den Schultern. »Ich habe nicht die geringste Ahnung.«

»Ich habe solche Angst um Jean-Luc«, brach es aus Sophie hervor. »Es passt nicht zu ihm, dass er einfach so verschwindet. Außerdem war er nicht zum ersten Mal am Kap, er kennt die Gegend. Ich glaube, die Goursez Breizh, seine Druidenvereinigung, hält dort regelmäßig Veranstaltungen ab. Zu Sonnenaufgang oder Sonnenuntergang, je nach Jahreszeit. Wenn er verschwunden ist, muss Robert dahinterstecken. Ich traue dem Mann nicht, der ist unberechenbar.«

»Es könnte doch sein, dass Jean-Luc einen Unfall hatte«, wandte Ronan ein.

»Dann hätte er aber sicher versucht, jemandem von uns per Handy Bescheid zu geben. Nein, ich sage euch, er meldet sich nicht, weil Robert ihn daran hindert. Oder aus noch schlimmeren Gründen.« Sophie kämpfte mit den Tränen.

»Ich kann zwar nicht behaupten, dass mir dieser Robert sympathisch ist«, meinte Ronan. »Aber warum sollte er Jean-Luc ausgerechnet zum jetzigen Zeitpunkt etwas antun? Er wohnt seit Wochen bei ihm, da hätte er reichlich Gelegenheit gehabt. Falls das überhaupt seine Absicht war.«

»Wahrscheinlich hat er heute mitbekommen, dass seine Tarnung aufgeflogen ist. Das hat ihn in Zugzwang gebracht«, rief Filip erregt aus.

»Wir müssen ihn so schnell wie möglich finden«, drängte Sophie. »Nur er kann uns darüber Auskunft geben, wo Jean-Luc sich befindet oder was mit ihm geschehen ist.«

»Leichter gesagt als getan«, meinte Ronan. »Ich war eben bei Jean-Lucs Haus, aber dort ist Robert nicht, sein Auto steht auch nicht auf der Einfahrt. Seitdem er die Vermisstenmeldung gemacht hat, scheint er ebenfalls wie vom Erdboden verschluckt.«

»Er ist abgehauen, auf der Flucht. Weil er ...« Filip stockte und schaute die Freunde bedeutungsvoll an. »Kannst du keine Fahndung nach ihm einleiten?«

»Aus welchem Grund?« Ronan streckte abwehrend die Hände in die Höhe. »Soweit ich weiß, konnte man ihm bis jetzt nichts Unrechtes nachweisen.«

»Himmelherrgott, es muss doch eine Möglichkeit geben, ihn ausfindig zu machen!« Sophie schmiss den Schwamm wütend ins Spülbecken. »Könntest du nicht seine Handynummer herausfinden und das Handy orten?«

»Das geht nur auf Anweisung des Staatsanwaltes.«

»Ich hasse diese vielen unsinnigen Regeln«, grummelte Sophie.

»Was können wir denn überhaupt machen?« Filip sah ratlos aus.

»Mein Kollege ist dabei, einen Suchtrupp zusammenzustellen. Die zuständigen Beamten in Saint-Brieuc sind ebenso informiert. Die Gendarmerie maritime ist eingeschaltet, doch sie können bei den Wetterbedingungen von der Meeresseite her nicht viel ausrichten. Sie müssen abwarten, bis sich der

Wind abschwächt, das soll laut Vorhersage in den frühen Morgenstunden geschehen. Dann kann außerdem der Suchhubschrauber aufsteigen.«

»Also ich bin dabei.« Filip band die Schürze ab. »Ich helfe suchen.«

»Ich auch.« Sophie zögerte nicht den Bruchteil einer Sekunde.

Ronan berührte sie kurz am Arm. »Eh bien, für dich hatte ich eigentlich eine andere Aufgabe vorgesehen.«

»Oh nein, ich werde auf keinen Fall hier sitzen bleiben und Däumchen drehen, während Jean-Luc in Gefahr schwebt«, empörte sich Sophie. »Ich will Teil des Suchtrupps sein. Das bin ich ihm schuldig.«

»Du kannst dich hier nützlich machen«, widersprach Ronan. »Nicht nur die Beamten, auch die Freiwilligen, die sich an der Suche beteiligen, müssen in den nächsten Stunden mit warmen Getränken und einer Kleinigkeit zu essen versorgt werden. Die Dunkelheit und der Sturm zehren an den Kräften, doch wir alle dürfen unter keinen Umständen schlappmachen.«

Sophie schob die Unterlippe vor, überlegte. »Bon, d'accord«, sagte sie schließlich. »Ich kümmere mich um die Verpflegung. Wir haben ausreichend Thermoskannen im Schrank stehen, die könnte ich außer mit Kaffee und Tee mit heißer Gemüsebrühe füllen. Und ich mache belegte Sandwiches.«

»Ich schicke dir in anderthalb Stunden jemanden vorbei, der alles abholt. Ist das für dich okay?«

Sophie nickte.

»Könnten wir kurz bei mir zu Hause vorbeifahren, damit ich wetterfeste Kleidung anziehe?«, bat Filip. »Meine Lederjacke ist in wenigen Minuten durchgeregnet.«

»Ja, sicher«, stimmte Ronan zu. »Wir laden sowieso noch drei Kumpels von mir ein, die ebenfalls helfen wollen. Mein

Chef hat auch herumtelefoniert und konnte mehr als 20 Leute zum Mitmachen überreden. Dazu kommen die Freiwilligen aus Fréhel, Pléhérel und Plévenon. Wir werden Jean-Luc schon finden.«

»Passt gut auf euch auf! Nicht nur der Sturm ist gefährlich«, sagte Sophie und zog zuerst Filip und dann Ronan zum Abschied kurz an sich.

Nachdenklich schaute sie ihnen hinterher, wie sie sich mit gesenkten Köpfen gegen den Wind stemmten. Sie hatte kein gutes Gefühl. Mit den Handflächen rubbelte sie kräftig ihre Unterarme, auf denen sich Gänsehaut gebildet hatte. Dann rief sie sich zur Ordnung, machte sich an die Arbeit. Es würde für alle Beteiligten eine sehr lange Nacht werden.

26. KAPITEL

Sophie hielt einen Moment inne und rieb sich die müden Augen. Es war inzwischen kurz vor halb sechs, und sie konnte sich kaum noch auf den Beinen halten. Die Suchtrupps waren ohne Unterlass im Einsatz, doch von Doktor Bonnet gab es bis jetzt kein einziges Lebenszeichen oder einen Hinweis auf seinen Verbleib. Sogar die aus Saint-Brieuc angeforderte Hundestaffel hatte nichts ausrichten können, da der Boden durch den unablässigen Regen durchnässt war und alle Spuren buchstäblich ins Meer geflossen waren.

Innerlich bereitete sich Sophie auf das Schlimmste vor. Trotzdem zwang sie sich, ihre Erschöpfung und die wachsende Mutlosigkeit niederzukämpfen, irgendwie zu funktionieren. Sie wollte die anderen Helfer nicht im Stich lassen. Und eine kleine Hoffnung blieb: Nach Sonnenaufgang würden Schiffe von der Seeseite und Hubschrauber aus der Luft die Suchtrupps unterstützen. Der Wetterbericht vom Vorabend hatte recht behalten, der Wind war mittlerweile deutlich abgeflacht, hatte keine Orkanstärke mehr. Dennoch hatte es, wie sie im Radio gehört hatte, in manchen Regionen große Schäden gegeben, und weiter nördlich war in einigen Gemeinden der Strom ausgefallen. Ein paarmal hatte auch das Licht in der Bistroküche beunruhigend geflackert, doch nun schien die Stromversorgung stabil. Wenigstens etwas, dachte Sophie.

Der Bäckerwagen kam in den Hof gefahren, und sie nahm das Brot in Empfang, das sie per Telefon bestellt hatte.

»Gibt es Neuigkeiten?«, wollte der Fahrer wissen.

Sophie verneinte.

»In einer Stunde wird es hell, da werden sie ihn finden.« Der Fahrer versprühte einen Optimismus, den Sophie nicht teilte.

»On verra, warten wir's ab«, antwortete sie und stapelte die Baguettelaibe auf der Arbeitsplatte, um daraus weitere Sandwiches zuzubereiten, während der Fahrer sich verabschiedete.

Sie ging zum Kühlschrank und checkte ihre Vorräte, von denen einige nach der langen Nacht zur Neige gingen. Sie brauchte Nachschub. Sollte sie Madame Rozar anrufen und sie bitten, im Supermarkt, sobald dieser öffnete, das Nötigste zu besorgen? Konzentriert zählte sie die Packungen mit Schinken, Salami, die kleinen runden Camemberts, die Käsestücke und die Butter.

Ein Räuspern, das sie hinter ihrem Rücken vernahm, ließ sie herumschnellen.

»Monsieur Hénaff, Sie haben mich aber erschreckt!« Sophie legte die Hand auf die Brust. »Wie sind Sie denn reingekommen?«

»Durch die Tür«, erwiderte Hénaff wahrheitsgemäß. »Ich habe angeklopft. Sie waren anscheinend so in Gedanken, dass Sie mich nicht gehört haben.«

»Tut mir leid. Wie Sie sehen, habe ich viel zu tun. Ich sorge für die Verpflegung der Suchmannschaft. Ronan wird in einer guten Stunde kommen, um das Frühstück für alle abzuholen, die die ganze Nacht über im Einsatz waren.«

»Trotzdem haben Sie sicherlich ein Viertelstündchen Zeit, um mir ein paar Fragen zu beantworten.« Hénaff trat einen Schritt näher.

Sein Rasierwasser, das nach Menthol und einer holzigen Note roch, drang Sophie unangenehm in die Nase. »Das passt mir gerade wirklich nicht«, protestierte sie. »Können wir das nicht auf später verschieben?«

»Non, non, auf keinen Fall«, widersprach Hénaff. »Ich muss der Erste sein, der über den neuesten Stand der Suche und über die Hintergründe berichtet. Es ist fast sechs, mir läuft die Zeit davon.«

»Mir auch«, sagte Sophie und schaute bedeutungsvoll auf den Stapel an Baguettes.

»Ach was, auf die paar Minuten kommt es doch nicht an.« Hénaff tat ihren Einspruch mit einer schwingenden Bewegung seiner großen sehnigen Hand ab.

Sophie wurde allmählich ungehalten. Die Erschöpfung und ihre Sorge um Doktor Bonnet forderten ihren Tribut. Sie hatte keine Lust, sich mit Hénaff auseinanderzusetzen. »Kommen Sie heute Mittag wieder, dann können wir von mir aus reden. Obwohl ich, wie ich glaube, nicht die richtige Ansprechpartnerin bin. Ich weiß nichts über die Situation am Kap, da sollten Sie sich besser an die Polizei wenden.«

»Die Polizei.« Hénaff klang verächtlich. »Von denen bekomme ich höchstens zwei, drei hingerotzte Floskeln. Ich benötige Insiderwissen. Alles andere interessiert weder mich noch meine Leser.« Auf Hénaffs schmalen Wangen hatten sich zwei rote Flecken gebildet.

Sophie schüttelte genervt den Kopf. »Wie sollte ich Sie mit Insiderwissen versorgen? Ich habe die ganze Nacht hier in der Küche verbracht.«

»Ja, aber Sie standen doch ständig mit diesem Lagad in Kontakt, nicht wahr?«

»Oui, er hat mir mitgeteilt, wie viel Kaffee er braucht und wie viele Sandwiches ich belegen soll«, erwiderte Sophie spöttisch.

»Werden Sie bloß nicht frech!« Hénaffs Stimme hatte einen schneidenden Tonfall angenommen. »Ich will die Wahrheit wissen, und Sie werden sie mir erzählen. Und zwar auf der Stelle!« Sein rechter Zeigefinger schnellte hervor und tippte ihr auf den Brustkorb.

Sophie reagierte instinktiv und schlug nach dem Finger, den sie jedoch nicht traf, da Hénaff die Hand blitzschnell zurückgezogen hatte und hinter dem Rücken verborgen hielt. »Fassen Sie mich nicht an!«, zischte sie warnend. Eine Erfahrung wie die mit Henri wollte sie kein zweites Mal durchmachen. Sie hatte sich geschworen, in einer vergleichbaren Situation sofort deutliche Grenzen zu setzen, und trat einen Schritt zurück.

Hénaff tat so, als ob er sie nicht gehört hätte. »Sie sagen mir jetzt tout de suite, was der Doktor am Kap zu suchen hatte. Und was es mit diesem mysteriösen Gast, der schon seit Wochen bei ihm untergekommen ist, auf sich hat. Wie man so hört, soll er beste Verbindungen zu unserem Herrn Bürgermeister pflegen. Warum, das habe ich trotz aller Recherchen nicht herausbekommen. Das macht mich noch ganz krank! Solche Vorkommnisse von höchster regionaler Bedeutung muss ich doch an meine Leser weitergeben. Das ist meine Aufgabe, dazu bin ich Journalist geworden.«

»Um darüber Näheres zu erfahren, müssen Sie mit Doktor Bonnet oder mit seinem Gast sprechen«, konterte Sophie.

»Eh bien, das kann ich ja leider nicht.« Hénaff bewegte sich weiter auf sie zu. »Doch Sie, Sie sind mit dem Doktor befreundet, das war vor Kurzem, als ich bei Ihnen auf der Terrasse saß, nicht zu übersehen. Sie wissen, was in ihm vorgeht.«

»Nein, so vertraut sind wir nicht«, schwindelte Sophie, anscheinend aber nicht sehr überzeugend.

Hénaffs Gesicht verfinsterte sich. »Lügen Sie mich nicht an!«, bellte er.

Sophie wollte zurückweichen, doch sie stand bereits mit dem Rücken an der Außenkante der Arbeitsplatte. Zwischen ihr und Hénaff lagen nicht mehr als zwei Handbreit Abstand. In ihrem Kopf begannen die ersten Alarmglocken zu schrillen. Der Journalist war zwar spindeldürr, überragte sie jedoch um mindestens 20 Zentimeter. Von seinem Körper ging ein eigentümliches Beben aus. Sophie wusste, dass sie ihm physisch unterlegen war. Sie musste eine andere Möglichkeit finden, ihn abzuwimmeln. Vielleicht würde es ja helfen, wenn sie ihre weibliche Seite ausspielte. Sie fuhr sich mit der Zunge über die Lippen und setzte ein, wie sie hoffte, gewinnendes Lächeln auf.

»Aber Monsieur Hénaff. Wie käme ich denn darauf, Ihnen nicht die Wahrheit zu sagen?«

»Weil es die meisten nicht tun«, spie Hénaff aus.

»Non, non, das stimmt so sicher nicht.« Sophie verstärkte ihr Lächeln.

»Es läuft immer auf dasselbe hinaus: Erst machen mir alle Hoffnung, und dann wollen sie mir einen Bären aufbinden.« In Hénaffs Augen tauchte ein Glimmen auf, das Sophie noch mehr beunruhigte.

»Ich nicht.« Zur Bekräftigung wandte sie ihm die Handflächen zu.

Durch Hénaff ging ein sichtbarer Ruck, als hätte er einen Stromschlag erhalten. »Ich lasse das nicht mehr mit mir machen! Mit mir nicht! Wer bin ich denn, dass alle glauben, sie könnten mir andauernd auf der Nase herumtanzen?«

»Mais non, so bin ich nicht«, beteuerte Sophie.

»Ach was, so sind doch alle«, behauptete Hénaff. »Die Kollegen in der Redaktion, meine Informanten, auf die ich mich nicht mehr verlassen kann, und natürlich auch mein Chef. Sie halten mich für einen alten Trottel, für einen, der es nicht mehr bringt und den sie aufs Abstellgleis schieben können. Sogar einen Aufhebungsvertrag haben sie mir schon angeboten. Doch ich lasse mich nicht bestechen! Ich bin ein

Mann, der Tatsachen ohne Wenn und Aber aufdeckt, die Wahrheit präzise formuliert.«

Das waren in den letzten Monaten mitunter recht seltsame Wahrheiten, schoss es Sophie durch den Kopf. Sie hütete sich jedoch davor, ihre Einschätzung laut zu äußern. Das würde Hénaffs Wut nur steigern. Sie setzte weiter auf den von ihr eingeschlagenen Schmeichelkurs. »Ich bin mir sicher, dass viele Ihr Können schätzen und jeden Tag Ihre Artikel in der La Gazette verschlingen. Das tun wir hier im Bistro auch.«

»Die Abonnementzahlen sinken«, knurrte Hénaff.

»Ach was, das ist momentan nur eine kleine Delle nach unten«, versicherte Sophie im Plauderton. »Das wird schon wieder. Und die Sache mit Ihrem Chef auch. Glauben Sie mir, bis Weihnachten wird sich alles zum Guten wenden. Ich an Ihrer Stelle würde nicht den Mut verlieren. Was ist denn mit diesem spannenden neuen Projekt, von dem Sie mir und Doktor Bonnet kürzlich erzählt haben? Gibt es diesbezüglich Neuigkeiten?«

Hénaffs Kiefer malmte kurz, dann erstarrte sein ganzer Körper. Sophie spürte instinktiv, dass sie einen Fehler gemacht hatte. Wie es aussah, hatte sie unbewusst ein für Hénaff äußerst heikles Thema berührt. Sie bemühte sich, den Fauxpas auszubügeln.

»Ach herrje, ich habe ganz vergessen«, sie tippte kurz spielerisch auf seinen Unterarm, »dass Sie darüber ja nichts sagen dürfen. Sozusagen topsecret.« Sie führte den Zeigefinger vor die Lippen. »Sch…«

»Stecken Sie da etwa auch mit drin? Wie die anderen beiden?«, presste Hénaff zwischen den Zähnen hervor.

»Ich?« Sophie schaute ihn verwundert an. »Ich weiß doch gar nicht, worum es geht.«

»Ich habe Ihnen gerade gesagt, dass ich es nicht ausstehen kann, wenn man mich anlügt.« Hénaff baute sich drohend vor ihr auf. Er war ihr jetzt so nahe, dass seine Brust fast die ihre berührte.

Sophie brach der kalte Schweiß aus. Sie hatte das Gefühl, sich keinen Millimeter mehr rühren zu können.

»Wollen wir nicht einen Kaffee trinken? Bei einer Tasse Kaffee redet es sich einfacher«, schlug sie mit krächzender Stimme vor und schielte gleichzeitig auf die Uhr. Verdammt noch mal, Ronan würde erst in einer Dreiviertelstunde hier sein. Bis dahin gab es niemanden, der ihr beistehen könnte. Der Journalist wurde ihr von Minute zu Minute unheimlicher, er schien kurz davor zu stehen, jeden Bezug zur Realität zu verlieren.

»Sagen Sie mir endlich, was Sie über Doktor Bonnets Verschwinden wissen«, forderte Hénaff.

»Ich weiß nur, dass er mit Monsieur Garnier zum Kap wollte. Was dann geschehen ist, entzieht sich meiner Kenntnis.«

»Blödsinn, Sie halten wichtige Informationen zurück!«

»Ich schwöre Ihnen, dass das nicht der Fall ist«, versicherte Sophie.

»Das nehme ich Ihnen nicht ab. Sie wollen mich erst erniedrigen und dann abwimmeln. Das haben schon andere versucht.« Hénaff setzte ein wölfisches Lächeln auf. »Und bitter dafür gebüßt.«

Erst Henri und jetzt Hénaff, schoss es Sophie durch den Kopf. Sie kam sich wie in einer Endlosschleife gefangen vor. Was hatte sie an sich, dass ausgerechnet sie innerhalb von nur wenigen Wochen von zwei Männern bedroht wurde? Sie schluckte schwer und nahm all ihren Mut zusammen. »Es reicht!«, sagte sie mit schneidender Stimme. »Treten Sie zurück und verlassen Sie auf der Stelle mein Bistro! Ich werde mich von Ihnen nicht einschüchtern lassen.«

»Ich habe ein Recht auf die Wahrheit! Sie müssen mir die

Wahrheit sagen.« Hénaff hörte sich an wie eine gesprungene Schallplatte, die andauernd auf derselben Stelle verharrte.

»Ich muss gar nichts.« Sophie straffte die Schultern und versuchte, sich möglichst groß zu machen, was ihr in ihrer eingeklemmten Position nur bedingt gelang.

»Ich werde meinen Weg gehen und es euch allen zeigen!« Auf Hénaffs hoher Stirn glitzerten Schweißperlen.

»Ihr Weg führt direkt aus meiner Küche. Nach draußen.« Sophie betonte jedes einzelne Wort.

»Sagen Sie es mir jetzt oder nicht?«, keuchte Hénaff.

»Nein, Sie können mich mal«, brüllte Sophie und stieß ihn mit beiden Händen heftig gegen die Brust.

Er musste ihre Reaktion erwartet haben, denn er ruckte mit dem Oberkörper nur leicht zurück, federte den Aufprall mit den Knien ab und ließ sich nicht aus dem Gleichgewicht bringen.

»Merde alors, ich habe von euch allen die Faxen dicke!«

Bevor Sophie sich wehren konnte, hatte Hénaff seinen linken Oberschenkel fest gegen ihr rechtes Bein und seinen linken Ellenbogen gegen ihre Brust gedrückt. Mit der rechten Hand zog er einen Kuli aus der Jackentasche hervor, der an einer langen, dünnen Schnur hing.

Sophie erstarrte. Michels Worte, die er gesagt hatte, als er sich daran erinnerte, wie er die tote Louise gefunden hatte, drängten sich ihr ins Gedächtnis: »Ich habe eine feine rote Linie bemerkt, die sich um ihren Hals zog. Sie wurde anscheinend erwürgt.« Hatten sie alle die ganze Zeit über total danebengelegen? Waren Henri und Robert unschuldig? Hatte Hénaff die Morde begangen? Und wollte er nun auch sie ins Jenseits befördern?

Hénaff löste die Hand von ihrer Brust, fasste nach dem Ende der Schnur, legte sie ihr blitzschnell um den Hals und kreuzte die Fäuste.

Sophie spürte, wie sich die Schnur in ihr Fleisch biss. Du musst dich wehren, dachte sie, um dein Leben kämpfen! Aber der Schock machte es ihr unmöglich, auch nur einen Muskel zu bewegen. Die Schnur zog sich immer enger um ihren Hals, hinderte sie am Atmen. Sophie röchelte hilflos nach Luft. In ihren Ohren rauschte das Blut, vor ihren Augen blitzten grelle Lichter. Nur noch wenige Sekunden, und sie würde das Bewusstsein verlieren.

Plötzlich tauchte ein Arm hinter Hénaffs Rücken auf, der eine silberne Thermoskanne in der Hand hielt. In der Kanne spiegelte sich kurz das Küchenlicht, bevor sie krachend auf Hénaffs Hinterkopf landete und er mit einem gurgelnden Laut zusammensackte. Scherben regneten auf den Küchenboden nieder.

Sophie sank auf die Knie. Eine Hand, die nicht zu Hénaff gehörte, löste die Schnur von ihrem Hals. Sophie sog japsend die Luft ein, verschluckte sich und musste husten. Die Hand, die Hénaff niedergeschlagen hatte, gab ihr einen Hieb auf den Rücken, genau zwischen die Schulterblätter. Endlich kam Sophie zu Atem, ihre Lungen wurden mit Sauerstoff geflutet.

»Geht's?«, fragte eine besorgte Stimme, die sich aus dem Mund von Robert Garnier gelöst zu haben schien.

Sophie blinzelte mit den Augen, doch das seltsame Bild wollte nicht weichen.

Garnier griff nach der auf dem Boden liegenden Schnur. »Un petit moment, ich mache diesen Mistkerl nur kurz dingfest, und dann kümmere ich mich um Sie.«

Sophie wusste nicht, ob sie darüber erfreut oder eher alarmiert sein sollte.

*

»Attention, bitte alle mal herhören!« Der Leiter des Suchtrupps winkte, um den Beteiligten anzuzeigen, sich im Halbkreis um ihn zu versammeln. »Es gibt Neuigkeiten: Die ›Côte de Penthièvre‹ kreuzt hier vor der Küste und hat von den Klippen aus ein Lichtsignal aufgefangen.«

Ein Ruck ging durch die Mannschaft. Hängende Schultern strafften sich, Knie wurden durchgedrückt und auf den erschöpften Gesichtern zeigte sich ein kleiner Hoffnungsschimmer.

Ronan rieb sich mit der Hand über das Kinn, auf dem braune Stoppeln gesprossen waren. Er war durchgefroren, spürte jeden einzelnen Knochen und hatte die Aussicht, Doktor Bonnet lebend zu finden, bis gerade eben fast aufgegeben. Aber ein Toter konnte sich nicht durch ein Lichtsignal bemerkbar machen! »Wurde die Stelle, von der aus das Zeichen gesendet wurde, genau geortet?«, wollte er aufgeregt wissen.

Der Einsatzleiter zog eine durchweichte Karte aus der Jackentasche. »Wenn ich den Kapitän des Rettungsbootes korrekt verstanden habe, sind die Lichtzeichen von der Pointe du Jas gekommen. Etwa von hier.« Er wies mit dem Finger auf die Stelle.

»Hat Garnier nicht gesagt, dass sich der Doktor in Richtung Fort la Latte entfernt hätte?«, wunderte sich Ronan.

»Ja, so habe ich es auch in Erinnerung«, stimmte sein Kollege aus Fréhel zu.

»Merde. Und wir haben es prompt für bare Münze genommen«, brummte Ronan verärgert. »Die ganze Nacht über haben wir unsere Suche auf die Umgebung des Leuchtturms und auf die nördlichen Klippen konzentriert. In der Annahme, dass der Doktor an der La Fauconnière, dem Vogelfelsen, abgestürzt ist. Stattdessen hätten wir auf der entgegengesetzten Seite suchen müssen. Garnier hat uns bewusst auf die falsche Spur geführt, das war ein hundsgemeines Täuschungsmanöver!«

»So würde ich das nicht sehen«, widersprach sein Kollege. »Garnier hat extra betont, dass er zum ersten Mal am Kap war und sich nicht auskennt. Vielleicht hat er den Doktor nicht richtig verstanden oder in seiner Aufregung nach dessen Verschwinden falsche Schlüsse gezogen.«

»Wie auch immer …« Ronan wusste, dass die Diskussion in der jetzigen Situation müßig wäre. »Kann ich noch mal einen Blick auf die Karte werfen?«

Der Einsatzleiter hielt sie ihm entgegen.

»Wenn das Licht aus diesem Gebiet gekommen ist«, Ronan tippte mit dem Finger auf einen Punkt auf der Karte, »dann kann sich der Doktor nicht direkt an der Pointe du Jas befinden, also nicht unmittelbar auf den Klippen. Er muss ein Stück weiter dahinter sein, eher auf dem Plateau. Dort gibt es doch diese Bunkeranlagen aus dem Zweiten Weltkrieg.«

»Er soll in einem Bunker Unterschlupf gesucht haben?« Der Einsatzleiter setzte die dunkle Schirmkappe kurz ab und rieb sich die Kopfhaut. »Eh bien, das wäre ein kluger Schachzug, der ihm das Leben gerettet haben könnte.«

»Wir wissen nicht, ob es tatsächlich Doktor Bonnet war, der das Lichtzeichen gab«, wandte Ronan ein, um allzu große Erwartungen zu dämpfen. »Womöglich hat sich ein Strahl der aufgehenden Sonne in einer Glasflasche oder einem Stück Blech gespiegelt.«

Der Einsatzleiter klatschte in die Hände. »Es gibt nur eine Möglichkeit, das herauszufinden. Wir teilen uns wie gehabt in Gruppen auf, und jede Gruppe nimmt sich einen Bereich vor. Schaut auf die Karte. Gruppe eins untersucht dieses Areal, Gruppe zwei das hier, Gruppe drei …«

Ronan hatte es nicht mehr ausgehalten und war losgelaufen. Filip spurtete hinter ihm her. »Sollen wir nicht besser auf die anderen warten?«, rief er keuchend.

Ronan winkte ab und rannte weiter. Das Lichtzeichen ließ ihn die Müdigkeit vergessen, verlieh ihm Flügel. Er erreichte die Weggabelung des ehemaligen Zöllnerpfades und stoppte abrupt, um zu lauschen. Filip holte ihn ein und blieb ebenfalls stehen.

»Hast du das auch gehört?«, frage Ronan mit gerunzelter Stirn.

»Nein, ich höre nur den Wind.«

»Doch, ich bin mir sicher, da war ein Laut.«

Filip lauschte angestrengt. »Da ist nichts. Vielleicht war es eine Möwe. Oder eins der Schafe, die hier manchmal außerhalb der Saison grasen.«

»Das war kein Schafsblöken.«

Ronan setzte sich in Bewegung. Filip blieb nichts anderes übrig, als ihm zu folgen.

Nach ein paar Metern hielt Ronan erneut an, legte die Hände wie einen Trichter vor den Mund und rief: »Jean-Luc? Jean-Luuuc?«

Aus dickem, hochrankendem Dornengebüsch schien sich ein Gegenruf zu lösen.

»Da vorne, bei der überwachsenen Ruine«, sagte Ronan aufgeregt.

Sie bahnten sich mühsam einen Weg durch das Gestrüpp, schlitterten einen kleinen Abhang hinunter und sahen die Mauern des alten Bunkers vor sich liegen.

Ronan suchte die Umgebung hektisch mit den Augen ab. »Es muss doch irgendwo einen Eingang geben.«

»Schau mal, da.« Filip wies mit der Hand in Richtung des Bunkerabschnittes, der am wenigsten mit Buschwerk überzogen war.

»Jean-Luc«, brüllte Ronan ein weiteres Mal.

Nun hörte auch Filip die Antwort. Sie stürmten vorwärts und erreichten Doktor Bonnet, der auf der obersten Eingangsstufe des Bunkers kauerte.

»Mon Dieu, hast du uns einen Schrecken eingejagt!« Ronan beugte sich besorgt zu dem Freund hinunter.

Filip zog eine kleine Wasserflasche hervor, die er in der Jackentasche mitgeführt hatte, und reichte sie dem Doktor. »Trink, das ist jetzt wichtig.«

Doktor Bonnets Hände zitterten, doch er schaffte es, die Flasche zum Mund zu führen und daraus ein paar Schlucke zu nehmen. »Mein Fuß«, sagte er schließlich. »Ich bin gestürzt und konnte nicht weiter.«

»Warum hast du nicht angerufen?«

»Kein Empfang.«

»Mais oui, hier ist ja Natur pur.« Filip zog eine Grimasse.

»Ich laufe zum Einsatzwagen und hole die Sanitäter mit der Trage«, sagte Ronan. »Direkt am Leuchtturm müsste der Empfang funktionieren. Hältst du so lang noch durch? Filip bleibt bei dir.«

Doktor Bonnet nickte.

Zehn Minuten später sah Ronan den Männern des Sanitärtrupps hinterher, wie sie mit ihrer Ausrüstung den Zöllnerpfad entlangeilten. Er wählte Sophies Nummer.

»Wir haben ihn gefunden!«, rief er triumphierend, als die Mailbox ansprang. »Er hat einen verletzten Fuß, ist durchgefroren und riecht ziemlich streng nach Schaf. Aber er wird es schaffen, es besteht keine Lebensgefahr.«

Daraufhin steckte er das Handy zurück in die Tasche seiner durchfeuchteten Jacke und machte sich ebenfalls auf den Weg zum Bunker.

27. KAPITEL

Nicolaz Hénaff stöhnte auf, und seine Augenlider flatterten. Robert Garnier schaute hektisch um sich: »Haben Sie irgendwo ein Seil? Die dünne Schnur um seine Handgelenke wird nicht ausreichen.«

Sophie hatte nach wie vor Schwierigkeiten, sich zu konzentrieren. »Nein, ich … ich glaube nicht«, stammelte sie.

In dem Moment schien Robert etwas entdeckt zu haben, das sich für seine Zwecke eignete. Er eilte zur hinteren Küchenecke, wo Sophie eine Stehlampe platziert hatte, um die Nische besser auszuleuchten. Robert riss das elektrische Verlängerungskabel aus der Steckdose, trennte es vom Lampenstecker und ging schnell zurück zu Hénaff, der dabei war, das Bewusstsein wiederzuerlangen. Er packte ihn am Kragen seines Pullis, hievte ihn auf einen der Küchenstühle, fesselte seine Füße mit dem Kabel und schlug es vorsichtshalber zusätzlich um die vorderen Stuhlbeine.

»Das sollte reichen, du entkommst uns nicht mehr«, presste er zwischen den Zähnen hervor.

Sophie strich mit den Fingerspitzen über ihren Hals, der sich weiterhin zu eng anfühlte. Die Haut brannte dort, wo die Schnur sie verletzt hatte. Ihre Beine fühlten sich an wie Wackelpudding. »Ich verstehe nicht, warum er auf mich losgegangen ist«, krächzte sie.

»Ich informiere die Polizei.« Robert griff in seine Hosentasche.

Sophie nickte. Dann besann sie sich eines Besseren. »Halt,

bitte noch einen Moment. Ich möchte persönlich von ihm hören, warum er mich erwürgen wollte. Er hat ein paar seltsame Andeutungen gemacht, ich will wissen, was dahintersteckt.«

»Eh bien, wie Sie wollen.« Robert ging zum Wasserhahn, füllte eine Thermoskanne mit kaltem Leitungswasser und schüttete es kurzerhand über Hénaffs nach vorn gesenkten Kopf. Hénaffs Oberkörper schoss hoch, und er gab ein Gurgelgeräusch von sich. Seine Augen benötigten ein paar Sekunden, um sich zu fokussieren. Mit einem Schlag schien er sich seiner Lage bewusst zu werden, und er wand sich auf dem Stuhl wie ein Aal in der Reuse, versuchte freizukommen.

»Bleiben Sie ruhig, dann passiert Ihnen nichts«, zischte Robert.

»Machen Sie mich los!«

»Den Teufel werde ich tun«, erwiderte Robert.

»Ich werde Sie wegen Körperverletzung anzeigen«, drohte Hénaff.

Robert schnaubte. »Der Witz ist gut. Ich befürchte nur, dass Sie vorher wegen versuchten Totschlags im Knast sitzen werden.«

»Und womöglich auch wegen Mordes«, sagte Sophie leise.

Robert warf ihr einen verwunderten Blick zu, runzelte fragend die Stirn.

Sophie war an den Stuhl herangetreten, stellte sich direkt vor Hénaff. »Die Schnur, die Sie um meinen Hals gelegt haben, mit der haben Sie auch Louise ermordet, nicht wahr?«

»Was reden Sie da für einen Blödsinn?« Hénaff zog verzweifelt an seinen Fesseln.

»Sie haben Louise kaltblütig erdrosselt und sie dann an der Plage de Saint-Maurice auf der Sandbank liegen gelassen.«

»An der Plage de Saint-Maurice?« Hénaff gab ein höhnisches Lachen von sich. »Da war ich seit Ewigkeiten nicht mehr. Was sollte ich an einem so öden Flecken? Für mich gibt es wichtigere Orte in der Region, an denen ich präsent sein muss.«

»Wie haben Sie es angestellt?« Sophie ließ sich nicht beirren. »Waren Sie mit Louise dort verabredet, oder haben Sie ihr aufgelauert?«

»Nichts von beidem.«

»Aber Sie kannten die Frau?« Robert baute sich ebenfalls drohend vor dem Stuhl auf.

»Ja, ich habe ein paar Bücher bei ihr im Laden gekauft«, gab Hénaff zu. »Sie führte ein erstklassiges Sortiment, war selbst sehr belesen und hatte viele Kontakte, war in der Branche ausgezeichnet vernetzt. Sie kannte die entscheidenden Leute.«

»Inwiefern vernetzt? Wollen Sie damit sagen, dass sie gute Verbindungen zu Zeitungsredaktionen hatte?«, hakte Sophie nach. »Wollten Sie etwa über Louise einen neuen Job finden? Ihre Position bei der La Gazette ist, wie Sie vorhin zugegeben haben, ja nicht unumstritten.«

»So schnell werden die mich nicht los«, brummte Hénaff. »Ich habe schließlich Rechte. Und einen Vertrag.«

»Verträge lassen sich kündigen«, meinte Robert trocken.

»Ich werde dagegen klagen.«

»Sie waren dabei, sich einen neuen Arbeitgeber zu suchen«, stellte Sophie fest. »Dazu benötigten Sie Louise beziehungsweise ihre Kontakte. Aber warum haben Sie sie dann umgebracht? Das macht doch keinen Sinn!«

»Oder hatten Sie dort am Strand etwas anderes vor? Wollten Sie über Louise herfallen und sie vergewaltigen?« Robert beugte sich zu Hénaff hinunter.

»Non! So einer bin ich nicht!«, schrie Hénaff und unternahm einen weiteren Versuch, freizukommen. Dabei brachte er den Stuhl so zum Schwanken, dass er beinahe umkippte.

Robert packte den Stuhl an der Lehne, um ihn zu stabilisieren. »Was für einer sind Sie denn? Einer, der eine perverse Freude daran hat, Frauen zu quälen?«, provozierte er.

»Sie verdammter Mistkerl!« Feine Speicheltröpfchen schossen Hénaff vor Erregung aus dem Mund, er trat mit den Hacken gegen eins der Stuhlbeine.

Sophie rief sich ins Gedächtnis, dass Hénaff dauernd von der Wahrheit beziehungsweise von seiner Wahrheit gesprochen hatte. Ihr kam ein Verdacht. »Hatten Sie Streit mit Louise, weil sie die Realität anders sah als Sie? Hat sie Ihnen geraten, sich endlich auf Ihr Altenteil zurückzuziehen? Um Ihren Kollegen, Ihrem Chef und uns Lesern nicht länger mit Ihren grottig recherchierten und mies geschriebenen Artikeln auf den Geist zu gehen?«

»Haben Sie eine Ahnung, wie viele Preise ich schon gewonnen habe?« Hénaffs Wangen glühten vor Empörung. »Und ich bin Ehrenmitglied der bretonischen Journalistenvereinigung.«

Sophie ließ sich nicht ablenken. »Oder hat es etwas mit diesem Schreibprojekt zu tun, um das Sie so ein Geheimnis machen? Hat sich Louise Ihnen da in den Weg gestellt? Hat sie dafür ›büßen‹ müssen? Diesen Ausdruck haben Sie vorhin ebenfalls explizit erwähnt.«

Hénaff schwieg einen Moment. Sein hervorstehender Adamsapfel bewegte sich auf und ab, als ob er innerlich etwas durchkauen würde. »Wissen Sie, wie das ist, wenn man sich jahrelang an einem Buch die Finger wund schreibt und dabei auf jeder einzelnen Seite seine Seele preisgibt?«

»Nein, das weiß ich nicht«, musste Sophie eingestehen.

»Ich bin mir sicher, ein Meisterwerk verfasst zu haben. Ich habe bei dem Thema die fachliche Expertise und das Können. Dieses Buch konnte nur ich so schreiben. Obwohl sich viele andere an dem Sujet versucht haben. Doch die Perspektive, die ich gewählt habe, ist einzigartig. Das Buch ist ein literarisches Juwel.«

Nur mit Mühe schluckte Sophie den sarkastischen Lacher hinunter, der sich aus ihrer Kehle lösen wollte. Was für ein eingebildeter Schnösel er doch war! Wenn seine Hände nicht gefesselt wären, würde der sich zum Eigenlob auf die Brust klopfen.

»Ich nehme an, dass der Rest der Welt Ihre schriftstellerischen Fähigkeiten etwas anders einschätzt«, schlug Robert gedanklich in dieselbe Kerbe.

Hénaff schien den Einwurf zu ignorieren. In seinen Augen hatte sich ein träumerischer Ausdruck breitgemacht. »Louise war von dem Thema zuerst auch sehr angetan. Es sei eine exzellente Idee, die Zeit der bretonischen Résistance in einem Familiendrama zu verarbeiten, hat sie gemeint. Der Stoff würde sich wunderbar eignen, den Lesern die Geschehnisse im Zweiten Weltkrieg auf einer persönlichen Ebene nahezubringen. Ich hatte den Eindruck, dass sie es kaum erwarten konnte, das Manuskript an die Verlage weiterzugeben, zu denen sie seit Jahren beste Kontakte pflegte. Sie hat angedeutet, dass die Veröffentlichung ein Kinderspiel sei. Qualität zahlt sich halt immer aus.«

»Lassen Sie mich raten«, sagte Sophie. »Ihre Hoffnungen haben sich wider Erwarten nicht erfüllt.«

Hénaffs Gesichtszüge verhärteten sich erneut. »Ausgelacht hat sie mich, hat mein Manuskript durch den Dreck gezogen. Und sich geweigert, es an einen Verlag zu senden. Obwohl sie es vorher versprochen hatte.«

»Hat ihr die Story nicht gefallen?«

»Nachdem ich ihr das Manuskript zum Lesen überlassen hatte, hatte sie plötzlich an allem etwas herumzumäkeln«, beschwerte sich Hénaff. »An den Protagonisten, der Umsetzung des Stoffes und dem Stil. Ich sei zu ›oldschool‹, hat sie mir vorgeworfen. So etwas würde heute niemand mehr lesen wollen.«

»Ich nehme an, dass Sie ihre Einwände nicht gelten ließen«, sagte Robert.

»Selbstverständlich nicht! Es handelt sich schließlich um erlebte Geschichte, die so niemals zuvor erzählt worden ist. Auf 550 von mir eigenhändig verfassten Seiten. Ein historisches Epos.«

Sophie verkniff sich einen weiteren Kommentar zu Hénaffs literarischen Ergüssen, weil es ihr wichtiger erschien, endlich zum Kern der Angelegenheit vorzudringen. »Was haben Sie nach Louises Weigerung unternommen?«

»Ich habe ihr ein Ultimatum gestellt«, sagte Hénaff. »Das sie hat verstreichen lassen. Das nächste und übernächste übrigens auch. Ich bin mehrmals zu ihr in den Laden gefahren, um ihr alles wieder und wieder geduldig zu erklären. Rausgeschmissen hat sie mich, sich geweigert, mit mir zu kooperieren.«

»Was ihr gutes Recht war«, warf Robert ein.

»Nein«, widersprach Hénaff. »Sie war Buchhändlerin, es war ihre gottverdammte Pflicht, dafür zu sorgen, dass den Lesern das Werk nicht vorenthalten bleibt.«

Sophie gab ein verächtliches Schnauben von sich.

»Verstehen Sie doch!« Hénaffs Tonfall war weicher geworden. »Ich konnte, ich wollte nicht länger warten. Auch weil ich der Realität ins Auge sehen muss. Ich bin kein junger Mann mehr. An meinem Erstlingswerk habe ich über fünf Jahre gearbeitet. Es muss ohne Verzögerung erscheinen, damit ich die Gelegenheit habe, eine Fortsetzung zu verfassen.«

Der Himmel möge uns von einem weiteren fragwürdigen Œuvre aus Hénaffs Feder verschonen, dachte Sophie zynisch, riss sich aber zusammen und konzentrierte sich wieder auf das Gespräch. »Um es auf den Punkt zu bringen: Louise musste sterben, weil sie sich weigerte, ihre Beziehungen für Sie spielen zu lassen.«

»Sie hat mich wissentlich getäuscht, mich an der Nase herumgeführt«, entrüstete sich Hénaff. »Das konnte ich nicht hinnehmen.«

»Sie hatten also das Gefühl, handeln zu müssen. Wie sind Sie vorgegangen? Und wieso haben Sie sich für Ihre Rache ausgerechnet den Strand ausgesucht? Im Laden hätten Sie Louise doch viel einfacher in Ihre Gewalt bringen können.«

Hénaff schwieg eine Weile, kaute nachdenklich auf der Unterlippe. »Eh bien, es war anfänglich nicht meine Absicht, sie umzubringen«, sagte er schließlich. »Es ist halt passiert.« In dem Moment wirkte er, als sei er selbst darüber erstaunt. »Ich wollte sie ein letztes Mal zur Rede stellen, sie überzeugen.«

»Das ist Ihnen ja wunderbar gelungen.« Robert schüttelte verächtlich den Kopf.

»Ich habe ein bisschen hinter ihr herspioniert«, gestand Hénaff. »Um herauszubekommen, wie sie ihre Tage verbringt. Daher wusste ich, dass sie täglich in aller Frühe zum Joggen geht und im Anschluss an der Kapelle ein paar Minuten innehält und meditiert. An dem Morgen habe ich dort auf sie gewartet.«

»Und sie hat sich erneut uneinsichtig gezeigt?«, vermutete Sophie.

»Ja, mit vernünftigen Argumenten war ihr nicht beizukommen. Sie blieb bei ihrer Weigerung. Das konnte ich nicht auf mir sitzen lassen. Schließlich hängt meine berufliche Zukunft davon ab.«

Sophie schaute ihn eindringlich an. »Sie haben also den Kuli mit der Schnur aus der Tasche gezogen und ihn ihr um den Hals gelegt. Wie bei mir.«

»Mais non, so war es nicht«, beteuerte Hénaff.

»Wie war es dann?«

»Wir hatten an der Kapelle diese kleine Auseinandersetzung, dabei kam es zu einem Gerangel. Ihre Starrköpfigkeit und ihre Gegenwehr haben mich schier wahnsinnig gemacht. Der ganze aufgestaute Ärger musste endlich raus, ich wäre sonst geplatzt. Und da kam mir spontan die Idee, sie ebenfalls zu bestrafen, sie hatte es redlich verdient. Ich wollte sie wie die andere mit einem gezielten Handschlag gegen den Hals ausschalten.«

»Wie, ›die andere‹?«, wiederholte Sophie entsetzt. Ihr schwante Böses.

»Lassen Sie ihn zu Ende reden«, warnte Robert leise und wandte sich Hénaff zu. »Warum haben Sie Ihren Vorsatz nicht in die Tat umgesetzt?«

»Sie hat zu sehr herumgezappelt, ich fand partout keinen geeigneten Winkel für einen gezielten Schlag. Was ärgerlich war, ich trage immerhin den Braungurt in Karate.«

»Und was passierte dann?«

»Sie hat versucht wegzulaufen. Da habe ich ihr blitzschnell die Schnur um den Hals gelegt. Wissen Sie, ich habe die dumme Angewohnheit, ständig meine Kulis zu verlieren«, tat Hénaff im Plauderton kund. »Immer wenn ich mir Notizen machen will, ist keiner auffindbar. Deshalb habe ich mir diesen Trick ausgedacht: Ich binde eine lange dünne Schnur um den Kuli, die ich an einer Öse meiner Jacketttasche befestige. Wenn ich den Kuli benötige, reicht ein leichter Zug aus, und ich halte ihn prompt in der Hand. Simpel, aber effektvoll.«

»Effektvoll.« Sophie schüttelte es innerlich.

»Was haben Sie mit Louises Leiche gemacht?«, wollte Robert wissen.

»Nun, ich konnte sie ja schlecht dort oben an der Kapelle liegen lassen. Ich habe sie hinunter zum Strand geschleppt und sie auf der Sandbank niedergelegt. Ich hatte gehofft, dass die Flut sie ins Meer hinausträgt, bevor jemand sie entdeckt. Leider ist es anders gekommen.« Hénaff zuckte mit den Schultern.

Sophie spürte, wie ihr übel wurde. Hénaff schien keinerlei Schuldbewusstsein zu besitzen, er sah sich völlig im Recht. Höchstwahrscheinlich ist er schizophren oder leidet an einer anderen Bewusstseinsstörung, schoss es ihr durch den Kopf. Dazu würde auch passen, dass sein Wahrheitsbegriff nicht mit dem übereinstimmte, was man für gewöhnlich als Wahrheit erachtete. In dieser Hinsicht schien er vollkommen in seiner eigenen Welt zu leben. Die er mit aller Härte und, wie sie jetzt wusste, mit tödlicher Konsequenz verteidigte, sobald jemand den Versuch unternahm, ihn auf den Boden der Tatsachen zurückzubringen. Sophie ging zur Spüle und füllte ein Glas mit Leitungswasser, das sie zuerst ein paar Sekunden gegen ihre Stirn drückte und dann in großen Schlucken austrank. Das half ihr, sich zu sammeln. Denn sie ahnte, dass sie mit Hénaff noch nicht am Ende waren.

»Die andere«, sagte sie. »Damit meinten Sie Aenor Le Tammiers, nicht wahr?«

Hénaff senkte den Kopf, wich ihrem Blick aus.

»Himmelherrgott, wieso musste auch sie sterben?«, explodierte Sophie. »Weshalb waren Sie so wütend auf sie? Sagen Sie bloß nicht, dass es ebenfalls um das Manuskript ging. Damit konnte Aenor nichts zu tun gehabt haben, das war nicht ihr Metier.«

»Sie hat Sie ebenfalls gedemütigt, aber auf andere Weise als Louise«, sagte Robert leise.

Hénaffs schaute auf. »Sie war wie mein neuer Chef und die jungen Kollegen. Die haben andauernd etwas an meinen Artikeln auszusetzen, ich muss sie x-mal redigieren, bevor sie in Druck gehen. Dabei schreibe ich seit vielen Jahrzehnten, darin bin ich diesen Jungspunden haushoch überlegen.

Die sind doch ohne ihre Apps und diese verfluchten Computerprogramme völlig aufgeschmissen. Sollten die nicht funktionieren, und das geschieht, wie wir alle wissen, ja immer öfter, geht bei ihnen nichts mehr. Ich bin dagegen jederzeit einsatzbereit. Mein Notizblock und mein Kuli genügen mir, um einen ausgezeichneten Job zu machen.«

»Ich verstehe nicht, was das mit Aenor zu tun hat«, sagte Sophie.

»Aenor gehörte dieser Gruppe an.«

»Sie meinen ›Stop aux algues vertes‹?«

»Oui, genau die.«

»Was haben Sie an denen auszusetzen?«

»Diese Möchtegern-Gutmenschen haben ein total verqueres Bild von der Realität«, empörte sich Hénaff. »Die Algen hat es hier an der Küste schon immer gegeben, das ist kein neues Phänomen. Früher hat man sie einfach an den Stränden liegen gelassen und darauf gewartet, dass die Flut sie aus der Bucht herausschwemmt. Heute veranstaltet man einen Riesenaufwand wegen ihnen. Denken Sie doch nur mal an die damit verbunden Kosten. Da werden unsere Steuergelder verschwendet.«

»Ich denke vor allem an den giftigen und daher äußerst gefährlichen Schwefelwasserstoff«, konterte Sophie.

»Auch in der Hinsicht wird maßlos übertrieben. Für unsere Großväter und Urgroßväter war die Sachlage klar: Gab es an den Stränden zu viele Grünalgen, haben sie, ohne ein großes Gezeter zu veranstalten, gewartet, bis sie sich auf natürliche Weise reduziert hatten und man die Strände wieder betreten konnte.«

»Und Aenor?«, kam Sophie auf das eigentliche Thema zurück.

»War eine Unverbesserliche. Sie hat sich bei jeder sich bietenden Gelegenheit herausgenommen, mich anzurufen, um mich zu rügen und runterzumachen. Sie hat den Inhalt meiner Artikel als fehlerhaft bezeichnet, mir die wissenschaftliche Expertise abgesprochen. Sie drohte damit, sich an höchster Stelle über mich zu beschweren. Sie wollte, wie sie sagte, ›dafür sorgen, dass der Unsinn, den ich verzapfe, endlich ein Ende nimmt‹.«

»Das konnten Sie nicht auf sich sitzen lassen«, stellte Robert fest.

»Nein, es ging schließlich um meine berufliche Ehre«, sagte Hénaff würdevoll. »Doch ich bin kein Unmensch. Ich habe wie bei Louise das Gespräch gesucht, wollte mich einem gepflegten Diskurs stellen.«

»Ich gehe davon aus, dass bei diesem ›Gespräch‹«, Sophie betonte das Wort überdeutlich, »ebenfalls etwas aus dem Ruder gelaufen ist, nicht wahr?«

»Wir hatten uns in der Frühe auf ihrem Boot verabredet«, erzählte Hénaff. »Aenor hatte mich zwei Tage zuvor angerufen, weil sie meinen Artikel über einen Landwirt aus der Region gelesen hatte und mit dem Inhalt nicht einverstanden war. Sie verlangte, dass ich den Artikel zurücknehme. Sie forderte eine Richtigstellung.«

»Handelte es sich bei diesem Landwirt um Manoù Perroquier?«, fragte Sophie.

»Woher wissen Sie das?« Hénaff wirkte verblüfft.

»Es gehört zu meinen Gepflogenheiten, ebenfalls gut informiert zu sein«, antwortete Sophie.

Hénaff fuhr unbeirrt fort: »Perroquier ist ein Mann mit Visionen. Er will unsere Region voranbringen. Ich betrachte ihn als einen Vorreiter für moderne Agrikultur nicht nur in Frankreich, sondern in ganz Europa. Der Vorwurf, dass er absichtlich die Böden und Gewässer kontaminieren würde, ist absurd und nicht haltbar.«

»Da war Aenor anderer Meinung«, konterte Sophie.

»Ja, eben«, ereiferte sich Hénaff. »Ich habe mit Engelszungen auf sie eingeredet, alles getan, um sie zur Vernunft zu bringen. Vergeblich. Sie war fest entschlossen, meinen guten Ruf zu ruinieren. Da habe ich für einen Moment Rot gesehen und zugeschlagen. Sie stand mit dem Rücken zur Kajüte und ist sofort in sich zusammengesackt. Der Schlag hat wenigstens gesessen.«

Sophie bemerkte, wie Robert mit dem Kiefer malmte und die Hände unter die Achseln klemmte. Auch sie musste den Drang unterdrücken, auf Hénaff loszugehen und ihm mit den Fingernägeln das Gesicht zu zerkratzen. Doch sie wollte, sie musste den letzten Teil seiner Geschichte hören. »Sie haben Aenor, als sie sich nicht mehr wehren konnte, unter den Algen begraben.«

»Mais oui, was hätte ich denn sonst tun sollen? Die Algen waren das ideale Versteck, auch wenn sie einen unangenehmen Geruch verströmten, von dem ich Kopfschmerzen bekam. Aber ich habe mich beeilt. Ich wollte nicht, dass mich jemand bemerkt und brauchte den Vorsprung, um mich sicher vom Hafen zu entfernen, bevor der morgendliche Betrieb losging.«

»Sie wissen, dass Aenor nicht an den Folgen Ihres Schlages, sondern an einer Schwefelwasserstoffvergiftung gestorben ist, nicht wahr?«

»Ach, wirklich?« Hénaff wirkte ehrlich erstaunt. »Ich dachte, ich hätte den Karateschlag korrekt ausgeführt. Nun ja, wahrscheinlich bin ich etwas aus der Übung. Ich habe ein Alter erreicht, in dem ich wegen meiner Gelenke nicht mehr so oft trainieren kann.«

Sophie war kurz sprachlos. Dann sagte sie mit rauer Stimme: »Es ging mir nicht um Ihre Karatefähigkeiten. Ich wollte damit sagen, dass Aenor womöglich eine Chance gehabt hätte, mit dem Leben davonzukommen, wenn Sie

sie nicht in die Algen gelegt hätten. Sie hätte, sobald sie das Bewusstsein wiedererlangt hätte, um Hilfe rufen oder sich selbst in Sicherheit bringen können.«

»Was allerdings nicht in Ihrem Sinn gewesen wäre«, stellte Robert fest.

»Nein, das wäre es nicht«, gestand Hénaff freimütig. »Ich hatte keine andere Wahl, als sie mir vom Hals zu schaffen. Ob sie nun durch meinen Schlag oder durch eine Schwefelwasserstoffvergiftung gestorben ist, ist mir letztendlich egal.«

»Nur noch eins, damit ich es besser verstehe«, sagte Sophie. »Warum die Algen? Haben Sie die Tatorte absichtlich so ausgesucht, dass Sie die Algen für Ihre Zwecke einsetzen konnten?«

»Mais non«, rief Hénaff aus. »Ich habe Ihnen bereits gesagt, dass ich den Aufwand nicht verstehe, der um sie betrieben wird. Es war Zufall, und es erschien mir eine gute Idee, damit eine falsche Fährte zu legen. Ein cleverer Schachzug von mir, wenn Sie mich fragen.«

»Wenn Sie wirklich clever wären, hätten Sie die Finger von Madame Vidal gelassen«, warf Robert ein.

»Stimmt.« Sophie nickte. »Was geschieht jetzt eigentlich mit Ihrem Roman, Ihrem Epos? Sie haben erwähnt, dass Sie kurz vor der Veröffentlichung stehen. Wie hat sich das ergeben? Ohne Louises Mithilfe?«

»Ach, letztendlich war alles unkomplizierter, als ich anfangs angenommen hatte.« Hénaff grinste siegessicher. »Louise hat mich auch diesbezüglich in die Irre geleitet. Wollte mir absichtlich das Leben schwermachen. Inzwischen habe ich einen Verlag ausgemacht, der mein Werk gegen eine kleine finanzielle Beteiligung meinerseits veröffentlichen wird.«

»Eh bien, ich gehe davon aus, dass Sie in der Justizvollzugsanstalt genügend Zeit haben, den zweiten Band in aller

Ruhe fertigzustellen«, sagte Robert spöttisch. »Und nun ist es höchste Zeit, die Polizei zu informieren.«

»Nicht nötig«, sagte Sophie und machte mit dem Kinn eine Bewegung in Richtung Fenster. »Da kommt Ronan. Wie gerufen. Ich bin mir sicher, dass er Handschellen dabei hat.«

28. KAPITEL

»Ich muss mich bei Ihnen entschuldigen«, sagte Robert. »Ich habe mich wie ein Vollidiot benommen.«

»Eh bien, da Sie mir heute früh das Leben gerettet haben, werde ich die Entschuldigung annehmen«, schmunzelte Sophie.

Sie saßen im Wartebereich des Centre Hospitalier in Saint-Brieuc und hofften, mit Doktor Bonnet sprechen zu dürfen, sobald dessen Untersuchungen abgeschlossen waren.

»Ich habe gesehen, dass bei Ihnen in der Küche Licht brannte, und gehofft, ich könnte mir ein bisschen die Last von der Seele reden. Stattdessen bin ich in einem Horrorfilm gelandet.«

»Fragen Sie mal, wie ich mich gefühlt habe.« Sophie griff sich an den Hals, der noch immer schmerzte.

»Die Idee mit der Thermoskanne ist mir spontan gekommen. Zum Glück war dieser widerliche Schmierfink so sehr mit Ihnen beschäftigt, dass er mein Kommen nicht bemerkt hat.«

»Ich hätte Opfer Nummer drei sein können, ich darf gar nicht daran denken ... Obwohl ich in dem Moment noch nicht ahnte, dass Hénaff Aenor und Louise auf dem Gewissen hat. Das hätte ich ihm nicht zugetraut. Er wirkte eher linkisch und unsportlich auf mich, nicht wie ein geübter Karatekämpfer. Außerdem standen ganz andere Personen auf meiner privaten Verdächtigenliste. Sie übrigens auch«, gestand Sophie freimütig.

»Das habe ich mir fast gedacht.« Robert sah zerknirscht aus. »Daher auch mein Erklärungsbedarf.«

»Sagen Sie mir erst mal, wo Sie die ganze Nacht waren.«

Robert stöhnte auf. »Mon Dieu, diesen Abend und die Nacht werde ich so schnell nicht vergessen.«

»Da haben wir was gemeinsam.«

»Ich fühle mich schuldig an dem ganzen Drama. Wenn ich nicht wieder einmal in Panik verfallen wäre, sondern überlegt gehandelt hätte, hätte Hénaff keinen Grund gehabt, bei Ihnen aufzutauchen, weil wir Jean-Luc vielleicht schneller gefunden hätten und kein Suchtrupp notwendig gewesen wäre. Und Sie hätten sich nicht die Nacht mit der Zubereitung der Verpflegung um die Ohren schlagen müssen, hätten sicher und geborgen in Ihrem Bett liegen und sich die Ruhe gönnen können, die Sie, wie ich annehme, nach einem Bistrotag bitter nötig haben.«

»Mit der Ruhe hapert es bei mir in den letzten Monaten öfter, nicht nur wegen des Bistros.« Sophie rieb sich müde über das Gesicht. »Ich glaube, allmählich habe ich mir einen kleinen Urlaub verdient. Das Leben in Erquy ist aufregender, als ich dachte. Doch lassen Sie uns zum ursprünglichen Thema zurückkommen«, bat sie. »Was ist gestern am Kap geschehen?«

Robert zögerte, dann gab er sich einen Ruck und begann zu erzählen: »Ich war so stolz auf mich«, sagte er. »Ich hatte es endlich geschafft, über meinen eigenen Schatten zu springen. Ich habe die Vergangenheit hinter mir gelassen, habe mich trotz all meiner Ängste und Probleme dem Leben zugewandt und ein für mich immens wichtiges Projekt auf die Beine gestellt. Der Leuchtturm erschien mir als der ideale Ort, mich Jean-Luc zu offenbaren, endlich Klartext zu reden. Ich hatte vorher mit Google Maps recherchiert. Vom Leuchtturm aus kann man die Klippen erkennen, auf denen ich meine neue Herzensangelegenheit realisieren werde.«

»Welchen Grund hatten Sie denn, mit Ihrem alten Leben abzuschließen? Es gehen ziemlich krude Gerüchte über Sie herum. Von Spion für die Firma, die die Windräder aufstellt, über Glücksspielsüchtiger bis hin zu polizeilich gesuchtem Gangster, der hier in der Bretagne untergetaucht ist.«

»Sie vergessen den Mörder«, sagte Robert mit Humor.

»Von dem Verdacht haben Sie sich mit Ihrem heroischen Akt reingewaschen«, versicherte ihm Sophie grinsend.

»Ein Held war ich nie«, gestand Robert. »Eher ein Arbeitstier. Ich habe mich durch das Gymnasium gebüffelt und dann das Aufnahmeverfahren für eine der Pariser Eliteschulen, die École des Hautes Études Commerciales Paris, bestanden. Nach dem Abschluss in Betriebswirtschaft und Unternehmensführung ging es für mich steil bergauf: von der Pariser Börse in die City of London und letztlich an die New Yorker Wallstreet.«

»Beeindruckende Vita«, musste Sophie zugeben. »Doch ich vermute, es gab einen Haken.«

»Nach ein paar Jahren konnte ich das immense Arbeitspensum nicht mehr leisten, fühlte mich zunehmend erschöpft, innerlich wie ausgehöhlt. Da solche Befindlichkeitsstörungen in Brokerkreisen mit Verachtung gestraft werden, konnte ich mich nicht einfach zurückziehen, eine ruhigere Kugel schieben. Ich suchte nach Mitteln, die mir halfen, weiter auf der Erfolgsspur zu bleiben. Es fing mit zwei, drei Whiskys nach einem langen Tag an der Börse an und mündete darin, dass ich pro Tag eine ganze Flasche benötigte, um zu funktionieren. Dazu kamen das eine oder andere Gläschen Wein bei Geschäftsessen oder sonstigen beruflichen Zusammenkünften.«

»Sie waren Alkoholiker?«

»Ich bin Alkoholiker«, sagte Robert mit fester Stimme. »Daher das Wasser zum Essen.«

»Ja, Sie glauben nicht, wie viel Überwindung es mich noch immer kostet, auf ein Glas Wein oder Whisky zu verzichten. Deshalb habe ich nach Möglichkeiten gesucht, dieses Verlangen zu kompensieren. Ich habe viel gelesen und mich intensiv mit den Ernährungswissenschaften auseinandergesetzt, um herauszufinden, was gut für mich sein könnte und was nicht. Die wenigen Nahrungsmittel, die ich mir daraufhin noch erlaubte, waren sehr überschaubar. Was nicht auf der Liste stand, war für mich tabu, ich habe mich sklavisch daran gehalten.«

»Da waren Sie aber sehr streng zu sich, das nimmt Ihnen sicherlich viel Lebensfreude. Sich dem Genuss hinzugeben, bedeutet doch nicht, dass dies automatisch mit Alkohol verbunden ist.«

»Ja, das ist mir inzwischen bewusst. Aber diese selbst auferlegten Einschränkungen haben mir geholfen, mich von meinem Suchtdruck abzulenken, haben mir Kontrolle vorgegaukelt. Um nicht zur Flasche zu greifen, habe ich meine Ernährung zu einer Art persönlichem Fetisch gemacht. Den Sport übrigens auch. Mittlerweile ist mir klar, dass ich ganz schön über die Stränge geschlagen und mich ziemlich zum Deppen gemacht habe.« Robert zog die Mundwinkel nach unten.

»Ich erlaube mir, Ihnen in dieser Hinsicht nicht zu widersprechen.«

»Wissen Sie, um endlich vom Alkohol loszukommen, wollte ich wie ein Musterschüler sein, alles hundertfünfzigprozentig richtig machen. Wie ich es von der Schule und der Universität gewohnt war. Da hatte ich verinnerlicht, dass ich mich nur an die Regeln halten und vollen Einsatz bringen muss, um mir einen Platz unter den Eliten zu sichern. Dieses Gefühl wollte ich mir zurückerobern, ich wollte nicht als Versager gelten. Doch diesmal hat es nicht funktioniert, ich schleppte seit Langem zu viel Ballast mit mir herum.«

»Inwiefern?«

»Zum Alkohol kamen manchmal noch Drogen, meistens Kokain. Was in Kombination mit ein paar Drinks eine wunderbare Mischung ist, um gut drauf zu sein und keine Müdigkeit zu verspüren. Wenn Sie davon high sind, denken Sie, die Welt liegt Ihnen zu Füßen.«

»Ich glaube, ich bleibe lieber bei Schokolade. Oder bei Chips. Breizh Chips mit Ziegenkäsearoma.«

»Oui, da sind Sie auf der sicheren Seite«, stimmte Robert lächelnd zu. »Wenn Sie unter Alkohol und Drogen glauben, ganz oben am Zenit angekommen zu sein, über den Wolken zu schweben, kommt urplötzlich der Absturz, die Bruchlandung. Danach ist nichts mehr so wie früher.«

»Ich nehme an, dass Ihr Körper gestreikt hat?«

»Eines Morgens bin ich aufgewacht und musste mir eingestehen, dass ich am Ende bin«, sagte Robert. »In dem Augenblick dachte ich in meiner Naivität, dass ich schon ganz unten angekommen wäre. Doch schlimmer geht bekanntlich immer. Ich war ein paar Monate zuvor eine Beziehung mit einer Frau eingegangen, die ich sehr schätzte. Ja, ich war zum ersten Mal seit Langem wieder über beide Ohren verliebt. Entschuldigen Sie, wenn ich eine weitere Plattitüde bemühe: Liebe macht blind.«

»Eh bien, die Erfahrung ist mir ebenfalls nicht fremd«, gestand Sophie und dachte mit Schaudern an Henri und an ihre eigene Blauäugigkeit.

»Das Problem war, dass sie meine Liebe nicht wirklich erwiderte, sie wollte mich nur ausnutzen. Und als ich wegen meiner Süchte und wegen der ständigen Überarbeitung Schwäche zeigte, hat sie mich prompt wie eine heiße Kartoffel fallen gelassen.«

»Das muss hart gewesen sein.« Sophie empfand zunehmend Mitleid mit Robert.

»Oui, bien sûr, aber das war nicht alles. Sie hat versucht, mich zu erpressen. Sie drohte, der ganzen Welt den ›wahren‹ Robert Garnier zu zeigen.«

»Sie wollte Sie bloßstellen und damit beruflich und gesellschaftlich fertigmachen?«

»Genau so war es«, antwortete Robert grimmig. »Zum Glück hatte ich mir noch nicht alle Gehirnzellen durch den Suff zerstört. Es gelang mir gegenzusteuern. Ich engagierte einen Anwalt, der ihr das Fürchten lehrte. Dann machte ich beruflich Tabula rasa, verkaufte alle Aktien, meine Anteile bei verschiedenen Firmen und meine Penthousewohnung und nahm den erstbesten Flieger von New York nach Paris.«

»Und wie kommen jetzt Jean-Luc und die Bretagne ins Spiel?«

»In Paris hatte ich den eigentlichen Zusammenbruch. Ich lag im Bett und merkte, dass ich keinen Finger mehr rühren konnte. Ich fühlte mich völlig ausgepumpt, zu keiner Bewegung, geschweige denn einer rationalen Entscheidung fähig.«

»Das nennt man Burn-out.«

»Ja, ich hatte mich über Jahre total verausgabt. Rien ne vas plus, wie man so sagt.«

»Waren Sie in einer Klinik?«

»Nein. Aber meine Mutter, die gesundheitlich auch nicht mehr auf der Höhe ist und mit der Situation überfordert war, wollte mich in eine Suchtklinik einweisen lassen, nachdem ich mich über Wochen in meinem alten Kinderzimmer verkrochen hatte. Ich konnte es nur verhindern, indem ich mich zusammenriss, versuchte, mich selbst zu therapieren.«

»Kein einfacher Weg, sich ganz allein dagegen anzustemmen.«

»Nein, doch wie gesagt, ich wollte in der Beziehung wieder der Eliteschüler sein. Ich habe Ratgeber verschlungen und Videos auf YouTube angeschaut. Dann habe ich mit exzessivem Sport und, wie ich dachte, mit gesunder Ernährung angefangen. Nach einem Vierteljahr war ich nicht mehr wiederzuerkennen.«

»Sind Sie mit sich ins Reine gekommen?«

»Äußerlich sah es danach aus, ich hatte zig Kilo abgenommen und wirkte topfit. Doch im Inneren war ich nach wie vor ein Wrack. Meine Mutter merkte das. Sie hat sich mit Jean-Luc in Verbindung gesetzt und ihn gebeten, mich ein paar Wochen bei ihm aufzunehmen. Ich wurde wie ein kränklicher Schuljunge zur Kur an die Küste geschickt.«

Sophie musterte ihn kurz von oben bis unten. »Eh bien, es scheint aber funktioniert zu haben, oder?«

»Ja, ich glaube schon. Obwohl ich mich am Anfang tatsächlich wie ein unreifer Junge benommen habe. Zuerst habe ich dem armen Jean-Luc nächtelang die Ohren vollgejammert. Habe von ihm erwartet, dass er sich nonstop die verworrenen Theorien anhört, die ich aufstellte, um mein Leben in den Griff zu kriegen. Dann bekam ich es plötzlich mit der Angst zu tun, dass er mich vor die Tür setzt. Und sofort meldete sich mein alter Killerinstinkt wieder, der mich als Börsenmakler an die Spitze gebracht hat. Ich habe nach etwas gesucht, womit ich Jean-Luc in der Hand hätte, falls er mich wirklich rausschmeißen würde.«

»Sie haben ihm wegen dieser vermeintlichen Steuersache eine Heidenangst eingejagt«, tadelte Sophie. »Er hatte Panik, dass Sie ihn von seinem Lebenselixier abschneiden. Sein Job als Arzt ist für ihn immens wichtig, auch wenn er offiziell nicht mehr praktiziert, sondern nur ab und zu aushilft.«

»Ich werde mich in aller Form bei ihm entschuldigen und es wiedergutmachen«, versprach Robert. »Meinen Verdacht, der ja nicht ganz unbegründet war, habe ich außerdem nie an die Behörden weitergeleitet.«

»Die richtige Entscheidung. Wir waren alle stinksauer auf Sie und haben versucht gegenzusteuern«, gab Sophie unverhohlen zu. »Ich nehme an, dass die Sache nun aus der Welt ist?«

»Ja, das ist sie«, versicherte Robert. »Ich gebe Ihnen mein Wort darauf.«

»Das sollten Sie besser bei Jean-Luc tun.«

»Sobald sie uns zu ihm lassen.«

»Es dauert wirklich sehr lange.« Sophie spürte, wie sich nach der anfänglichen Erleichterung, dass Doktor Bonnet lebend gefunden worden war, aufs Neue Besorgnis bei ihr einstellte.

»Wenn ich es richtig verstanden habe, machen sie Röntgenaufnahmen von seinem Fuß und der Schulter und eine Computertomografie wegen des Schlages auf den Kopf. Das braucht seine Zeit.«

»Zum Glück hat sich seine Annahme nicht bestätigt, dass er von einem finsteren Schurken niedergeschlagen wurde, der es auf ihn abgesehen hatte …«

»Sie meinen von mir«, unterbrach Robert sie.

»Das haben Sie gesagt«, konterte Sophie. »Aber ja, der Verdacht lag nahe nach all dem, was geschehen ist.«

»Ich wollte ihn an meiner Freude teilhaben lassen. Es war nie meine Absicht, ihn umzubringen.«

»Das wollte der Schafbock, der den Unterschlupf seiner Herde verteidigte, sicher auch nicht. Er hatte lediglich etwas dagegen einzuwenden, dass ein Mensch in sein Revier eindringt. Was ich nachvollziehen kann, bei dem Wetter, das in der Nacht herrschte.«

»Oui, bei dem Wetter scheucht man kein Schaf vor die Tür.« Robert lachte.

Sophie fiel in das Lachen mit ein, wurde aber schnell wieder ernst. »Ich kenne jetzt Ihre halbe Lebensgeschichte, doch Sie haben mir noch immer nicht erzählt, was gestern Nachmittag beziehungsweise am Abend passiert ist.«

»Eh bien, es war wohl eine Verknüpfung unglücklicher Umstände«, sagte Robert. »Ich hatte vom Bürgermeister die Nachricht erhalten, dass mein Projekt vom Gemeinderat positiv aufgenommen wurde.«

»Auch darüber weiß ich noch nichts.«

»Dann lüfte ich mal das Geheimnis.« Robert atmete tief durch. »Es ist so: Ich habe die Entscheidung getroffen, nicht nach Paris zurückzukehren. Und auch meine Arbeit als Broker werde ich nicht wiederaufnehmen, die Finanzwelt habe ich ein für alle Mal hinter mir gelassen. Ich möchte mich ab jetzt den Dingen widmen, die für mich wirklich wichtig sind.«

»Die da wären?« Sophie zog fragend die Augenbrauen hoch.

»Mir ist bei meinen Joggingausflügen an der Plage Saint-Michel ein Gebäudekomplex aufgefallen, der schon länger leer steht.«

»Meinen Sie das ehemalige Ferienheim der Gewerkschaft?«

»Oui. Das Areal ist insgesamt ziemlich heruntergekommen, aber die Gebäudestruktur ist solide, daraus lässt sich etwas machen. Natürlich mit dem entsprechenden finanziellen Background, was für mich kein Hindernis darstellt. Ich konnte meine Anteile und die Aktien zu guten Konditionen verkaufen.«

»Sie haben also keine Gelder veruntreut und sich danach aus dem Staub gemacht?«

»Ich soll was gemacht haben?« Robert war sichtlich geschockt.

»Nun ja, es geht das Gerücht um, dass gegen Sie in den USA ein Strafverfahren eingeleitet wurde.«

»Was für ein Blödsinn!«, polterte Robert. »Ja, ich war ehrgeizig, wollte ganz nach oben und habe es letztendlich auch geschafft. Aber auf legalem Weg. Ich will mir meine Zukunft doch nicht verbauen.«

»Okay, lassen wir das«, sagte Sophie beschwichtigend. »Dann war es nichts als übles Gerede, das ...«

»Das den Falschen bezichtigt«, unterbrach Robert sie. »Ich glaube, da hat derjenige, der dieses Gerücht in die Welt gesetzt hat, etwas verwechselt. Einer meiner früheren Geschäftspartner aus New York, ein Deutsch-Amerikaner, sitzt wegen Unterschlagung und Veruntreuung im Gefängnis. Aber ich habe mit der Angelegenheit nichts zu tun und mit meinem ehemaligen Job in den Staaten für immer abgeschlossen.«

»Sie wollen nun unter die Hoteliers gehen?«, kam Sophie auf das ursprüngliche Gesprächsthema zurück.

»Ja, aber nicht im klassischen Sinn. Ich möchte ein Thalasso-Therapiecenter aus dem Gebäudekomplex machen.«

Sophie fiel die Kinnlade hinunter. »Wow, damit habe ich nicht gerechnet. Wer soll denn Ihre Klientel sein?«

»Eltern mit Kindern, die an einer Sucht leiden, oder umgekehrt. Die Familien können mit der Kraft des Meeres lernen, sich von ihren Abhängigkeiten zu lösen und ihr Leben neu aufzustellen. So wie ich es tun musste.«

»Puh, das nenne ich eine Herausforderung«, sagte Sophie anerkennend. »Sind Sie sicher, dass Sie das stemmen können?«

»Ich werde ja nicht allein sein«, versicherte Robert. »Ich habe schon ein paar alte Kontakte in Paris aktiviert, von denen der eine oder andere nicht abgeneigt ist, in die Bretagne zu ziehen. Und außerdem gibt es noch Jean-Luc.«

»Was hat er damit zu tun?«

»Ich könnte mir vorstellen, dass er ebenfalls Interesse hätte, sein Können einzubringen. Das wollte ich ihm oben auf dem Leuchtturm vorschlagen.«

»Aber er ist nicht mit Ihnen hochgegangen«, stellte Sophie fest.

»Nein, das hat meinen Plan total durcheinandergebracht. Hätte ich gewusst, was passiert, wäre ich logischerweise nicht allein zur Aussichtsplattform hinaufgestiegen. Doch dieser Aufstieg hatte für mich auch einen symbolischen Charakter, das wollte ich mir nicht nehmen lassen. Und ich bin fest davon ausgegangen, Jean-Luc kurze Zeit später am Auto zu treffen.«

»Eine falsche Annahme, er ist nicht wiederaufgetaucht.«

»Nein. Zuerst habe ich mir keine Sorgen gemacht, ich dachte, er würde sich die Füße ein wenig länger vertreten. Obwohl es mir komisch vorkam, weil er angeblich Rückenschmerzen hatte und weil sich das Wetter von Minute zu Minute verschlechterte. Ich konnte nicht nachvollziehen, wieso jemand bei den Bedingungen zu einem ausgedehnten Spaziergang aufbricht.«

»Jean-Luc ist Schlechtwetter gewöhnt, er geht oft bei Wind und Regen nach draußen, um, wie er sagt, mit den Elementen zu kommunizieren. Doch er ist nicht lebensmüde, er kann die Situation normalerweise gut einschätzen. Gestern muss er sich verkalkuliert haben.«

»Ja. Es war allerdings auch nicht vorauszusehen, dass der Orkan so schnell auf die Küste trifft. Mittags hatten die Meteorologen von einem Sturm gesprochen, der in der Nacht aufziehen sollte.«

»Oui, auch sie haben sich geirrt. Aber sei's drum.« Sophie rutschte auf dem harten Stuhl hin und her, um eine bequemere Sitzposition zu finden. »Feststeht, dass Jean-Luc nicht wie verabredet zum Parkplatz kam. Was ist dann geschehen?«

»Ich habe ihn gesucht, bin das ganze Gelände abgelaufen, ein paarmal hintereinander. Leider habe ich Jean-Luc nicht richtig verstanden und auf der falschen Seite des Küstenabschnittes gesucht. Ab einem gewissen Punkt hat mein Gehirn dann völlig verrücktgespielt, ich konnte das Kopfkino nicht mehr abstellen. Ich war der festen Überzeugung, dass er am Kap die Klippen hinuntergestürzt ist. Und dass ich allein daran schuld bin. Meine Selbstvorwürfe führten dazu, dass ich Panikattacken bekam – die sind bei Suchtkranken übrigens nicht selten, sie begleiten mich schon eine ganze Weile. Ich habe mich im Auto verkrochen und über Stunden zitternd in der Kälte gesessen. Irgendwann hatte ich mich so weit unter Kontrolle, dass ich wieder einigermaßen klar denken konnte. Also bin ich zur Polizeistation in Fréhel gefahren, um Hilfe zu holen. Der Beamte war zwar sehr nett, doch ich bekam erneut Panik und bin Hals über Kopf abgehauen. Ich bin ein elendiger Feigling.«

»Nein, so würde ich das nicht nennen. Sie sind krank, auch wenn es Ihnen inzwischen besser geht«, widersprach Sophie.

»Ja, das ist mir in diesen schrecklichen Stunden auch klar geworden. Ich werde mir nun doch einen Therapeuten suchen. Also genau das machen, was mir Jean-Luc nahegelegt hat.«

»Ich könnte mir vorstellen, dass es in Paris einfacher ist, einen Therapieplatz zu bekommen«, sagte Sophie nachdenklich. »Hier im ländlichen Bereich sind wir diesbezüglich bestimmt nicht so gut aufgestellt.«

»Dann werde ich mich in Geduld üben. Ich gehe nicht nach Paris zurück«, sagte Robert mit fester Stimme. »Und die Arbeit am Thalassocenter wird mich ablenken und mir guttun.«

In dem Augenblick kam eine Krankenschwester mit einem Lächeln auf sie zu. »Ich habe gute Nachrichten für Sie. Wir haben Doktor Bonnet auf ein Zimmer verlegt. Er ist jetzt bereit, Besuch zu empfangen. Er drängt sogar darauf.«

»Dem Himmel sei Dank!« Sophie stand auf, und Robert tat es ihr gleich.

»Zimmer 25 in der dritten Etage, im Flügel G«, erklärte die Schwester und verschwand eiligen Schrittes.

»Eins müssen Sie mir noch erklären«, sagte Sophie, als sie zum Fahrstuhl gingen. »Wieso sind Sie heute Morgen ausgerechnet zum Bistro gekommen?«

»Ich wusste nicht, wo ich sonst hingehen sollte«, beichtete Robert. »In Jean-Lucs Haus wollte ich angesichts dessen, was geschehen ist, nicht zurückkehren. Und bei den Hotels war um diese Uhrzeit die Rezeption nicht besetzt. Da kam mir nur Ihr Bistro in den Sinn. Ich habe den Bäckerwagen gesehen und daraus geschlossen, dass Sie schon da sind.«

»Ich kann Ihnen versichern, dass das eine ausgezeichnete Idee war.« Sophie grinste.

»Außerdem hatte ich Hunger.« Robert wirkte verlegen.

»Jetzt, wo die größte Last von mir abgefallen ist, könnte ich auch meinen Kühlschrank plündern«, gab Sophie unumwunden zu. »Aber ich befürchte, das muss warten. Ich möchte mich zuerst mit eigenen Augen vergewissern, dass es Jean-Luc gut geht.« Dann hellte sich ihr Gesicht auf. »Oh, da drüben ist ein Snackautomat. Dort gibt es bestimmt Schokoriegel. Möchten Sie auch einen?«

»Bringen Sie für jeden von uns mindestens zwei mit«, antwortete Robert und drückte ihr einen Zwanzigeuroschein in die Hand.

29. KAPITEL

»Sch!« Yuna legte den Zeigefinger warnend auf den Mund. »Wer ab jetzt noch einen Pieps von sich gibt, den bringe ich eigenhändig zum Schweigen.«

»Ich glaube nicht, dass Sophie auf Fabienne hereinfallen wird«, flüsterte Robert mit einem skeptischen Gesichtsausdruck. »Sie ist doch nicht blöd.«

»Unterschätze die Überzeugungskraft meiner Frau nicht«, erwiderte Michel seelenruhig.

»Ruhe!«, zischte Yuna.

Alle waren gekommen: Yuna, Ronan, Filip, Doktor Bonnet, Madame Rozar, Robert und Michel Dubois. Sie standen dicht gedrängt in dem winzigen Flur, der von Aenors ehemaligem Laden in eine der Produktionshallen im Hinterhof führte. Nur für Doktor Bonnet hatten sie eine Ausnahme gemacht; er saß mit dick bandagiertem Fuß auf einem Hocker.

»Schau mal, was für eine Überraschung!« Fabiennes Stimme hallte von draußen gut vernehmbar zu ihnen. »Da scheint jemand Aenors Shop übernommen zu haben. Es gibt einen neuen Schriftzug über der Tür: ›Les délices de la côte‹.«

»Womöglich ihre Schwester. Sie hat bei der Beerdigung so eine Andeutung gemacht«, sagte Sophie.

»Ja, ich meine es auch gehört zu haben«, stimmte Fabienne zu.

»Aber schade, drinnen ist alles dunkel«, bedauerte Sophie. »Sie scheinen schon geschlossen zu haben. Ich vermute, dass es für die neuen Besitzer erst mit dem Weihnachtsgeschäft richtig losgeht.«

»Ich sehe auch kein Licht.« Fabienne gab die Worte fast schreiend von sich.

Eine Sekunde später flammten alle Lampen im Shop auf.

Sophies Blick wanderte verdutzt vom hell erleuchteten Schaufenster zu Fabienne. »Was hat das zu bedeuten?«

»C'est une surprise!« Fabienne packte sie am Arm, öffnete die Eingangstür und schob Sophie in den Raum.

»Deshalb wolltest du mich heute Nachmittag unbedingt hier am Hafen treffen. Ich habe mich schon gewundert, warum du dich am Telefon so gewunden hast, als ich gesagt habe, dass ich zu euch komme.« Sophie wusste nicht, ob sie verärgert oder amüsiert sein sollte.

»Aber es hat sich gelohnt«, triumphierte Fabienne.

Der Vorhang, der den Verkaufsraum vom Flur trennte, wurde aufgerissen, und ein buntes Trüppchen breit grinsender Menschen, allen voran Doktor Bonnet auf seinen Stöcken, gesellte sich zu Sophie und Fabienne.

»Ich glaube es nicht!« Sophie schüttelte den Kopf. »Was habt ihr denn schon wieder ausgeheckt?«

Fabienne zog einen jungen, dunkelhaarigen Mann, der etwas verlegenen dreinschaute, an ihre Seite. »Sophie, darf ich dir Alain Gaston, meinen Geschäftspartner vorstellen? Alain stammt von der Île d'Oléron, kommt aus einer alteingesessenen Fischerfamilie. Er möchte sich hier als Algenfischer und Algenproduzent eine neue Zukunft aufbauen.«

»Enchanté, Madame Vidal.« Alain reichte ihr die Hand.

»Nennen Sie mich Sophie. Das tun hier alle.«

»Gern, Sophie.«

»Viel Erfolg und alles Gute für den Start«, sagte Sophie und wandte sich dann an Fabienne. »Habe ich dich eben richtig verstanden? Bist du hier geschäftlich eingestiegen?«

»Alain ist für den Fang und die Verarbeitung zuständig, ich für den Shop und die Buchhaltung. Das ist für uns beide eine Win-win-Situation.«

»Ich profitiere ebenfalls davon«, sagte Michel und hauchte seiner Frau einen Kuss auf die Wange. »Jetzt habe ich mehr Zeit für mich und meinen neuen Nebenjob. Die Gemeinde hat mich als Berater engagiert, ich soll mein Wissen bei der Bekämpfung der Algenplage einbringen.«

»Eh bien, wenn das kein Grund ist, mit Champagner anzustoßen.« Yuna ließ den Korken knallen und goss die schäumende Flüssigkeit in die bereitgestellten Gläser. »Santé«, prostete sie den anderen zu. »Der Schampus geht übrigens auf meine Rechnung, weil ich mein erstes Kapitänspatent in der Tasche habe. Das monatelange Büffeln hat sich ausgezahlt. Heute Morgen war die Nachricht in der Post.«

Sophie drückte die Freundin an sich. »Das freut mich für dich!«

»Mit dir habe ich noch ein Hühnchen zu rupfen.« Yuna setzte einen strengen Gesichtsausdruck auf. »Ich verdonnere dich zu einer Galeerenstrafe. Du stehst mindestens zwei Wochen lang jeden Morgen um Punkt acht bei mir auf dem Boot und schrubbst die Planken.«

Sophie führte die rechte Hand zackig an die rechte Schläfe und schlug die Hacken zusammen. »Aye, aye, Madame la Capitaine!«

Ronan stellte sein leeres Glas auf den Verkaufstresen. »Hat nicht jemand gesagt, es gäbe auch was zu essen?«

»Typisch Ronan.« Yuna verdrehte die Augen zur Decke.

»Also ich könnte ebenfalls einen Happen vertragen«, verkündete Robert, der an einem Glas Orangensaft nippte. »Ich habe die ganze Woche über Schutt aus den Räumen der alten Ferienanlage geschleppt.«

»Und bei mir den Haushalt erledigt. Der Junge entwickelt sich langsam zu einem patenten Gast«, sagte Doktor Bonnet mit einem Augenzwinkern und knuffte Robert mit dem Ellbogen in die Seite.

»Eh voilà, les délices de la côte.« Filip und Madame Rozar kamen mit je einem schwer beladenen Tablett in den Verkaufsraum. »Ich habe die halbe Nacht in der Küche und am Herd verbracht«, sagte Filip.

»Mon Dieu, was sind das denn für Köstlichkeiten?« Sophie beäugte anerkennend die vielen kleinen Glasterrinen und die Canapés.

»Alles nach deinen Rezepten zubereitet«, verkündete Filip stolz. »Kürbishummus mit Algen, Algenbutter, Blinis mit Meeres-Tartar, in Butter geschwenkte Meeresspaghetti, Meeressalatmousse und mehr. Greift zu.«

»Das lasse ich mir nicht zweimal sagen.« Ronan kaute bereits.

»Und damit kommen wir zur zweiten Überraschung des Tages.« Fabienne strahlte Sophie an. »Ich möchte, dass du bei mir beziehungsweise bei Alain und mir mitarbeitest. Dass wir den Laden zu dritt rocken.«

»Das geht nicht, ich habe doch meinen Job im Bistro«, protestierte Sophie.

»Wir würden dich als Juniorpartnerin betrachten«, sagte Fabienne. »Du entwickelst wie ursprünglich geplant neue Rezepte, und Alain und ich bringen die Produkte an den Mann und an die Frau. Mach dir schon mal Gedanken über eine spezielle Weihnachtsedition, wir haben nicht mehr viel Zeit.«

Sophie spürte, wie ihr die Augen vor Rührung feucht wurden. »Ich weiß gar nicht, was ich sagen soll. Nach dem Alptraum der letzten Wochen geht für mich plötzlich ein Herzenswunsch in Erfüllung. Aber …«, sie schniefte leise, »ich muss gerade an Aenor denken. Sie hat wie Louise alles verloren. Und ich bin dabei, mit einem Schlag so viel zu gewinnen. Das erscheint mir nicht fair.«

»Ich bin mir sicher, dass es in Aenors Sinn wäre, wenn wir den Laden und eure Idee am Leben erhalten«, sagte Fabienne. »Das hat mir auch ihre Schwester gesagt. Sie kommt übrigens zu unserer Weihnachtsfeier. Wir planen, die Hallen festlich zu schmücken und unsere Spezialitäten mit den passenden Getränken und einem kleinen Rahmenprogramm anzubieten. Eine Zwei-Mann-Band mit Violine und Akkordeon haben wir schon engagiert, außerdem erscheinen demnächst Werbeanzeigen in allen regionalen Tageszeitungen.«

»Wow, ihr seid ja schneller, als die Polizei erlaubt.« Sophie staunte.

»Die Polizei gestattet sich hiermit ausdrücklich, sich noch ein paar Canapés zu genehmigen.« Ronan bediente sich vom Tablett.

Doktor Bonnet, der wieder auf dem Hocker Platz genommen hatte, hob sein Glas. »Auf die Zukunft.«

»Auf die Zukunft«, echoten die Freunde.

REZEPTE

Anbei eine kleine Rezeptauswahl aus Sophies Bistroküche. Alle Rezepte sind, sofern nicht anders angegeben, für 4 Personen angelegt. Bon appétit!

Hinweis zu den Algen:
An der bretonischen Atlantikküste hat sich eine wachsende Anzahl von »producteurs« auf den Anbau und die Ernte von Meeresalgen spezialisiert. Dort kann man die essbaren Algen mitunter auch frisch kaufen, meistens werden sie allerdings in getrockneter Form oder bereits verarbeitet als Konserve im Glas angeboten. Dazu gibt es Algenmischungen und mit Algen versetztes Meersalz, das ebenfalls in der Bretagne geerntet wurde.

Wer sich nicht vor Ort mit Algen eindecken kann, sollte sich im Online-Handel umschauen. Viele der Betriebe, die Algen verarbeiten, haben inzwischen einen Online-Shop, bei dem man die Produkte bestellen kann.

*

Sophies Süßkartoffelspalten aus dem Backofen

2 kg etwa gleich große Süßkartoffeln
5 EL Rapsöl
2 EL Cidreessig
1 TL brauner Rohrzucker
½–1 TL feines Meersalz
1 TL mildes Paprikapulver
½–1 TL Kari Gosse (bretonische Currygewürzmischung oder anderes, nicht zu scharfes Currypulver)
1 MSP fein gemahlene Muskatnuss
Backpapier
4–5 EL Salzbutter

Die Süßkartoffeln unter fließendem Wasser abbürsten (nicht schälen!), eventuelle Verhärtungen wegschneiden. Gut trocken tupfen, je nach Größe halbieren oder vierteln und in gleich große, fingerdicke Spalten schneiden. In eine große Salatschüssel geben.

Die anderen Zutaten bis auf die Butter in einer kleinen Schüssel verrühren. Über die Süßkartoffeln gießen und alles gut vermischen (geht am besten mit den Händen).

Ein Backblech mit Backpapier auslegen und die Süßkartoffelspalten darauf verteilen. In den nicht vorgeheizten Backofen schieben, die Temperatur auf 200°C Umluft einstellen und die Süßkartoffelspalten 1¼–1½ Stunden backen, bis sie knusprig sind. (Die tatsächliche Backzeit hängt von der Größe und Dicke der Spalten ab.) Dabei mehrmals vorsichtig wenden.

Die Butter in Flocken darauf verteilen und vor dem Servieren nochmals kurz wenden.

*

Sophies Kürbishummus mit Algen

1 Hokkaidokürbis von etwa 1½ kg
Backpapier
4 EL Rapsöl
2–3 große Knoblauchzehen
125 ml Sahne
3 EL Kichererbsenmehl
2–3 EL Cidreessig
½ Bund krause Petersilie
2 EL getrocknete Algenflocken nach Wahl (z. B. Nori, Dulse, Meeressalat = Ulva lactuca)
Meersalz
frisch gemahlener weißer Pfeffer

Den Kürbis halbieren, die Kerne und Fasern mit einem Esslöffel auskratzen und die Kürbishälften in dünne Spalten schneiden. Die Kürbisspalten auf ein mit Backpapier ausgelegtes Backblech geben, mit dem Öl beträufeln.

Den Knoblauch schälen und ebenfalls auf das Backblech legen.

Die Kürbisspalten bei 180°C Umluft im nicht vorgeheizten Backofen 30–40 Minuten rösten, bis sie weich sind. Sollten sie zum Ende der Garzeit zu schnell bräunen, mit Backpapier abdecken.

Den Knoblauch schon nach 10–15 Minuten aus dem Ofen nehmen, sobald er weich ist.

Die Kürbisspalten etwas abkühlen lassen, in Stücke schneiden und mit dem Knoblauch in ein hohes Rührgefäß geben.

Die Sahne und das Kichererbsenmehl hinzufügen und alles mit dem Pürierstab zu einer glatten Creme pürieren.

Den Essig, die fein gehackte Petersilie und die Algenflocken unterrühren.

Herzhaft mit Salz und Pfeffer abschmecken.

Abgedeckt im Kühlschrank mindestens 2 Stunden oder auch über Nacht ziehen lassen. Falls nötig, vor dem Servieren nochmals mit etwas Salz würzen, da herzhafte Kürbisspeisen eine gute Prise Salz vertragen, um richtig schmackhaft zu sein.

*

Sophies hausgemachte Mayonnaise mit Meeresaroma

100 ml Vollmilch (Zimmertemperatur)
1 TL Dijonsenf
2–3 MSP brauner Rohrzucker
2 MSP frisch gemahlener weißer Pfeffer
1 Knoblauchzehe
2 EL Cidreessig oder Zitronensaft
240 ml Rapsöl oder anderes geschmacksneutrales Pflanzenöl (Zimmertemperatur)
4–5 EL fein gehackte glatte Petersilie
mit Meeresalgen aromatisiertes Salz

Die Milch mit Senf, Zucker, Pfeffer und der geschälten, in Scheiben geschnittenen Knoblauchzehe in ein hohes Rührgefäß geben und alles kurz mit dem Pürierstab durchmixen.

Den Essig dazugießen und nochmals kurz mixen.

Das Öl in einem feinen Strahl bei auf höchster Stufe (!) laufendem Pürierstab dazugeben. So lange weitermixen, bis die Flüssigkeit abbindet und eine Creme entsteht.

Die Petersilie und das Meeresalgensalz unterziehen. Die Mayonnaise vor dem Servieren abgedeckt im Kühlschrank etwa eine Stunde ziehen lassen. Reste halten sich im Kühlschrank 2–3 Tage.

Tipp:
Die Mayonnaise schmeckt selbstverständlich auch, wenn man sie mit reinem Meersalz würzt und statt der Petersilie gemischte Gartenkräuter nach Wahl verwendet.

*

Sophies Algenbutter

4 EL getrocknete »Meeressalat-Mischung« (Salade Océane, eine Mischung aus Dulse, Nori und Meeressalat = Ulva lactuca) zum Aufkochen
200 ml trockener Weißwein
½ Bund glatte Petersilie
125 g weiche Salzbutter
Saft einer halben, kleinen Zitrone
2 MSP fein abgeriebene Zitronenschale
Meersalz
frisch gemahlener weißer Pfeffer

Die Algen in einem kleinen Sieb unter fließendem Wasser abbrausen, in eine kleine Schüssel geben, mit Wasser bedecken und 10 Minuten einweichen lassen.

Die Mischung in ein Sieb gießen und abtropfen lassen.

Die Algen mit dem Wein in einem kleinen Topf zum Kochen bringen. Kurz aufwallen lassen, vom Herd nehmen und 5 Minuten ziehen lassen. Danach in ein Sieb gießen, gut abtropfen und abkühlen lassen.

Die Petersilie fein hacken.

Die Butter mit dem Zitronensaft, der Zitronenschale, der Petersilie sowie den Algen verrühren. Mit Salz und Pfeffer abschmecken, anschließend zu einer kleinen Rolle ausformen, in Frischhaltefolie einschlagen und im Kühlschrank aufbewahren, wo sie sich etwa 1 Woche hält. Vor dem Servieren mindestens eine Stunde im Kühlschrank ziehen lassen.

Schmeckt auf Baguette oder zum Würzen von Fisch und Gemüse.

Tipp:
Die aus getrockneten Algen hergestellte »Meeressalat-Mischung« gibt es im Handel in 2 Variationen: Entweder ist die Algenmischung verzehrfähig und kann direkt untergerührt werden oder sie muss vor der Weiterverarbeitung kurz aufgekocht werden. Für dieses Rezept eignet sich die Variante zum Aufkochen besser, weil die Algen dadurch feucht sind und sich so besonders gut mit der Butter verbinden. Außerdem erhalten sie durch den Wein eine aromatische Geschmacksnote.

*

Sophies Meeres-Tartar

10 EL getrocknete »Meeressalat-Mischung« (Salade océane, eine Mischung aus Dulse, Nori, Meeressalat = Ulva lactuca) oder andere getrocknete Algen
1 große Schalotte
1 kleine Zwiebel
5 Cornichons
½ Bund glatte Petersilie
2 EL eingelegte Kapern
5 EL Olivenöl
2 EL Sojassoße
2 EL Zitronensaft
Meersalz
Frisch gemahlener schwarzer Pfeffer

Die Algen in einem Sieb unter fließendem Wasser abbrausen, in einen kleinen Topf geben, mit Wasser bedecken und 10 Minuten einweichen lassen.

Die Algen über dem Sieb abgießen, zurück in den Topf geben und mit Wasser bedecken. Zum Kochen bringen, einmal kurz aufwallen lassen, vom Herd nehmen und 5 Minuten ziehen lassen. In ein Sieb geben und sehr gut abtropfen lassen. Die Algen dürfen kaum noch Kochwasser enthalten. Abkühlen lassen.

In der Zwischenzeit die Schalotte, Zwiebel und Cornichons grob würfeln. Die Petersilie fein hacken.

Die erkalteten Algen mit der Schalotte, der Zwiebel, den Cornichons und den Kapern vermischen und mit dem Pürierstab oder in der Küchenmaschine fein pürieren.

Das Olivenöl, die Sojasoße, den Zitronensaft und die Petersilie unterrühren. Mit Salz und Pfeffer abschmecken.

Auf gerösteten Baguettescheiben, als Würzbeilage zu Fisch, Meeresfrüchten oder Gemüse servieren oder zu Nudeln wie ein Pesto reichen.

*

Sophies rustikale Blumenkohl-Brie-Tarte

Für den Teig:
500 g Dinkelmehl Type 630 oder Weizenmehl Type 405
1 Päckchen Trockenhefe (7 g)
½ TL Meersalz
½ TL brauner Rohrzucker
1 MSP fein gemahlene Muskatnuss
1 MSP gemahlener weißer Pfeffer
3 EL Rapsöl
etwa 210 ml Wasser

Für die Füllung:
1 Blumenkohl (ca. 1 kg, ohne Blätter und Strunk)
Backpapier
4 EL Rapsöl
1 Zwiebel
1–2 EL Butter oder Rapsöl
50 g Walnusskerne
200 g (nicht zu reifer) Brie
2 Eier
150 g Crème fraîche
1 EL Cidreessig
1 TL fein gehackter Thymian
1 TL fein gehackter Majoran
Meersalz
frisch gemahlener schwarzer Pfeffer

Für den Teig die trockenen Zutaten in einer großen Schüssel gut vermischen. Das Öl unterrühren. Das Wasser in kleinen Portionen beim Kneten hinzufügen. Den Teig so lange kneten, bis er glatt und geschmeidig ist und nicht mehr am Schüsselrand klebt. Abgedeckt an einem warmen Ort etwa 30 Minuten gehen lassen.

Den Teig auf einem mit Backpapier ausgelegten Backblech zu einem Rechteck ausrollen oder mit den Fingern verstreichen.

Nochmals 15 Minuten gehen lassen.

Für die Füllung die Blumenkohlröschen klein schneiden, auf ein mit Backpapier ausgelegtes Backblech geben und mit dem Öl überträufeln.

In den nicht vorgeheizten Backofen schieben und bei 180°C Umluft etwa 40 Minuten rösten, bis sie bissfest sind, dabei mehrmals vorsichtig wenden. Aus dem Backofen nehmen, in eine große Schüssel geben und etwas abkühlen lassen.

Die Zwiebel fein hacken und in der Butter oder dem Öl glasig dünsten, abkühlen lassen. Die Walnusskerne grob hacken. Den Brie fein würfeln.

Die Zwiebel, den Brie, die Walnusskerne, die Eier, die Crème fraîche, den Essig und die Kräuter zum Blumenkohl in die Schüssel geben und alles vorsichtig vermengen. Herzhaft mit Salz und Pfeffer abschmecken.

Die Füllung gleichmäßig auf dem Teig verstreichen, dabei einen 3 Zentimeter großen Rand aussparen. Die Teigränder hochklappen.

Die Tarte im nicht vorgeheizten Backofen bei 200°C etwa 30 Minuten backen, bis sie schön knusprig ist. Sollte die Oberfläche zu braun werden, die Tarte mit Backpapier abdecken und fertigbacken.

Schmeckt frisch aus dem Backofen oder auch kalt.

*

Sophies Hummersuppe ohne Hummer

1 große Zwiebel
1–2 Knoblauchzehen
3–4 EL Butter oder Rapsöl
1 große Süßkartoffel (500–600 g)
1 große rote Paprikaschote
700 g Kartoffeln
700 ml Wasser
200 ml Vollmilch
2 EL Cidreessig
2 EL getrocknete Dulseflocken
2 EL Tomatenmark

2 EL Calvados oder Cognac
1½ EL Sojasoße
1 TL mit Meeresalgen aromatisiertes Salz
1 TL mildes Paprikapulver
1 MSP gemahlene Muskatnuss
150 ml Sahne
Meersalz
frisch gemahlener weißer Pfeffer

Die Zwiebel und den Knoblauch mittelfein hacken und kurz in der heißen Butter oder im heißen Öl anschwitzen.

Die Süßkartoffel schälen und in Würfel schneiden. Die Paprika ebenfalls würfeln. Beides zu den Zwiebeln und dem Knoblauch in den Topf geben und ebenfalls kurz anschwitzen.

Die Kartoffeln schälen, würfeln und in den Topf geben. Mit dem Wasser ablöschen.

Alles zum Kochen bringen, die Temperatur reduzieren und das Gemüse unter gelegentlichem Rühren in etwa 30 Minuten weichkochen.

Den Topf vom Herd nehmen und das Gemüse mit dem Pürierstab zu einer feinen Creme pürieren.

Die Milch, den Essig, die Dulseflocken, das Tomatenmark, den Calvados, die Sojasoße, das Meeresalgensalz, das Paprikapulver und die Muskatnuss hinzufügen und nochmals gründlich pürieren.

Den Topf zurück auf den Herd stellen und die Suppe zum Kochen bringen. Die Temperatur reduzieren, die Sahne unterrühren, kurz köcheln lassen und herzhaft mit Salz und Pfeffer abschmecken.

Tipp: Mit geröstetem Knoblauchbaguette servieren.

*

Geröstetes Knoblauchbaguette

1 Baguette
5–6 EL Olivenöl
2 große Knoblauchzehen
feines Meersalz, am besten Fleur de sel de Guérande

Das Baguette in etwa 1 Zentimeter dicke Scheiben schneiden und die Scheiben mit Olivenöl bepinseln.

Das Baguette im Backofen bei 180°C Umluft goldbraun rösten.

Aus dem Ofen nehmen und ein wenig abkühlen lassen.

Die Knoblauchzehen schälen, halbieren und mit der Schnittfläche kräftig über die Brotoberfläche reiben.

Die Scheiben mit etwas Salz überstreuen und servieren.

*

Filips klare Fischsuppe

1 große Zwiebel
2–3 EL Butter oder Olivenöl
4 große Karotten
1 rote Paprikaschote
500 g Kartoffeln
1 l Wasser
1 Bouquet garni (Kräutersträußchen aus Petersilien-, Thymian-, Rosmarinzweigen und Lorbeerblättern)
2 Dosen Ölsardinen (à 125 g)
2–3 EL Zitronensaft
2–3 MSP fein abgeriebene Zitronenschale
½ Bund glatte Petersilie
2 MSP scharfes Paprikapulver

Meersalz
frisch gemahlener weißer Pfeffer

Die Zwiebel fein hacken und in der heißen Butter oder im Öl anschwitzen.

Die Karotten und Paprika fein würfeln, zur Zwiebel in den Topf geben und ebenfalls kurz anschwitzen. Die Kartoffeln schälen, fein würfeln und in den Topf geben.

Das Wasser und das Bouquet garni hinzufügen und alles kurz aufkochen. Die Temperatur reduzieren und so lange köcheln lassen, bis das Gemüse bissfest ist.

Die Sardinen mit einer Gabel etwas zerkleinern und mit einem Teil des Öls in die Suppe rühren. Zitronensaft und Zitronenschale hinzufügen und nochmals kurz aufkochen.

Die Temperatur reduzieren und die Suppe weitere 5–10 Minuten köcheln lassen. Das Bouquet garni entfernen.

Die fein gehackte Petersilie und das Paprikapulver unterrühren und die Suppe herzhaft mit Salz und Pfeffer abschmecken.

*

Filips Makrelen aus der Pfanne

2 große beschichtete Pfannen
4 küchenfertig ausgenommene und geschuppte Makrelen ohne Kopf
feines Meersalz
frisch gemahlener schwarzer Pfeffer
Butter
1 große Biozitrone
8 dünne Scheiben von Sophies Algenbutter
½ Bund glatte Petersilie

Damit die Makrelen gut in der Pfanne gegart werden können, sollten sie höchstens 300 g pro Stück wiegen, größere Fische gart man besser im Backofen.

Die Makrelen von innen und außen kurz abbrausen und mit Küchenpapier trocken tupfen.

Von innen und außen mit etwas Salz und Pfeffer würzen.

Jeweils 4 Esslöffel Butter in der Pfanne erhitzen und die Makrelen von beiden Seiten bei mittlerer Temperatur etwa 10 Minuten braten. Bei Bedarf noch etwas Butter hinzufügen.

Die Zitrone mit heißem Wasser abbrausen, trockenreiben und in dünne Scheiben schneiden.

Die Herdtemperatur auf kleine Hitze reduzieren.

Die Zitronenscheiben mit den Algenbutterscheiben in den Bauchraum der Makrelen geben. Die Pfannen mit einem Deckel abdecken und den Fisch weitere 10 Minuten garen.

Zum Servieren vorsichtig auf Teller gleiten lassen und mit der fein gehackten Petersilie überstreuen.

*

Sophies beschwipstes Apfelschichtdessert

(Ca. 6 Portionen)
3 große Äpfel
3 EL Rohrzucker
3 Spritzer Zitronensaft
½ TL gemahlener Zimt
200 ml Cidre brut
2 EL Lambig oder Calvados
200 g Sablés Bretons (bretonische Butterkekse)
200 g Schlagsahne
1 Päckchen Vanillezucker

Die Äpfel entkernen, fein würfeln und mit Zucker, Zitronensaft und Zimt in einen Topf geben. Alles gut vermischen. Cidre und Lambig unterrühren.

Alles kurz aufkochen, die Temperatur reduzieren und so lange köcheln lassen, bis die Äpfel weich sind.

Die Sablés bretons in der Küchenmaschine oder von Hand zerkleinern, bis sie fein krümelig sind. In eine Schüssel füllen und glatt streichen.

Die Apfelmasse darüber geben und ebenfalls glatt streichen.

Abgedeckt im Kühlschrank über Nacht ziehen lassen.

Die Sahne mit dem Vanillezucker steif schlagen und über die Apfelmasse streichen.

Vor dem Servieren mit etwas Zimt bestäuben.

Alle Bücher von H. K. Anger:

Juristin Charlotte Knapp ermittelt:

1. Fall: Odenwaldglut
ISBN 978-3-8392-2453-3

2. Fall: Odenwaldjagd
ISBN 978-3-8392-2847-0

Bistroköchin Sophie Vidal ermittelt:

1. Fall: Ein Bistro in der Bretagne
ISBN 978-3-8392-0127-5

2. Fall: Herbst in der Bretagne
ISBN 978-3-8392-0356-9

DIE NEUEN Lieblingsplätze

ISBN 978-3-8392-0370-5

ISBN 978-3-8392-0373-6

ISBN 978-3-8392-0371-2

ISBN 978-3-8392-0158-9

ISBN 978-3-8392-0372-9

ISBN 978-3-8392-0376-7

ISBN 978-3-8392-0378-1

ISBN 978-3-8392-0386-6

ISBN 978-3-8392-0375-0

ISBN 978-3-8392-0380-4

ISBN 978-3-8392-0381-1

ISBN 978-3-8392-0382-8

ISBN 978-3-8392-0383-5

ISBN 978-3-8392-0374-3

ISBN 978-3-8392-0377-4

ISBN 978-3-8392-0385-9

GMEINER KULTUR

WWW.GMEINER-VERLAG.DE
Mensch, Kultur, Region